ullstein

DANIEL COLE

# WOLVES

## DIE JAGD BEGINNT

THRILLER

Aus dem Englischen von
Conny Lösch

Ullstein

Besuchen Sie uns im Internet:
www.ullstein-buchverlage.de

MIX
Papier
FSC® C083411

Deutsche Erstausgabe im Ullstein Taschenbuch
1. Auflage Februar 2020

Titel der englischen Originalausgabe: *Endgame*
(Trapeze/Orion, London)
Umschlaggestaltung: zero-media.net, München
Titelabbildung: © FinePic®, München
Satz: LVD GmbH, Berlin
Gesetzt aus der Sabon
Druck und Bindearbeiten: CPI books GmbH, Leck
ISBN 978-3-548-28922-9

»Halte mich nicht für einen Helden ...
Ich würde das letzte lebendige Wesen auf
Erden töten, um dich zu retten.«

# PROLOG

Montag, 4. Januar 2016
11:13 Uhr

»Es war einmal … nicht mehr.«

Die schneebedeckte Vorstadt zog an den schmutzigen Fenstern vorbei, schwaches Sonnenlicht wärmte den lederbezogenen Innenraum, während sie ihrem Ziel entgegenzuckelten.

»Aber Sie sind es doch, oder?«, bohrte der Mann am Steuer weiter nach. »Sie *sind* William Fawkes.«

»Einer muss es ja sein«, seufzte Wolf. Der Mann beobachtete ihn im Rückspiegel und richtete den Blick nur hin und wieder zurück auf die Straße. »Gleich hier links ist es.«

Das schwarze Taxi fuhr an den Straßenrand, kam vor einer Auffahrt zum Stehen, der Fahrer ließ den Motor stotternd weiterlaufen.

Wolf zahlte bar, auch wenn es darauf jetzt auch nicht mehr ankam, und stieg aus. Der Wagen fuhr mit Tempo an, noch bevor Wolf überhaupt die Tür hinter sich zuschlagen konnte, und bespritzte ihn mit eisigem Schneematsch, dann verschwand das Taxi um die nächste Ecke. Wolf bereute es bereits, dem aufdringlichen Spitzel ein Trinkgeld gegeben zu haben, und vermutete, dass es ohnehin zu optimistisch gedacht war, sich mit einem Bestechungsgeld in Höhe von einem Pfund vierunddreißig das Schweigen des Mannes für längere Zeit sichern zu wollen. Er wischte sich mit dem Ärmel des langen schwarzen Mantels, der einst Lethaniel Masse – dem Ragdoll Killer – gehört hatte, über die Hose – ein Souvenir aus einem vergangenen Leben, eine Art Trophäe, die ihn an all die Menschen erinnerte, für die er hätte da sein müssen.

Erfolgreich verschmierte er die nassen Spritzer zu noch auffälligeren schmutzigen Striemen und merkte, dass er noch immer beobachtet wurde. Obwohl er weit über zehn Kilo abgenommen und sich einen beeindruckend zotteligen Bart hatte stehen lassen, verrieten ihn seine stattliche Größe und seine strahlend blauen Augen, sobald jemand aufmerksam genug war und einen zweiten Blick riskierte. Auf der anderen Straßenseite stand eine Frau, starrte ihn an und machte sich dabei an einem Kinderwagen und einem vermutlich unter einem Berg Decken versteckten Baby zu schaffen. Sie zog ihr Handy heraus und hielt es sich ans Ohr.

Wolf rang sich ein trauriges Lächeln ab, dann wandte er sich um und trat durch das Gartentor. Ein ihm unbekannter Mercedes, nur zu erkennen an dem aus der Schneeschicht herausragenden Stern, parkte majestätisch und unbeachtet in der Auffahrt. Das vertraute Haus selbst war seit seinem letzten Besuch um ein Drittel gewachsen. Da die Haustür, wie er wusste, immer unverschlossen war, machte er sich nicht die Mühe anzuklopfen, sondern stampfte sich den Schnee von den Schuhen und trat ungebeten in das schwermütige Halbdunkel, das die Diele trotz des wolkenlosen Himmels draußen erfüllte.

»Maggie?«, rief Wolf, dessen Stimme schon brach, nur weil er sich wieder in dem Haus befand und gierig einen tiefen Atemzug aufgesogen hatte – die Luft hier roch nach alten Büchern, Blumenparfüm, gemahlenem Kaffee und hundert anderen Dingen, die unaufgefordert Erinnerungen an glücklichere

Zeiten heraufbeschworen. Dies war der Ort, an dem er sich mehr zu Hause gefühlt hatte als an jedem anderen Ort der Welt, die einzige Konstante, auf die er sich seit seinem Umzug in die Hauptstadt hatte verlassen können. »Maggie?!«

Ein Knarzen im oberen Stockwerk durchbrach die Stille.

Auf dem Weg zur Treppe hörte er leichte Schritte über die Dielen huschen.

»Maggie?!«

Eine Tür ging auf. »Will …? Will!«

Kaum hatte Wolf die oberste Stufe erreicht, als Maggie auch schon so stürmisch die Arme um ihn warf, dass sie ihr Wiedersehen beinahe unten in der Diele hätten feiern müssen.

»Oh Gott! Du bist es wirklich!«

Sie umarmte ihn so fest, dass er kaum noch Luft bekam und nichts anderes tun konnte, als sie seinerseits zu drücken, während sie an seiner Brust weinte.

»Ich wusste, dass du kommen würdest«, schluchzte sie mit bebender Stimme. »Ich kann nicht glauben, dass er nicht mehr ist, Will. Was soll ich nur ohne ihn machen?«

Wolf löste sich aus der Umarmung, hielt Maggie auf Armeslänge Abstand, um mit ihr zu sprechen. Die sonst so makellose Frau war Mitte fünfzig, und aufgrund des verschmierten Makeups und ihrer uneleganten schwarzen Kleidung sah man es ihr ausnahmsweise auch an. Ihre dunklen Locken, die sie sonst altmodisch hochsteckte, was aber natürlich längst wieder modern war, trug sie jetzt offen.

»Ich hab nicht viel Zeit. Wo … wo ist es passiert?«, fragte er und hatte schon mit der ersten der vielen unangenehmen Fragen, die er ihr stellen musste, große Mühe.

Mit zitternder Hand zeigte sie auf einen gesplitterten Türrahmen auf der Seite des Treppenabsatzes, die nicht mit einem Teppich bedeckt war. Er nickte und drückte ihr sanft einen Kuss auf die Stirn, dann betrat er den jüngsten Anbau an das Haus, während Maggie zurückblieb und an der Schwelle zu dem kargen Zimmer wartete. Wolf betrachtete stolz das letzte Projekt seines Freundes, das dieser entsprechend den strengen Maßstäben ausgeführt hatte, die er an alles legte, was seine Enkelkinder betraf. Es hätte ihr neues Zimmer werden sollen, wenn sie zu Besuch kamen, jetzt, da er pensioniert war und sie endlich mehr Zeit miteinander hätten verbringen können.

Mitten im Raum lag ein umgekippter Stuhl, darunter befand sich ein dunkelroter Fleck, der tief in die Bodendielen eingedrungen war.

Wolf hatte sich eingeredet, wenn er das Haus erst einmal betreten hatte, würde er ruhiger werden, unvoreingenommen und professionell mit der Situation umgehen, wie an jedem anderen Tatort auch …

Aber natürlich hatte er sich geirrt.

»Er hat dich geliebt, Will«, sagte Maggie von der Tür aus.

Wolf konnte die Tränen nicht mehr zurückhalten, rieb sich die Augen, hörte jemanden draußen auf dem Kiesweg.

»Du musst gehen«, drängte Maggie ihn, ignorierte das höfliche Klopfen. »Will?«

Die Haustür knarrte, jemand trat ein, und Maggie eilte die Stufen hinunter, um ihn abzufangen. Ihre Gesichtszüge entspannten sich, als ihr ein blonder, rattengesichtiger Mann entgegenkam. »Jake!«, seufzte sie erleichtert. »Ich dachte schon, du bist … ach, egal.«

Wolf betrachtete die beiden misstrauisch, als sie sich wie alte Freunde umarmten.

»Hab dir ein paar Kleinigkeiten besorgt«, sagte der Mann zu Maggie und reichte ihr ein paar Einkaufstüten.

»Lässt du uns kurz allein?«, fragte er und machte dadurch

den ersten Anschein zunichte, es handele sich lediglich um einen Freundschaftsbesuch.

»Mach ruhig, Maggie«, sagte Wolf.

Besorgt ging sie die Treppe hinunter, um die Einkäufe zu verstauen.

»Saunders«, begrüßte Wolf seinen ehemaligen Kollegen, als dieser in den Raum trat.

»Wolf. Lange nicht gesehen.«

»Na ja, hab ein bisschen Zeit für mich gebraucht«, erwiderte er, als draußen auf der Straße ein Wagen vorfuhr. »Wusste gar nicht, dass ihr beiden euch kennt.«

»Tun wir eigentlich auch nicht«, erwiderte Saunders schulterzuckend, hielt dabei trotz des sehr höflichen Gesprächs einen gewissen Sicherheitsabstand. »Jedenfalls haben wir's nicht getan, bevor das alles ... passiert ist.« Er seufzte schwer. »Tut mir *aufrichtig* leid, das mit Finlay. Ehrlich.«

Wolf nickte dankend und blickte erneut auf den Fleck am Boden.

»Was willst du hier?«, fragte Saunders geradeheraus.

»Ich musste es selbst sehen.«

»Was?«

Wolf senkte die Stimme in Rücksicht auf Maggie. »Den Ort des Verbrechens.«

»Verbrechen?« Saunders rieb sich müde das Gesicht. »Ich war selbst dabei, mein Freund. Er wurde *allein* gefunden ... in einem verschlossenen Raum ... die Waffe lag neben ihm.«

»Finlay würde sich nicht umbringen.«

Saunders schaute ihn mitleidig an. »Man steckt nie drin in einem Menschen.«

»Apropos, du warst ganz schön schnell hier.«

»Ich war schon unterwegs ... als der Anruf kam.«

Als sie noch Kollegen waren, hatte Wolf nie viel für den

vorlauten Detective Constable übriggehabt, aber allmählich sah er ihn in neuem Licht.

»Danke, dass du dich um sie kümmerst.«

»Nicht der Rede wert.«

»Und … wie viele seid ihr da draußen?« Wolf stellte ihm die Frage, als wollte er sich nach der Uhrzeit erkundigen. Die Atmosphäre im Raum schlug sofort um.

Saunders zögerte.

»Zwei vorne, zwei hinten. Einer bei Maggie im Haus, und wenn es gut läuft, noch einer etwas über einen Meter von uns entfernt, da, hinter der Wand.« Er drehte sich zum geöffneten Türeingang um. »Gib mal Laut!«

Von der Treppe her ertönte das Geräusch eines Ladestreifens, der in ein halb automatisches Gewehr geschoben wurde. Er lächelte entschuldigend und zog Handschellen aus der Tasche.

»Ich hab denen versprochen, dass du nicht abhaust. *Bitte* lass mich nicht wie einen Idioten dastehen.«

Wolf nickte und ließ sich langsam auf die Knie hinunter. Er hob die Arme, verschränkte die Finger hinter dem Kopf und starrte durch das verschneite Fenster – es musste das Letzte gewesen sein, was sein Mentor vor seinem Tod gesehen hatte.

»Tut mir leid, mein Freund«, sagte Saunders, trat einen Schritt vor und ließ die Handschellen um seine Gelenke zuschnappen. »Verdächtiger festgenommen!«

»Will?!« Maggie rief von der Küche herauf, als ihr Haus von bewaffneten Polizisten gestürmt wurde. Schwere Stiefel trampelten die Treppe hinauf, Maggie folgte ihnen.

»Könnt ihr was für mich tun?«, fragte Wolf, schaute von Saunders, der die üblichen Befehle bellte, zu Maggie, als der Letzte der Beamten durch die kaputte Tür stürmte. »Sagt ihr noch nicht, dass ich wieder da bin.«

»Aber Will …«, rief sie verzweifelt und außerstande, einen Fuß in den Raum zu setzen, in dem ihr Mann tot aufgefunden worden war.

»Schon in Ordnung, Maggie. Schon in Ordnung«, beruhigte er sie. »Ich laufe nicht mehr davon.«

# KAPITEL 1

Montag, 4. Januar 2016
11:46 Uhr

Der stumm gestellte Fernseher lenkte Thomas Alcock ab, als er sich gerade einen Tee kochen wollte.

»Scheiße!«, flüsterte er, verschüttete siedend heißes Wasser auf der Arbeitsfläche ... das ihm zu allem Überfluss auch noch über die Hand lief. »Verkackte Pisswichse!« Er zuckte zusammen, unterdrückte den Schmerz, schüttelte ihn ab, ohne dabei den Blick vom Bildschirm zu nehmen.

Auf Sky News kreiste ein Helikopter über dem Schauplatz der Verwüstungen, die die Hauptstadt zwei Wochen zuvor heimgesucht hatten. Immer wenn er sich vor die Sonne schob, wanderte ein dunkler Schatten scheinbar schwerelos über die Trümmer am Boden. Mindestens zwei weitere kreisten wie Geier über einem frischen Kadaver. Anscheinend war das Flugverbot aufgehoben worden, das während der Feiertage für ungeahnten Kummer und Verkehrsbehinderungen gesorgt hatte, und nun durfte die Welt das Ausmaß der Zerstörung betrachten.

Die Katastrophe war gerade noch abgewendet worden, aber auch das hatte seinen Preis gehabt.

Auf die Explosion, die sich auf eine Reihe unterirdischer Toilettenräume am Ludgate Hill beschränkt hatte, war routinemäßig die Evakuierung der umgebenden Gebäude gefolgt, damit die Statiker alles überprüfen konnten. Nachdem ein Tourist mit Adleraugen frische Risse an der Westfront der St Paul's Cathedral entdeckt hatte, wurden eiligst Instandsetzungsarbeiten in Auftrag gegeben. Aber noch bevor das Gerüst aufgebaut werden konnte, stürzte schon der Nordturm ein. Dann waren im Verlauf von drei Tagen sämtliche Säulen des riesigen Eingangsportals wie dünne Beinchen unter einem massigen Körper eingeknickt – das Wahrzeichen der Stadt schien seinen Verletzungen zu erliegen.

Ein wahrhaft surrealer Anblick: ein fehlendes Puzzleteilchen.

Thomas brauchte einen Augenblick, um zu begreifen, dass es sich bei dem bunt gescheckten Grenzwall, der das Gelände einhegte, tatsächlich um hoch aufgetürmte Blumen und Kränze handelte, die vor den Absperrungen abgelegt waren: Im Gedenken an jene, die es am Piccadilly Circus nicht mehr nach oben geschafft hatten, an Constable Kerry Coleman und alle, die ihr Leben auf dem Times Square ließen – eine rührende, bei Temperaturen unter null aber leider kurzlebige Geste.

Er trank seinen Tee.

Blinkende Lichter pulsierten irritierenderweise über die gelben Untertitel, als ihn das Gerippe des Weihnachtsbaums im Zimmer nebenan daran erinnerte, dass dieser immer noch dort stand. Auf den hoch aufgetürmten Geschenken darunter sammelten sich trockene Tannennadeln. Geistesabwesend streichelte Thomas Echo und kehrte zum wiederholten Male zu egoistischen Gedanken zurück: Wie dankbar er war, dass keiner seiner eigenen Freunde und Bekannten sich unter den Toten oder Verletzten befunden hatte. Wie glücklich er sich schätzen durfte, seine Freundin unversehrt wiederbekommen zu haben. Schändlicherweise und insgeheim hoffte er, die Schrecken der vergangenen Monate, die sich zu einem die nationale Sicherheit gefährdenden Drama zugespitzt und den vorzeitigen Tod eines guten Freundes seiner Freundin zur Folge gehabt hatten, hätten ihr vielleicht den entscheidenden Anstoß gegeben, all das hinter sich zu lassen und mit dem zufrieden zu sein, was sie hatte.

Baxters Handy brummte auf dem Küchentisch.

Thomas sprang quer durch den Raum, ging dran und flüsterte leicht genervt: »Das ist Emilys Handy ... ich fürchte nicht. Sie schläft. Kann ich ... Mittwoch ... neun Uhr vormittags ... ich sage ihr Bescheid. Okay. Wiedersehen.«

Er legte das Telefon auf die Ofenhandschuhe, falls es noch einmal brummen sollte.

»Wer war das?«, fragte Baxter vom Kücheneingang aus, erschreckte ihn.

Sie trug einen seiner ausgeleierten Pullis über ihrer karierten Schlafanzughose, die gemütliche Kleidung war eine willkommene Abwechslung zu dem, was die fünfunddreißigjährige Baxter als Detective Chief Inspector normalerweise tragen musste. Thomas wurde erneut schlecht, als er die Frau betrachtete, die er liebte, und sah, welchen Tribut ihr Beruf ihr abverlangte. Ihre Oberlippe hatte genäht werden müssen. Zwei ihrer Finger waren aneinandergeschient, ragten aus der Schlinge, mit der sie widerwillig ihren verletzten Ellbogen ruhigstellte, während ihr zerzaustes dunkelbraunes Haar die Kratzer und Narben größtenteils verbarg, die sich über ihr gesamtes Gesicht verteilten.

Er rang sich ein kaum überzeugendes Lächeln ab. »Willst du was frühstücken?«

»Nein.«

»Ein Omelett?«

»Nein. Wer war am Telefon?«, fragte sie erneut, wobei sie

dem Blick ihres Freundes standhielt und zuversichtlich davon ausging, dass ihn selbst ein so geringfügiger Konflikt überforderte.

»Jemand von der Wache«, seufzte er, sauer auf sich selbst.

Sie wartete auf weitere Auskünfte.

»Ein Mike Atkins wollte dir mitteilen, dass du am Mittwochvormittag einen Termin mit ihm und dem FBI hast.«

»Ah«, erwiderte sie benommen, streichelte Kater Echo über den Kopf, als dieser über die Arbeitsfläche schlich, um alles Mögliche dort anzulecken.

Thomas ertrug es nicht, sie so zerbrechlich und angeschlagen zu sehen. Er ging zu ihr, wollte sie umarmen, war aber nicht sicher, ob sie überhaupt mitbekam, dass er sie in den Armen hielt, so kraftlos, wie sie dastand.

»Hat Maggie heute angerufen?«, fragte sie ihn.

Er ließ sie los. »Noch nicht.«

»Ich will nachher zu ihr.«

»Ich fahr dich hin«, bot Thomas an. »Ich kann im Wagen sitzen bleiben, oder ich hole mir einen Kaffee, solange du …«

»Mir geht's gut«, beharrte sie.

Die knappe Erwiderung hob Thomas' Laune. Irgendwo tief unter der lädierten Oberfläche war Baxters Tonfall schon wieder die alte Bissigkeit anzuhören.

Sie war noch da. Sie brauchte nur Zeit.

»Okay«, er nickte, lächelte freundlich.

»Ich werde …« Sie beendete den Gedanken, indem sie nach oben gestikulierte. »Aber mir geht's gut«, nuschelte sie, als sie dicht gefolgt von Echo in die Diele ging. »Mir geht's gut.«

Die Hecke hätte ausgesehen wie jede andere Hecke, wäre dahinter nicht ein greller orangefarbener Haarschopf auf- und wieder abgetaucht.

Alex Edmunds' erster Auftrag als Privatermittler war eher unspektakulär und hatte ihn auf ein Brachgelände voller abgestellter Einkaufswagen gegenüber dem Sainsbury's Supermarkt in seinem Viertel geführt. Trotzdem kehrte jetzt, wo er sein Zielsubjekt im Visier und sein Team sämtliche Ausgänge blockiert hatte, das alte Jagdfieber zurück.

Er rückte näher heran …

Sein Zielsubjekt sauste schneller als erwartet davon, floh direkt auf die Falle zu.

»PI2!«, brüllte er in sein Walkie-Talkie von Toys ›R‹ Us. »PI2, bereit machen zum Abfangen!«

»Muss das sein?«

»*Bitte!*«, schnaubte Edmunds und sah, wie sich alle Phasen wie bei einer durchgeprobten Choreografie nach Plan abspulten. Seine Verlobte tauchte aus dem Nichts auf, blockierte mit dem Kinderwagen den Weg.

Das Zielsubjekt machte abrupt halt, überlegte kurz und kletterte anschließend auf den wohl höchsten Baum von ganz London, trat dabei Schnee von den oberen Ästen und verschwand außer Reichweite.

»Mist!«, fluchte Edmunds, verzog das Gesicht, hielt sich die Hand vor Seitenstechen und starrte nach oben.

»PI1, Frettchen klettern auf Bäume«, teilte ihm Tia mit verzerrter Stimme über Funk mit, während sie bereits mit Leila angeschoben kam.

»Und jetzt?«, fragte sie, wofür sie kein Walkie-Talkie mehr brauchte.

»Das … das ist gar nicht so schlecht«, behauptete Edmunds zuversichtlich. »Es sitzt in der Falle.«

»Meinst du wirklich?«, fragte sie, zog die Katzentoilette hinten aus dem Kinderwagen und stellte sie auf den gefrorenen Boden.

»Gut, ich kletter da rauf«, sagte Edmunds entschlossen in der Erwartung, dass Tia protestieren würde.

Was sie nicht tat.

»Auf den ganz großen Baum da«, stellte er klar.

Sie nickte.

»Na gut«, nickte er zurück. »Haltet euch in sicherem Abstand, falls ich runterfalle ... und sterbe.«

»Meinst du, zu Hause wären wir sicher genug?«, schlug Tia vor.

»Klar«, erwiderte er schulterzuckend, aber ein bisschen erstaunt, dass sie sich den ganzen Spaß entgehen lassen wollte. Er trat näher an den Baum und packte einen dicken Ast über seinem Kopf. »Aber das macht doch Spaß. Endlich unternehmen wir mal wieder mehr zusammen.«

Tia antwortete nicht.

»Ich hab gesagt ...« Er versuchte es noch einmal, nachdem er am Stamm heruntergerutscht war. »Oh, du bist schon weg.«

Sie war bereits ein ganzes Stück den Uferweg entlang weitergegangen.

»Na ja, jedenfalls finde *ich*, dass es Spaß macht«, brummte Edmunds vor sich hin. »Okay, liebes Frettchen«, rief er ins Geäst hinauf. »Dein Terrorregime ist beendet!«

Wolf schnarchte laut.

Er war jetzt seit über drei Stunden in einem Raum der Hornsey Police Station eingesperrt und hatte zweieinhalb davon so erholsam geschlafen wie seit Wochen nicht. Als im Gang eine Tür zuschlug, schreckte er auf. Kurzzeitig verwirrt angesichts der unbehaglichen Umgebung, halfen ihm seine Handschellen, die gegen den Metallstuhl klapperten, sich an den ereignisreichen Vormittag zu erinnern. Leicht verärgert über den rücksichtslosen Türenknaller musste er nun dringend pinkeln und ging ein paar Minuten auf begrenztem Raum auf und ab, womit er gleichzeitig hoffte, seine linke Pobacke wiederzubeleben.

Als er gerade noch dabei war, den Krampf herauszumassieren, hörte er Absätze im Gang klappern. Die Tür wurde aufgeschlossen, und ein eleganter Mann Mitte fünfzig betrat den Raum, dessen maßgeschneiderter Anzug in krassem Kontrast zu den graubraunen Wänden stand.

»Hm?«, begrüßte Wolf den gut gekleideten Fremden. »Ich dachte, Sie wären eine Dame.«

Der grau melierte Mann schaute irritiert, tiefe Falten bildeten sich auf seiner lederartigen Stirn.

»Aber Sie sind gar keine«, stellte Wolf fest.

Im Gesicht des Mannes zeigte sich die Andeutung eines Lächelns. »Und ich hatte schon befürchtet, Ihre detektivischen Fähigkeiten hätten im Zuge Ihrer unentschuldigten Abwesenheit gelitten.«

Er zog einen Stuhl heran und setzte sich.

»Apropos«, fing Wolf an, dem plötzlich etwas eingefallen war. »Ich möchte nicht kleinlich klingen, oder so, aber als die Sache mit Masse passiert ist, hatte ich noch fünfzehn Tage Jahresurlaub offen. Ich weiß nicht, ob es möglich ist …«

Der Mann grinste amüsiert, unterbrach Wolf mitten im Satz, seine eisweißen Zähne überstrahlten seine orangefarbene Haut.

»Wahrscheinlich haben Sie recht. Wir klären das ein anderes Mal«, nickte Wolf und blies die Wangen auf, als angespannte Stille seiner Bemerkung folgte.

»Erkennen Sie mich nicht, Will?«

»Ähhh …«

»Das ist Commissioner Christian Bellamy«, verkündete die ihm leider vertraute Stimme von Commander Geena Vanita, während diese mit einem für ihre Verhältnisse relativ geschmackvollen Ensemble bekleidet den Raum betrat: eine schwarze Jacke über einer Vielzahl nicht zueinanderpassender Kleidungsstücke darunter. Vielleicht hatte er zu viele schlechte Fernsehsendungen gesehen, aber hätte er ihr Outfit beschreiben müssen, hätte er es wohl als »Teletubby Beerdigungs-Chic« bezeichnet.

Sie redete immer noch.

»Verzeihung, was?«, fragte Wolf, dem ihre Worte vollständig entgangen waren, da er mit den Gedanken längst bei wichtigeren Angelegenheiten war: Dipsy als Drogentoter – gestorben an einer Überdosis Heroin.

»Ich habe gesagt, es war nur eine Frage der Zeit, bis wir Sie erwischen«, wiederholte die zierliche Frau.

»Sie wissen, dass Sie mich genau betrachtet gar nicht erwischt haben, oder?«, fragte Wolf. »Ich habe mich gestellt.«

Vanita zuckte mit den Schultern, formulierte in Gedanken bereits die Presseerklärung, um seine Festnahme bekannt zu geben. »Das kann man so sehen oder so … ich sage …«

»Schändliche Propagandisierung?«, schlug er vor.

»Hören Sie, wir sind nicht Ihre Feinde, Will«, schaltete sich Christian ein, bevor sie das Geplänkel fortsetzen konnten. Als er die bösen Blicke sah, die auf der anderen Seite des Tisches gewechselt wurden, beschloss er, seine Behauptung zu korrigieren. »*Ich* bin nicht Ihr Feind.«

Wolf grunzte verächtlich.

»Wissen Sie, wir sind uns schon einmal begegnet«, fuhr Christian fort. »Zugegeben, schon lange her. Und …« Zum ersten Mal geriet der scheinbar so aalglatte Mann ins Stocken. »Wir beide haben diese Woche einen sehr lieben Freund verloren. Glauben Sie nicht, dass Sie der Einzige sind, der trauert.«

Wolf betrachtete den Mann skeptisch.

»Also …«, begann Vanita. »William Oliver Layton-Fawkes.«

Er zuckte zusammen.

»Jetzt, wo Sie gefasst wurden …«

»Ich habe mich gestellt!«, ächzte Wolf erneut.

»… steht Ihnen aufgrund der beträchtlichen Reihe an Vergehen, derer Sie sich schuldig gemacht haben, eine *ziemlich* lange Haftstrafe bevor.«

Wolf fiel auf, dass Christian seine Untergebene mit einem missbilligenden Stirnrunzeln bedachte, als diese fortfuhr: »Unterschlagung von Beweismaterial, Meineid, unerlaubtes Fernbleiben vom Dienst, Körperverletzung …«

»Höchstens *leichte* Körperverletzung«, widersprach Wolf.

»Die Liste ist lang«, schloss Vanita und verschränkte zufrieden die Arme. »Sie haben es im Verlauf der Jahre immer wieder geschafft, sich aus dem Schlamassel zu ziehen, aber dieses Mal scheint es, als hätten Ihre Sünden Sie endlich eingeholt. Haben Sie etwas zu Ihrer Verteidigung zu sagen?«

»Ja.«

Sie wartete gespannt.

»Würde es Ihnen etwas ausmachen, mich an der Nase zu kratzen?«, fragte er Commander Vanita.

»Wie bitte?«

»Meine Nase«, wiederholte Wolf freundlich, während die Handschellen hinter seinem Rücken klapperten. »Würden Sie …?«

Vanita wechselte einen Blick mit Christian und lachte. »Haben Sie überhaupt zugehört, Fawkes?«

Wolf traten Tränen in die Augen.

»Sie werden für sehr lange Zeit ins Gefängnis gehen.«

»Kommen Sie schon, bitte«, sagte Wolf und versuchte vergeblich, sich die Nase an der eigenen Schulter zu reiben.

Vanita stand auf. »Für so was habe ich keine Zeit.«

Sie hatte die Tür fast erreicht, als Wolf erneut das Wort an sie richtete.

»Léo ... Antoine ... Dubois.«

Vanita hielt inne, stand mit einem Fuß bereits draußen. Ganz langsam drehte sie sich um.

»Was ist mit ihm?«

»Erst die Nase«, versuchte Wolf es noch einmal.

»Nein! Was ist mit Dubois?«

»Verzeihen Sie mir meine Unwissenheit«, schaltete Christian sich ein, »aber ... *wer?*«

»Léo Dubois«, schnaubte Vanita und erinnerte sich an das behördenübergreifende Fiasko, das sie in den vergangenen Jahren erfolgreich aus ihrer Erinnerung verdrängt hatte. »War ein großer Fall für die Abteilung: Mord, Menschenhandel, Drogenschmuggel. Fawkes war involviert, weshalb es nicht verwunderlich ist, dass sich die Angelegenheit zu einem beispiellosen Chaos auswuchs.«

Sie drehte sich wieder zu Wolf um, als dieser laut gähnte. »Was ist mit Dubois?«

»Aktueller Aufenthaltsort, Namen und Fotos von seinem gesamten Netzwerk, Kontonummern, der Name des Schiffs, das unsere Küste ansteuert, voll bis oben hin mit Sexarbeiterinnen ...«

Unbewusst trat sie einen Schritt in den Raum zurück.

»Ach so, natürlich auch Fahrzeugkennzeichen«, fuhr er fort, »Geldwäsche ... und ich bin mir ziemlich sicher, dass er sich in einen fremden Netflix-Account gehackt hat.«

Vanita schüttelte den Kopf. »Das sind die verzweifelten Versprechungen eines gefassten Straftäters.«

»Ich habe mich gestellt«, erinnerte Wolf sie.

Christian schwieg, ihm fiel die Veränderung an seiner Kollegin auf.

»Ich habe das Gefühl, dass ich Sie entsetzlich falsch eingeschätzt habe, Fawkes«, setzte Vanita theatralisch an. »Die Skeptikerin in mir hatte immer vermutet, Sie seien geflohen, um Ihren eigenen Arsch zu retten, nachdem Sie die Dienste eines Serienkillers in Anspruch genommen hatten. Aber tatsächlich haben Sie es auf sich genommen, einen bekannten Verbrecher im Alleingang zu Fall zu bringen!« Sie lachte über ihren eigenen Witz. »Das ist lächerlich! Sie können nicht im Ernst erwarten, dass Ihnen das jemand glaubt ...«

»Ich erwarte, dass Sie mir glauben«, fiel Wolf ihr ins Wort, »dass ich seit dem Moment, in dem ich den Gerichtssaal verlassen habe, alles dafür getan habe, in mein altes Leben zurückkehren zu können. Ich habe mich genau auf diesen Augenblick vorbereitet, damit ich Ihnen ein Angebot unterbreiten kann, das Sie unmöglich ablehnen können.«

»Und ob ich es ablehnen kann«, fauchte Vanita zurück, die offenbar vergessen hatte, dass sie von den drei anwesenden Personen keineswegs die ranghöchste war. »Dann hat Dubois den Mann nicht erkannt, der monatelang versucht hat, ihn aus dem Verkehr zu ziehen? Er hat nicht den geringsten Verdacht geschöpft?«

»Und wie er Verdacht geschöpft hat«, erklärte Wolf. »Aber nichts untermauert die Geschichte eines Verdächtigen stärker, als wenn sämtliche Zeitungen mit seinem Bild gepflastert sind ... Sie müssen mich jetzt wirklich an der Nase kratzen.«

Sie öffnete den Mund, wollte sich weigern.

»Jetzt kratzen Sie ihn doch endlich an der Nase«, bellte Christian, der unbedingt fortfahren wollte.

Mit angewidertem Blick zog Vanita einen teuren Füller aus der Tasche, kratzte Wolf damit an der Nase, wobei sie sich keinerlei Mühe gab, ihren Unwillen zu verbergen.

»Ein bisschen weiter rechts«, dirigierte Wolf sie. »Noch

weiter. Oh ja, da. Sie haben den falschen Beruf, wissen Sie das?«, sagte er und setzte hinzu: »Das war übrigens eine Bemerkung ohne jeden Zusammenhang, die mit Ihren Fähigkeiten als Nasekratzerin nichts zu tun hat.«

Er lehnte sich zurück, lächelte triumphierend, während Vanita ihren Lieblingsfüller auf den Tisch warf, damit jemand anders ihn einstecken möge.

»Was wollen Sie, Fawkes?«, fragte sie durch aufeinandergebissene Zähne.

»Hafterlass.«

Sie lachte laut.

»Der Öffentlichkeit ist bekannt, was Sie getan haben. Zumindest zum Teil. Das Beste, worauf Sie realistischerweise hoffen dürfen, ist ein polizeifreundlicher Trakt.«

»Dann ist es also die Öffentlichkeit, um die wir uns Sorgen machen? Daher auch die unermüdliche Fahndung nach mir«, grinste Wolf. »Nur dass man wohl weniger von ›unermüdlich‹ als von ›gemütlich‹ und weniger von einer ›Fahndung‹ als von einem ›Ausschauhalten‹ sprechen muss.«

Vanita verspannte sich zusehends.

»Ein Monat. Mit Freigang«, bot er an.

»Ein Jahr«, konterte Vanita, die ihre Kompetenzen überschritt, wogegen Christian jedoch keine Einwände erhob, der Verhandlung vielmehr wie ein Zuschauer bei einem Tennis-Match folgte.

»Zwei Monate«, schlug Wolf vor.

»Sechs!«

»Drei ... aber ich habe Bedingungen.«

Vanita hielt inne. »Weiter.«

»Niemand verrät Baxter, dass ich wieder da bin, außer mir selbst.«

Durchaus froh darüber, einem Gespräch mit ihrer reizbaren

Mitarbeiterin Detective Chief Inspector Baxter zu entgehen, überlegte Vanita kurz, ob sie Wolf aus lauter Dankbarkeit eine weitere Woche Haft erlassen sollte; stattdessen aber nickte sie, täuschte Widerwillen vor.

»Und …«, fuhr er fort, »wahrscheinlich ist dies der geeignete Moment, Ihnen mitzuteilen, dass ich während der Zeit, in der ich mich in Dubois' Truppe eingeschlichen habe, gemeinsam mit anderen einen konkurrierenden Sexhändler verprügelt habe, der daraufhin mit lebensbedrohlichen Verletzungen im ICU gelandet ist.«

»Herrgott, Fawkes!«, sagte Vanita und schüttelte den Kopf.

»Aber er hat sich vollständig davon erholt!«, setzte Wolf rasch hinzu.

»Okay, ich bin sicher, damit können wir arbeiten.«

»Allerdings sind wir dann noch mal hin und haben ihn erschossen.«

»Sonst noch was?!«, ächzte Vanita, die allmählich mit ihrer Geduld am Ende war.

»Ja. Der Strafvollzug muss ausgesetzt werden«, sagte Wolf todernst.

»Selbstverständlich!«, erwiderte sie sarkastisch. »Und nur so aus Interesse, an wie lange hatten Sie gedacht?«

»Solange es dauert.«

»Was?«

»Einen letzten Fall aufzuklären«, sagte er, wobei Großspurigkeit und Schalk jetzt aus seinem Tonfall verschwunden waren.

»Sie verschwenden meine Zeit, Fawkes«, sagte Vanita, stand auf und wollte gehen.

»Warten Sie«, schaltete sich Christian ein, ergriff seit Minuten zum ersten Mal wieder das Wort.

Vanita funkelte ihren Vorgesetzten böse an und setzte sich gehorsam wieder.

»Welchen Fall, Will?«, fragte Christian.

Wolf drehte sich zum Commissioner um. »Den Mord an Detective Sergeant Finlay Shaw.«

Niemand sagte etwas, während Vanita und Christian das absurde Anliegen verarbeiteten. Christian räusperte sich und hob die Hand, gerade als Vanita etwas entgegnen wollte.

»Will, es war Selbstmord. Sie wissen das ... es tut mir leid, aber es gibt keine Ermittlungen, in die Sie sich einschalten könnten.«

»Waren Sie mit ihm befreundet?«, fragte Wolf zurück.

»Ich war sein ältester Freund«, sagte Christian stolz.

»Dann beantworten Sie mir folgende Frage«, forderte Wolf ihn auf und sah ihm in die Augen. »Ist ein Szenario denkbar, in dem Finlay bereit gewesen wäre, Maggie zu verlassen?«

Vanita begriff, dass sie an dem Gespräch nicht mehr beteiligt war, und schwieg. Sie hätte nicht einmal sicher sagen können, ob Finlay überhaupt verheiratet gewesen war.

Christian seufzte schwer und schüttelte den Kopf. »Nein. Keins. Aber die Beweise sind erdrückend.«

»Als sein Freund haben Sie doch sicher kein Problem damit, wenn ich dies über jeden möglichen Zweifel hinaus überprüfen möchte? Danach können Sie mich haben«, versprach Wolf.

Christian wirkte hin- und hergerissen.

»Sie denken doch wohl nicht ernsthaft darüber nach?«, fragte Vanita.

»Wären Sie so gut, einfach mal den Mund zu halten?!«, fuhr Christian sie an, dann wandte er sich wieder an Wolf. »Das wollen Sie Maggie wirklich antun?«

»Sie würde es verstehen ... wenn *ich* es bin.«

Christian wirkte immer noch unsicher.

»Kommen Sie schon. Was haben Sie zu verlieren?«, fragte Wolf, der sich zum ersten Mal seine Verzweiflung anmerken ließ. »Ich überprüfe, ob es Selbstmord war; ihr bekommt dafür Dubois.«

Er sah, wie der Commissioner die Alternativen abwägte. »Okay, legen Sie los.«

Vanita stand auf und stürmte aus dem kleinen Raum, ließ die beiden Männer allein.

»Ich lasse Ihnen die Akte mit einer unterzeichneten Kopie unserer … Vereinbarung zukommen«, lächelte Christian mit funkelnden Augen. Er klopfte Wolf liebevoll auf den Rücken, genauso, wie Finlay es immer gemacht hatte, wobei er sicherlich einen blauen Fleck hinterließ, auf den sein Mentor stolz gewesen wäre. »Also, wo fangen wir an?«

»Wir?«

»Glauben Sie, ich lasse Sie das allein machen? Es geht um Fin!«

Wolf grinste. Allmählich wurde ihm Finlays ältester Freund sympathisch.

»Also, wo fangen wir an?«, fragte Christian erneut.

»Von vorne.«

# KAPITEL 2

Montag, 5. November 1979
Guy Fawkes Night
17:29 Uhr

Christian schlug die Augen auf und wurde geblendet vom grellen Licht der Glühlampe, die an der Wellblechdecke baumelte. Er drehte sich um, spürte, wie der Boden unter ihm nachgab. Mit einer Hand griff er sich an das schmerzende Kinn und schlug sich dabei mit einem schweren Boxhandschuh ins Gesicht. Stück für Stück fiel ihm alles wieder ein: Sein Partner und er hatten sich beim Sparring gegenübergestanden ... er war auf dem besten Wege zu einer kläglichen Niederlage gewesen, hatte es verwegen mit einem Kinnhaken versucht ... und seinen Gegner verfehlt ... er erinnerte sich noch, dass dieser zu einem linken Haken ausgeholt hatte ... dann war um ihn herum alles schwarz geworden.

Über ihm tauchte Finlays unschöne Visage auf. Der vierundzwanzigjährige Schotte war ein Baum von einem Mann, sein rasierter Schädel beinahe ebenso knorrig und unsymmetrisch. Seine Nase war platt und schien mit jedem Besuch der Sporthalle ihre Ausrichtung zu ändern. »Steh auf, du Mädchen«, höhnte er mit rauem Glasgower Akzent.

Stöhnend setzte sich Christian in der Mitte des Rings auf. »Du sollst mir was beibringen und mich nicht verdreschen!«

Finlay zuckte mit der Schulter, das Spiel der Muskeln unter der Haut erinnerte Christian auf eigenartige Weise an sein Date vom Vorabend, an die junge Streifenpolizistin, die sich im Schlaf unter der Decke noch einmal umgedreht hatte, als er sich aus ihrem Zimmer schlich.

»Ich bringe dir ja was bei«, erklärte Finlay lächelnd. »Das nächste Mal ziehst du den Kopf ein.«

»Du bist ein Arsch, weißt du das?«

Schmunzelnd zog ihn Finlay auf die Füße.

»Wie sehe ich aus?«, fragte Christian besorgt, da er plante, ihre gemeinsame attraktive Kollegin nach Ende ihrer Nachtschicht-Woche erneut auszuführen.

»Wunderbar«, grinste Finlay. »Ein bisschen mehr so wie ich.«

»Oh Gott! Dann hättest du mir lieber den Gnadenstoß versetzen sollen«, erwiderte Christian und zog sich einen letzten Schlag in die Nieren zu.

Christian war knapp drei Jahre jünger als sein Partner und das absolute Gegenteil seines besten Freundes: Er war ein gut aussehender und beliebter junger Mann mit schulterlangem sandfarbenen Haar, wie die Popstars im Fernsehen. Er war intelligent, wenn er wollte, aber auch faul und eigentlich meist mehr damit beschäftigt, Frauen aufzureißen, als Verbrecher zu jagen. Die beiden hatten jedoch einiges gemeinsam: Beide waren Kinder von Soldaten, besaßen ein verblüffendes Talent, Schwierigkeiten anzuziehen, und hegten große Abneigung gegenüber ihrem neuen Chef.

»Komm schon. In einer Stunde ist Dienstbeginn«, murmelte Finlay und löste seine Handschuhe mit den Zähnen.

»Mal sehen, was der Chef heute wieder für einen Blödsinn für uns hat.«

»Ich weiß, das mag wie Blödsinn klingen«, fing DCI Milligan durch die dunstige Rauchwolke an, die der versmogten schottischen Hauptstadt draußen entsprach. Die Asche am Ende seiner Zigarette bog sich herunter und fiel schließlich auf seine Hose.

»Vielleicht klingt es ja wie Blödsinn ... weil es Blödsinn *ist?*«, meinte Christian.

Milligan verwischte die Asche zu einem großen grauen Fleck und wandte sich an Finlay. »Was hat er gesagt?«

Finlay zuckte mit den Schultern.

Milligan wandte sich wieder an Christian. »Wir können Sie nicht verstehen, Kleiner. Woher kommen Sie noch mal?«

»Aus Essex!«, erwiderte Christian.

Milligan betrachtete ihn argwöhnisch, dann fuhr er fort:

»Ihr zwei Pisser geht heute Abend zum Observieren in die Werft. Punkt Ende aus.«

»Können French und Wick das nicht machen?«, beschwerte sich Finlay.

»Nein«, erwiderte Milligan, der allmählich ihrer überdrüssig wurde. »French und Wick observieren die Fernfahrerkneipe.«

»Wo der Deal eigentlich stattfindet«, schnaubte Christian.

Milligan ignorierte ihn oder verstand ihn nicht.

»Das ist Zeitverschwendung«, sagte Finlay.

»Wenn das so sein sollte, dann werdet ihr beiden faulen Scheißer dafür bezahlt, dass ihr die ganze Nacht auf einem Parkplatz pennt. Dann haben alle was davon! Ihr dürft jetzt gehen.«

»Aber ...«

»Ihr dürft ... gehen.«

Um 19:28 Uhr hielt Finlay vor einer der Seiteneinfahrten zur Werft. Er parkte wenige Zentimeter vor dem Tor, von dem aus sie einen unverstellten Blick auf die mit Flutlicht bestrahlten Lagerhäuser und die bunten Frachtcontainer dahinter hatten, die wie Legosteine zu einem riesigen Wall aufgestapelt waren. Ein einsamer Gabelstapler war für die Nacht abgestellt worden, und die Legosteine spiegelten sich zittrig im dunklen River Clyde. Die ersten Regentropfen trafen die Windschutzscheibe, die bunten Tupfen verschwammen, verliefen wie Farbe auf einer Leinwand. Der Schauer wuchs sich zu einem Wolkenbruch aus, während sie sich Wimpy Burger und das erste warme Bier des Abends gönnten – eine Tradition bei Observierungen, beides gehörte dazu wie der nicht als Polizeifahrzeug gekennzeichnete Ford Cortina. Nach elf Jahren im Dienst fiel den kriminellen Elementen Glasgows die klapprige Karre dabei wahrscheinlich ebenso ins Auge wie ein Streifenwagen mit eingeschaltetem Blaulicht, aber wer wollte schon die Entscheidungen derjenigen weiter oben in der Nahrungskette anzweifeln?

»Wieso«, fing Christian zwischen zwei Bissen an, »bekommen wir beide immer die Scheißjobs?«

»Politik«, erklärte ihm Finlay weise. »Manchmal musst du einfach wissen, wem du in den Arsch kriechen solltest. Wirst du auch noch lernen … außerdem ist Milligan Rassist, da bin ich sicher.«

»Ich stamme aus Essex!«

Finlay beschloss, lieber das Thema zu wechseln. »Wie läuft es mit der Friseuse?«

»Sie hat das mit der Masseuse mitgekriegt.«

»Oh«, sagte Finlay, biss erneut in seinen Burger und fragte: »Eine Kundin von ihr?«

»Ihre Schwester.«

»Ach so. Na, und wie läuft es mit der Masseuse?«

»Die fand's nicht toll, dass ich mich mit der Streifenpolizistin getroffen hab.«

»Okay ... Und wie läuft es ...«

»Super«, erwiderte Christian. »Am Donnerstag führe ich sie wieder aus. Ich glaube, es läuft dieser *Mistress of the Apes*-Film im Kino.«

Finlay hob die Augenbrauen, sprach seine Bedenken hinsichtlich der Filmauswahl seines Freundes lieber nicht aus. Er griff in seine Hemdtasche und zog stolz eine Kassette daraus hervor.

»Nein! Ah komm! Nicht schon wieder Status Quo!«, beschwerte sich Christian. »Bitte nicht Quo!«

Die klobige Mechanik verschluckte sie im Ganzen und jagte zum Auftakt erst mal Feedback durch die Lautsprecher ...

Es war Status Quo.

Eine Stunde war vergangen.

»Sean Connery?«, riet Christian, ließ sein Fenster einen Spaltbreit herunter, um nicht zu ersticken, da beide den ganzen Abend lang Kette rauchten.

»Wie zum Teufel kommst du auf Sean Connery?«

»Deine nachgemachten Stimmen klingen *alle* gleich!«

Finlay guckte beleidigt.

»Ich habe mir sagen lassen, dass ich ein sehr gutes Ohr für Akzente habe.«

»Kann sein«, sagte Christian. »Aber dann lässt dich deine Zunge im Stich.«

»Okay. Versuch's damit ...«, sagte Finlay genervt.

Christian lauschte aufmerksam, schloss die Augen, während er sich das Hirn zermarterte.

Finlay wiederholte es noch einmal ein bisschen langsamer.

»Sean Connery?«

»Oh Mann, du kannst mich mal!«

Die zarten Zeiger der Uhr am Armaturenbrett zeigten 21 Uhr, als die ersten farbenprächtigen Explosionen den Himmel erleuchteten.

»Ich sehe was, was du nicht siehst … und es beginnt mit … F.«

»Feuerwerk?«, fragte Finlay gelangweilt, aber einigermaßen zuversichtlich, da sie »Fahrzeug« und »Frachtschiff« sowie ihn selbst schon hatten.

Das Knallen und Knistern drang gerade so hörbar durch das leicht geöffnete Fenster zu ihnen.

»Genau … Feuerwerk«, seufzte Christian und suchte im Handschuhfach nach einer anderen Beschäftigungsmöglichkeit.

Finlay sah sich im Wagen um. »Okay. Ich sehe was … was du nicht siehst … und es beginnt mit …«

Beide schreckten zusammen, als etwas laut auf das Autodach knallte, schwere Schritte drückten das dünne Blech über ihren Köpfen herunter. Dann trampelte eine große Gestalt über die Motorhaube, sprang hinunter und versuchte, über das Tor zu klettern. Finlay und Christian schauten mit offenen Mündern zu, wie der Eindringling, der einen Vokuhila trug, das Tor überwand und akrobatisch auf der anderen Seite landete. Er holte einen Bolzenschneider aus dem Rucksack hervor, knackte die Kette und zog die großen Tore auf.

Plötzlich glitzerte der Regen, Scheinwerfer hinter ihnen beleuchteten die Szene. Da sie begriffen, dass sie nun auf besorgniserregende Weise den Blicken aller ausgesetzt waren, rutschten Finlay und Christian tiefer in ihren Sitzen, sahen fünf dunkle Gestalten nur wenige Zentimeter entfernt am Beifahrerfenster vorbeigehen. Ihnen folgte ein schwarzer Transporter. Das Motorengeräusch wurde vom Regen übertönt, während das Fahrzeug in Schrittgeschwindigkeit auf das Werftgelände rollte.

Finlay griff blindlings nach dem Funkgerät. Über das Armaturenbrett hinweg konnte er sehen, wie die Gruppe vor dem größten Lagergebäude auf dem Werftgelände ausströmte. Er hielt sich die klobige Sprechmuschel des Funkgeräts vor den Mund. »Crystal?«, flüsterte er, da er im Verlauf des Abends die Stimme seiner Lieblingsdisponentin bereits mehrfach gehört hatte. »Crystal!«

Das Dröhnen der Reifen auf dem nassen Asphalt übertönte den Regen, als der Transporter aggressiv in Richtung Lagerhaus beschleunigte und schließlich genug Tempo aufgenommen hatte, um die riesigen Schiebetüren zu durchbrechen. Das Team eilte zu Fuß durch die so entstandene Öffnung, kurz darauf wurde das ohrenbetäubende Stottern von Schüssen aus Automatikwaffen laut.

Im Funkgerät fiepte es. »Fin, bist du das?«

»Wir sind im Govan Shipyard und brauchen schnell Verstärkung.«

Irgendwo im Gebäude kam es zu einer Explosion. Offensichtlich war die Detonation auch über Funk übertragen worden, denn der freundliche Plauderton der Disponentin wich abrupt einem dienstbeflisseneren »Verstärkung ist unterwegs. Ende«.

Finlay hatte das Funkgerät gerade wieder abgelegt, als eine zweite Explosion den Mann mit dem Vokuhila aus einem Fenster im ersten Stock katapultierte, sein hell angestrahlter Körper blieb am Boden liegen.

»Boah!«, lachte Christian und legte sich insgeheim bereits zurecht, wie er die Geschichte seinen Kollegen möglichst spektakulär schildern wollte. Dann aber streckte der gemarterte Mann unglaublicherweise einen Arm aus und rappelte sich wieder auf. Er zog seine Waffe aus einer Pfütze und humpelte erneut in das Lagergebäude.

»Da ist aber jemand hartnäckig«, sagte Christian und aß seinen Burger auf.

Finlay drehte sich verärgert zu ihm um. »Wie kannst du jetzt essen?«

Christian zuckte unschuldig mit den Schultern. »Gehen wir rein?«

»Warum nicht?«, sagte Finlay und kurbelte die Scheibe runter, um das magnetische Warnlicht aufs Dach zu stellen.

Das Feuerwerk in der Ferne ergoss sich über die Stadt, während er den Motor anließ und erneut *Rockin' All Over the World* von Status Quo losdudelte. Sie rasten planlos, aber mit eingeschalteter Sirene auf das Lagerhaus zu, hofften nur irgendwie, dass das Erscheinen zweier Polizisten die Erwartung weckte, dass die Ankunft weiterer unmittelbar bevorstand.

»Vokuhila ist wieder da!«, warnte Christian Finlay, als der Mann aus dem Gebäude taumelte und mit hoch erhobener Waffe auf den herannahenden Ford Cortina schoss.

»Tritt verdammt noch mal aufs Gas!«, brüllte Christian, als der Wagen erneut mit Einschusslöchern gesprenkelt wurde.

»Bin schon am Anschlag!«, schrie Finlay und riss das Steuer herum, sodass der Wagen ins Schlittern geriet und den Schützen versehentlich mit dem hinteren Teil rammte.

Ein widerlicher dumpfer Schlag war zu hören, dann rollte der erschlaffte Körper Richtung Fluss. Das Fahrzeug kam zum Stehen, der eine noch intakte Scheinwerfer beleuchtete den blutverschmierten Toten zwanzig Fuß von der Unfallstelle entfernt. Christian und Finlay keuchten heftig, wechselten nervöse Blicke, als ihnen bewusst wurde, dass sie sich möglicherweise mehr zugemutet hatten, als sie leisten konnten … dann sahen sie durch den auf die kaputte Motorhaube prasselnden Regen, wie die schlaksige Gestalt erneut zum Leben erwachte.

»Was zum Teufel?!«, keuchte Christian entsetzt.

Mit zitternden Armen stieß sich der langhaarige Mann ab.

Finlay ließ den Motor bedrohlich aufheulen.

»Fahr ihn noch mal an!«, brüllte Christian.

Trotz eines offensichtlich gebrochenen Arms kam der durchnässte Mann wieder auf die Beine. Leicht schwankend starrte er die beiden verblüfften Gesichter an, die ihn durch die gesprungene Windschutzscheibe anstarrten. Ohne auch nur einen einzigen Augenblick zu zögern, drehte er sich um und tauchte in das dunkle Wasser.

»Hä«, nickte Finlay, den Blick starr auf den Fluss gerichtet. »Was auch immer die dem bezahlen, es kann nicht genug sein.«

Sie stiegen aus dem Wagen und rannten zu dem zerstörten Lagerhaustor.

Als sie hineinschauten, hatte sich eine unheimliche Stille über den Schauplatz gelegt. Der schwarze Transporter stand zwischen den Trümmern an der Laderampe, die Hinterreifen drehten sich wirkungslos knapp einen halben Meter über dem Boden. Eine Stahltreppe führte weiter hinten zu einer augenscheinlich massiven Tür hinauf.

»Die Luft scheint rein zu sein«, flüsterte Christian.

Er band sich die Haare zum Pferdeschwanz und eilte hinüber zu dem Transporter. Ein kurzer Blick in die leere Fahrerkabine ergab, dass das Gaspedal mit einem Stock heruntergedrückt worden war. Er winkte Finlay zu sich.

»Nach oben?«, schlug sein Partner vor.

»Nach oben«, stimmte Christian zu.

Sie stiegen die Treppe bis zu der ovalen Stahltür hinauf, die auch in einem U-Boot nicht deplatziert gewirkt hätte, durch ein Einschussloch in der Scheibe zischte kühle Luft.

»Druckschleusen«, sagte Finlay mit gerunzelter Stirn, fuhr mit der Hand durch den Luftstrahl.

Er hatte Mühe, die Tür aufzuziehen, und hörte von irgendwoher aus dem Gebäude eine andere zuschlagen, als sie in den eisig kalten Gang traten. Zwei Tote lagen einander gegenüber zusammengesackt an den Wänden. Einer hatte dem Team der Eindringlinge angehört, der andere trug von Kopf bis Fuß Schutzkleidung.

»Bleib hinter mir«, fauchte Finlay, nahm dem ersten Toten die Waffe ab und checkte dann systematisch die geöffneten Türen, wie er es in der Ausbildung gelernt hatte: Industriewaagen, Geldzählmaschinen, Pritschenwagen.

Sie gingen weiter, stemmten sich gegen den Luftstrom der weiterhin entweichenden Luft, als sie von irgendwo unter sich erneut einen dumpfen Knall hörten.

Beide erstarrten.

»Das klang nicht gut«, flüsterte Christian.

Finlay schüttelte den Kopf. »Lass uns schnell machen.«

Sie eilten ans Ende des Gangs, wo ihnen eine zweite Druckschleuse den Weg versperrte. Finlay packte den langen Türgriff und hebelte sie auf. Christian taumelte durch die Tür, spürte das Rauschen der Luft, als sich die ungleichen Druckverhältnisse einander anglichen.

Finlay hatte Mühe, die schwere Tür offen zu halten, schob sich durch den Spalt und ließ sie anschließend mit Wucht hinter sich zuschlagen.

»Mach dir keine Sorgen um mich …«, sagte er zynisch, aber sein Partner antwortete nicht. Christian starrte ehrfürchtig die Päckchen mit cremefarbenem Pulver an, die sich anderthalb Meter hoch stapelten, dicke Bündel Bargeld lagen daneben. Finlay gab Christian die Waffe und ging darauf zu. Er riss ein kleines Loch in einen der Säcke, leckte sich den Finger ab und spuckte aus. »Heroin.«

»Wie viel wird das sein?«, fragte Christian. Auf der Straße hatte er nie mehr als ein Kilo gesehen.

»Keine Ahnung … Tausende.«

Unter sich hörten sie erneut etwas poltern. Als sie das warme Glühen an der Wand tanzen sahen, trat Finlay an die Tür, um nachzusehen. Durch die Öffnung kam ihm heiße Luft entgegen. Er spähte durch das kleine Fenster, sah einen Laufsteg, der um die gesamte obere Ebene des Lagerhauses herumführte. Die verbogene Tür schlug auf, als er die Schwelle überquerte und sich zögerlich dem wütend tobenden Feuer näherte.

Im selben Moment, in dem er hinaustrat, musste er auch schon seine Augen vor der infernalischen Hitze abschirmen. In dem, was einst ein Drogenlabor auf dem neuesten Stand der Technik war, flogen nun Tanks und Kanister einer nach dem anderen in die Luft. Die diversen Leichen, die auf dem Boden verteilt lagen, wurden eingeäschert: Labormitarbeiter, Angehörige des Überfallkommandos und des offenbar zivil gekleideten Sicherheitspersonals.

Als er merkte, dass seine Schuhsohlen auf dem Stahl schmolzen, rannte Finlay zurück in den Raum, schloss die kaputte Tür, so fest er konnte, hinter sich.

»Problem?«, fragte Christian mit besorgtem Blick.

»Feuer.«

»Groß?«

»Ziemlich groß.«

»Scheiße.«

»Anscheinend haben wir eine Wahnsinnsschießerei verpasst. Alle sind tot.«

Beide drehten sich zu ihrem karriereförderlichen Fund um.

»Was hat Priorität?«, fragte Christian seinen ihm vorgesetzten Kollegen. »Die Drogen oder das Geld?«

Finlay schien hin- und hergerissen, die Farbe an der Wand hinter ihnen warf bereits Blasen.

»Fin, die Drogen oder das Geld?«

»Die Drogen. Wir nehmen die Drogen.«

Christian sah aus, als wollte er widersprechen, aber das Geräusch berstender Glasscheiben trieb ihn zur Eile.

»Irgendwo dahinten hab ich einen Rollwagen gesehen.«

Finlay nickte und eilte zu der unter Druck stehenden Tür. Unter größter Anstrengung gelang es ihm, sie weit genug offen zu halten, sodass Christian durchschlüpfen konnte, die heiße Luft trocknete seine Augen aus. Wenig später kehrte Christian zurück, hatte einen der Toten auf den Pritschenwagen gelegt, eine leblose Hand schleifte über den Boden.

»Das war ein Drogendealer!«, sagte er abwehrend, als er Finlays missbilligenden Blick sah. »Jetzt ist er ein Türstopper.«

Christian legte die Leiche kurzerhand in den Eingang, versuchte dabei, das ekelhafte Knirschen zu ignorieren, das entstand, als Finlay die Tür losließ, um ihm beim Aufladen zu helfen. Neunzig Sekunden später warfen sie den letzten Packen Heroin auf den Pritschenwagen, der Schweiß lief ihnen über die Gesichter, während sich das Lagerhaus um sie herum in einen Schmelzofen verwandelte.

»Los! Los! Los!«, brüllte Finlay, aber Christian gönnte sich noch einen letzten Blick auf den in orangefarbenes Licht getauchten Geldberg, obwohl ihnen das Feuer bereits durch das einstürzende Gebäude folgte.

Christian und Finlay husteten schwarzen Schleim, als die Ersten ihrer Kollegen auf das Inferno zurasten. Nachdem sie die Säcke unter größter Anstrengung und in sicherem Abstand zu den lodernden Flammen abgeladen hatten, setzten sie sich auf den Asphalt und betrachteten das Feuerwerk über dem Feuer.

Finlay schwieg, aber ihm fiel auf, dass die Hände seines Partners zitterten. Die Brandverletzung an seinem eigenen linken Arm pochte schmerzhaft im kalten Regen.

Eine Autotür knallte zu.

»Wir sind dran«, sagte er zu Christian und stand auf.

Sie bezogen jeweils auf einer Seite der rekordverdächtig großen Menge an beschlagnahmten Drogen Stellung, reckten die Daumen in die Höhe und grinsten breit, während hinter ihnen das Lagerhaus in sich zusammenfiel. Das symbolträchtige Schwarz-Weiß-Foto zirkulierte tagelang landesweit durch die Presse – ein PR-Triumph für das Drogendezernat wie für die gesamte Strathclyde Police ... der Beweis dafür, dass sich mitten unter uns noch immer Helden befinden.

# KAPITEL 3

Mittwoch, 6. Januar 2016
9:53 Uhr

»Ein Mann ist tot, Chief Inspector!«

»Das sind viele … nach allem, was geschehen ist«, erwiderte Baxter ruhig, aber giftig. »Anscheinend legen Sie es drauf an, die Zeit anderer Leute zu verschwenden, indem Sie sich Gedanken um die einzige Person machen, die den Tod tatsächlich verdient hat!«

Ihr Termin mit dem FBI lief wie erwartet. Jetzt hatte jemand anders das Problem, Ordnung in das unglaubliche Chaos zu bringen, das ihr letzter Fall hinterlassen hatte: ein Verdächtiger hingerichtet, ein CIA-Agent vermisst, ein durch einen Schneesturm verunreinigter Tatort und weite Teile der Londoner Innenstadt in Schutt und Asche.

»Haben Sie Informationen über den aktuellen Aufenthaltsort von Special Agent Rouche?«

»Soweit ich weiß«, erwiderte sie mit ruhiger Stimme, »ist Agent Rouche tot.«

Der surrende Elektroofen ließ unangenehm heiße Luft durch den Vernehmungsraum wabern, während sie unablässig Fragen gestellt bekam.

»Sie haben das Haus von Agent Rouche durchsuchen lassen.«

»Das habe ich.«

»Also haben Sie ihm nicht vertraut?«

»Nein, ich habe ihm nicht vertraut.«

»Und auch jetzt empfinden Sie keinerlei Restloyalität ihm gegenüber?«

Sie zögerte einen ganz kurzen Augenblick. »Nein, absolut nicht.«

In dem Augenblick, in dem die Besprechung im Nachbarraum vertagt wurde, stand Wolf auf und ging zur Tür.

»Und wo willst du hin?«, fragte Saunders.

»Ich will sie sehen.«

»Ich weiß nicht, ob du wirklich verstanden hast, was ›Arrest‹ bedeutet.«

»Wir haben eine Vereinbarung«, sagte Wolf und wandte sich zu Vanita um.

»Na schön.« Sie entließ ihn mit einer Handbewegung. »Schließlich kann der ganze Schlamassel kaum schlimmer werden.«

»Überraschung!«

Wolfs gequältes Lächeln fing in der langen Stille bereits an wehzutun.

Der Mief war der Opferschutzbeamtin noch nicht aus dem Vernehmungsraum heraus gefolgt. Baxter starrte ihn über den Tisch hinweg an. Obwohl sie schwieg, verrieten ihre großen dunklen Augen die Emotionen, die hinter ihrer ruhigen Fassade miteinander rangen – ein bisschen so wie die rotierenden Bilder eines Glücksspielautomaten, bevor sie stehen blieben.

Wolf rutschte betreten auf seinem Stuhl herum, strich sich eine Locke aus den Augen und nahm den Aktenordner vom

Schoß. Seine Handschellen klapperten auf dem Metalltisch, als er ihn ablegte.

»Fünf Pfund darauf, dass sie ihm eine reinhaut«, wettete Saunders mit Vanita, die einigermaßen sicher auf der anderen Seite des Einwegspiegels gemeinsam zusahen.

Vanita schloss die Augen, murmelte etwas auf Hindi, da sie sich von den drei größten Plagen ihres Lebens umgeben sah. »Ohne mich.«

Wolf griff über den Tisch, schaltete den Übertragungskanal in den Nachbarraum aus und murmelte: »Ich, äh … wahrscheinlich stehe ich zurzeit nicht besonders hoch bei dir im Kurs, trotzdem würde ich dir gerne sagen, wie schön es ist, dich zu sehen.« Er warf einen genervten Blick Richtung Spiegel, hoffte, ihre Zuschauer würden sie ein paar Minuten lang ungestört lassen. »Ich hab mir echt Sorgen gemacht … bei allem, was vorgefallen ist. Ich hätte … vielleicht hätte ich was tun können.«

Baxter rührte sich nicht, während Wolf weiterstammelte.

Er räusperte sich und fuhr fort. »Ich war im Haus. Bei Maggie.«

Ein fast unmerkliches Zucken in Baxters Miene.

»Sei ihr nicht böse. Sie musste mir *versprechen*, dass sie dir nichts sagt. Um es kurz zu machen: Ich bin einen Deal eingegangen … mit dem Commissioner. Man wird mich an einem letzten Fall arbeiten lassen … meinem allerletzten. Ich darf denjenigen finden, der ihm das angetan hat … Finlay, meine ich.«

Baxters Atmung hatte sich beschleunigt, ihre Lider flatterten, ihre Augen wurden feucht.

»Ich weiß, was die sagen«, fuhr Wolf vorsichtig fort. »Ich

hab mir die Akte angesehen, und ich verstehe, wie sie darauf kommen. Von außen betrachtet, passt alles zusammen. Aber du weißt genauso gut wie ich, dass die sich irren.« Seine Stimme brach. »Er hätte sie nicht verlassen. Er hätte dich nicht verlassen ... er hätte *uns* nicht verlassen.«

Jetzt liefen Baxter Tränen über die Wangen.

Wolf schob ihr die Akte über den Tisch entgegen. Auf der fotokopierten Titelseite stand:

**Baxters Kopie**

»Schau dir nur mal die Akte an«, sagte er leise.

»Ich kann nicht«, flüsterte Baxter, brach ihr Schweigen.

Wolf blätterte bis zu einer mit Anmerkungen versehenen Seite vor, aber Baxter erhob sich bereits.

»Hier steht das ...«

»Ich kann nicht!«, fuhr sie ihn an und rannte aus dem Raum.

Wolf schlug die Akte zu, rieb sich müde über das Gesicht. Er stand auf und warf die Unterlagen in den Papierkorb für Vertrauliches. Als er zum Tisch ging, schaltete er das Mikro wieder ein und drehte sich zu der großen verspiegelten Scheibe um. »Nur für den Fall, dass ihr's nicht mitbekommen habt: Sie hat Nein gesagt.«

Baxter kam aus der U-Bahn-Station und ging in den kleinen Tesco-Supermarkt.

Auf der Wimbledon High Street lag noch immer hier und da Schnee, vor allem um die Laternenmasten und in den dunklen Ecken war er zu Eis festgefroren. Als sie den Eingang ihres Wohnblocks erreichte, zog sie automatisch Thomas' Hausschlüssel aus der Tasche, eine Angewohnheit, die verriet, welche Wohnung sie inzwischen für ihr Zuhause hielt. Mit ihren beiden schweren Einkaufstüten stieg sie die Treppe hinauf, hielt aber auf dem obersten Absatz inne, da die Tür zu ihrem Apartment weit offen stand. Sie stellte die Tüten ab, trat vorsichtig näher. Eine Frau mit kurzen Haaren kam heraus, zog den Reißverschluss der Jacke zu, die sie über ihrer Arbeitskleidung trug.

»Holly!«, seufzte Baxter erleichtert.

»Emily«, begrüßte die Tierpflegerin sie überschwänglich, wobei sie sich aber davor hütete, Körperkontakt zu ihrer eher reservierten Schulfreundin aufzunehmen. »Ich wusste nicht, dass du kommst.«

»Ich auch nicht.«

»Ich hatte noch ein bisschen Zeit vor meinem Dienstbeginn, deshalb …«

»Kaffee?«, fragte Baxter, die gerade ihren Vorrat aufgestockt hatte.

»Würde ich gerne, aber ich bin schon spät dran. Reden wir später?«

»Klar.«

Baxter trat einen Schritt zurück, um ihre Freundin vorbeizulassen, sammelte ihre Einkaufstüten zusammen und betrat das Apartment. Halb erwartete sie, Echo um die Ecke und in das Bücherregal flitzen zu sehen, um sie zu begrüßen, doch dann fiel ihr wieder ein, dass er sich, ebenso wie der Großteil ihrer Besitztümer, bei Thomas befand.

Es fühlte sich eigenartig an, wieder hier zu sein.

Im Flur roch es nach Krankenhaus: Antiseptischer Geruch überdeckte den Infektionsgestank. Eine Ansammlung von Pflastern und Verbandsmaterial lag auf der Arbeitsfläche in der Küche, halb leere Fläschchen mit Medikamenten daneben. Sie trug die Tüten zum Kühlschrank und war gerade dabei, den

Einkauf auszupacken, als sie einen dumpfen Schlag im Schlafzimmer hörte.

Baxter erstarrte, ein vage als Gemüse-Couscous bezeichnetes Fertiggericht in der Hand.

Knarzend öffnete sich die Schlafzimmertür.

Sie trat einen Schritt zurück, beobachtete vorsichtig den Flur.

Plötzlich kam ein halb nackter Mann mit hungrigem Blick auf sie zugewankt.

Er hatte scheußlich tiefe Verletzungen auf der Brust, verkrustet und gelb dort, wo die Selbstheilungskräfte seines Körpers versagten. Ein dicker Verband zog sich straff über seine Schulter. Er streckte die Arme nach ihr aus.

»Wie wunderschön«, sagte sie und warf ihm eine Tüte McVities Hobnobs Nibbles über die Arbeitsfläche entgegen.

»Wir lassen sie jetzt atmen«, erklärte Rouche und riss gierig die Kekstüte auf. »Äh, danke!«, setzte er hinzu, wie ein Kind, das kurzzeitig seine Manieren vergessen hat.

»Ich dachte, du schläfst vielleicht«, sagte Baxter, als er langsam zu ihr ging, sich an die Rippen fasste und bei jedem Schritt zusammenzuckte.

»Nicht schon wieder Gemüse-Couscous!«, beschwerte er sich, als er sah, was sie in der Hand hielt.

»Hör auf zu meckern, das tut dir nicht gut«, behauptete sie grinsend.

Sie hockte sich vor den offenen Kühlschrank, um die Fertigmahlzeit zu verstauen, gestattete sich, das Lächeln für die Dauer der wenigen Sekunden, die sie außerhalb seines Sichtfelds verbrachte, einzustellen. Rouche sah schlimmer aus denn je. Seine weiße Haut war feucht vor Schweiß. Jede Bewegung schien ungeheure Voraussicht und Konzentration zu erfordern, um zu vermeiden, dass er sich weitere Verletzungen zuzog, und seine schweren Augenlider ließen vermuten, dass ihn die Schmerzen auch in der vergangenen Nacht wieder um den Schlaf gebracht hatten. Selbst seine grau melierten Haare wirkten schlaffer und grauer als am Vortag.

Abermals lächelnd, erhob sich Baxter. »Wie war's mit Holly?«

Sie hatte Rouche im nächtlichen Schneesturm angeschrien, er möge wach bleiben, hatte ihn gezwungen, sich aufzurichten, auf die Beine zu stellen und den Ort des Verbrechens zu verlassen. Weniger als zwanzig Meter von dem Mann entfernt, den er getötet hatte, war er im Schutz einer Trauerweide, die sich über das Ufer des Teichs im St James Park neigte, zusammengebrochen. Keiner der unzähligen Rettungssanitäter hatte ihn dort in der weißen Hölle entdeckt.

Stunden waren vergangen, bis sie gefahrlos hatte zurückkehren und ihm helfen können. Thomas war in Panik geraten, hatte sie aber trotzdem unterstützt, und gemeinsam hatten sie Rouche zum Wagen gebracht. Während Baxter sich auf der Rückbank des Range Rover um ihn kümmerte, hatte Thomas sie aus der Innenstadt heraus nach Wimbledon gefahren. Da sie nicht wusste, an wen sie sich sonst hätten wenden sollen, hatte sie alles auf eine Karte gesetzt und eine Freundin angerufen, mit der sie nicht mehr gesprochen hatte, seit sie vor über einem Jahr ihre Teilnahme an einem Junggesellinnenabschied abgesagt hatte. Ohne zu zögern, war Holly trotz der spärlichen Informationen, die sie bekommen hatte, zu ihnen gekommen, nicht ohne davor noch einen kleinen Abstecher zu ihrer Arbeitsstelle zu machen. Sie war Tierpflegerin am Londoner Veterinärkrankenhaus, verbrachte die gesamte Nacht an Rouches Seite und linderte dessen Schmerzen wenigstens so weit, dass er sich ausruhen konnte. Anschließend hatte sie seine stattliche Anzahl von Verletzungen gesäubert.

»*Was?*«, fragte Rouche, der mit Kauen beschäftigt war.

»Holly – wie war's mit ihr?«, fragte Baxter erneut.

»Sie sagt, die Antibiotika wirken nicht, und wenn ich weiter so abbaue, bin ich in zwei Wochen tot«, teilte er ihr fröhlich im Hobnobs-Rausch mit. »Wie lief's mit dem FBI?«

»Die wollen deinen Kopf.«

Rouche hörte auf zu kauen und schluckte.

»Können sie damit nicht noch ein paar Wochen warten?«

Baxter versuchte zu grinsen, aber es gelang ihr nicht.

»Die werden nicht einfach aufhören, nach mir zu suchen«, erklärte er ihr aufrichtig.

»Ich weiß.«

»Hör mal, Baxter, ich ...«

»Sag es erst gar nicht«, fiel sie ihm ins Wort.

»Aber wenn die mich hier finden ...«

»Werden sie nicht.«

»Und wenn doch ...«

»Werden sie nicht! Lass uns nicht schon wieder darüber reden!«, fuhr sie ihn an. »Geh zurück ins Bett. Ich mach dir jetzt das Gemüse-Couscous warm, weil du so ein Blödmann bist!«

Sie sah ihm liebevoll hinterher, während er zur Schlafzimmertür schlurfte. Sie zog die Kühlschranktür auf, zögerte, schüttelte den Kopf und schob anschließend ein Chicken Tikka Masala in die Mikrowelle.

Wieder bei Thomas, hörte Baxter die Haustür zuknallen.

Sie stellte die vergeblichen Versuche ein, den Rauch aus dem Küchenfenster zu wedeln, und entschied sich stattdessen dafür, die ganze Pfanne in den Rosenstrauch zu schleudern. Ihre großartigen Pläne, Thomas ein Überraschungsessen zu kredenzen, waren ebenso schiefgegangen wie die meisten ihrer Vorhaben in der letzten Zeit.

»Hallo!«, begrüßte er sie, warf im Vorübergehen einen bösen Blick auf einen Zweig des Weihnachtsbaums in der Wohnzimmerecke, der allein in den wenigen Sekunden, die er ihn angesehen hatte, schon wieder ein Dutzend Tannennadeln verloren hatte. »Hier riecht was …« – er würgte – »… *gut.* Was gibt es denn?«

»Gemüse-Couscous«, eröffnete ihm Baxter in der Hoffnung, die Mikrowelle würde nicht piepen, solange er in der Küche war.

Er schaute leicht enttäuscht.

Die Mikrowelle piepte.

»Wie lief dein Termin mit den *Feds?*«, fragte er.

»Schlecht.«

»Oh … und wie geht's Rouche heute?«

»Auch schlecht.«

»Oh … Na ja, und wie war dein Tag sonst?«, versuchte er es hoffnungsvoll.

Baxters Gedanken drifteten ab: zu Wolf, der ihr in Handschellen gegenübersaß, ihren Tränen auf der Toilette, der stinkenden Infektion, die ihren Freund auffraß, und zu Maggie, die sie getröstet hatte, als sie am Nachmittag vorbeigekommen war …

»Schlecht«, antwortete sie und war wieder den Tränen nah.

Thomas ließ seine Aktentasche fallen und eilte zu ihr, um sie zu umarmen. Sie legte ihren erschöpften Kopf an seine Brust, gerade als die Mikrowelle erneut piepte.

»Hast du heute mal Lust auf Fish and Chips?«, fragte er sie beruhigend.

»Das wäre schön.«

Er drückte sie und ging zurück zur Tür.

»Schenk uns schon mal Wein ein. Ich bin in fünfzehn Minuten wieder da«, sagte er.

Baxter lächelte und folgte ihm, begleitet vom Geräusch rieselnder Tannennadeln, bis in die Diele, wo er stehen blieb. »Ich weiß, dass heute ein schwieriger Tag war, aber jetzt ist es doch ausgestanden, oder? Es ist vorbei.«

Sie nickte. »Ja, es ist vorbei.«

Thomas lächelte sie an.

Als die Tür hinter ihm ins Schloss fiel, kehrte Baxter in die Küche zurück und schenkte sich etwas zu trinken ein. Sie setzte sich an den Tisch und zog die zerknitterte Aktenmappe aus der Tasche, die sie aus dem Papierkorb im Vernehmungszimmer gefischt hatte, und fing an zu lesen.

Es war vorbei. Aber nur *fast*.

# KAPITEL 4

Donnerstag, 7. Januar 2016
8:08 Uhr

Wolf versuchte, das Geflüster und die unzähligen Blicke in seine Richtung zu ignorieren, als er draußen vor DCI Simmons' früherem Büro bei der Mordkommission wartete. Egal, wie lange er auf Baxters Namen an der Tür starrte, er wirkte deplatziert – wie ein Streich, den er ihr früher einmal mit Finlay gespielt haben könnte.

Was hatte sich die Leitung nur dabei gedacht?

Was hatte Baxter sich gedacht?

»Morgen, William!« Janet, die Putzfrau, begrüßte ihn. »Ganz schön kalt draußen.«

Wolf nickte erstaunt. Anscheinend war der Umstand, dass er sich die vergangenen achtzehn Monate lang auf der Flucht befunden hatte, völlig an ihr vorbeigegangen. Er gestattete sich, diesen flüchtigen Moment Normalität zu genießen, blieb draußen vor dem Chefzimmer sitzen und unterhielt sich über Belanglosigkeiten, als wäre nie etwas geschehen. Er verbarg die Handschellen, so gut es ging, während Janet den Mülleimer neben ihm mit einer neuen Tüte versah.

»Wie macht sich Gary an der Uni?«, fragte er sie.

»Ach, jetzt ist er schwul!«, erwiderte sie ganz verzückt.

»Okay!«, strahlte Wolf zurück. »Was studiert er noch

mal?«, wollte er wissen und hoffte, den Moment damit noch ein bisschen weiter in die Länge zu ziehen, doch bevor sie antworten konnte, öffnete sich die Tür zum Büro, und er wurde hineingerufen.

Christian saß erneut in einem eleganten Anzug am Schreibtisch und zwinkerte Wolf zu, als dieser sich neben ihm niederließ.

»Ihre Informationen haben sich als richtig erwiesen«, verkündete Vanita, nahm wieder an Baxters Schreibtisch Platz. »Ein Einsatz zur Ergreifung von Dubois und seinen Leuten läuft derzeit noch, die französische Küstenwache hat das Schiff bereits aufgehalten ... unser Deal steht.«

»Können wir den armen Mann dann endlich von seinen Handschellen befreien?«, erkundigte sich Christian.

Die Herausgabe des Schlüssels schien Vanita körperliches Unwohlsein zu bescheren. Christian erledigte die Aufgabe und musste anschließend einen Hustenanfall vortäuschen, um sein Lachen zu verbergen, als Wolf damit heimlich ihre lilafarbene Handtasche an den Tisch kettete.

»Die Unterlagen werden vorbereitet«, informierte sie Wolf, der unschuldig aufschaute, »und müssten morgen zur Unterzeichnung bereitliegen. Ich erwarte von Ihnen, dass Sie sich jeden Morgen und Nachmittag bei mir an- und abmelden. Und da dieses Arrangement nicht unendlich fortgesetzt werden kann, werde ich Ihnen ein Zeitlimit von fünf Tagen setzen, innerhalb dessen Sie erste handfeste Ergebnisse vorzulegen haben.«

Wolf wollte Einwände erheben.

»Sosehr dies festzustellen mich auch schmerzt«, fuhr sie fort, »Sie sind ein guter Detective, Fawkes. Wenn Sie bis dahin nichts gefunden haben, dann gibt es nichts zu finden.«

Er schaute Christian Rat suchend an, der klügere, erfahrene Mann übernahm nun für ihn Finlays Rolle. Christian nickte.

»Fünf Tage«, erklärte Wolf sich einverstanden.

Der weiße Himmel drohte erneut mit Schnee, weshalb Baxter ihre alberne Bommelmütze mit den dazu passenden Handschuhen trug. Sie klopfte an die klapprige Schuppentür, nahm das selbst gemalte Schild ab, das mit der Vorderseite nach oben ins nasse Gras fiel. Drinnen hörte man einen Knall, dann spähte Edmunds' verdutztes Gesicht heraus. Er hatte in seinem Garten nicht mit Besuch gerechnet.

»Baxter!«, umarmte er sie grinsend.

»Tia hat mich reingelassen«, erklärte sie, betrat das Nervenzentrum des Unternehmens »Alex Edmunds – Privatermittler«.

Edmunds hob den Hocker auf, den er wegen ihr umgestoßen hatte.

»Ich würde dir ja einen Kaffee oder so anbieten, aber letzte Woche ist der Gartenschlauch eingefroren«, entschuldigte er sich. »Willst du lieber ins Haus gehen?«

»Nein, alles gut«, versicherte Baxter ihm. »Außerdem bin ich dienstlich hier.«

»Ach? Bist du nicht mehr krankgeschrieben?«

»Doch. Noch zwei Wochen«, sagte sie ohne weitere Ausführungen. Sie betrachtete die Bilder eines wütend dreinschauenden Frettchens, die über einer Straßenkarte von Manhattan und Fotos von einem ausgebrannten Wagen hingen, zwei gespenstische Gestalten saßen noch darin. Da ihr von dem Anblick schlecht wurde, wandte sie sich ab. »Den Fall von Mr Scabs hast du also inzwischen abgeschlossen?«, fragte sie in Kenntnis von Edmunds' absurdem ersten Auftrag.

»Genau genommen befindet er sich zurzeit noch auf ›freiem

Fuß‹ ... aber wir werden ihn kriegen«, sagte er zuversichtlich, rieb sich über den riesigen Bluterguss am Oberschenkel. »Dienstlich?«, drängte er. Offenbar wollte er nicht weiter darüber sprechen, dass er offenbar nicht in der Lage war, ein kleines Säugetier dingfest zu machen. »Bist du gekommen, um mich festzunehmen?«

»Nein«, sagte Baxter und reichte ihm die zerknitterte Akte. »Ich bin hier, um dich zu engagieren.«

Nachdem sie ihre Schuhe in der Diele ausgezogen hatten, bekamen Wolf, Christian und Saunders einer nach dem anderen nach Rosen duftende Küsschen von Maggie.

Trotz Wolfs Protest mussten sie sich weiter mit Saunders abfinden, da dieser bereits an den ursprünglichen Ermittlungen beteiligt gewesen war. Auf der Fahrt nach Muswell Hill hatte Wolf zudem erfahren, dass Saunders sich in der Nacht, in der Finlay gefunden wurde, geweigert hatte, von Maggies Seite zu weichen, bis Baxter eintraf und ihn ablöste, wodurch er in Wolfs Ansehen noch ein Stückchen weiter gestiegen war.

Wolf zog seinen Mantel aus und hängte ihn über die Lehne eines Küchenstuhls, während Maggie ihnen etwas zu trinken machte und sie sich stockend unterhielten. Als Christian und Saunders schließlich nach oben gingen, blieb Wolf zurück, um allein mit Maggie zu sprechen.

»Wenn du irgendwas brauchst, ruf einfach. Ich will dich heute nicht da oben haben.«

Sie nickte, und er drückte sie fest, mehr sich selbst zuliebe, als um sie zu trösten. Wolf folgte seinen Kollegen die Treppe hinauf, erkannte im Näherkommen die Gesichter zweier vertrauter Personen.

»Verfluchte Scheiße, was zum Teufel macht ihr denn hier?«, fragte Saunders.

»Schimpfwortkasse! Ich musste ihr versprechen, dass ich's dir nicht sage!«

Wolf entging das Lächeln nicht, das Baxter über die Lippen huschte.

»Ich wusste, dass du kommen würdest«, erklärte Wolf, aber sie antwortete nicht.

»Edmunds«, sagte er eisig.

»Wolf«, erwiderte dieser noch unterkühlter.

»Edmunds, das ist Commissioner Christian Bellamy, ein alter Freund von Finlay«, sagte Baxter. »Christian, das ist Alex Edmunds, Privatermittler«, stellte sie ihn stolz vor.

Die beiden Männer schüttelten sich die Hände.

»Saunders«, sagte Saunders und streckte ebenfalls seine Hand hin.

»Genau«, sagte Edmunds irritiert. »Wir kennen uns bereits.«

Saunders schaute ratlos.

»Wir haben zusammengearbeitet, vor ungefähr sechs Monaten ... Die Ragdoll-Morde?«, erinnerte Edmunds ihn.

Saunders guckte noch immer ratlos.

Edmunds hielt es daraufhin für unkomplizierter, ihm einfach die Hand zu schütteln, und tat es.

»Na schön, Saunders«, sagte Wolf, trat einen Schritt zurück, um ihm Raum zu geben, »dein Einsatz.«

Saunders nahm sein Notizbuch, zögerte und ging zu der kaputten Tür, schob sie zu.

»Erster Januar, null Uhr fünfunddreißig, Detective Blake und ich erhalten den Auftrag, Constable Randle bei einem Einsatz zu unterstützen, es ging um einen mutmaßlichen Selbstmord. Um null Uhr sechsundfünfzig treffen wir ein und finden« – er räusperte sich – »die Leiche eines sechzigjährigen Mannes, mit dem Gesicht nach unten in der Mitte des Raums, eine einzelne Schusswunde in der linken Schläfe, neben ihm auf dem Boden eine Neun-Millimeter-Pistole.«

Niemand sagte etwas, jeder war mit seinen eigenen Gedanken beschäftigt. Der dunkle Fleck auf den Dielen beherrschte den Raum.

Saunders blätterte um.

»Nachdem alles fotografiert worden war, wurde die Pistole als Beweismittel gesichert. Die Kriminaltechniker erklärten die Tatsache, dass ausschließlich die Fingerabdrücke des Opfers auf der Waffe sichergestellt werden konnten, übereinstimmend damit, dass das Opfer Linkshänder war, und die Ballistiker konnten bestätigen, dass die Kugel aus dieser Waffe abgefeuert wurde. Bei der Ankunft am Tatort musste sich Constable Randle gewaltsam Zutritt zum Haus verschaffen. Als er die Tür oben verschlossen fand, öffnete er auch diese gewaltsam, wobei Schäden am Türrahmen entstanden.« Saunders blätterte erneut um. »Die Leiche wurde allein in einem verschlossenen Raum entdeckt, das einzige Fenster war von innen verschlossen ... Fazit: Selbstmord.«

Wolf trat vor, um sich das Fenster genauer anzusehen, eine Plastikfolie bedeckte das noch fabrikneue Schloss, das offenbar nie geöffnet worden war.

»Kein Brief?«, fragte er.

»Es wurde keiner gefunden«, erwiderte Saunders. »Wie bei sieben von zehn Selbstmorden.«

»Wo war Maggie in der Zeit?«, fragte Edmunds, der die Akten noch nicht zu Ende gelesen hatte.

»Bei Freundinnen«, sagte Saunders. »Auf einer Party in Hampstead.«

»Finlay hat Silvester gehasst«, entfuhr es Wolf und Baxter gleichzeitig.

Er grinste. Sie nicht.

»Und woher kam die Meldung?«, fragte Edmunds.

»Von Finlay. Vom Festnetz in der Diele.« Saunders sah erneut in seinem Notizbuch nach. »Um sieben Minuten nach Mitternacht wurde ein stiller Notruf abgesetzt und unmittelbar darauf eine Einheit losgeschickt.«

»Er hat gar nichts gesagt?«

»Nein«, erwiderte Saunders. »Aber Gott weiß, in welchem Gemütszustand er sich zu dem Zeitpunkt befunden hat.« Fragend schaute er zum Commissioner.

»Mir schien er völlig in Ordnung«, sagte Christian traurig. »Ich war früher am Abend bei ihm gewesen«, erklärte er. »Wir haben eine Flasche Whisky aufgemacht und nicht wenig davon getrunken.«

Baxter erinnerte sich an die Fotos vom Tatort, die billige Flasche lag umgekippt auf dem Boden – die Kollegen aus der Abteilung hatten sie ihm als Abschiedsgeschenk zur Pensionierung besorgt.

»Worüber haben Sie gesprochen?«, fragte Edmunds Christian. »Wenn ich fragen darf.«

»Worüber sprechen alte Freunde, wenn sie an Feiertagen zusammenkommen? Wir haben uns über alte Abenteuer unterhalten, wer welche Kämpfe gewonnen hat, und über die Mädchen, die uns das Herz gebrochen haben«, er lächelte. »Kurz nach Mitternacht habe ich einen Anruf von ihm verpasst, das werde ich mir nie verzeihen. Und wenige Minuten später kam das hier …«

Christian hielt sein Handy hoch.

**BITTE KÜMMERE DICH UM SIE**

»Da hat mich die Panik gepackt, ich bin in ein Taxi gesprungen und so schnell ich konnte hierher zurückgefahren. Wenige Minuten, nachdem die Tür aufgebrochen wurde, traf ich ein«, erklärte er und starrte zu Boden, als läge Finlay immer noch dort.

»Er hat versucht, Sie von seinem Handy aus anzurufen«, fing Edmunds mit ratloser Miene an. »Und eine SMS geschrieben. Aber er ist *nach unten* gegangen, um die Notrufnummer vom Festnetz aus zu wählen ... warum?«

»Ich glaube, er wollte nicht, dass Maggie ihn so findet«, erwiderte Christian mit brechender Stimme.

»Und vom Festnetz aus ließ sich der Anruf leichter zurückverfolgen«, setzte Saunders hinzu. »Finlay hat das gewusst.«

»Lasst uns noch mal das mit der Tür durchgehen«, sagte Wolf, schaute auf die Putzbrocken, die sich aus der angrenzenden Wand gelöst hatten.

»Das sollte das neue Zimmer der Enkelkinder werden, deshalb war kein Schloss in der Tür.«

»Aber du hast gesagt ...«

»Ich weiß, was ich gesagt habe«, unterbrach ihn Saunders. »Dichtmasse. Er hatte die Tür am Rahmen und am Boden mit Dichtmasse verklebt, deshalb war es so schwer reinzukommen. Hör mal, Wolf, bei allem gebührenden Respekt, das führt zu nichts. Er wurde in einem *vollständig* versiegelten Raum gefunden, die Tatwaffe praktisch in der Hand. Es war Selbstmord.«

»Selbstmord war es erst, wenn *ich* das sage«, fauchte Wolf zurück, er war sich der Tatsache bewusst, dass Maggie unten lauschte.

Saunders hob die Augenbrauen, schaute die anderen an.

»Hörst du dich eigentlich selbst reden, Wolf?«, fragte Baxter. »Du klingst total irre.«

Es war zwar beleidigend, aber immerhin redete sie jetzt wieder mit ihm.

»Er hat sich umgebracht. Ich kenne mich aus in meinem Job, Wolf«, sagte Saunders mächtig überzeugt von sich selbst. Wolf, der seinen unscheinbaren Kollegen überragte, baute sich vor ihm auf.

»Will!«, sagte Christian in demselben Tonfall, in dem Finlay ihn immer wieder zur Ruhe gebracht hatte.

Nach einem kurzen Moment der Anspannung wich er zurück und wandte sich ab.

»Wenn du nicht mitmachen willst, Saunders, dann verschwinde.«

Unklugerweise stieß Saunders Wolf beim Hinausgehen in den Rücken.

»Meinst du, mir ist das egal?!«, schrie er. »Meinst du nicht, dass ich mir wünsche, unrecht zu haben?!«

Wolfs Miene wirkte gefährlich, als er sich zu ihm umdrehte.

»Finlay und mein alter Herr haben zusammengearbeitet. Das hast du nicht gewusst, oder?«, sagte Saunders. »Als meine Mutter und er sich getrennt haben und er sich in die Garage gesetzt und den Motor hat laufen lassen, was glaubst du, wer da gekommen ist und mir die Nachricht überbracht hat, wer die ganze Nacht bei mir geblieben ist, wer mir gesagt hat, dass es nicht meine Schuld war ... mir ist sein Tod alles andere als egal!«

Wolf nickte entschuldigend.

»Verzeiht mir, wenn ich eine total naheliegende Frage stelle«, platzte Baxter heraus. »Aber wo kam die Pistole her?«

Saunders nahm sein Notizbuch.

»Keine Ahnung«, erwiderte er. »Eine Beretta 92. Die Seriennummer wurde abgefeilt. Wie schon gesagt, die einzigen Abdrücke darauf stammen von Finlay. Ich hab mit einem Freund beim SO 15 gesprochen, der glaubt, die Waffe ist mindestens dreißig Jahre alt und wurde zahlreiche Male abgefeuert, drei Kugeln stecken noch drin ... kann von überall her sein.«

»Und trotzdem hat Finlay sie aus irgendeinem Grund über so viele Jahre aufbewahrt«, sagte Edmunds, dachte laut.

»Ich sag euch mal was ganz im Vertrauen«, fing Christian an. »Man wird nicht so alt wie Finlay und ich, ohne dass sich ein paar Andenken ansammeln. Zu unserer Zeit damals wurde nicht immer über alles so ordentlich Buch geführt wie heute.«

Erneut legte sich Schweigen über den Raum, als jeder für sich versuchte, einen Ausweg aus der unheilvollen Sackgasse zu finden.

»Okay. Kann ich noch den letzten Teil hinter mich bringen?«, fragte Saunders, der jetzt ziemlich krank aussah. »Die Autopsie hat mehrere geringfügige gesundheitliche Probleme zum Vorschein gebracht. Nichts Besorgniserregendes, nur das Übliche, was alte Menschen halt so haben.«

Alle schauten neugierig in Christians Richtung.

»Was?«, fragte er.

»Keine Verletzungen, die nicht selbst verursachten blauen Flecken und Prellungen zugeschrieben werden konnten«, fuhr Saunders fort. »Todesursache: ein Schuss in den Kopf, die Kugel wurde aus dem Schädel entfernt«, schloss er betreten. »Also, wie machen wir weiter?«, fragte er Wolf.

In der kurzen darauffolgenden Pause hörten sie Maggie unten in der Küche wirtschaften, ohne Zweifel bereitete sie eine weitere Getränkerunde vor.

»Die Leiche wird erst freigegeben, wenn wir den Fall abschließen«, sagte Baxter. »Je länger sich das hinzieht, desto schwerer machen wir's Maggie.«

»Es dauert, so lange es dauert«, sagte Wolf.

Baxter schnaubte und schüttelte den Kopf.

»Die Waffe«, murmelte er geistesabwesend. »Da finden sich

die Antworten, so oder so. Finlay hat sie aus einem bestimmten Grund so lange aufbewahrt. Wir müssen herausfinden, aus welchem.«

»Was hast du vor?«, fragte Saunders.

»Du holst die Waffe und die bei der Autopsie entfernte Kugel aus der Asservatenkammer. Bitte die Kriminaltechniker, jeden nur erdenklichen Test daran durchzuführen. Jede Information, die wir kriegen können, kann uns weiterhelfen«, wies Wolf ihn an. »Baxter, du konzentrierst dich auf Maggie. Mit dir wird sie reden. Selbst die geringste Veränderung in Finlays Verhalten könnte irgendwie aufschlussreich sein. Das Übliche: alles, was ihm durch den Kopf gegangen ist, irgendwelche alten Fälle, die ihm plötzlich wieder eingefallen sind ... und was noch wichtiger ist, du musst herausfinden, wo er die Waffe die ganze Zeit über aufbewahrt hat.«

Sie nickte kurz.

»Ich habe schon angefangen, ein paar von Finlays alten Fallakten durchzusehen, aber ich könnte Hilfe gebrauchen«, sagte er zu Edmunds, der Baxter ansah, die aber der durchaus nachvollziehbaren Aufgabenverteilung nicht widersprach. »Und Christian, wir halten Sie auf dem Laufenden. Wir werden zu Ihnen kommen, um die Leerstellen zu füllen, die sich möglicherweise bei den offiziellen Protokollen auftun, wenn das in Ordnung ist?«

Der Commissioner nickte. »Gerne, wenn ich Ihnen damit helfen kann.«

»Bei einem von Finlays alten Fällen muss eine Waffe fehlen«, sagte Wolf. »Wir finden heraus, in welchem.«

# KAPITEL 5

Mittwoch, 7. November 1979
17:49 Uhr

»Fin! Links!«, zischte Christian. »Das *andere* Links!«

Sie schlichen sich an Wohnung Nummer 19 an, ein glänzend neues Schloss war in die alte Holztür mit der abblätternden Farbe eingebaut worden. Im gesamten Gebäude stank es nach Urin und mehrere Wochen altem Müll. Selbst das Licht schien nur widerwillig durch das gesprungene Fenster am Ende des Gangs zu dringen.

Finlay stützte sich auf seinen verbrannten Arm und fluchte ein kleines bisschen zu laut.

Christian sah ihn verärgert an.

»Das muss sich mal jemand ansehen«, flüsterte er. »Zeig mal her.«

»Jetzt?!«, flüsterte Finlay zurück, zog eine Grimasse. »Wieso machst du immer so was?«

»Was mache ich denn?«

»Drängst allen deine schlauen medizinischen Ratschläge auf.«

»Wem denn?«

»Allen halt!«

Christian streckte die Hand nach dem Hemdsärmel seines Partners aus.

»Finger weg!«, schimpfte Finlay, schlug seine Hand weg. »Schöne Uhr.«

»Was soll ich sagen?«, grinste Christian und bewunderte sein neues Zeitmessgerät. »Ich war in Feierlaune.«

Christian sonnte sich noch immer im Glanz seines aktuellen Promistatus, sog die Bewunderung auf, die man ihm entgegenbrachte, während Finlay mit Humor und Missbilligung all das von sich abschüttelte und es nicht abwarten konnte, zur Normalität zurückzukehren.

»Wozu brauchst du denn so ein Angeberteil?«, fragte ihn Finlay und zeigte seine eigene bescheidene Uhr. »Meine ist von Woolworth und funktioniert wunderbar.«

»Geht vier Minuten nach.«

»Ach«, sagte Finlay, zog seine Hand zurück, während Christian seine protzige Errungenschaft betrachtete.

»War das Oscar Wilde, der gesagt hat: ›Die Zeit anzeigen ist das Letzte, wozu eine Uhr gut ist‹?«

Finlay sah ihn ausdruckslos an. »Ich habe absolut keine Ahnung, was das heißen soll.«

»Nein ... ich auch nicht«, gestand Christian, und beide lachten.

»Also machen wir das jetzt?«, schlug Finlay vor.

Während das brennende Lagerhaus auf dem Werftgelände eingestürzt war, war ein Auto im nahe gelegenen Whiteinch entführt worden, die Beschreibung des verletzten Täters hatte zu der des Vokuhila tragenden Verdächtigen gepasst. Der gestohlene Austin Princess war in der Mathieson Terrace in den Gorbals gefunden worden, im Innenraum hatten sich so viel Blut und Fingerabdrücke gefunden, dass die Kollegen im Labor mehrere Wochen lang damit beschäftigt sein würden. Da sich das Fahrzeug in unmittelbarer Nachbarschaft zu mehreren der berüchtigtsten Adressen der Stadt befunden hatte, hatten Finlay und Christian zumindest ein paar Anhaltspunkte, um mit der Suche zu beginnen.

Ausgehend davon hatte es, auch dank einiger inoffizieller Informationskanäle, nicht mehr lange gedauert, den Aufenthaltsort des Mannes zu ermitteln: Brendall Towers in der Cumberland Street war ein riesiges besetztes Haus, in dem Drogenabhängige Unterschlupf fanden und Prostituierte ihr Gewerbe ausübten.

Vor der wenig einladenden Tür angekommen, machte Christian zunächst ein paar Lockerungsübungen, ließ den Kopf kreisen und schüttelte die Arme aus.

»Ich schaff's beim ersten Mal«, versprach er Finlay, der von seinem Partner zur Tür und wieder zurück schaute.

»Ich sage beim dritten ... der Verlierer zahlt heute Abend die Drinks.«

»Wette angenommen.« Christian holte tief Luft. »Polizei!«, brüllte er, trat mit aller ihm zur Verfügung stehenden Gewalt gegen das Schloss, was die Tür aber nicht zu kümmern schien. Leicht hinkend, ignorierte er Finlays gelangweilten Gesichtsausdruck und trat erneut dagegen. »Polizei! ... verfluchte Scheißtür!«, maulte er und sackte an die Wand.

»Meinst du, er hat gehört, dass wir kommen?«, frotzelte Finlay, der jetzt mit erhobenem Schlagstock näher trat. Er wollte gerade gegen das Holz hämmern, als ihm einfiel, dass sie es ja auch mal mit dem Türknauf versuchen könnten, der sich tatsächlich problemlos drehen ließ. Die Tür ging auf.

»Halt bloß die Klappe!«, fauchte Christian und humpelte seinem Partner hinterher.

Der ohnehin widerliche Raum wurde nicht angenehmer durch den Toten, der dort ausgestreckt auf dem Boden lag. Der Mann lag auf dem Bauch, die Frisur mit dem hohen Wiedererkennungswert war in ihrer ganzen Pracht ausgebreitet, und ein gefährlich aussehendes Jagdmesser steckte in seinem Rücken.

»Also, das ist doch wirklich eine Schande«, sagte Finlay ironisch, während er sich in dem schmutzigen Zimmer umsah.

Es gab eindeutige Hinweise darauf, dass ein Kampf stattgefunden hatte: zerschlagene Möbel, Scherben auf dem Boden. Fliegen summten über einer rußschwarzen Pfanne auf dem Herd.

Christian wirkte ein bisschen enttäuscht. »Er ist also doch nicht unsterblich.«

»Sieht so aus. Ich fang mal an, ja?«, schnaubte Finlay und klopfte den Toten ab. Er zog eine Brieftasche aus der Gesäßtasche. »Ruben de Wees«, verkündete er, klappte einen ausländischen Führerschein auf, ging zu Christian ans Fenster und genoss mit ihm gemeinsam die Aussicht auf Mülltonnen und Zigaretten rauchendes Küchenpersonal. »Anscheinend war er Holländer ...«

Christian machte ein gleichgültiges Geräusch.

»Und jetzt ist er aus den Holzschuhen gekippt«, setzte Finlay hinzu, woraufhin sein Freund den Kopf schüttelte, aber Mühe hatte, sich ein Grinsen zu verkneifen.

»Okay«, sagte Christian, der genug von dem wenig reizvollen Ausblick hatte. »Dann gehen wir das mal melden ...« Er hielt inne. »Äh ... hast du dran gedacht, seinen Puls zu checken?«

Irritiert drehte sich Finlay um.

Der Tote war verschwunden, eine Blutspur zog sich über den Boden bis zur Tür und nach draußen.

Entsetzt schaute er Christian an.

»Er hatte ein blutiges Riesenmesser im Rücken!«, sagte er abwehrend, als sie beide durch die Tür in den Flur stürzten, der Blutspur bis ins Treppenhaus folgten.

»Das nächste Mal gehen wir auf Nummer sicher und rammen ihm einen Holzpflock ins Herz«, keuchte Christian, der sichtlich Spaß hatte, als sie die Treppe hinunterrannten.

Irgendwo unten schlug eine schwere Tür zu.

Weniger als zehn Sekunden nach dem Flüchtenden platzten Finlay und Christian aus dem Halbdunkel ins blendend helle Grau, das Gebäude hatte sie auf eine Seitengasse gespuckt. Ihr frisch zum Leben erweckter Verdächtiger befand sich nur zwanzig Schritte von ihnen entfernt, torkelte noch immer mit dem Jagdmesser im Rücken Richtung High Street.

»Verzeihung, Ruben?«, rief Christian ihm hinterher. »Das ist einer der erbärmlichsten Fluchtversuche, die ich je gesehen habe!«

Der erschöpfte Holländer nahm all seine Kraft zusammen, um ihnen den Mittelfinger zu zeigen.

»Das war aber unhöflich«, lachte Finlay.

Sie schlenderten ihm gemütlich hinterher, da er mit jedem qualvollen Schritt langsamer wurde. Er wankte hinaus auf die geschäftige Straße, wo er von einem Chor panischer Schreie empfangen wurde. Finlay und Christian ließen sich Zeit, traten wenig später aus der Seitengasse, um die Ordnung wiederherzustellen.

»Bitte treten Sie beiseite!«

»Machen Sie uns Platz.«

»Kann bitte jemand einen Krankenwagen rufen?«

Sie schüttelten mitleidig die Köpfe, als der Mann davonkroch, sein gebrochener Arm schleifte nutzlos über den Gehweg, während der Verkehr auf der Hauptstraße ganz normal weiterfloss. Finlays Digitaluhr piepte, zeigte vier Minuten nach der vollen Stunde, als der Holländer endlich zu Boden ging.

»Nur zu«, sagte Finlay zu seinem Partner, gestikulierte in Richtung ihres Verdächtigen.

Aber als Christian vortrat, rappelte sich jener erneut auf die Knie, griff blindlings nach dem Griff des tief sitzenden Messers.

»Ich würde das wirklich lassen, wo es ist!«, riet Christian, ignorierte Finlays spöttisches Grinsen, weil er sich erneut zu medizinischen Ratschlägen aufgeschwungen hatte.

Der Mann schrie auf vor Schmerz, als er die Klinge Stück für Stück herauszog.

»Hey, hey, hey!«, schrie Christian, der ihn zu spät erreichte, um ihn noch aufhalten zu können.

Der Mann holte aus, sein Haar klatschte Christian ins Gesicht, als er auf den Gehweg fiel, sich die Hand auf eine tiefe Schnittwunde an seiner Seite presste.

»Bleib da, Christian!«, befahl Finlay, als der Holländer wieder auf die Beine kam, Blut tropfte ihm aus dem Mundwinkel.

Finlay hob seinen Schlagstock.

»Zurückbleiben!«, warnte der Mann die gaffende Menge. Er schaute hinter sich auf die viel befahrene Hauptstraße und sah, dass er den 7er, der gerade an der Bushaltestelle hielt, mit etwas Glück noch erwischen würde …

… stattdessen erwischte ihn aber der Citroën 2 CV, der den Bus überholte.

Es gab einen dumpfen Aufprall, Reifen quietschten, der schlaffe Körper des Mannes wurde erst hochgerissen, dann überrollt und seiner menschlichen Form beraubt.

Finlay brauchte mehrere Sekunden, um das Geschehen zu verarbeiten. Er bewegte sich wie auf Autopilot, trat auf die Straße, um den Verkehr zu stoppen, dann lotste er den benommenen Fahrer des Citroën an den Straßenrand und ging neben Christian in die Hocke.

»Lebst du noch?«

»Ja, ist nicht schlimm«, grinste Christian. Er war blass um die Nase.

Finlay klopfte ihm herzlich auf die Schulter und kehrte zum Wagen zurück, griff unter das Fahrgestell und fesselte einen der verdrehten Arme des Mannes an die Stoßstange.

»Was machst du da?«, rief Christian. »Sein Kopf sitzt verkehrt herum!«

Finlay zündete sich eine Zigarette an, setzte sich auf den Bordstein und ließ den verstorbenen Gefangenen nicht aus den Augen, während sich aus der Ferne Sirenen näherten.

»Kann sein … aber ich geh kein Risiko mehr ein.«

Finlay schauderte, als er dem Arzt dabei zusah, wie er Christians Wunde nähte. Auch wenn ihm von dem Anblick schlecht wurde, beobachtete er fasziniert, wie sich die Haut nach außen stülpte, jedes Mal, wenn die gebogene Nadel hindurchstach.

»Da hattet ihr beiden ja eine ereignisreiche Woche«, merkte der Arzt durch seinen buschigen Schnurrbart an. »So, das müsste reichen«, sagte er, schnitt den verbliebenen Faden ab und bewunderte sein Werk. »Wunderschön.«

Christian begutachtete den Schaden. Offenbar bedeutete »wunderschön«, dass man aussah, als hätte man sich die Schienen einer Modelleisenbahn an die Hüfte geklebt.

»Danke, Doc«, sagte er ohne Begeisterung.

»Dann wollen wir mal einen Blick auf dich werfen«, sagte der Arzt und wandte sich an Finlay. Er schälte den schmutzigen, selbst verordneten Verband ab, der an mehreren Stellen an der zwei Tage alten Brandwunde festklebte.

Er verzog das Gesicht. »Wenn du dir das nächste Mal Verbrennungen dritten Grades zuziehst, dann kommst du vielleicht früher mal bei uns vorbei.«

»Wird gemacht«, nickte Finlay.

Der Mann mit dem Schnurrbart zog die Handschuhe aus und notierte sich etwas.

»Ich schicke eine Schwester vorbei, die das sauber macht«, sagte er, zeigte auf Christians Riesennaht, »und *irgendwas* damit macht«, setzte er hinzu und ging – den Kopf über Finlay schüttelnd – hinaus.

Christian betrachtete seine beeindruckende Verletzung.

»Da bleibt eine Wahnsinnsnarbe«, grinste er.

»Das ist die tollste Woche deines jungen Lebens, oder?«, fragte Finlay, als der Vorhang zurückgezogen wurde und eine schöne junge Schwester mit einem Tablett in der Hand hereinkam, unter ihrer weißen Schwesternhaube lugten dunkle Locken hervor.

Finlay starrte sie wie gebannt an, fand, sie sah aus wie der lebendig gewordene Herbst: kastanienbraunes Haar, rosige Lippen und strahlend blaue Augen. Christian warf ihm einen zustimmenden Blick zu, den Finlay gar nicht wahrnahm, da er es nicht fertigbrachte, sich von ihrem Anblick zu lösen.

»Also, welcher von euch beiden ist Finlay?«, fragte sie.

Sie klang wie die Königin.

»Komm schon. So schwer war die Frage nicht. Finlay? Wie wär's?«

»Ich … ich bin Finlay«, sagte er, versuchte, möglichst seinen harten Glasgower Akzent zu überspielen.

Christian warf ihm einen eigenartigen Blick zu.

Sie sammelte, was sie brauchte, vom Tablett, lächelte liebreizend und gab ihm eine Ohrfeige.

»Hey!«, beschwerte er sich.

»Auf Anordnung des Arztes«, erklärte sie ihm reuelos. »In Zukunft nimmst du so was nicht mehr auf die leichte Schulter. Wir haben jetzt umso mehr Arbeit damit.«

»Scheiße!«, sagte er mit schmerzverzerrtem Gesicht und fragte sich, wie sie es geschafft hatte, dass es so wehtat.

»Und geflucht wird auch nicht!«, setzte sie hinzu. »Das ist eine Anordnung der Krankenschwester.«

Sie setzte sich auf das Bett neben ihn. Sie roch nach Erdbeeren und Schokolade, und Finlay musste einen Schnupfen vortäuschen, nachdem er zu offensichtlich in die Luft geschnuppert hatte.

»Erkennst du uns nicht?«, fragte Christian sie, als sie Finlays Arm abtupfte.

»Sollte ich?«

»Nicht unbedingt. War ja auch nur der größte Drogenfund in der Geschichte Schottlands … aber eigentlich keine große Sache.«

Sie schaute Finlay neugierig an.

Er hielt die Luft an, bereute, zum Mittagessen eine Blätterteigtasche mit Käse-Zwiebel-Füllung gegessen zu haben.

»Der Brand in der Werft«, sagte sie, als sie sich an den Aufmacher im *Herald* erinnerte. »Irgendwas von wegen … innerhalb von fünfzehn Minuten habt ihr beiden Heroinvorräte für fünf Jahre sichergestellt.«

»Das ist übertrieben«, sagte Christian bescheiden.

»Ach?«

»Genau genommen haben wir nur zehn Minuten gebraucht!« Er grinste, brachte sie zum Lachen.

Sie lächelte Finlay an und war dabei das Schönste, was er je gesehen hatte. Anschließend hob sie seinen Arm und wickelte den Verband um die frisch versorgte Wunde.

»Das ist vielleicht einer, dein Freund, was?«

»Und was für einer«, erwiderte Finlay schroff und vermutete, dass ihre Vorstellungen davon, ›was für einer‹ er genau war, durchaus auseinandergingen.

»Okay, Fin«, sagte sie. »Du bist fertig.«

Jetzt richtete sie ihre Aufmerksamkeit auf Christian und grinste trocken, als dieser sich gehorsam aufs Bett legte.

»Ich *gehöre* dir allein!«, erklärte er erwartungsvoll.

»War mir ein Vergnügen!«, platzte Finlay heraus. »Ich meine, dich kennenzulernen.«

Die Schwester drehte sich zu ihm um, staunte darüber, dass er ihr einen förmlichen Handschlag anbot. Christian schnaubte ungeduldig, während sie ihre Handschuhe auszog, um Finlays raue Hand zu ergreifen.

»Und mir war's eine *Ehre*, dich kennenzulernen!«, sagte sie mit einem schelmischen Funkeln in den Augen. »Ich bin Maggie.«

# KAPITEL 6

Donnerstag, 7. Januar 2016
14:21 Uhr

Wolf machte ein eigenartiges Geräusch, eine Mischung aus einem Schnauben und einem Husten.

Edmunds schaute über seine Akte hinweg zu ihm rüber. Wenig später senkte er den Blick wieder auf die vor ihm liegenden Blätter.

Wolf musste schmunzeln, während er den offiziellen Bericht über Ruben de Wees las, über dessen unentschuldbare Frisur und sein langwieriges Dahinscheiden. Edmunds beobachtete Wolf ungeduldig mit einer Miene, auf die sich selbst Baxter etwas hätte einbilden können.

»Tut mir leid«, sagte Wolf. »Finlay hat mir die Geschichte tausendmal erzählt, aber ich muss trotzdem immer wieder lachen.«

Edmunds verdrehte die Augen und widmete sich erneut den vergilbten Seiten, während Wolf sich streckte, die Stille mit einer Reihe von Ächz- und Gähnlauten brach, dabei den Besprechungsraum der Mordkommission im Auge behielt. Die beiden grotesken fotografischen Rekonstruktionen der Ragdoll-Leiche waren längst abgehängt worden, aber abgesehen davon hatte sich wohl wenig verändert. Selbst der Sprung in der Trennscheibe war noch da.

»Habe mich nie entschuldigt wegen deinem Kopf, oder?«, fragte Wolf.

Edmunds gab es auf und warf die Akte auf den Tisch. »Nein. Nein, hast du nicht.«

Wolf machte den Mund auf ... zuckte dann aber doch nur mit den Schultern.

Edmunds lachte verbittert.

»Komm schon, raus damit«, sagte Wolf, drehte seinen Stuhl so, dass er Edmunds seine ungeteilte Aufmerksamkeit entgegenbrachte. »Was liegt dir auf der Seele?«

Er sah Edmunds in Gedanken Worte drehen und wenden.

»Du hältst mich für einen schlechten Menschen? Und hast eine Art *moralisches* Problem mit mir?«, vermutete Wolf, der nicht ganz sicher war, ob er den Begriff korrekt verwendet hatte. »Okay, ja, ich habe *ungewollt* die Dienste eines geistesgestörten Serienkillers in Anspruch genommen.« Er hob kapitulierend die Hände. »Die Schuld lastet auf mir. Habe ich eure Ermittlungen absichtlich behindert, um mich selbst zu schützen? Wahrscheinlich auch das. Habe ich den Serienkiller *beinahe* totgeprügelt, als er schon aufgegeben hatte? Oh ja. Aber ...« Er schaute ratlos. »Worauf wollte ich noch mal hinaus?«

Edmunds schüttelte den Kopf und nahm sich erneut die Akte vor.

»Wenn es dir dadurch besser geht«, fuhr Wolf fort, »Vanita wird mich festnehmen lassen, sobald das hier vorbei ist, keine Sekunde später. Der Böse wird für seine Sünden bestraft.«

»Das ist es nicht«, murmelte Edmunds.

»Wie bitte?«

»Ich hab gesagt: ›Das ist es nicht‹!«, fuhr er ihn an. »Ich meine, das ist es schon. Ich halte dich für ein widerwärtiges Stück Scheiße, das es verdient hat, die wenigen guten Jahre, die ihm geblieben sind, in einer Zelle zu verrotten … aber das ist es nicht.«

Wolf war beeindruckt, wie sehr Edmunds nach Baxter klang.

Edmunds schloss die Augen und atmete lange aus.

»Der Ragdoll-Fall war meiner«, erklärte er leicht verlegen. »*Ich* war derjenige, der das Archiv auf den Kopf gestellt und die früheren Opfer von Masse gefunden hat. *Ich* habe bewiesen, dass die Faustischen Morde real waren. *Ich* habe erkannt, wer du wirklich bist … das war alles *ich*.«

Wolf lauschte geduldig, während Edmunds fortfuhr.

»Du hattest deinen glorreichen Fall. Ein zugegeben beispielloses Durcheinander, aber du, William Fawkes, hast den Feuerbestatter gefasst. Masse und die Ragdoll-Ermittlungen waren *mein* großer Moment … und um den hast du mich betrogen.«

Edmunds spürte, wie eine Last von ihm abfiel. Zum ersten Mal hatte er laut eingeräumt, dass seiner Wut etwas sehr viel Egoistischeres anhaftete, als er bisher hatte zugeben wollen.

Wolf nickte, über das Geständnis nicht im Geringsten erstaunt.

»Du bist der Schlauste von uns allen.«

»Hör auf, mich so gönnerhaft zu behandeln.«

»Weil du's geschafft hast auszusteigen«, fuhr er fort. »Der Job ist …« Er blies seine Wangen auf. »Nicht für jeden gut. Er ist eine Droge, eine Sucht, die einen das Leben kosten kann. Man ist so versessen auf den Rausch, dass man gar nicht mehr mitbekommt, wie jeder andere Aspekt des Lebens verkümmert, bis nichts mehr davon übrig ist.«

Kurz sagte keiner von beiden etwas, Wolfs Worte ließen ihre Gedanken erneut zu Finlay abschweifen – ob durch Fremdeinwirkung oder eigene Hand, Finlays Beruf hatte auf irgendeine Weise zu seinem vorzeitigen Tod beigetragen.

»Ich wünschte, ich hätte den Mumm gehabt auszusteigen, bevor es zu spät war«, erklärte Wolf ihm aufrichtig. »Jetzt ist es zu spät.«

»Das lässt sich leicht sagen, wenn man nicht der Idiot ist, der sein Geld damit verdient, dass er auf dem Parkplatz von Sainsbury's Frettchen jagt.«

»Und im Fall des Mordes an einem Kollegen ermittelt«, rief Wolf ihm ins Gedächtnis.

Edmunds sah, wie sich Wolfs Miene verdüsterte, als seine Gedanken zu Finlay und der Akte zurückkehrten, die ihn wenige Minuten zuvor noch so erheitert hatte. Er hatte die vorangegangenen achtzehn Monate damit verbracht, sich vorzustellen, wie er Wolf aufspüren, ihn aus dem Loch zerren würde, in dem er sich versteckt hatte, und zwingen würde, sich vor Gericht für seine Taten zu verantworten. Er hatte sich vorgestellt, wie ihn seine Kollegen und die Presse als den Helden feierten, als den sie ihn schon die ganze Zeit hätten feiern sollen. Wolf war für ihn zum Phantasma geworden. Aber jetzt, wo er sah, wie er verzweifelt nach einer Bedeutung suchte, nach Dämonen, die es vermutlich gar nicht gab, sah er einfach nur einen Menschen, der alles verloren hatte.

»Was?«, fragte Wolf, als er merkte, dass Edmunds ihn anstarrte.

»Nichts.«

Beide widmeten sich wieder ihrer Arbeit.

»Tut mir leid mit dem Kopf«, brummte Wolf.

»Schon gut.«

Saunders versuchte, durch den Mund zu atmen.

Die Luft im kriminaltechnischen Labor hatte immer einen Hauch von etwas Metallischem, einen Hauch von Tod. Die glänzenden Utensilien und geschrubbten Böden wirkten ein kleines bisschen zu makellos, als wäre gerade eben erst hastig ein Blutbad aufgewischt worden.

»Scheiße«, sagte Joe, der glatzköpfige Gerichtsmediziner, der sich beim Eintreten mit Kaffee bekleckert hatte. »Das gibt Flecken.«

Saunders sah, wie er an einem kleinen Kaffeespritzer auf seinem Kittel herumwischte, der voller getrocknetem Blut, Hirnmasse und wer weiß noch was war. Dann erst bemerkte er, dass er Besuch hatte.

»Verdammt«, fluchte Joe, als er Saunders sah.

»Ihnen auch einen schönen guten Tag.«

»Tut mir leid. Ich hatte gehofft, Sie wären die schwer erreichbare DCI Baxter«, grinste Joe. »Hätte ich das gewusst, hätte ich den schmutzigen Kittel auch anlassen können«, klagte er laut.

Saunders wollte sich gar nicht erst vorstellen, wie der wohl aussah.

»Bei Baxter würde ich mir keine allzu großen Chancen ausrechnen«, sagte er. »Soweit ich sehe, stehen da einige Schlange.«

Joe ignorierte die Bemerkung und stellte seinen Kaffee ab, kramte in der Kiste, die Saunders aus der Asservatenkammer geholt hatte.

»Das hab ich am allerliebsten!«, rief er. »Doppelte Arbeit! Ihr wollt also noch mal bestätigt haben, dass sämtliche forensischen Beweise für Selbstmord sprechen?«

»Nein«, sagte Saunders. »Wir wollen, dass Sie Hinweise darauf finden, dass es keiner war.«

»In einem verschlossenen Raum?«

»Ja.«

»Ohne Spuren, die auf einen Kampf hindeuten?«

»Ja.«

»Und obwohl er die Waffe in der Hand gehalten hat?«

»Genau! Finden Sie was!«

Plötzlich wirkte Joe wie tief in Gedanken versunken, als würde ihm etwas einfach keine Ruhe lassen.

»Was ist?«, fragte Saunders erwartungsvoll.

»Was soll das heißen ›Da stehen einige Schlange‹?«

Christian hatte nur Zeit für ein »Gespräch im Gehen«, da er von einem Termin zum nächsten eilte.

Wolf und Edmunds warteten vor dem Fahrstuhl auf ihn und mussten beim Durchqueren der Eingangshalle auf Höflichkeiten verzichten.

»Sind wir sicher, dass der unbezwingbare Holländer wirklich der Einzige war, dem es gelungen ist, aus dem Lagerhaus zu entkommen?«, fragte ihn Edmunds.

Christian lächelte bei der Erinnerung daran. Er hatte die Geschichte im Verlauf der Jahre ebenso oft erzählt wie Finlay.

»Soweit ich das beurteilen kann, ja«, erwiderte er, während sie von seiner Entourage die Türen aufgehalten bekamen. »Ohne dass wir's mitbekommen hatten, hatte sich das gesamte Labor in ein Inferno verwandelt. Irgendwo gab es einen Grundriss ... vielleicht in der Akte? Im Prinzip waren alle Ausgänge mit Ausnahme von zwei unerreichbar, und ich bin sicher, dass wir jeden gesehen hätten, der versucht hätte, auf unserer Seite rauszukommen.«

»Das Team der Eindringlinge war mit automatischen Schusswaffen ausgestattet«, sagte Edmunds. »Aber im Feuer wurden außerdem eine ganze Reihe anderer gefunden. Wir wollen herausbekommen, wem diese gehörten. Fällt Ihnen dazu etwas ein, das uns helfen könnte?«

»Nein, ich fürchte nicht«, erwiderte Christian schulterzuckend. »Ich vermute, dass die Holländer alle entsprechend ausgerüstet waren. Wenn mich meine Erinnerung nicht im Stich lässt, waren die sehr gut bestückt. Also dürfen Sie vermutlich einfach mal raten.«

»Aber halten Sie's für möglich, dass …«

»Hören Sie«, fiel Christian Edmunds sehr zum Entsetzen seiner Gefolgsleute, die darauf warteten, ihn endlich ansprechen zu können, ins Wort. »Ich denke, Sie sind auf dem Holzweg. Ich war dabei. Ich war die ganze Zeit bei Fin. Ich würde es wissen, wenn er mit etwas anderem als einem schwer verbrannten Arm da herausgekommen wäre. Es gab keinen Grund, warum er irgendetwas von dem Einsatz hätte zurückbehalten sollen. Sie arbeiten am falschen Fall … tut mir leid.«

»Sir.« Ein junger Mann kam unterwürfig lächelnd auf sie zu. »Wir müssen jetzt wirklich …«

Christian schaute ihn böse an.

Der Mann war kurz davor, sich zu verneigen, und grinste, als hätte er gerade ein Leckerli bekommen, dann zog er sich zurück.

»Wolf, kann ich Sie kurz unter vier Augen sprechen?«, fragte Christian.

Edmunds ließ ihnen Platz beiseitezutreten.

»Wenn ich Ihnen einen guten Rat geben darf: Das Schriftstück, das Vanita aufsetzen lässt, hat so viele Schwachstellen und Schlupflöcher, ich bin nicht davon überzeugt, dass es das Papier wert ist, auf dem es gedruckt wurde.«

»Ich bin sicher, dass es sich nur um ein Versehen ihrerseits handelt«, gab Wolf zurück.

»Sicher. Wenn Sie einverstanden sind, lasse ich es noch mal von jemandem abklopfen, der sich damit auskennt.«

Wolf nickte dankbar, Christian klopfte ihm auf die Schulter und verschwand zu seinem nächsten Termin.

Maggie mied es, in den ersten Stock ihres Hauses hinaufzugehen, hatte sich aber an die Arbeit gemacht und die Weihnachtsdeko weggeräumt. Bevor sie losgefahren waren, hatten Edmunds und Saunders den sterbenden Baum noch mit einem Riesenaufheben nach draußen geschafft und dabei sehr viel mehr Kraft- (Saunders) und Fäkalausdrücke (Edmunds) verwendet, als streng genommen nötig gewesen wären. Während Maggie die zerbrechlicheren Ornamente vorsichtig in Papier wickelte, hatte Baxter die restlichen Deko-Elemente von der Decke abgehängt.

»Wie schlägst du dich denn so, Liebes?«, fragte Maggie.

»Gut.«

Sie packte weiter ihre Kiste, sah sich selbst wieder ein kleines bisschen ähnlicher, hatte die dunklen Locken hochgebunden, so wie Finlay es am liebsten an ihr gesehen hatte.

»Ich hab dir doch gesagt, er kommt wieder«, lächelte sie.

»Das hast du.«

»Wegen dir.«

Baxter riss mit einem glitzernden Schneemann auch ein Stück Farbe von der Decke.

»Er ist wegen Finlay wieder da, wegen sonst niemandem«, erklärte Baxter bestimmt.

»Ihr Detectives«, lachte die ältere Frau. »Ihr seid gut darin, alles Mögliche bei anderen zu entdecken, aber wenn es um euch selbst geht, seid ihr blind.«

»Wo kommen die hin?«, fragte Baxter, wechselte lieber das Thema und ließ den Schneemann mitsamt einem Stück Zimmerdecke in einen Schuhkarton fallen.

»In die Garage, bitte.«

Sie trug die Kisten durch das Haus, das ihr plötzlich viel zu groß und leer vorkam. Baxter fragte sich, ob Maggie überhaupt hierbleiben wollte, wenn das alles erst einmal vorbei war.

Sie trat in die kalte Garage und blieb kurz stehen, um Finlays alte Harley-Davidson zu bewundern. Mit einem Besen fegte sie eine beunruhigend große Spinnwebe herunter, schob den Stapel Kisten hinten an die Wand und wollte wieder gehen, als sie etwas Vertrautes entdeckte.

Oben auf einem geöffneten Karton lag ein altes Foto von Finlay, Benjamin Chambers, Wolf und ihr selbst, anscheinend war es ihnen gelungen, tatsächlich einmal Spaß auf einer Weihnachtsfeier im Büro zu haben. Baxter überkam eine große Traurigkeit, als sie die fröhlichen Gesichter ihrer beiden Freunde betrachtete, die sie inzwischen verloren hatte. Sie schaute in den Karton und erkannte die Dinge von Finlays Schreibtisch, den er bei seiner Pensionierung einen Monat zuvor ausgeräumt hatte. Sie hob den Karton vom Stapel, stellte ihn auf den Boden und ging die Sachen eine nach der anderen durch: den ganzen Mist, der sich über Jahre angesammelt hatte.

Da waren noch weitere Fotos: die Schulbilder der Enkelkinder, Finlay und Maggie draußen vor dem Vatikan, eine Schwarz-Weiß-Aufnahme, die den jungen Finlay und Christian vor hoch aufgetürmten Paketen mit weißem Pulver zeigten, im Hintergrund ein brennendes Gebäude.

Sie legte sie beiseite.

Sie fand bunte, krakelige Zeichnungen, ein paar Schreibutensilien, eine Urkunde, die bestätigte, dass Finlay (endlich) eine Fortbildung über politisch korrektes Verhalten bei der Met absolviert hatte, sowie einen auf das Jahr 1995 datierten Brief, in dem ihm mitgeteilt wurde, dass er einen Auszubildenden namens William Layton-Fawkes zu betreuen hatte.

Sie grinste, hielt kurz inne, bevor sie ein zusammengefaltetes Stück von einer Glückwunschkarte aufklappte, auf dem in Finlays Handschrift geschrieben stand:

*Wieso kapierst du das denn nicht?
Ich liebe dich nicht nur. Ich bete dich rückhaltlos, unaufhörlich und hoffnungslos an.
Du gehörst zu mir.
Und keiner von diesen Scheißtypen, nichts von dem schrecklichen Mist, der zwischen uns passiert ist, nicht einmal diese Scheißgitterstäbe werden uns trennen, weil ich niemals zulassen werde, dass dich mir jemand wegnimmt.*

Stirnrunzelnd las sie die Notiz noch einmal, spürte die Verzweiflung in den Worten. Obwohl sie ein leicht schlechtes Gewissen hatte, weil sie etwas so Persönliches gelesen hatte, konnte Baxter den nagenden Zweifel nicht abschütteln, dass diese von Schimpfwörtern durchsetzte Liebeserklärung nicht an Maggie gerichtet war.

Fast wünschte sie, sie hätte sie nicht gefunden. Sie faltete die Karte wieder zusammen, nahm das Schwarz-Weiß-Foto und steckte beides ein.

# KAPITEL 7

Freitag, 8. Januar 2016
7:05 Uhr

»Wie spät ist es, Mr Wolf?«

Wolf ächzte und zog sich die kratzige Decke über den Kopf. Er hörte, wie die Zellentür aufgeschlossen wurde und sich anschließend jemand einen Weg über den Hindernisparcours aus Schmutzwäsche und Fallakten bahnte, die sich über den gesamten Boden verteilten.

Der Eindringling räusperte sich.

Langsam zog Wolf die Decke von den Augen und wurde von einem ihm vertrauten faltigen Gesicht begrüßt: George war der sanftmütige Aufsichtsbeamte auf der Polizeiwache Paddington Green und zuständig für Wolfs drei mal vier Meter große Zelle, sein provisorisches Zuhause bis zur Aufklärung des Falls.

»Ich dachte, du willst dir bestimmt das Frühstück nicht entgehen lassen«, sagte George und setzte ihm ein Tablett mit schleimigem bräunlichen Rührei und pappeartigem Toast vor.

»Hast du gedacht?«, fragte Wolf, den der Verdacht beschlich, dass es dem verantwortlichen Huhn nicht gut gegangen war.

»Spiel nicht mit dem Essen«, ermahnte ihn der Ältere, betrachtete dabei die Unordnung, die sein Gast in dem beengten

Raum veranstaltet hatte. »Ich finde, du solltest vielleicht ein bisschen aufräumen, bevor du gehst?«, schlug er vor.

»Keine Zeit«, murmelte Wolf, den Mund voll Toast, stand auf und zog seine Hose hoch.

George wandte den Blick ab. »Das ist kein Hotel hier, weißt du?«

»Weiß ich«, sagte Wolf defensiv, warf dem Beamten seine nassen Handtücher zu und zuckte anschließend wegen des bitteren Kaffeegeschmacks zusammen. »Zwei saubere, bitte, wenn du einen Augenblick Zeit hast.«

»Kommt sofort, *Sir.*«

Wolf kramte in den Unterlagen auf dem Boden und fand schließlich die Akte, die er suchte. Er legte sie aufs Bett und nahm ein zerknittertes weißes Hemd.

»Wie gut kannst du bügeln?«, fragte er zuversichtlich.

»Und deine Mutter bin ich auch nicht.«

»Hab ja nur gefragt«, grinste Wolf, warf es auf einen Haufen und stolperte über das Chaos in den Gang.

»Haben wir nicht noch was vergessen?«, rief George ihm hinterher, folgte ihm nach draußen, die Akte mit dem Fußabdruck in der Hand.

Wolf, der noch immer damit beschäftigt war, sein Hemd in die Hose zu stecken, eilte zur Tür. Tauschte Akte gegen Kaffeebecher und drückte George ein Küsschen auf die faltige Wange.

»Ah!«, beschwerte sich der Beamte und wischte sich über das Gesicht. »Ich bin nicht deine Mutter!«

Wolf grinste. »Bis heute Abend!«

»Um wie viel Uhr kann ich mit dir rechnen?«

»Ich denke, du bist nicht meine Mutter!«, erinnerte Wolf ihn und verschwand um die Ecke.

Verärgert sammelte George das halb aufgegessene Frühstück wieder ein. Auf dem Weg nach draußen zögerte er kurz und hob anschließend seufzend den Hemdenhaufen vom Boden auf, der dringend gebügelt werden musste.

»Wo ist Christian?«, fragte Wolf und setzte sich. »Er wollte doch hier sein.«

Ein arrogant wirkender Anwalt lächelte ihn an, was nie ein gutes Zeichen war, wie er aus Erfahrung wusste. Vanita schloss die Tür und setzte sich zu ihnen an den Tisch.

»Der *Commissioner«*, sagte sie spitz, »ist anderweitig beschäftigt.«

Wolf blätterte den dicken Papierstapel vor sich durch.

»Er wollte, dass noch mal jemand anderes einen Blick darauf wirft.«

»Ich wüsste nicht, weshalb das nötig sein sollte, und er offenbar auch nicht, sonst wäre er ja wohl hier«, erwiderte Vanita. »Mr Briton hat die Unterlagen selbst zusammengestellt.«

»Genau das hatte ich befürchtet«, entgegnete Wolf, lehnte sich zurück, um sein Gegenüber zu betrachten. »Mein Vater hat mir nur ein einziges Mal einen wirklich guten Rat gegeben. Soll ich Ihnen verraten, welchen?«

»Nein«, erwiderte Vanita.

»Trau niemals einem, der vor elf Uhr morgens lächelt«, führte Wolf trotzdem aus und schob die Unterlagen von sich. »Ich kann Anwälte nicht leiden.«

»Gut«, grinste der Mann.

»Deshalb … kann ich Sie auch nicht leiden.«

»Auch gut.«

Wolf beugte sich noch weiter vor.

»Wollen Sie hören, was passiert ist, als ich das letzte Mal in einem Gerichtssaal mit zu vielen grinsenden und selbstgerechten Anwälten gesessen habe?«

Das Lächeln verschwand.

»Ich werde nichts unterschreiben, bevor ich nicht eine zweite Meinung gehört habe«, sagte Wolf.

Vanita hatte die Reaktion offenbar vorhergesehen.

»Dann muss ich Ihnen leider mitteilen, dass unsere ›Vereinbarung‹ keine Gültigkeit mehr hat.«

Sie schaute zu dem aalglatt gescheitelten Anwalt, der seine Unterlagen zusammensuchte und sich zur Steigerung der theatralischen Wirkung erhob.

»Die Metropolitan Police dankt Ihnen für Ihre Hinweise, die zur Ergreifung von Léo Dubois geführt haben«, erklärte sie und öffnete die Tür, um zwei uniformierte Beamte hereinzulassen, die den Raum mit Handschellen in den Händen betraten.

»Schauen Sie, Mr Fawkes, es ist eigentlich ganz einfach«, fing der Anwalt an, mit der Ankunft der beiden Beamten kehrte seine Arroganz zurück. »Keine Unterschrift bedeutet keine Vereinbarung. Keine Vereinbarung bedeutet, dass Sie flüchtig sind. Und als Flüchtigen müssen wir Sie festnehmen und der Gnade unserer Gerichte überstellen.«

»Es sei denn«, fing Vanita an, die nun irritierenderweise die Rolle des »good cop« übernahm, »Sie unterschreiben auf der gestrichelten Linie, ermitteln in den kommenden Tagen im Fall DS Shaw und nutzen Ihre Ermittlungsergebnisse hinsichtlich Dubois zu Ihrem eigenen Vorteil … klingt für mich nicht nach einer schwierigen Entscheidung.«

Sie zog einen wunderschönen neuen Stift aus ihrer Brusttasche und hielt ihn Wolf hin. Der Anwalt schob ihm die Unterlagen abermals zu, aufgeschlagen auf der zu unterzeichnenden Seite.

Vanita hatte ihn in der Hand, und alle wussten es.

Wolf nahm den schweren Füller entgegen, steckte ihn zwischen die Zähne, las die unverständliche Seite ein letztes Mal durch und setzte seinen Namen ganz unten darunter.

»Zufrieden?«, fragte er und hielt ihr den angesabberten Füller hin.

»Behalten Sie ihn«, erwiderte sie, sammelte das unterzeichnete Dokument sowie ihre Sachen ein und marschierte mit dem lächelnden Anwalt aus dem Raum.

Da sich die anderen erst für den späteren Vormittag angekündigt hatten, war Baxter als Erste bei Maggie. Sie hatte die zusätzliche Zeit genutzt und beim Aufräumen geholfen, was ihr einen Vorwand geliefert hatte, das Haus gründlich nach einer Stelle zu durchsuchen, wo Finlay eine Waffe vor seiner ordnungsliebenden Frau hätte verstecken können.

Um 10:38 Uhr hörte sie den Briefschlitz klappern, ging hinunter und sammelte einen Stapel Post von der Fußmatte ein. Finlays Zeitung war hindurchgeschoben worden, außerdem eine Speisekarte von Domino's Pizza, drei Karten – zweifellos Beileidsschreiben – und ein Umschlag mit dicken roten Lettern vorne drauf:

**LETZTE AUFFORDERUNG. UNBEDINGT BEACHTEN.**

Baxter legte die Post auf die Anrichte, behielt aber das bedrohlich wirkende Schreiben und ging damit in die Küche. Nach kurzer Überlegung fand sie, sie würde ihren Job vernachlässigen, wenn sie nicht jedem möglichen Hinweis nachging.

»Willst du einen Tee, Maggie?«, rief sie in den Flur.

»Ja, bitte!«

Baxter schaltete den Wasserkocher ein und hielt den Umschlag darüber.

Vorsichtig öffnete sie den widerspenstigen Verschluss und

zog den rot leuchtenden Kreditkartenauszug heraus. Die einzige Transaktion war ein Einzug von einer anderen Karte. Als sie den ausstehenden Betrag ganz unten las, schnappte sie unwillkürlich nach Luft.

»Du liebe Güte, Finlay«, nuschelte sie, ihr wurde schlecht.

Mit neuer Entschlossenheit machte Baxter sich jetzt daran, auch noch den letzten Zentimeter der unteren Räume zu durchsuchen. Der sehr aufschlussreichen Zahlungsaufforderung musste etwas im Haus entsprechen. Etwas, das erklärte, wie es dazu kam, dass ihr Freund eine so verheerende Summe an Schulden angehäuft hatte. Sie zog einen Stuhl heran, um oben in den Küchenschränken nachzusehen, fand dort aber nur Flusen und tote Spinnen. Auf dem obersten Regal verkam ein Festschmaus an abgelaufenen Lebensmitteln, aber sonst nichts. Als sie wieder herunterstieg, löste sie die Leisten von den Unterschränken, wirbelte dabei jede Menge Staub auf.

Anschließend ging sie in die Diele und untersuchte den Korb mit Feuerholz, inspizierte den Schuhschrank. Da sie sicher war, das Wohnzimmer bereits gründlich durchsucht zu haben, zog sie die Tür zu der kalten Garage auf. Die Kisten, die sie zusammen mit Maggie selbst gepackt hatte, konnte sie ignorieren, schob sich stattdessen an der auf Hochglanz polierten Harley-Davidson vorbei zu dem anderen Kistenstapel, der neben ihnen stand.

Dann aber drehte sie sich noch einmal zu dem Motorrad um. Maggie hatte es immer gehasst.

Baxter ging in die Hocke, fuhr mit der Hand über das satinschwarze Hitzeblech und die kunstlederbezogene Rückenstütze, konnte aber nichts Ungewöhnliches feststellen. Sie setzte sich darauf, inspizierte die analogen Anzeigen, tastete über das geschwungene Blech auf der Suche nach etwas … irgendwas.

Der Sitz wackelte ein bisschen unter ihr.

Sie sprang herunter, fuhr mit den Fingerspitzen über das Polster, bis sie einen Riegel fand. Ein wohltuendes Klicken später ließ sich der Sitz abheben, woraufhin ein Staufach zum Vorschein kam.

Nach und nach trafen die anderen Teammitglieder ein, sie breiteten sich in der überfüllten Küche aus, tranken den obligatorischen Tee und aßen frisch gebackene Croissants. Saunders war umsichtig genug gewesen, erneut eine Einkaufstüte mit dem Notwendigsten mitzubringen, deren Inhalt er nun in den Schränken verstaute, während Edmunds wie üblich den Kopf in einer Akte vergrub.

Christian unterhielt die Anwesenden mit der Geschichte, wie Finlay und er einmal ihren auszubildenden Constable für zwei ganze Tage verloren hatten, und Maggie lachte mit ihnen, als hätte sie die Geschichte nie zuvor gehört. Baxter hörte nur oberflächlich zu, da sie gespannt auf eine günstige Gelegenheit wartete, den anderen von ihrer Entdeckung zu berichten.

Die Haustür klapperte und unterbrach Christian in seinem Redefluss, dann tauchte Wolf in der Küche auf. Er zwinkerte Baxter zur Begrüßung zu, vermutlich in der Absicht, sie zu ärgern, was ihm selbstverständlich gelang. Entschlossen, ihm die Genugtuung nicht zu gönnen, lächelte sie freundlich zurück, was ihn nun seinerseits ungeheuer irritierte.

Wolf umarmte Maggie und wandte sich an Christian.

»*Danke* für heute Morgen.«

»Gern geschehen.«

Wolf stutzte. »Das war ein ironisches ›Danke‹, ich hätte auch sagen können: ›Wo zum Teufel waren Sie?‹«

Christian war verblüfft.

»Heute Morgen … der Termin mit Vanita«, erklärte Wolf.

»Ja, ich weiß. Ich habe doch Luke geschickt … meinen Anwalt«, sagte Christian mit gerunzelter Stirn. »Ich habe mit Geena darüber gesprochen … war er denn nicht da?«

Wolf schüttelte den Kopf.

Christian blies die Wangen auf. »Diese Frau ist vielleicht ein Miststück. Haben Sie etwa unterschrieben?«

»Ich hatte keine andere Wahl.«

»Ich kümmere mich darum.«

Da das Thema damit beendet war, ließ sich nicht länger ignorieren, was die fünf ehemaligen und amtierenden Detectives der Mordkommission in der Küche ihres alten Freundes zusammengeführt hatte. Maggie wusste dies und entschuldigte sich, um sich mit einer Freundin zum Kaffee zu treffen.

Kaum hörte er die Haustür ins Schloss fallen, legte Wolf los.

»Die Strathclyde Police lässt sich mit den alten Fallakten Zeit«, sagte er zu Christian. »Meinen Sie, Sie könnten ein bisschen Druck machen?«

»Ich werde noch heute Vormittag dort anrufen.«

»Saunders?«, fragte Wolf.

»Die Waffe ist wieder im Labor, ebenso wie die anderen Beweismittel. Vor einer Stunde habe ich nachgefragt: Bislang gibt es nichts, das neue Schlussfolgerungen zulassen würde.«

»Sag ihnen, sie sollen weitersuchen«, wies Wolf ihn an. »Edmunds hat etwas Interess…«

In diesem Moment zog Baxter den Brief hinter ihrem Rücken hervor und warf ihn auf den Tisch, die großen roten Lettern auf dem weißen Papier ließen Wolf ebenso abrupt verstummen wie ein blutverschmierter Lumpen.

»Finlay stand das Wasser bis zum Hals«, verkündete sie.

Selbst Edmunds tauchte hinter seiner Akte auf, die jüngste Entwicklung hatte Priorität.

»Er hatte Schulden in Höhe von mindestens hunderttausend Pfund«, erklärte sie.

Aus irgendeinem Grund schaute sie in Wolfs Richtung, bereute es aber sofort wieder. Er machte ein Gesicht, als hätte man ihm gerade den Boden unter den Füßen weggezogen.

»Soweit ich weiß«, fuhr Baxter fort, »hatte Maggie keine Ahnung davon.«

Christian räusperte sich. »Muss sie's … muss sie's denn überhaupt erfahren?«

»Es ist die Rede von einer Zwangsversteigerung des Hauses. Das meiste scheint für ihre private Gesundheitsfürsorge draufgegangen zu sein. Und dann natürlich auch für den Anbau und auch nicht wenig für den neuen Wagen, der draußen in der Auffahrt steht.«

Wolf nahm eine der fälligen Rechnungen und wandte sich an Christian.

»Haben Sie davon gewusst?«

Er schüttelte den Kopf.

»Hat sich schon mal jemand Finlays Lebensversicherung angesehen?«, fragte Edmunds.

»Würden die im Fall eines Selbstmords denn überhaupt zahlen?«, fragte Christian.

»Kommt drauf an«, erwiderte Edmunds, der den Schuldenberg betrachtete. »Nach einer gewissen Zeit eigentlich schon.«

Wolf zerknüllte die Rechnung und warf sie auf den Boden. »Das beweist gar nichts.«

»Hör auf, Wolf«, murmelte Baxter.

»Er hätte …«

»Hör auf, Wolf.«

»Aber was, wenn …«

»Will!«, brüllte sie verzweifelt. Sie sah ihm in die Augen und hielt seinem Blick zum ersten Mal seit seiner Rückkehr stand. »Es ist vorbei. Du musst es akzeptieren. Du musst loslassen.«

Wolf sah in die niedergeschlagenen Gesichter seiner Kollegen, schnappte sich seinen Mantel von der Arbeitsfläche, stürmte aus dem Haus und ließ die Tür hinter sich zuknallen.

»Wie viel?«, fragte Maggie angespannt flüsternd, die Teetasse klapperte in ihren zitternden Händen auf dem Unterteller.

Sie war in das stille Haus zurückgekehrt, wo Baxter mit einem Haufen unheilvoller Unterlagen auf dem Küchentisch auf sie gewartet hatte.

»Viel.«

»Wie viel, Emily?«

»Sehr viel. Ist egal«, beharrte Baxter. »Ich habe mir Finlays Versicherungsunterlagen angesehen ... und bin ziemlich sicher, dass sich alles regeln lässt.«

Maggie starrte ins Leere.

»Er hat mir immer gesagt, dass unsere private Krankenversicherung dafür aufkommt.«

»Er wollte, dass du die beste Versorgung bekommst.«

»Ich hätte lieber ihn.«

Baxter wollte nicht schon wieder weinen. Es kam ihr vor, als hätte sie in letzter Zeit die Hälfte ihrer wachen Stunden unter Tränen verbracht.

»Meinst du ... meinst du, er hat sich deshalb ...?«

Baxter nickte und fuhr sich über die Augen.

Maggie fing geistesabwesend an, die Unterlagen durchzublättern, wobei das alte Foto von Finlay und Christian vor dem brennenden Lagerhaus zum Vorschein kam.

»Tut mir leid, das gehört da gar nicht hin«, sagte Baxter schuldbewusst, weil sie es ohne Erlaubnis eingesteckt hatte.

Maggie gab es ihr lächelnd, erinnerte sich daran, wie sie ihrem späteren Mann bei ihrer allerersten Begegnung den Arm verbunden hatte. Dann runzelte sie die Stirn, als sie das zerknitterte Stück Karte in die Hand nahm, auf dem in Finlays Handschrift geschrieben stand:

*Wieso, verdammte Scheiße, hast du das immer noch nicht kapiert?*

Baxter sprang auf und griff über den Tisch, aber Maggie entzog ihr die kurze Notiz und las mit tiefen Falten auf der Stirn weiter.

»Maggie, nicht!«, stöhnte Baxter und kippte ihren Tee um bei dem Versuch, ihre langen Beine unter der Sitzbank zu befreien.

Aber es war zu spät.

Maggie überflog die sechs dahingekritzelten Zeilen, faltete das Stück Pappe wieder zusammen und gab es Baxter.

»Tut mir ja so leid ... Moment, du grinst ja!«, sagte Baxter verwirrt.

»Ich dachte nur gerade, das wären vier Pfund für die Schimpfwortkasse gewesen und ein paar hinter die Ohren, wenn er noch leben würde.«

»Das ... das hat er für dich geschrieben?«, fragte Baxter.

»Oh nein, ganz bestimmt nicht. Ich habe das nie gesehen.«

»Aber ...« Baxter war völlig verdattert angesichts von Maggies offensichtlichem Desinteresse an den leidenschaftlichen Liebesgeständnissen ihres Mannes gegenüber einer unbekannten dritten Person. »Bist du nicht ... *erschüttert?* Nicht, dass ich das möchte ...«

»Nein, Liebes.«

»Neugierig?«

»Auch nicht, Liebes. Egal, was es ist, ich bin sicher, dass es eine vollkommen vernünftige Erklärung dafür gibt ... ich hole mal einen Lappen«, sagte sie und stand auf.

»Aber das ist doch Finlays Handschrift!«, platzte Baxter heraus, konnte es sich nicht verkneifen.

»Ganz ohne Zweifel.«

»Wie kannst du's dann nicht wissen wollen?«

Maggie lachte und nahm Baxter an die Hand, hatte das Gefühl, ihre Freundin wollte unbedingt versichert bekommen, dass Finlay trotz allem der Mann war, für den sie ihn hielt. Maggie begrüßte die kurzzeitige Rückkehr zur Normalität, übernahm mühelos die Rolle des Ersatzvaters, der Baxter seit der vergangenen Woche fehlte.

»Emily, wenn es auf Erden eines gibt, das ich mit Bestimmtheit weiß ... worauf ich, ohne im Geringsten zu zögern, mein Leben verwetten würde ... dann, dass Fin mich geliebt hat, wie man eine andere Person nur lieben kann.« Sie drückte fest Baxters Hand und lächelte.

»So, und wie wär's jetzt mit einem Tee?«

# KAPITEL 8

Freitag, 9. November 1979
11:10 Uhr

Christian stöhnte enttäuscht.

Er richtete sich auf und schlug sich ins Gesicht, um nicht erneut in seinem Tagtraum zu versinken.

»Ich kriege die Krankenschwester einfach nicht aus dem Kopf«, vertraute er Finlay an, der ihren Wagen durch die Glasgower Cochrane Street lenkte, schmutziger Nieselregen sammelte sich auf der Windschutzscheibe, die deprimierende Aussicht lenkte seine Gedanken auf Schöneres. »Wie hieß sie noch mal? Megan? Mandy?«

»Maggie«, erwiderte Finlay grob, womit er die Zahl der Wörter, die er an diesem Tag von sich gegeben hatte, schlagartig in den zweistelligen Bereich hochschnellen ließ.

»Maggie!« Christian nickte. »Natürlich. Die schöne Maggie mit dem herrlichen Hintern!«

Finlay verspannte und musste sich auf die Zunge beißen, während sie der Adresse entgegenfuhren, die er auf einen Zettel notiert und an die zerfledderte Straßenkarte geheftet hatte.

»Oha! Die ist heiß!«, merkte Christian an und begaffte mal wieder eine junge Frau auf der Straße, verwandelte die Autofahrt in eine Art Safari für den urbanen Perversen.

Finlay hatte genug.

»Sie hat sehr viel mehr zu bieten als einen ›herrlichen Hintern‹!«

Christian schaute im Vorbeifahren noch einmal zu der Frau zurück.

»Nicht die!«, fuhr Finlay ihn ärgerlich an. »Maggie!«

Christian wirkte vollkommen ratlos. »Du meinst ... *Möpse* und so?«

»Du redest wirklich nur Müll, oder?!«

»Was ist denn in dich gefahren?«

»Nichts.«

An der Kreuzung kamen sie zum Stehen.

»Oh! Warte mal«, sagte Christian. »Ich weiß, was los ist: *Du* stehst auf sie!«

Finlay ignorierte ihn.

»Tatsächlich, ich hab recht, oder?« Er lachte laut, machte Finlay nur noch wütender und holte sich einen Fausthieb in die Nieren ab. »Tut mir leid, ich sollte nicht lachen«, sagte er und rieb sich die schmerzende Seite. »Ich denke nur, dass du auf deine eigenen Stärken setzen solltest.«

»Was heißt das?«

Christian grinste dreckig. »Das heißt ... du hättest vielleicht den Funken einer Chance, wenn sie mit einem Hund und einem langen weißen Stock durch die Gegend gehen würde.«

Die Bemerkung rechtfertigte einen gewaltigen Schlag in den Magen.

Atemlos krümmte sich Christian vor Lachen, stützte den Kopf auf das Armaturenbrett, als plötzlich die Windschutzscheibe zersprang.

Finlay schaute verständnislos von der kaputten Kopfstütze zu den unzähligen Haarrissen, die sich über die Scheibe zogen und um ein einziges kreisrundes Loch rankten.

»Fin!«, brüllte Christian, zerrte seinen Partner herunter, als in rascher Abfolge drei weitere Kugeln in die Karosserie ihres Streifenwagens einschlugen.

Auf der Straße wurde geschrien, die Menschen rannten in Deckung.

Finlay und Christian schauten einander an, als sie unter dem Armaturenbrett kauerten.

»Bring uns hier raus!«, schrie Christian.

Finlay richtete sich auf, soweit er es wagte, und legte den Rückwärtsgang ein. Er trat aufs Gas, rammte den Transporter hinter sich. Bei der Kollision verteilte sich die geborstene Scheibe auf der gesamten Motorhaube und dem Armaturenbrett.

Es knallte noch zwei weitere Male, als die Schießerei wieder aufgenommen wurde.

»Los, Fin!«

Das Getriebe knirschte brutal, die Räder drehten durch auf dem nassen Asphalt, während Finlay versuchte, den Wagen aus dem stehenden Verkehr heraus und auf die andere Straßenseite zu lenken. Der beschädigte Wagen war kaum zu kontrollieren, und sie holperten auf den Bordstein hinauf, schlingerten über den George Square und krachten gegen die Bronzestatue von Thomas Graham.

Mit blutendem Kopf griff Christian nach dem Funkgerät auf dem von Scherben übersäten Boden. Als er es hochhob und hineinsprechen wollte, baumelten die abgerissenen Kabel nutzlos herunter.

»Schätze mal, wir sind auf uns gestellt.«

»Hier können wir nicht bleiben«, sagte Finlay.

Er versuchte, die klemmende Tür zu öffnen, aber das eingedrückte Blech wollte nicht nachgeben. Christians Tür wurde vom Denkmalsockel blockiert.

»Hier lang!«, schrie Christian und nutzte die vorläufige Gefechtspause, um durch die fehlende Windschutzscheibe auf die Motorhaube zu klettern.

Finlay folgte seinem Partner auf den offenen Platz hinaus, ringsum befanden sich Gebäude, der kirchenartige Turm der City Chambers wirkte vor dem dunklen Himmel wie ein unheilvolles Omen. Sie gingen jeweils hinter einem Baum in Deckung.

»Wir brauchen eine Telefonzelle!«, keuchte Finlay.

»Auf der anderen Seite vom Platz«, rief Christian, als der Beschuss wieder aufgenommen wurde. »Was zum Teufel ist denn diese Woche los?«, überschrie er den Krach.

»Karma«, erwiderte Finlay, während der Schütze innehielt und er seinem Partner einen Blick zuwarf, der ebenso gut auch ein anklagender Zeigefinger hätte sein können.

»*Nein«*, lachte Christian. »An so was glaube ich nicht.«

Erneut hallten Schüsse zwischen den Gebäuden.

»Dann geh da raus, und sag dem das!«, schrie Finlay zurück.

Die Äste über ihnen zitterten im Takt der laut donnernden Schüsse, das sterbende Blattwerk rieselte wie rotbrauner Schnee auf sie herunter.

»Hey!«, zischte Christian.

Finlay spähte hinauf zu den unzähligen Fenstern, von denen aus man den öffentlichen Platz überblicken konnte. Die wenigen verbliebenen Zivilisten flüchteten in Sicherheit.

Eine unheimliche Stille hatte sich über den Ort gelegt.

»Hey!«, rief Christian noch einmal, dieses Mal lauter.

»Was? Ich denke nach.«

»Hör mal ... er feuert immer achtmal. Dann lädt er nach.«

»Toll.«

»Ich kann's schaffen«, sagte Christian.

»Nein ... kannst du nicht.«

Christian band sich die Haare zurück, starrte sehnsüchtig zu der Telefonzelle auf der anderen Seite des Platzes.

»Ich versuch's«, sagte er entschlossen, brachte sich in Stellung, als wieder Schüsse ertönten. Schmutz spritzte um sie herum, als verfehlte Kugeln über den menschenleeren Platz jagten.

»Wir bleiben hier!«, schrie Finlay. »Es wird Hilfe kommen!«

Erneute Pause.

»Die nächste Runde!«

Der Schütze fing wieder an zu feuern, seine Treffsicherheit schien sich zu verbessern, da jetzt auch die Borke über ihren Köpfen abgesprengt wurde.

»Das waren fünf!«, rief Christian. »Sechs!«

»Christian!«

»Sieben!«

Finlay riskierte es, seinen Arm auszustrecken und nach seinem unbesonnenen Freund zu greifen, aber zu spät.

»Acht!«

Christian sprang auf die Füße und rannte über den ungeschützten Platz.

»Du blöder ...«, fluchte Finlay, sah ihm nach, während ein weiterer lauter Schuss in die Luft donnerte.

Ein Schmerzensschrei, und Christian fiel auf den nassen Boden.

»Christian!«, brüllte Finlay, doch er konnte sich nicht bewegen, ohne dasselbe Schicksal zu riskieren.

»Christian?!«

»Neun!«

»Was?«

»Neun!«

»Ich kann dich nicht hören!«, schrie Finlay. »Aber das waren *neun,* du Blödmann!«

»Ich wurde getroffen!«

»Was?«

»Ich wurde getroffen!«

»Bist du getroffen? Ich komme!«

Finlay schob sich von einem Baum zum nächsten, erreichte schließlich den letzten, von dem aus er frisches Blut auf dem Boden glänzen sah. Er hatte mindestens noch zehn Meter zurückzulegen bis zu dem Denkmal, hinter dem Christian sich verkrochen hatte.

Erneut herrschte Stille, die so beruhigend wirkte wie ein Hai, der unter der Wasseroberfläche verschwindet.

Er griff nach dem größten Stein, den er finden konnte, und warf ihn in die entgegengesetzte Richtung, legte die kurze Entfernung innerhalb von Sekunden zurück, während sein Ablenkungsmanöver über den Platz hallte. Christian lag in einer Blutlache, presste beide Hände fest auf die rechte Pobacke.

»Hab dir doch gesagt, dass du das nicht schaffst«, sagte Finlay und guckte entsetzt. »Hat er dich etwa ... am Arsch getroffen?«

»Da ist ganz schön viel Blut!«

»Na ja, er hat dich ja auch am Arsch getroffen!«, argumentierte Finlay.

Von Süden her näherten sich Sirenen.

»Wir müssen die Blutung stoppen«, stöhnte Christian.

»Ich fass das nicht an!«, weigerte sich Finlay, woraufhin Christian schwieg, denn er hatte das Bewusstsein verloren. »Ich hasse meinen Job«, brummte er und presste zögerlich die Hände auf das Loch in der Hose seines Partners.

Ängstlich beobachtete er die Fenster oben, während ihm allmählich dämmerte, dass ihm vielleicht nie etwas Besseres widerfahren war, als Zeuge dieses Zusammenstoßes zwischen einem schießwütigen Irren und dem bleichen Hinterteil seines leichtsinnigen Freundes zu werden ... denn vielleicht würde er so Maggie wiedersehen.

Kaum war er durch die Tür der Notaufnahme geplatzt, entdeckte Finlay sie sofort. Sie war genauso schön, wie er sie in Erinnerung hatte. Nicht einmal die halb volle Bettpfanne in ihrer Hand konnte davon ablenken.

»Schusswunde!«, verkündete der jüngere der beiden Rettungssanitäter, lenkte damit Maggies Aufmerksamkeit auf sich.

Finlay nahm die Hand vom Hintern seines Freundes und winkte ihr mit blutverschmierten Fingern zu.

»Was ist passiert?«, fragte sie, eilte zu ihnen.

»Angeschossen«, brummte Christian, der mit dem Gesicht nach unten auf der Trage lag. »In den Hintern.«

»Und der andere hier wollte die ganze Fahrt über nicht die Hand wegnehmen«, erklärte ihr der andere Rettungssanitäter mit hochgezogenen Augenbrauen. »Wir haben gesagt, dass wir das schon hinkriegen, aber er hat darauf bestanden mitzukommen.« Als sie die nächste Tür erreichten, wandte er sich zu Finlay um. »Ab hier machen wir das allein.«

Finlay sah zu, wie Christian in einen anderen Raum geschoben wurde.

»Ich finde es sehr nett von dir, dass du ihm nicht von der ... *Seite* gewichen bist«, sagte Maggie.

»Ist ja mein bester Freund.«

»Komm mal mit, wir machen dich wenigstens noch sauber«, sagte sie, ging durch den Gang voraus, während Finlay ihr folgte und sich heldenhaft bemühte, ihr nicht auf den Hintern zu starren. »Ich bin sicher, er wird es überstehen.«

»Wer? Ach, Christian! Das hoffe ich.«

Am Waschbecken wusch sie ihm sanft die Hände unter fließendem Wasser, brachte dabei ein feines Netz von Schrammen zum Vorschein, die er sich zugezogen hatte, als die Windschutzscheibe geborsten war. Er wusste, dass seine Handflächen höllisch brennen mussten, spürte aber nichts außer ihre feingliedrigen Hände in seinen.

»Schon witzig, dass das passiert ist«, fing er aufgeregt an.

»Witzig?«

»Nicht *witzig* in dem Sinne, ich meine bloß ... ich freue mich.«

»Du freust dich?«

»Ja.«

»Dass dein Freund angeschossen wurde?«

»Nein, nicht darüber«, widersprach er.

»Das will ich auch hoffen.«

Der stattliche Schotte errötete wie damals als Teenager, als er Jessica Clarke gefragt hatte, ob sie mit ihm zum Schulball gehen wolle. Hätte sie Ja gesagt, wäre die Erinnerung daran jetzt vielleicht hilfreicher gewesen. Er stammelte weiter: »Ich meine, über *das* hier ... dass ich dich ...«

»Maggie!« Im Eingang stand eine aufgeregte Krankenschwester.

Finlay warf ihr Blicke zu, die hätten töten können.

»Du wirst im Reanimationsraum gebraucht, jetzt sofort!«

»Tut mir leid!« Maggie lächelte Finlay an, trocknete sich die Hände und eilte ihrer Kollegin hinterher.

»Ich ... ich warte hier auf dich, ja?«, rief er ihr hinterher, während Wasser von seinen Händen auf den Boden tropfte.

»Auf mich?«, lachte sie, drehte sich um und lief ein Stück rückwärts, konnte aber nicht stehen bleiben. »Als ob du freiwillig von seiner Seite weichen würdest!«

»Wessen? Ach, Christians!«, fiel ihm wieder ein, aber die Schwingtür hatte sie bereits verschluckt.

Finlay steckte das Asservatentütchen in die Tasche, zweifelte daran, dass ihnen die blutverschmierte Kugel etwas Aufschlussreiches verraten würde. Er zertrampelte die sterbende Glut einer weiteren Zigarette auf dem Krankenhausparkplatz, seiner vierten während des Gesprächs mit dem Chief Inspector, und ging auf und ab.

Bei einer ersten Durchsuchung der Gebäude am George Square waren zwei leere Patronenhülsen zum Vorschein gekommen, die vermutlich bei einer überstürzten Flucht liegen geblieben waren, wodurch das leer stehende Stockwerk, in dem sie gefunden wurden, als Position des Schützen identifiziert worden war. Sie sprachen über die vage Möglichkeit, dass der Vorfall in Zusammenhang mit der Beschlagnahmung vor vier Tagen stehen könnte, und die ebenso plausible Möglichkeit, dass der Angriff der Strathclyde Police insgesamt gegolten haben könnte: Während der vorangegangenen Monate war es gehäuft zu Fällen nicht provozierter Gewalt gegenüber uniformierten Beamten gekommen, und Finlay und Christian waren in einem als Streifenwagen deutlich erkennbaren Fahrzeug unterwegs gewesen.

Man kam zu dem Schluss, dass sich dies vermutlich niemals mit Sicherheit würde feststellen lassen.

Finlay, der versprochen hatte, die mit jeder Menge Spott gewürzten Genesungswünsche aus der Abteilung zu übermitteln, eilte in das Krankenhaus zurück und traf Maggie dabei an, wie sie hemmungslos über eine Bemerkung von Christian lachte. Keiner von beiden hatte ihn in der Ecke stehen sehen.

»Was treibst du denn da hinten?«, fragte Christian gespielt besorgt.

»Mach dir darum mal keine Sorgen«, sagte Maggie, die immer noch grinste, während sie ihm den blutigen Verband abnahm. »Sieht aus, als würdest du über Nacht bleiben müssen.«

»Soll ich dich nicht wenigstens vorher mal zum Essen einladen, oder so?«, fragte Christian und schaute sie schelmisch an.

»Im Krankenhaus«, präzisierte sie schmunzelnd, zog mit dem alten Pflaster absichtlich auch eine Hautschicht ab. »Du wirst in Flaschen pinkeln, bekommst stündlich den Blutdruck gemessen und lauschst der ›Love Hour‹ im Krankenhausradio. Viel Spaß!«

»Und arbeitest *du* auch heute Nacht?«, fragte er.

»Nein.«

Er ließ sich wieder auf den Bauch nieder und schmollte. »Schade.«

»Für dich vielleicht. Ich gehe aus.«

»Aus? Wohin aus? Ist das ein Date?«

Maggie ging ihren Aufgaben nach, als hätte sie ihn nicht gehört.

»Mit wem? Ist es was Ernstes? Dein Freund? Dein Verlobter …? Bist du noch da?«, fragte er, wobei er von der Hüfte abwärts nichts spüren konnte.

»Bin ich. Ich warte nur darauf, dass du mir eine Frage stellst, die dich wirklich was angeht.«

Finlay räusperte sich.

Maggie sah ihn schuldbewusst an.

»Wie geht's denn unserem Jungen?«, fragte er.

»Er nervt.«

»Hey!«, beschwerte sich Christian.

»Aber er wird wieder.«

»Gut. Dann sind wir nächste Woche verabredet?«, fragte Christian Maggie.

Finlay hatte das Gefühl, als hätte ihm jemand einen Fausthieb in den Magen versetzt, aber sein Partner sah ihn an. »Maggie und ein paar andere Mädchen kommen mit zu unserem Kneipenabend mit den Kollegen.«

Finlay machte eine ausdruckslose Miene. »Unserem was?«

Christian verdrehte die Augen, wandte sich wieder an Maggie. Diese hob verzweifelt die Arme, als der Verband herunterfiel und der verletzte Hintern erneut den Blicken aller Anwesenden preisgegeben war.

»Dann sind wir verabredet?«, fragte Christian erneut.

Sie tat, als würde sie sich ärgern, und schnaubte kapitulierend. »Ja, von mir aus sind wir verabredet.«

# KAPITEL 9

Freitag, 8. Januar 2016
12:43 Uhr

Baxter schloss ihren Audi A1 auf, stieg ein und versuchte, nicht dran zu denken, dass sie noch immer nicht in der Werkstatt gewesen war, obwohl die vordere Stoßstange kaputt und an mehreren Stellen die Farbe ab war, nachdem sie den Wagen zwei Wochen zuvor gegen eine Mauer gesetzt hatte.

»Tut mir leid, Blackie«, sagte sie schuldbewusst und tätschelte das Armaturenbrett.

Sie war noch für zwei weitere Tassen Tee bei Maggie geblieben und hatte sich dann unter einem Vorwand verabschiedet, da der Vormittag für sie emotional anstrengender war, als sie sich anmerken ließ.

Das war Wolfs Schuld.

Sie alle hatten die verheerende Nachricht von Finlays Tod mit der ihnen eigenen stoischen Zurückhaltung hingenommen, ganz egal, was sie insgeheim fühlten. Sie hatten ihre Trauer in Positives umgelenkt: hatten Maggie und der ganzen Familie so gut wie möglich geholfen. Aber natürlich musste Wolf, feinfühlig wie immer, in ihrer aller Leben poltern, beladen mit seinen eigenen ungelösten Problemen, die er, in fragwürdige Theorien verpackt, mit gerade so hinreichender Überzeugungskraft präsentierte, um in ihnen allen erneut Hoffnung zu wecken. Die Hoffnung, dass Finlay nicht das Gefühl gehabt hatte, niemanden zu haben, dem er sich hätte anvertrauen können, und dass er sie bei ihrem letzten Abschied keine Sekunde länger als sonst umarmt hatte, weil er gewusst hatte, dass es das letzte Mal sein würde.

Sie fluchte leise, als sie merkte, dass sie schon wieder weinte, klappte die Sonnenblende herunter, um ihr Make-up zu überprüfen, und sah eine Gestalt, die sich mit der Schwerfälligkeit eines sehr viel größeren Mannes auf sie zubewegte, der Wind blähte seinen Mantel wie den Umhang eines Superhelden hinter ihm auf, was zweifellos der Grund war, weshalb er ihn trug. Sie beobachtete Wolf, der jetzt das klapprige Tor zu Maggies Vorgarten öffnete und wenig später ins Haus trat.

»Blödes A…«, zischte sie durch aufeinandergebissene Zähne und stieß die Autotür auf.

Als Baxter in die Diele stapfte, hörte sie schwere Schritte auf dem Treppenabsatz oben.

»Wolf!«, schrie sie.

Maggie tauchte im Eingang zur Küche auf, fragte sich natürlich, wer da in ihrem Haus war.

»Alles gut, Maggie«, sagte Baxter und ging bereits zur Treppe. »Wolf!«

Sie erreichte die oberste Stufe und entdeckte ihn in dem kargen Raum, er hatte ihr den Rücken zugewandt und den Kopf in den Händen vergraben.

»Was machst du hier?«, fragte sie, trat durch den kaputten Türrahmen.

»Ich dachte, ich hätte was übersehen … hab ich aber nicht.«

Er hatte den umgekippten Stuhl aufgehoben, auf die blutigen Dielen gestellt und genau die Haltung eingenommen, die Finlay in seinen letzten Momenten, überwältigt von einem Gefühl der Niederlage, gewählt haben musste.

»Ich meinte, warum bist du überhaupt zurückgekommen?«, fragte Baxter. »Uns ging's super ohne dich ... es ging uns besser.«

Wolf sah zu ihr auf. Und nickte.

»Warum?«, drängte sie ihn.

»Ich ... ich dachte, ich könnte helfen.«

»Helfen?« Baxter lachte verbittert. »Du hast nichts getan, außer Maggies Kummer zu vergrößern. Als hätte sie nicht schon genug durchgemacht!«

»Er hat sich nicht umgebracht!«, widersprach Wolf, hob die Stimme, klang aber nicht so, als würde er selbst noch daran glauben.

Baxter eilte zu der kaputten Tür, um sie zu schließen.

»Pst! Du ... bist ... erbärmlich«, sagte sie. »Und du gehörst ins Gefängnis. Du weißt schon, dass du in der ganzen Geschichte nicht der Gute bist, oder? Du bist kein verkannter Held. Kein armer Sünder, der Erlösung sucht. Du bist als Mensch einfach nur eine Totalkatastrophe und klammerst dich auf deinem Weg in den Untergang an die anderen um dich herum.«

Obwohl er schon häufig Zielscheibe von Baxters Tiraden gewesen war, wirkte Wolf jetzt tatsächlich geknickt.

»Fick dich, Wolf«, fauchte sie. Sie ertrug es nicht, dass er sie wie ein verlorenes Hündchen mit seinen strahlend blauen Augen ansah. Sie wandte sich zur Tür um und drückte auf die Klinke.

Versuchte es erneut.

»Scheiße.«

»Problem?«, fragte Wolf.

»Nein.«

Ein lautes Knacken.

»Scheiße!«

»Lass mich mal«, sagte Wolf, stand auf, wirkte aber entschieden weniger zuversichtlich, als sie ihm die Messingklinke in die Hand drückte. »Ich krieg das hin.«

Baxter verschränkte die Arme und trat beiseite.

Wolf stellte sich vor die Tür. Er schaute von der Klinke in seiner Hand zu dem Loch, das jetzt entstanden war, dann wieder zu Baxter, die ihm gestikulierend zu verstehen gab, er solle sich beeilen und etwas unternehmen. Nachdem er sich für eine Maßnahme entschieden hatte, wandte er sich erneut dem versperrten Ausgang zu und hob die Arme, dann hämmerte er, so laut er konnte, an die Tür.

»Maggie! Maggie!«

Wenige Augenblicke später hörten sie jemanden auf der anderen Seite.

»Will?«

»Maggie?«, rief Wolf. »Wir sind hier eingesperrt.«

»Oje.«

»Ist auf deiner Seite die Klinke noch dran?«

»Ja.«

Wolf wartete, aber nichts geschah. »Maggie?«

»Ja?«

»Könntest du sie runterdrücken?«, bat er geduldig.

»Na klar.«

Nichts geschah.

»Kannst du die Klinke drücken?«

»Sicher.«

Noch immer geschah nichts.

»Maggie?«, fragte Wolf allmählich misstrauisch.

»Was denn?«

»Würdest du die Klinke runterdrücken?«

»Nein.«

Der Klang ihrer Schritte, die sich die Treppe hinunter entfernten, durchbrach die eisige Stille im Raum. Wolf drehte sich zu Baxter um und grinste.

Sie machte ein wütendes Gesicht.

»In fünf Minuten lässt sie uns bestimmt wieder raus«, erklärte er ihr zuversichtlich.

Dann schlug die Haustür zu.

»Höchstens zehn.«

Unten in der Auffahrt sprang der Mercedes an.

»Mist.«

Er trat beiseite, als Baxter auf ihn zumarschierte und ihre Fingerspitzen in die Lücke schob, wo die Türklinke gesessen hatte. Als das keinerlei Wirkung zeigte, ging sie in die Hocke und versuchte, die Tür von unten aufzustemmen. Mit aller Kraft zog sie am Türrahmen, wodurch aber nur ein großer Riss entstand, der sich wie ein Blitz durch den Putz zog.

»Du reißt noch die ganze Wand ein«, warnte Wolf und setzte sich auf den staubigen Boden.

»Ahhhh!«, schrie Baxter frustriert.

Sie stapfte auf die andere Seite des Raums und ließ sich unter dem Fenster zu Boden sinken.

»Vielleicht«, setzte Wolf an, »ist das eine gute Zeit, um …«

»Sprich mich bloß nicht an«, fiel sie ihm ins Wort.

Dann schloss sie die Augen und versuchte zu schlafen.

Fünfunddreißig Minuten waren vergangen.

Baxter hatte die gesamte Zeit über die Augen geschlossen gehalten, obwohl sie sich zusehends mehr über die sanften Schnarchgeräusche ärgerte, die Wolf von sich gab, nachdem er praktisch sofort eingedöst war.

Sie kauerte sich gegen die Kälte zusammen und öffnete vorsichtig ein Auge: Wolf saß an der Wand, den Kopf in den Nacken gelegt, der Mund geöffnet, er hatte sich nicht von der

Stelle gerührt. Er wirkte erschöpft und selbst im Schlaf verwahrlost: der zottelige Bart, die ungekämmten Haare, sein Mantel hing an ihm herunter. Er war längst nicht mehr die so mühelos beeindruckende Erscheinung von früher. Als wäre das »Feuer«, das ihm über die Jahre so viel Kummer beschert hatte, endlich erloschen. Unwillkürlich erinnerte sie sich, dass sie ein ähnliches Gefühl gehabt hatte, als sie Lethaniel Masse in seinem blauen Overall und mit Handschellen im Belmarsh Prison gesehen hatte.

Selbst die Flammen, die am heftigsten lodern, ersticken sich am Ende selbst.

Er sah friedlich aus. Sie hob eine herumliegende Schraube auf und warf sie quer durch den Raum nach ihm. Nachdem ihn die Schraube befriedigenderweise an der Stirn erwischt hatte, klackerte sie über den Boden. Baxter tat erneut, als würde sie schlafen.

»Was soll der Scheiß ...?«, maulte Wolf, rieb sich den Kopf und schaute sich irritiert im Raum um.

»Kannst du da drüben vielleicht leiser schnarchen?«, fragte Baxter. »Andere Leute wollen auch schlafen.«

Wolf gähnte laut. »Darf ich was sagen?«

»Auf keinen Fall.«

»Du hast kein Recht, so sauer auf mich zu sein«, sagte er trotzdem.

»Ernsthaft? Das ist deine Eröffnung?«

»Du bist wütend, weil ich weggegangen bin ... dabei hast *du* mir doch gesagt, dass ich gehen soll!«, sagte Wolf, weniger wütend als entnervt. »Ich weiß nämlich noch, wie jemand blutend wie ein Schwein auf dem Boden lag und ich den ›verkannten Helden‹ gespielt habe und mich hätte verhaften lassen, um dich zu retten. *Du* hast *mir* gesagt, dass ich gehen soll!«

»Ist dir noch nie in deinen bescheuerten Schädel gekommen,

dass du mich vielleicht, aber auch nur vielleicht, erst gar nicht in diese Situation hättest bringen sollen?!«, konterte Baxter, weniger entnervt als wütend. »Und dann habe ich *achtzehn* Monate lang nichts von dir gehört!«

»Was hast du denn erwartet?«, fragte Wolf, hob die Stimme. »Nach allem, was du riskiert hast, um mir zu helfen? Ich wusste, dass du unter Beobachtung stehst.«

»Hast du auch nur die *geringste* Vorstellung davon, was ich im vergangenen Monat durchgemacht habe?«

Wolf klappte den Mund auf, um zu antworten, nickte dann aber nur traurig. Wieder fiel sein Blick auf die Stiche und die zahlreichen verschorften Narben in ihrem Gesicht.

Baxter vergrub den Kopf in den Händen.

Zögerlich erhob sich Wolf und setzte sich auf den Boden neben sie.

»In der Nacht«, seufzte er und lehnte den Kopf an die Wand, »als du in allen Nachrichten warst ... hat sich mir das Bild eingeprägt, wie du da oben stehst, über der Stadt, nur ein paar wenige kaputte Glasplatten zwischen dir und der Welt unten.« Wolf machte ein gequältes Gesicht. »*Er* hat mir gesagt, dass ich fortbleiben soll.«

»Finlay?«, fragte Baxter, offensichtlich gekränkt.

»Ich habe ihn um ein Treffen gebeten. Aber er wollte nicht. Er hat mir erzählt, dass du jemanden hast ... Thomas?«

Sie antwortete nicht.

»Er hat gesagt, du hast einen neuen Freund, den CIA-Agenten und Edmunds, und ...« Wolfs Stimme brach kaum merklich. »Er hat mir versprochen, dass Maggie und er immer auf dich aufpassen würden.«

Beide brauchten ein paar Sekunden.

»Bist du dir deshalb so sicher?«, fragte Baxter ihn.

Wolf zuckte mit den Schultern.

»Wir haben beide im Lauf der Jahre genügend Selbstmorde gesehen«, fing sie an, »um zu wissen, dass Menschen manchmal eine tolle Show abliefern. Aber das heißt nicht, dass es nicht doch etwas gibt ... im Hintergrund ... etwas, das die ganze Zeit über da war.«

Wolf nickte und starrte den Fleck in der Mitte des Raums an.

Er legte die Stirn in Falten.

»Was?«, fragte Baxter.

Er betrachtete den Boden, die Zahnräder in seinem Gehirn setzten sich in Bewegung, und er ging auf die Knie.

»Was?«, wiederholte sie.

»Wieso muss man eigentlich eine Stufe hochsteigen, um den Raum zu betreten?«, fragte er, ohne eine Antwort zu erwarten, griff stattdessen nach einem Stemmeisen und rammte es zwischen zwei Dielen.

»Wolf?«

Das Holzbrett sprang auf einer Seite hoch, sodass er seine Finger darunterschieben und es trotz Baxters Protest hochziehen konnte.

»Zufrieden?«, fragte sie, als erwartungsgemäß hölzerne Bodenbalken und Metallrohre unter dem Fußbodenbelag zum Vorschein kamen. »Herrgott! Kaum, dass ich denke, ich bin wenigstens mal ein bisschen zu dir durchgedrungen ... was machst du da?!«

Er ging zu einer anderen Diele in einem anderen Teil des Raums, hebelte erneut mit dem Werkzeug in dem schmalen Spalt zwischen den Brettern.

»Finlay hat das gebaut!«

Die Diele splitterte, als er sie vom Boden riss und erneut nur die darunterliegende Holzkonstruktion freigelegt wurde.

»Wolf«, sagte Baxter leise. Sie konnte sich nicht überwinden, ihm böse zu sein, als sie zusah, wie er verzweifelt versuchte, dem Verlust, den sie alle erlitten hatten, eine Bedeutung zuzuordnen. »Finlay hat sich das Leben genommen. Er hat uns alle verlassen, nicht nur dich.«

Wolf schien sie nicht einmal zu hören. Er befand sich jetzt in einer wiederum anderen Ecke des Raums, hatte bereits zwei weitere Dielen entfernt und machte sich an einer dritten zu schaffen.

»Als du weggegangen bist«, fing Baxter an, die gar nicht damit gerechnet hatte, dass sie die Geschichte einmal erzählen würde, »hat Finlay mir erzählt, sei es ihm vorgekommen, als hätte er einen So…«

Sie hielt inne, als sie Wolfs Gesichtsausdruck sah, mit dem er eine vierte Diele so mühelos vom Boden zog, als wäre sie gar nicht angenagelt gewesen. Er stand auf und rieb sich das staubige Kinn.

»Meinst du, das ist Blut?«, fragte er beiläufig.

Baxter ging langsam zu ihm und schaute in den freigelegten Hohlraum, nicht mehr als vier Dielen breit und kaum dreißig Zentimeter tief. Ganz offensichtlich hatte Finlay etwas ganz Bestimmtes beabsichtigt, als er das Versteck dort eingebaut hatte, vermutlich hatte er einen sicheren Aufbewahrungsort für die illegale Schusswaffe und den wachsenden Stapel an Mahnungen schaffen wollen.

Auf dem Boden befanden sich rote Schmierstreifen.

»Platz für eine Person … gerade so«, meinte Wolf und ging zum Fenster, durchflutet von einer Mischung aus Wut und Erleichterung. »Meinst du, Finlay war vielleicht doch nicht allein hier drin?«

Baxter war sprachlos.

»Kannst du bitte die Spurensicherung verständigen?«, bat er sie und zog sein Handy aus der Tasche.

»Ich muss mit dem Beamten sprechen, der als Erster am Tatort war.«

»Natürlich«, erwiderte sie, konnte den Blick nicht von dem Hohlraum abwenden, der gerade absolut alles verändert und sich dabei die ganze Zeit direkt unter ihren Füßen befunden hatte. »Wen rufst du an?«

»Vanita«, sagte Wolf und hielt sich das Handy ans Ohr. »Ich muss ihr sagen, dass ich doch noch nicht ins Gefängnis kann … ich denke, wir müssen vorher noch einen Mörder überführen.«

# KAPITEL 10

Freitag, 8. Januar 2016
13:37 Uhr

Ein schwedisches Fleischbällchen im Wert von mindestens zwei Pfund fünfzig klatschte auf den Gehweg, als Thomas zu den bröckelnden Mauern der St Paul's Cathedral aufsah. Plastikplanen blähten sich geräuschvoll auf, erinnerten an den Verband auf einer Wunde. Aus dem Inneren des Gemäuers drang ein verstörendes Dröhnen, da jetzt der Wind durch die Kammern fegte und um die prächtige Basilika herumtoste.

Er hatte gar nicht vorgehabt, diesen Ort im Zentrum der Londoner City aufzusuchen. Sicher waren sowieso mehr als genug neugierige Touristen in die Gegend gepilgert, doch dann hatte er zufällig vor dem Explosionskrater gestanden. Es sah aus, als sei der Beton in die Wolken geschossen, als seien Trümmer und Steinbrocken wie bei einem Vulkanausbruch gen Himmel geschleudert worden. Da er ohnehin in der Gegend war, hatte ihn die Neugier schließlich doch hergetrieben, und jetzt stand Thomas mit seinem überteuerten Snack hier vor dem Ort des Grauens.

Er wünschte, er hätte es nicht getan.

Die Verwüstung hatte nichts vom Glamour eines Filmsets. Kein Mitgefühl bei den Schaulustigen, die die Welt über ihre Handydisplays vermittelt betrachteten, keine mit Farbpaletten und exzentrischen Bärten ausgestatteten modernen Virtuosen bei der akribischen Restaurierung von Kunstwerken – nur die trostlosen Auswirkungen der Gewalt und ein Meer von Bauarbeitern, die herumsaßen und Backwaren von Greggs verspeisten.

Baxter war dabei gewesen, als es passierte.

Thomas verspürte wie immer ein Ziehen tief in der Magengrube bei der Erinnerung an das Chaos in der im Schnee versinkenden Stadt. Der Anblick des Schauplatzes hatte die Geschichten aus jener surrealen Nacht endlich real werden lassen.

Viel leichter wäre es dagegen, die stinkenden Überreste des bezwungenen Ungeheuers zu ignorieren, das hier wie in jedem guten Märchen tief in den Wäldern liegen blieb und verrottete.

Bestrebt, in den Zustand glückseliger Unwissenheit zurückzukehren, bahnte Thomas sich seinen Weg durch das Gedränge und kam an Ludgate Hill heraus. Als er wieder atmen konnte, setzte er sich in Richtung seines 14-Uhr-Termins in Bewegung. Auf halber Höhe der Straße machte er vor einem Juwelier halt, erinnerte sich daran, dass Baxter einen ihrer selten getragenen Ohrringe im St James's Park verloren hatte. Flüchtig überflog er die Auslage im Schaufenster, hatte keine Ahnung, wie der verlorene Schmuck überhaupt ausgesehen hatte, und war sich auch der Tatsache bewusst, dass der Stapel mit den ungeöffneten Weihnachtsgeschenken seiner Freundin täglich anwuchs. Trotzdem war es für ihn inzwischen in der Mittagspause zum Ritual geworden, die City nach dem perfekten Geschenk zu durchstöbern und etwas zu suchen, das sie ein kleines bisschen aufmuntern könnte und ihr zu verstehen gab, wie viel sie ihm bedeutete. Vielleicht sogar etwas, das dem absurden Stoffpinguin, ohne den sie nicht mehr schlafen ging, Konkurrenz machen würde.

Er traf eine Entscheidung und ging in das Geschäft in der sicheren Überzeugung, dass es gewiss die falsche war.

»DCI Baxter«, grinste Joe spöttisch, als er mit seinem Arbeitskoffer der Spurensicherung Maggies Diele betrat. »Wenn ich's nicht besser wüsste, hätte ich gedacht, du gehst mir aus dem Weg.«

»Du weißt es gar nicht besser«, erklärte Baxter. »Ich gehe dir aus dem Weg.«

Joe pfiff spöttisch und folgte ihr die Treppe nach oben.

»Hör auf, gegen deine Gefühle anzukämpfen«, sagte er. »Ich weiß, da ist was zwischen uns.«

»Zwischen uns ist eine ganze Menge ... und das soll auch so bleiben.«

»Aber dein Widerstand bröckelt«, lächelte er. »Das merke ich.«

Sie betraten den kargen Raum, in dem Christian bereits auf sie wartete.

»Verzeihung, Opa«, sagte Joe, der den Commissioner der Metropolitan Police offenbar nicht erkannt hatte, und stellte seinen Arbeitskoffer neben dem in den Boden eingelassenen Hohlraum ab.

Schwere Schritte wurden vernehmbar, die hinter ihnen die Treppe hinaufeilten, dann tauchte Wolf im Eingang auf, ein Telefon in der Hand.

»Ich versuche immer noch, den Beamten zu erwischen, der als Erster am Tatort war«, verkündete er und ging in die Mitte des Raums. »Also, zurzeit denke ich, es war so ... unser Mörder ...«

»Hypothetischer Mörder«, korrigierte Christian.

»... hat Finlay erschossen. Er hat Fotos von Maggie und ihre Sachen gesehen und wusste, dass bald jemand nach Hause kommen würde. Er ... hat die Waffe abgewischt, sie Finlay in die Hand gedrückt und ihn anschließend so hingelegt, dass es nach einem Selbstmord aussah. Er ...«

»Oder *sie*, du sexistisches Arschloch«, warf Baxter ein.

»... schließt die Tür von innen ... schmiert Dichtungsmittel in den Rahmen ... steigt in den Hohlraum, zieht die losen Dielen über sich und wartet.« Wolf schien sich vorübergehend in seiner eigenen Fantasie zu verlieren.

»Hallo«, lächelte Joe.

»Hallo«, erwiderte Wolf zerstreut. »Also, was meint ihr?«

Christian guckte skeptisch, Baxter noch skeptischer.

»*Ich* denke, Sie vergessen da etwas«, sagte Christian. »Die SMS, die er mir geschickt hat. Das hätte genauso gut auch eine Abschiedsnotiz sein können.«

»Sie haben gesagt, er hat wenige Minuten vorher versucht, Sie zu erreichen?«, sagte Wolf.

»Das ist richtig.«

»Vielleicht wollte er Hilfe rufen ...«

Christian wirkte elend. »Sagen Sie so was nicht.«

»... und dann musste er den stillen Notruf absetzen, da die Situation immer heikler wurde.«

»Aber hätte er dann wirklich zwischendurch noch eine SMS schreiben können?«

»Vielleicht«, murmelte Baxter und starrte ins Leere. »Wenn er sicher war, dass er sterben würde.«

Alle drei verstummten, als Joe, der nichts davon mitbekommen hatte, geräuschvoll seine Spielzeugkiste auspackte.

»Okay, was habt ihr für mich?«, fragte er, nachdem er einen Einweg-Overall übergezogen, das Gummiband seiner Gesichtsmaske justiert und einen wehmütigen Blick auf das Haarnetz geworfen hatte, das er nicht brauchen würde. Er schaltete die Taschenlampe ein, legte sich auf den Bauch und streckte den

Kopf unter die Dielen. »Oh ja! Das ist auf jeden Fall Blut!«, verkündete er und gab Christian blindlings Handzeichen. »Skalpell … Skalpell!«, bellte er, als der Commissioner der Aufforderung nicht folgte.

Obwohl er eindeutig versucht war, etwas zu sagen, legte Christian ihm das gewünschte Instrument schließlich doch in die fuchtelnde Hand.

»Kiste!«, befahl Joe und schnippte mit den Fingern.

Erneut gehorchte Christian zögerlich.

Sie hörten, wie der manipulationssichere Verschluss einrastete. Joe reichte ihm die Asservatenkiste, ohne dabei wieder aufzutauchen. »Bingo! Das sieht aus wie Kratzspuren!«, schrie er unnötig laut. »Hier hat definitiv jemand gelegen. Wir haben Haare … vielleicht Textilfasern.« Er kam wieder aus dem Loch hervor und zog sich die Gesichtsmaske auf die glänzende Stirn. »Wo sind Saunders und Edmunds?«

»Die holen alte Akten aus Schottland«, erwiderte Wolf. »Wieso?«

»Ich werde DNA-Proben von euch allen brauchen, um Beweismaterial zu eliminieren«, erklärte er. »Je schneller, desto besser.«

Baxters Handy klingelte. Sie schaute auf das Display:

Holly (Tierarzthelferin/Blöde Zicke)

☎ Eingehender Anruf

Wahrscheinlich sollte sie den Eintrag ändern.

Sie eilte auf den Treppenabsatz hinaus, dann erst meldete sie sich.

»Hey. Ich hab gerade zu tun. Alles in Ordnung?«, fragte Baxter, wählte ihre Worte vorsichtig. »Er hat was? … Okay. Beruhig dich. Ja … ich komme, so schnell ich kann. Okay. Tschüss.«

Bei ihrer Rückkehr warteten alle auf eine Erklärung.

»Alles in Ordnung?«, fragte Wolf.

»Ist was dazwischengekommen«, erklärte sie, sammelte ihre Sachen zusammen.

»Etwas, das wichtiger ist als das hier?«, fragte Wolf.

»H-hm«, erwiderte sie und ging zur Tür.

»Wird wahrscheinlich sowieso eine Weile dauern, bis ich hier fertig bin«, sagte Joe und zerstreute damit die im Raum wachsende Anspannung.

»Und ...«, erinnerte Christian Wolf, »Sie müssen zur Pressekonferenz.«

Mit der Entdeckung hatte er ein bisschen mehr Zeit für sich herausschlagen können, weshalb Vanita nun offiziell Wolfs Beteiligung an den Ermittlungen bekannt gab. Da sie den Begriff »Berater« für vage genug hielt, um von den komplizierten und zweifellos umstrittenen Einzelheiten ihrer Vereinbarung abzulenken, hatte sie beschlossen, dem Medienansturm zuvorzukommen.

»Ich würde gerne noch eine Weile bei Maggie bleiben«, setzte Christian hinzu. Verständlicherweise hatte sie die jüngste Entwicklung am schwersten getroffen, und keiner von ihnen wollte sie in ihrem derzeitigen Zustand allein lassen.

»Müssen Sie nicht auch dorthin?«, fragte Baxter und blieb im Eingang stehen.

»Warum sollte *der* denn zur Pressekonferenz müssen?«, fragte Joe.

»Das ist Vanitas Show«, sagte Christian und ignorierte ihn. »Und die sei ihr auch gegönnt ... sie wird sagen, was ich ihr aufgetragen habe.«

»Noch mal«, fing Joe wieder an, der inzwischen verständlicherweise beunruhigt wirkte, »was hat der Typ da verloren?«

»Nach Ihnen, Mr Commissioner, Sir«, strahlte Joe und salutierte am Fuß der Treppe.

Nachdem sie sich von Maggie verabschiedet hatte, kam Baxter aus der Küche.

»Du hättest mich verdammt noch mal auch *warnen* können!«, zischte Joe ihr im Vorbeigehen zu. Kerzengerade grüßte er militärisch, während Christian, dicht gefolgt von Wolf, die letzten Stufen nahm. »Fawkes«, nickte er professionell.

»Labormann.«

Während Joe sich wieder an die Arbeit machte, führte Christian sie nach draußen, richtete noch einige Empfehlungen an Wolf, was dieser vor der Presse lieber *nicht* sagen sollte.

Zu dritt traten sie in die Kälte hinaus.

»Kümmern Sie sich heute um sie«, sagte Wolf und blieb stehen, um mit Christian zu sprechen.

»Wenn ich dich mit zur Wache nehmen soll, Wolf, dann los«, bellte Baxter und marschierte zu ihrem Wagen.

»Das mache ich«, versicherte ihm Christian. »Sie sollten lieber mitfahren.«

Wolf eilte Baxter hinterher, und Christian verschwand im Haus, schloss die Tür hinter sich.

»Mist!«, sagte Wolf, als er die Beifahrertür aufzog und Baxter Dunstwolken ausatmete.

»Was denn jetzt noch?«

»Ich hab meinen Mantel vergessen.«

Baxter verdrehte die Augen, stieg ein und ließ den Motor an.

»Kannst du nur ganz kurz ...«, setzte Wolf an und wurde schon mit Dreck bespritzt, als Baxter Gas gab und davonfuhr. Die Beifahrertür schlug zu, als sie um die Ecke bog. Von einem überwältigenden Déjà-vu erfasst, wischte er sich die nasse Hose trocken und trottete über den Gartenpfad zurück zum Haus.

Er griff schwungvoll nach der Klinke und stieß schmerzhaft gegen die massive Haustür.

»Au!«, beschwerte er sich und rieb sich die Stirn, als plötzlich Christian die Tür öffnete und im Eingang auftauchte. Leicht benommen, brauchte Wolf ein paar Augenblicke, bis er wieder sprechen konnte. »Ich hab meinen …«

Christian überreichte ihm lächelnd den abgetragenen schwarzen Mantel.

»Danke.«

Andrea Hall lächelte in Kamera 1, hinter der kaum erkennbare Gestalten im Halbdunkel standen.

Das »Auf Sendung«-Zeichen erlosch, als das Licht im Studio wieder anging und das eben noch reglose Publikum begeistert zu neuem Leben erwachte.

»Kann sich *bitte* jemand um den beschissenen Teleprompter kümmern?!«, brüllte sie niemanden Bestimmten an.

Sie trank den Rest ihres kalten Kaffees und erhob sich von ihrem Sprechertisch, als ihr eine Wolke Haarspray entgegenkam, hinter der sich vermutlich ihre Stylistin verbarg, die Andreas rotblondes »trendy« Haar mit einer Ehrfurcht behandelte, die sonst nur bildhauerischen Meisterwerken gebührt. Sie war Gold wert, denn sie hatte die »prominente Nachrichtensprecherin« über Nacht in eine »Stilikone« verwandelt.

»Wer kommt als Nächstes?«, fragte Letztere ihre gestresste Assistentin.

»Irgendein Bischof, der Spenden für den Wiederaufbau von St Paul's sammelt.«

Sie unterdrückte ein Gähnen.

»Wie heißt noch mal dieser Baulöwe?«, fragte Andrea. »Der die Ruine abreißen und Büros bauen will?«

»Hammond.«

»Ja, genau. Den nehmen wir noch dazu. ›Gott gegen Geld‹, das dürfte doch für uns alle ganz unterhaltsam werden, wenigstens ein paar Minuten lang.«

Die Crew bereitete bereits das nächste Interview vor. Andrea trat beiseite, damit ihre Kollegin ihren Platz vor der Kamera einnehmen konnte. Die streng wirkende Frau nahm Platz und wurde sofort abgepudert.

»Also, welchen Ansatz wirst du verfolgen?«, fragte sie und verzog unvorteilhaft das Gesicht. Die beiden Frauen konnten sich nicht leiden, bewunderten sich aber gegenseitig für ihre Skrupellosigkeit. »Der Wolf ist wieder auf der Jagd? Das Alphatier kehrt zu seinem Rudel zurück?«

»Keine Ahnung, wovon du sprichst.«

Die Augen der Frau strahlten, obwohl ihre berufliche Aufgabe eigentlich einzig darin bestand, Menschen über Dinge zu informieren, die sie bereits wussten.

»Dein Ex. Er ist wieder da. Wurde mit dem Commissioner und Emily Baxter drüben in Muswell Hill gesehen.«

»In Muswell Hill?« Andrea wusste genau, wohin er gewollt hatte, und schnappte sich ihre Tasche.

»Ich muss los.«

»Um vier hast du einen Termin mit Elijah«, erinnerte sie ihre Assistentin.

»Verleg ihn.«

»Was ist mit ›Gott gegen Geld‹?«

»Ich bin rechtzeitig wieder da«, versicherte ihr Andrea und zog ihre Jacke über. »Ach, und Jim soll uns eine Skizze machen von einem charakterlosen Büroblock mit einer Basilika obendrauf … und von Gott am Schreibtisch in einem Büro ganz oben. Das müsste das Gespräch auf Touren bringen«, lächelte sie, dann eilte sie hinaus.

Es goss in Strömen.

Baxter hatte sich in einem Wald aus Steinkreuzen verirrt, lief Slalom zwischen moosbedeckten Engeln und suchte Rouche, Holly oder ihren Wagen, während sich der Boden unter ihren Füßen aufzulösen drohte.

Selbst ungeachtet der jüngsten Ereignisse hätte sie nur wenige Orte lieber gemieden als einen Friedhof bei Gewitter.

Um ein Haar hätte sie einen Stiefel in einer Pfütze verloren. Sie wollte gerade frustriert gegen einen Grabstein treten, als ihr der Gedanke kam, dass sie damit, selbst für ihre Verhältnisse, zu viel riskierte. Sie sah sich um, orientierte sich und entdeckte dabei einige Reihen weiter eine große Gestalt mit Kapuze. Augenblicklich überkam sie das irrationale Bedürfnis, sich zu verstecken.

»Werde endlich erwachsen, Baxter«, murmelte sie vor sich hin, doch als sie rufen wollte, zögerte sie, fragte sich, warum wohl jemand im eiskalten Regen dort stand.

Vorsichtig näherte sie sich. Der Matsch zwischen den Gräbern schmatzte unter ihren Schritten, während sie sich zu erinnern versuchte, was Holly angehabt hatte. Die Gestalt verschwand immer wieder aus ihrem Blickfeld. Baxter ging langsamer und blieb schließlich stehen, obwohl es jetzt so heftig schüttete, dass sie kaum die Augen offen halten konnte.

Abgelenkt rutschte Baxter aus, landete nur wenige Meter von dem oder der Fremden entfernt auf dem Hintern.

Einen Augenblick lang ergriff sie Panik, bis sie erkannte, dass der Mann mit dem Umhang aus Stein war und eines der Gräber zierte – ein Abbild der Verzweiflung. Die leere Kapuze war hypnotisierend, wo eigentlich ein Gesicht hätte sein sollen, klaffte ein schwarzes Nichts, als hätte sich die Statue von ihrer Hülle befreit. Sie starrte noch tiefer hinein und war sicher, ein Augenpaar zu erkennen …

»Emily?«

Baxter schrie auf.

Holly schrie lauter.

»Oh Gott!«, keuchte Baxter und hielt sich eine Hand aufs Herz.

Mit nervösem Lachen streckte Holly ihr eine Hand entgegen.

»Ich glaube nicht, dass ich dich schon mal hab schreien hören«, sagte sie und zog Baxter auf die Füße.

»Ich kann Engel nicht ausstehen.«

»Ich hab sie gefunden … ihn nicht«, setzte Holly rasch hinzu, als Hoffnung über das Gesicht ihrer Freundin huschte.

Baxter behielt den düster gewandeten Grabwächter im Auge und folgte Holly zwischen Reihen mit schlichten Grabsteinen hindurch, wo zurückhaltende Inschriften in gleichförmige Marmorplatten gemeißelt waren. Auf halber Strecke blieben sie an einer der bescheidenen Ruhestätten stehen:

**Sophie Rouche** & **Elliot Rouche**

**31. Juli 1982–7. Juli 2007** **8. Januar 2001–7. Juli 2007**

**Mein Alles.**

Keiner von beiden sagte etwas, die knappe, in Stein gemeißelte Botschaft war eine leidenschaftlichere und traurigere Liebeserklärung als all die Engel und reich verzierten Kreuze zusammen. Ein frischer Blumenstrauß verlor im strömenden Regen bereits seine Blätter; daneben saß ein kleines Stoffwalross, das eindeutig aus derselben Kuscheltiersammlung stammte wie Frankie, der Pinguin.

»Er war hier«, sagte Holly. »Heute ist ihr Geburtstag.«

Baxter hatte nicht daran gedacht. Seit Finlays Tod hatte sie nicht mehr auf das Datum geachtet. Das alles kam ihr vor wie ein langer, schlechter Traum. Jegliche Wut gegen Rouche löste sich augenblicklich auf.

»Komm«, sagte sie. »Ich weiß, wo er ist.«

Mit bis zum Anschlag aufgedrehter Heizung fuhr Baxter durch die heruntergekommenen Außenbezirke der Stadt. Sie war überrascht, dass Holly mit dem Friedhof recht gehabt hatte und dass sie überhaupt davon wusste. Die anderen Ereignisse hatten sie so sehr abgelenkt, dass sie nicht gemerkt hatte, wie Rouche und ihre Schulfreundin sich nähergekommen waren. Jetzt, wo sie darüber nachdachte, lag es natürlich auf der Hand – Holly tauchte außerplanmäßig in dem Apartment auf, dann die Panik in ihrer Stimme, als sie gemerkt hatte, dass Rouche weg war, und außerdem war sie sowieso meist viel zu stark geschminkt, als für einen normalen Arbeitstag angemessen gewesen wäre.

Baxter nahm sich insgeheim vor, die Angaben hinter dem Namen ihrer Freundin in ihren Handykontakten zu ändern.

Sie freute sich, dass sich die beiden gut verstanden, aber in Anbetracht dessen, wo sie gerade herkamen, zweifelte sie daran, dass Rouche ihr jemals würde geben können, wonach sie sich sehnte.

»Er stirbt, Emily«, platzte Holly heraus. »Ich sehe jeden Tag dabei zu. Wir müssen ihn in ein Krankenhaus bringen.«

Baxter wurde bewusst, dass sie seit Verlassen des Friedhofs kein Wort mehr miteinander gesprochen hatten. Jetzt schaute sie in das Gesicht ihrer Freundin, deren kurze blonde Haare wie immer perfekt saßen, obwohl sie ansonsten im Moment eher einer ersoffenen Ratte glich.

»Gibt es kein anderes Antibiotikum, das wir ausprobieren können?«

»Wenn die Infektion zur Sepsis wird, können ihm alle Antibiotika der Welt nicht mehr helfen«, erklärte Holly ihr mit Bestimmtheit. »Dann haben wir's mit einer Blutvergiftung zu tun.«

»Ich kenne jemanden … eine Krankenschwester.« Baxter hatte Maggie nicht einweihen wollen, aber jetzt fragte sie sich, ob die Sorge um Rouche nicht vielleicht sogar eine willkommene Ablenkung für sie darstellen könnte.

»Nein«, sagte Holly und hob die Stimme. »Hör zu, wir sind befreundet, und wahrscheinlich hab ich immer noch ein bisschen mehr Angst vor dir als die anderen …«

»Wer hat Angst vor mir?«

»… du bringst ihn um«, fuhr sie trotz Baxters Gesichtsausdruck fort. »Vor zwei Wochen war Rouche schon bereit, sich zu stellen. Nur dein Egoismus hält ihn noch davon ab.«

»Ich versuche, ihn zu schützen!«

»Nein, du versuchst, an ihm festzuhalten, und das ist nicht dasselbe. Ich würde ihn lieber im Gefängnis sehen als so.«

»Warst du schon mal im Gefängnis?«, fragte Baxter von oben herab.

»Nein«, räumte Holly ein, als sie die deprimierende High Street verließen und an Tempo zulegten. »Aber auf einem Friedhof.«

Als sie vor dem verwahrlosten Haus der Familie Rouche vorfuhren, war es bereits dunkel, und noch immer wies nichts darauf hin, dass der Regen in absehbarer Zeit nachlassen würde. Baxter stieg aus und ging die steile Auffahrt zum Haus hinauf. Eine massive Stahltür war seit ihrem letzten Besuch hier eingebaut und bereits mit ersten einfallslosen Graffiti-Tags versehen worden, die in Kürze wohl auch noch den Rest des vergessenen Hauses verschlucken würden wie ein schwarzes

Loch. Unter dem Schutz des wuchernden Efeus stieß Holly gegen die Tür und staunte, als diese aufging.

»Ich seh hinten nach«, sagte Baxter.

Sie zwängte sich an den Mülltonnen vorbei, ging einen dunklen Pfad entlang, der seitlich ums Haus verlief und hinten in den verwilderten Garten mündete, wo ein warmes Leuchten aus der Plastikscheibe eines Spielhauses drang. Sie lächelte erleichtert und überquerte den ungemähten Rasen. Um sich nicht den Kopf zu stoßen, duckte sie sich unter dem Eingang, klopfte an die Minitür und trat ein.

Rouche wirkte vollkommen erschöpft, stützte den Kopf an die Wand des leeren Minihauses. Seine grauen Bartstoppeln ließen ihn älter wirken. Um sein Fieber zu senken, hatte er das Hemd aufgeknöpft und damit auch einige seiner zahllosen Verletzungen zum Vorschein gebracht.

»Hey«, begrüßte er sie müde.

Baxter zog die Tür gegen den Regen zu und krabbelte auf den noch verbliebenen Platz, versuchte dabei, möglichst nicht an die Kerzen zu stoßen. Nach einem kurzen Spinnencheck machte sie es sich bequem, griff nach Rouches Hand, um sie zu drücken. »Du bist ein Idiot.«

Er lachte, hielt sich die schmerzende Brust.

»Du weißt, dass ich dich hergefahren hätte … heute … wenn du mich gefragt hättest«, sagte sie, machte deutlich, dass ihr die Bedeutung des Datums bewusst war.

Der Regen nahm zu. Das dünne Dach klang nicht, als könnte es ihm standhalten.

»Du hast schon genug an der Backe«, entgegnete Rouche.

Sie würde ihm ein anderes Mal sagen, dass er nicht mal annähernd wusste, wie viel … und dass Wolf recht behalten hatte.

»Holly ist hier«, eröffnete sie ihm. »Im Haus. Du weißt, dass sie dich mag, oder?«

Rouche antwortete nicht, verzog das Gesicht, als er versuchte, sich aufzusetzen.

»Bleib so«, sagte Baxter, aber er zwang sich, sich aufzurichten und ihr in die Augen zu sehen.

»Tut mir *so* leid.«

»Was?«

»Alles ... dass ich uns den ganzen Schlamassel beschert habe ... dass ich dir so eine Last bin ... alles.«

»Emily?« Holly rief vom Garten aus.

»Hier drin!«, rief Baxter, kroch zur Tür, um sie aufzustoßen und Rouche anschließend so fest wie möglich zu umarmen. »Du bist *keine* Last. Wir stehen das zusammen durch. Und du musst dich für nichts entschuldigen ... *für gar nichts.*«

# KAPITEL 11

Freitag, 8. Januar 2016
17:23 Uhr

Andrea hatte den teuersten Strauß im ganzen Blumenladen gekauft, dabei vergessen, dass sie ihn irgendwie auf dem Beifahrersitz ihres himmelblauen Porsche transportieren musste. Nachdem sie den beleidigend allgemein gehaltenen Anhänger mit der Aufschrift »Blumige Grüße« entfernt hatte, trat sie vor die Haustür und klingelte.

Licht ging an. Schritte näherten sich.

»Hallo, Maggie«, lächelte sie, sah das erstaunte Gesicht der Frau vor sich.

»Andrea!«, rief Maggie vor Schreck übertrieben herzlich.

»Für dich.«

»Die sind ja wunderschön. Willst du nicht reinkommen, raus aus dem Regen?« Maggie, die Mühe hatte, den entwurzelten Garten unbeschadet durch den Türrahmen zu ziehen, ging in die Küche voraus. Sie schaltete den Wasserkocher ein und machte sich neben der Spüle an den Blumen zu schaffen. »Ich wollte dir heute eine Nachricht schreiben ... mich bedanken ... für die Karte.«

Andrea hatte eine Mitteilung von einem gewissen Thomas Alcock erhalten, dem die wenig beneidenswerte Aufgabe zugekommen war, Finlays lange Liste von Freunden und Bekannten zu kontaktieren. Sie hatte Wolfs Mentor seit Jahren nicht mehr gesehen, nicht mehr seit dem Vorfall auf der Party anlässlich seines fünfundfünfzigsten Geburtstags, sich aber immer gut mit ihm und seiner Frau Maggie verstanden und war ob der tragischen Nachricht aufrichtig betroffen. Sie hatte eine für ihre Verhältnisse untypisch herzliche Botschaft geschrieben und diese zusammen mit ihren persönlichen Kontaktdaten zu einer Beileidskarte gesteckt.

Maggies Spiegelbild in der dunklen Fensterscheibe wirkte bekümmert. Sie füllte Wasser in eine Vase, drehte den Hahn aber vorzeitig ab, trocknete sich die Hände an einem Geschirrhandtuch und wandte sich an ihren unerwarteten Gast.

»Verzeih mir, dass ich frage, aber bist du als Freundin hier … oder als Reporterin?«

»Als Freundin«, erwiderte Andrea aufrichtig.

Maggie genügte das.

»Tut mir leid.«

»Das muss dir nicht leidtun, ich wundere mich ja, dass du mich überhaupt reingelassen hast.«

»Suchst du Will?«

»Tatsächlich, das tue ich. War er denn hier?«

»War er. Aber vor ein paar Stunden ist er wieder weg.«

»Wie …« Andrea zögerte, war sich bewusst, dass sie mit diversen Vertrauensbrüchen in der letzten Zeit das Recht verwirkt hatte, auch nur nach ihm zu fragen. »Wie geht es ihm?«

Die Frage war schwer zu beantworten. Maggie konnte sich rückblickend an keine Zeit erinnern, in der keine private oder berufliche Katastrophe über ihm geschwebt wäre.

Sie zuckte mit den Schultern. »Wie immer.«

Tatsächlich schien Andrea die Antwort bereits zu trösten. Sie unterhielten sich beim Tee in der behaglichen Küche. Irgendwann brach Maggie in Tränen aus und berichtete, die

Polizei würde den Tod ihres Mannes nicht mehr zwingend als Selbstmord behandeln.

»Wer hätte Fin denn etwas antun wollen?«, fragte Andrea bestürzt und mit Tränen in den Augen.

Zwanzig Minuten später merkte Andrea, dass sie losmusste. Sie griff über den Tisch nach Maggies Hand.

»Was kann ich tun?«

Maggie schüttelte den Kopf, wollte das Angebot ausschlagen, doch dann kam ihr ein Gedanke.

»Egal, was«, bekräftigte Andrea.

»Will.«

»Was ist mit ihm?«

»Er braucht unsere Hilfe.«

»Er hasst mich.«

»Er kann dich gar nicht *hassen*«, lachte Maggie.

Andrea war zu höflich, um zu widersprechen.

»Die denken, ich höre nicht, was die reden«, sagte Maggie. »Aber natürlich höre ich sie. Sobald das alles vorbei ist, kommt Will ins Gefängnis. Lass uns versuchen, das zu verhindern, ja?«, schlug sie verschmitzt vor.

»Das klingt, als hättest du schon einen Plan?«

Maggie gab einen unverbindlichen Laut von sich.

»Ich bezweifle, dass er mir je verzeihen wird.«

Maggie tätschelte ihr beschwichtigend den Arm.

»Lass dir das von einer älteren Frau sagen: Du würdest staunen, wenn du wüsstest, was eine Freundschaft alles überdauern kann.«

»Anscheinend habe ich Sie mal wieder unterschätzt, Fawkes«, sagte Vanita und prüfte, ob sie Lippenstift an den Zähnen hatte, während sie mit Wolf darauf wartete, die Bühne der

Pressekonferenz zu betreten. »Sie hatten die ganze Zeit über recht.«

Er antwortete nicht, hielt dies für keinen Anlass zur Freude. Er spähte in den Saal voller abgebrühter Journalisten, die den Auftrag hatten, über die neueste Bekanntmachung der die Kameras liebenden Commander Vanita zu berichten.

Diese wischte einen pinkfarbenen Strich mit dem Daumen weg und wuschelte sich durch das pechschwarze Haar.

»Wie sehe ich aus?«

Die Frage schien Wolf zu heikel, um darauf zu antworten, und er zog es vor zu schweigen.

»Danke«, lächelte Vanita, die sich offenbar ein Kompliment vorgestellt hatte. »Sind Sie bereit?«

»Ich denke schon.«

»Fawkes, mit so was kenne ich mich aus«, erklärte sie ihm selbstgefällig. »Wenn ich meinen Job richtig mache, wird denen jeder Ansatz nachzubohren verbaut sein. Bis wir bei den Fragen angekommen sind, sind die sprachlos. Also ... sind Sie bereit?«, fragte sie erneut, als wolle sie ihre Mannschaft in der Umkleidekabine für die zweite Halbzeit motivieren.

Wolf zuckte mit den Schultern. »Ich denke schon.«

Vanita schreckte zusammen. »Ihr Hosenstall ist offen«, teilte sie ihm mit, riss die Tür auf und schritt selbstbewusst in den Saal.

Ein eifriger Fotograf wurde mit einem Bild des zweimal in Ungnade gefallenen ehemaligen Detectives belohnt, das diesen dabei zeigte, wie er seinen Reißverschluss hochzog.

Als Wolf anschließend die Bühne betrat, wurde er von der Menge erkannt. »Das ist William Fawkes!«

Wolf ließ den freien Platz neben Vanita nicht aus den Augen.

»Müsste er nicht Handschellen tragen?«, fragte jemand.

Er unterdrückte den Impuls, der vorlauten Frau seinen ungefesselten Stinkefinger zu zeigen.

»Dick hat er sexyer ausgesehen«, ergänzte einer aus der rein männlich besetzten ersten Reihe.

Wolf stolperte über seine eigenen Füße an seinen Platz und setzte sich, während sich das Publikum verschiedene Aufnahmegeräte wie Feuerzeuge bei einem Rockkonzert über die Köpfe hielt. Vanita räusperte sich, dankte der Presse für deren zahlreiches und kurzfristiges Erscheinen und ging zu ihrem sorgfältig komponierten Statement über.

»… uns liegen neue Anhaltspunkte vor hinsichtlich des mutmaßlichen Selbstmords von Finlay Shaw, Detective Sergeant im Ruhestand, dessen Tod wir jetzt als verdächtig einstufen …«

Es hatte wenig Sinn, den Namen Finlay aus dem Spiel zu lassen oder den Umstand zu verschweigen, dass es den Anschein gehabt hatte, er habe sich selbst das Leben genommen. Fotos, die Wolf, Baxter und Commissioner Bellamy vor dem Haus zeigten, kursierten bereits, und das bedeutete, dass Nachbarn angesprochen worden waren, die sich zweifellos jeweils sehr genau überlegt hatten, wie viel ihnen ihre Loyalität zu Maggie wert war.

»DS Shaw wird vielen von Ihnen noch im Zusammenhang mit den Ragdoll-Ermittlungen ein Begriff sein«, fuhr Vanita fort und näherte sich damit weiter der Frage, warum Wolf jetzt neben ihr saß.

»Er war der tattrige alte Schwachkopf, den die Feuerwehr vom Dach der Botschaft holen musste«, ergänzte Wolf dreckig grinsend.

Im Publikum wurde geschmunzelt.

»Ganz recht«, sagte Vanita, die an Boden verlor.

Da jetzt alle Augenpaare im Raum auf Wolf gerichtet waren, hielt Vanita dies für den besten Zeitpunkt, es hinter sich zu bringen. »William Fawkes wird für die Dauer der Ermittlungen in beratender Funktion mit der Metropolitan Police zusammenarbeiten und durch seinen Sachverstand und seine lange persönliche Verbindung zum Opfer zu einer raschen Aufklärung beitragen. Sein Input hat sich bereits als unschätzbar wertvoll erwiesen.«

Jetzt wurden Fragen hereingerufen, aber Vanita sprach weiter.

»Wir können zum gegenwärtigen Zeitpunkt keine weiteren Angaben zum Aufenthaltsort von Detective Fawkes während der vergangenen achtzehn Monate machen.«

Unzufriedenes Raunen seitens des Publikums.

»Wir haben einen Fall aufzuklären und dürfen die Ermittlungen nicht gefährden!« Vanita musste jetzt schreien, um sich Gehör zu verschaffen. Dann traf sie Wolfs Blick. »Seien Sie versichert, dass es zu gegebener Zeit eine vollständige und rückhaltlose Offenlegung aller näheren Umstände geben wird.« Wieder schaute sie in den Saal. »Bitte bedenken Sie dies. Gibt es noch Fragen?«

Jeder Einzelne im Publikum hob die Hand.

Wolf vergaß, dass er ein Mikro vor der Nase hatte, und fluchte leise ... was über die Lautsprecheranlage übertragen wurde.

»Oh Gott!«, rief Vanita, nachdem sie Christians Büro betreten hatte. »Sie haben mir einen Schrecken eingejagt. Ich dachte, Sie hätten längst Feierabend gemacht.«

Christian rieb sich die Augen und suchte in seinen Schubladen nach einem Taschentuch.

Vanita zog eines aus der Tasche, reichte es ihm.

»Danke«, sagte er und tupfte sich über die Augen. Als er sah, dass sie die verblichenen Polaroidfotos auf seinem zugemüllten Schreibtisch betrachtete, nahm er eines davon und reichte es ihr. »Das bin ich … da rechts«, erklärte er.

Sie hob die Augen. »Schicker Pferdeschwanz.«

»Das waren damals andere Zeiten«, lachte Christian. »Links, das ist Fin, sieht so gut aus wie eh und je, zwischen uns ist seine Frau Maggie.«

Vanita lächelte und gab ihm das Foto zurück.

»Ich … ich fand das heute *schwierig*, um es mal vorsichtig auszudrücken«, gestand er.

»Er war Ihr Freund«, entgegnete Vanita. »Ich bin es nicht. Vermutlich bin ich deshalb auch nicht die beste Person, um darüber zu sprechen.«

»Schon gut«, sagte Christian und setzte sich auf.

Es war kein Geheimnis, dass Vanita sich den Posten des Commander unter den Nagel gerissen hatte, indem sie wesentlich dazu beigetragen hatte, ihren Vorgänger im Zuge der Umstrukturierungsmaßnahmen nach dem Ragdoll-Debakel abzusägen.

»Vielleicht sollten Sie sich eine Weile freinehmen«, schlug sie nicht ohne Hintergedanken vor. »Auch mal an *Christian* denken und ein bisschen kürzertreten.«

»Ach, Geena, ich würde das Gefühl vermissen, Sie auf den Fersen zu haben«, er grinste. »Wie lief es heute auf der Pressekonferenz?«

»Mehr oder weniger erwartungsgemäß.«

»So schlimm?«

Sie legte die Akte, die sie in der Hand hielt, in seinen Posteingang und ging zur Tür.

»Gute Nacht«, rief sie. »Und passen Sie gut auf sich auf.«

»Drohen wir einander jetzt schon?«, fragte Christian. »Da habe ich wohl was verpasst.«

Sie drehte sich zu ihm um. »Ganz im Gegenteil. Ein hochintelligentes und offensichtlich sehr gefährliches Individuum hat sich die größte Mühe gegeben, Shaws Tod als Selbstmord zu tarnen. Wir haben gerade öffentlich bekannt gegeben, dass wir nach dieser Person fahnden, einer Person, die offensichtlich nie die Absicht hatte zu fliehen. Wer weiß, wie so jemand reagiert?«

Christian machte eine beunruhigte Miene.

Vanita lächelte ihn an. »Gute Nacht!«

Wolf biss noch einmal in seine Pizza, stand draußen vor dem heruntergekommenen Imbiss. Auf der anderen Straßenseite setzte sich eine hell angestrahlte Werbetafel von ihrer tristen Umgebung ab:

**RaGDoLL**

**Nur ein Wolf kann einen Wolf fassen**

***Serienpremiere am 28. Februar um 20 Uhr***

Allein anhand des Plakats war schon ersichtlich, dass sich die Produktionsfirma einige Freiheiten herausgenommen hatte. Zum Beispiel glich Wolf eher einem männlichen Fotomodell als einem Detective. Er trug einen dunkelblauen Anzug, und so, wie dieser an den Schultern spannte, hatte man sich augenscheinlich gegen einen gemütlichen und für einen muskulösen Typen entschieden. Eine sehr grimmig dreinschauende Frau stand mit verschränkten Armen neben ihm, kehrte ihm den Rücken zu; auf der anderen Seite nahm eine rothaarige Schönheit eine identische Pose ein.

Wolf nahm sich vor, sich möglichst noch vor der Ausstrahlung ins Gefängnis stecken zu lassen, und schlenderte in Richtung Paddington Green Police Station. Er wurde mit »Willkommen zu Hause« begrüßt und in den Zellentrakt gelassen, der sich bereits mit den ersten schlagkräftigen Betrunkenen des Abends füllte. Als er die Tür hinter sich schloss, fand er seine frisch gebügelten Hemden auf Kleiderbügeln hängend vor. George hatte sogar ein bisschen aufgeräumt.

Da es ihm nicht gelang, das Bild seines TV-Alter-Egos mental abzuschütteln, ließ er das letzte Stück Pizza in der Pappe und machte stattdessen lieber noch siebeneinviertel Liegestütze, wobei er sich einen Muskel zerrte. Vor dem Spiegel hielt er sich die schmerzende Stelle. Er fuhr sich mit den Fingern durch den zotteligen Bart, und da er sich nicht mehr länger tarnen musste, nahm er den Rasierer.

Saunders war vor dem stumm geschalteten Fernseher eingeschlafen, drei leere Bierflaschen standen neben seinem Stuhl, außerdem lagen die Beweise für seinen spätabendlichen Besuch bei Burger King daneben.

Edmunds und er hatten in ihrer Funktion als Kuriere zweimal ein Flugzeug bestiegen, dreimal Sicherheitskontrollen durchlaufen und sich mit sämtlichen im Dienst befindlichen schottischen Zollbeamten angelegt, um der Asservatenkisten aus dem Polizeipräsidium in Dalmarnock habhaft zu werden.

Wolfs Entdeckung hatte ihren Ehrgeiz geweckt, und Edmunds hatte vorgeschlagen, die Reise so gut wie möglich zu nutzen und gleich auch noch zwei Personen zu befragen, die mit den alten Fällen zu tun gehabt hatten. Obwohl sie von keinem der beiden unkooperativen Männer Verwertbares erfahren konnten, hatte sie die mit ihnen verschwendete Zeit den planmäßigen Rückflug nach Hause gekostet.

Kurz nach drei Uhr morgens rührte Saunders sich im Schlaf, die Sicherheitsbeleuchtung vor seinem Fenster war angesprungen, wie immer, wenn jemand vor dem Haus war. Ein leises Knacken, dann regneten Scherben auf den Asphalt. Stöhnend stand er auf, verknackste sich um ein Haar an einer der leeren Flaschen den Fuß. Er stolperte zitternd ans Fenster, überblickte den Gemeinschaftsparkplatz. Sein Atem ließ die Scheibe beschlagen. Er wollte gerade wieder zu seinem Sessel zurückkehren, als der Alarm losging, orangefarbenes Licht über den nassen Boden blinkte.

»Nicht schon wieder!«, schrie er, nahm seine Schlüssel vom Küchentresen, bewaffnete sich mit einem Cricketschläger und rannte in den Gang hinaus.

Nur mit Socken, Boxershorts und einem T-Shirt bekleidet stürzte Saunders die Treppe hinunter und platzte nach draußen in die Kälte. Tatsächlich war es sein Wagen, der Alarm schlug, obwohl außer ihm niemand auf dem Parkplatz zu entdecken war. Er stellte den Alarm aus und näherte sich ihm vorsichtig, betrachtete die glitzernden Scherben unter dem Fahrerfenster. Das Handschuhfach stand offen, der Inhalt verteilte sich auf den Sitzen, das Navi fehlte. Dummerweise hatte er es in der Halterung gelassen, weil er, nachdem er Edmunds zu Hause abgesetzt hatte, einfach zu müde gewesen war, um noch klar zu denken.

Da er mitten in der Nacht ohnehin wenig unternehmen konnte, prüfte er die beiden Türen und merkte, dass der Kofferraum offen war.

»Arschlöcher«, brummte er vor sich hin, drückte ihn zu und ging zurück nach oben ins Bett.

# KAPITEL 12

Samstag, 9. Januar 2016
7:53 Uhr

Egal, wie oft Baxter einen anderen Nachrichtensender einschaltete, Andrea Halls *verflucht* makelloses Gesicht schien für immer und ewig auf ihrem Fernsehbildschirm zu kleben. Auf dem Weg in die Küche nahm sie die Fernbedienung, ihr Daumen schwebte kurz über dem »Aus«-Knopf, dann erkannte sie das gelbe T-Shirt, das die Frau trug. Baxter hatte exakt das gleiche Shirt irgendwo ganz unten in ihrem Kleiderschrank liegen:

**FREIHEIT für den WOLF!**

Die bekannte Nachrichtensprecherin, die sich gerade durch ein Interview mit einem einsilbigen Politiker quälte, hatte offenbar die Kampagne wiederbelebt, der Wolf Jahre zuvor schon einmal seine Freiheit und seinen Job zu verdanken gehabt hatte. Die vielfach publizierten Indiskretionen, die damals Wolfs Schicksal besiegelt hatten, waren an dem Morgen, an dem der Feuerbestatter seinen letzten Akt inszenierte, zu heroischen Verzweiflungstaten geworden. Die Verantwortlichen hatten beeindruckt vom Aufschrei der öffentlichen Empörung über ein marodes System, das einen Serienkiller entwischen ließ, schließlich nachgegeben und den »eigenen Standpunkt neu erörtert«. Wolf wurde als Volksheld gefeiert.

Baxter wusste, dass die Wahrheit irgendwo in der Grauzone dazwischen lag.

»Guten Morgen«, lächelte Thomas, der jetzt im Türrahmen stand.

Er trug noch seinen Morgenmantel und seine lächerlichen Hüttenschuhe. Baxter schaltete den Fernseher aus, nahm den Becher Kaffee entgegen, den er ihr hinhielt, und folgte ihm in die Küche.

»Bin echt spät dran«, begrüßte sie ihn, stellte ihren Becher ab und zog die Stiefel an, die sie am vorangegangenen Abend hierhin gekickt hatte.

»Du meinst für die Arbeit, von der du eigentlich krankgeschrieben bist«, fragte Thomas und hielt ihr ein Schokocroissant vor die Nase.

Sie biss hinein, ohne auch nur hinzuschauen.

»Ich habe gesehen, dass Fawkes wieder da ist«, sagte er und steckte einen Strohhalm in ihren schwarzen Kaffee.

»Ja«, erwiderte sie, schlürfte einen Schluck, während sie sich den Mantel zuknöpfte. »Wollte ich dir noch erzählen.«

Thomas tat es mit einer Handbewegung ab. »Alles in Ordnung?«

Sie hatte Thomas nie angelogen, was ihre komplizierte Beziehung zu Wolf betraf, ihm andererseits aber auch längst nicht die ganze Geschichte erzählt.

»Mir geht's gut«, sagte sie, stand auf und drückte ihm ein Küsschen auf die Wange.

Auf dem Weg nach draußen fiel ihr auf, dass ein weiteres wunderschön eingepacktes Geschenk zu dem Turm unter dem Baum hinzugekommen war.

»Hab gedacht, heute bringe ich das dürre Ding zur Müllhalde«, sagte Thomas, als er sah, dass sie es betrachtete. »Allmählich riecht es komisch.«

»Morgen?«, schlug sie vor.

Ein Grinsen breitete sich über sein Gesicht. »Ist endlich Weihnachten?«

Baxter musste unwillkürlich ebenfalls grinsen. Sie nickte.

»Braten?«, fragte Thomas.

»Das will ich hoffen.«

»*Santa Clause 2?«,* rief er ihr aufgeregt nach.

»Hauptsache, wir gucken hinterher auch noch *Kevin – Allein zu Haus«,* schrie sie zurück und öffnete die Wohnungstür.

»Soll ich meine Mutter einladen?«

»Nein!«

Wolf wurde, solange er sich in dem Gebäude aufhielt, ununterbrochen beaufsichtigt. Glücklicherweise war er exakt zur gleichen Zeit bei New Scotland Yard eingetroffen wie Saunders, sodass dieser ihn anmeldete und durch die Lobby begleitete. Saunders' früherer Partner kam ihnen entgegen.

»Alles klar, mein Freund?«, rief Saunders. »Hast du mich vermisst?«

»Warst du gar nicht hier?«, fragte Blake und blieb zum Plaudern stehen. »Ist mir gar nicht aufgefallen, ehrlich.« Er drehte sich zu Wolf um und nickte ihm zu. »Tut mir leid, das mit Finlay«, sagte er und streckte ihm die Hand hin.

Wolf schlug ein und steckte das bunte Post-it-Zettelchen ein, das in seiner Handfläche klebte.

Saunders hob die Augenbrauen. »Will ich's wissen?«

An seinen ehemaligen Partner gewandt, sagte Blake: »Wahrscheinlich nicht.«

Im kriminaltechnischen Labor herrschte eine beklommene Atmosphäre, während Wolf, Baxter, Edmunds, Christian und Saunders auf Joes Rückkehr warteten. Unmöglich ließ sich der Umstand ignorieren, dass sich die Leiche ihres Freundes irgendwo bei ihnen im Raum befand, hinter einer der identischen Kühlschranktüren lag.

Unwillkürlich kehrte Baxters Blick zu Wolf zurück. Im Vergleich zum Vortag sah er aus wie ein anderer Mensch: Er war glatt rasiert, trug ein elegantes weißes Hemd, das auch nicht an den Knöpfen spannte. Er sah aus wie der Wolf, den sie von vor sehr langer Zeit in Erinnerung hatte ... vor den Ragdoll-Ermittlungen ... vor dem Feuerbestatter-Mörder ... bevor alles so entsetzlich schiefgelaufen war.

Baxter sah, dass er auf ein knallbuntes Zettelchen in seiner Hand schielte, fragte ihn aber nicht danach, stattdessen wandte sie sich an Saunders, der sogar für seine Verhältnisse fürchterlich aussah.

»Du siehst heute aber echt schlimm aus.«

»Schlecht geschlafen«, gähnte er herzhaft mit dunklen Ringen unter den Augen. »Mein Auto wurde mal wieder aufgebrochen.«

Baxter machte den Mund auf, wollte etwas sagen.

»Keine Sorge«, erwiderte Saunders. »Edmunds hat die Asservatenkisten mitgenommen, als ich ihn abgesetzt habe.«

»Zum Glück«, sagte Christian, der mitgehört hatte.

»Davon wird meine kaputte Fensterscheibe aber nicht wieder heil, und mein Navi kriege ich davon auch nicht wieder«, erklärte Saunders. »Aber ich bin natürlich froh, dass Sie's als Glück betrachten.«

Die Tür wurde aufgerissen, und Joe kam herein, stellte seine Gerätschaften ab.

»Willkommen! Willkommen!«, begrüßte er sie begeistert.

»Ich werde von jedem Einzelnen von euch eine Speichelprobe und Fingerabdrücke brauchen, meine Lieben. Aber zuerst einmal: Was für eine interessante Nacht …«

Er eilte zu einem Laptop neben einem Stapel von Ausdrucken.

»Ich habe eine Entsprechung zu dem Blut unter den Dielen gefunden.«

»Schon?«, fragte Edmunds.

»Es stammt von Finlay.«

Christian räusperte sich. »Und inwiefern hilft uns das weiter?«

»Eigentlich gar nicht«, räumte Joe ein. »Aber die Textilfasern, die daran angetrocknet waren, stammten von keinem der Kleidungsstücke, die Finlay trug, als er starb.«

»Und …«, fing Christian an, der sichtlich Mühe hatte zu verstehen, was der verschrobene kleine Mann so aufregend fand. »Sie glauben, sie stammen von einer anderen Person?«, fragte er und sprach das Nächstliegende aus.

»Das tue ich«, nickte Joe, grinste wie ein Irrer und bereitete bereits den nächsten Punkt auf seiner Tagesordnung vor. »Denkt mal darüber nach: Vorher konnten wir nur nachweisen, dass sich *möglicherweise* jemand mit Finlay in dem verschlossenen Raum befunden hat und irgendwann jemand in dem verborgenen Hohlraum gelegen haben könnte. Aber jetzt wissen wir, dass jemand mit dem Blut des Ermordeten auf der Kleidung dort lag und sich möglicherweise gleichzeitig mit Finlay in dem verschlossenen Raum befunden hat … versteht ihr, was für einen Unterschied das macht?«

Fünf ratlose Gesichter sahen ihn an.

»Das ist ein Riesenunterschied«, versicherte ihnen Joe.

»Ich spiel mal den Advocatus Diaboli«, sagte Christian. »Kann das nicht *trotzdem* von Finlay gewesen sein, von einem anderen Tag, als er was anderes anhatte? Vielleicht während der Bauarbeiten?«

»Theoretisch ja ... aber das glaube ich nicht«, erwiderte Joe wenig entgegenkommend. »Was mich zum nächsten Gegenstand führt.« Er zog ein Paar Einmalhandschuhe an und legte eine ähnliche Waffe wie die, die neben Finlay gefunden worden war, auf ein Tablett. »Wolf ...«

»Labormann?«

»Würden Sie bitte die Waffe nehmen?«

Wolf ging pflichtschuldigst zu Joe, nahm die Pistole am Griff, brauchte die andere Hand, um das Gewicht besser halten zu können, und legte seinen Finger auf den Abzug.

»Super«, grinste Joe. »Jetzt bitte wieder ablegen ... okay. Schaut euch das an.«

Er machte das Licht aus und knipste eine UV-Röhre an, die wie ein Leuchtschwert in seiner Hand brummte. Die Gruppe drängte näher an das violette Leuchten heran, das nun gegen die Dunkelheit kämpfte; Wolfs Fingerabdrücke leuchteten grell sowohl am Griff als auch am Lauf der Waffe.

»Lauter Abdrücke. Jetzt seht euch Finlays Waffe an, wenn man dasselbe damit macht.« Joe drehte den Bildschirm des Laptops in ihre Richtung: Eine relativ ordentliche Reihe von Fingerabdrücken fand sich am Griff, ein verschmiertes Fragment am Abzug. »Geht es nur mir so, oder sieht das wirklich ein bisschen zu ordentlich aus?«

»Ganz besonders bei einem Mann, der den ganzen Abend lang heftig getrunken hat«, ergänzte Edmunds.

»Beim ersten Mal warst du noch nicht dieser Ansicht«, sagte Baxter vorwurfsvoll zu Joe.

»Er *hätte* die Waffe so angefasst haben können, was mir als Szenario am wahrscheinlichsten erschien, da er in einem verschlossenen Raum gefunden wurde«, erwiderte Joe schulterzuckend. »Aber *ihr* habt mich jetzt ja gebeten, *irgendwas* zu suchen, das vielleicht einen Hinweis liefern könnte, also hielt ich es für schlau, auch andere Möglichkeiten in Erwägung zu ziehen.«

Baxter legte die Stirn in Falten, hielt die Klappe.

»Und bei der Leiche dasselbe Spiel«, fuhr er fort, ohne zu merken, dass angesichts seiner Gefühllosigkeit die Angespanntheit unter seinen Zuhörern stieg. »Die leichten Verletzungen, die blauen Flecke und Schrammen, die man sich leicht beim Handwerken zuzieht, könnten immer noch genau das sein: Handwerkerverletzungen. Folgen schwerer Gewalteinwirkung sind nur am Knorpelgewebe der Nase festzustellen, aber die können wir vernachlässigen, weil Finlay ebenso häufig Schläge in die Fresse bekommen hat wie Saunders.« Er lachte.

Niemand sonst.

»Egal, auf jeden Fall hat jemand bewundernswert gründlich seine Spuren verwischt. Tatsächlich handelt es sich um Mord, aber mehr wissen wir derzeit nicht. Und wenn ich ehrlich bin: Ich bin nicht sicher, ob wir hier sehr viel mehr herausfinden werden.«

»Bewundernswert oder nicht, das ändert nichts«, erklärte Wolf seinen Kollegen beim Anblick ihrer entmutigten Gesichter. »Wir machen genauso weiter wie bisher, suchen das Motiv und die Waffe. Alles andere ist egal.«

Nachdem Christian New Scotland Yard verlassen hatte, fuhr er nach Muswell Hill zu Maggie, die ihm eröffnete, sie wolle das Haus verkaufen, sobald die Ermittlungen abgeschlossen seien. Sie könne es nicht ertragen, dort zu bleiben und niemals ihre Enkelkinder in dem Zimmer unterzubringen, so wie Finlay sich das vorgestellt hatte. Christian hatte versprochen, ihr beim Verkauf der Immobilie und beim Umzug in ein neues Heim zu helfen, wenn es so weit war. Dann hatte er vergeblich versucht, sie mit einem seiner »berühmten« Marmite-Omeletts aufzumuntern, das, unglaublich, aber wahr, noch widerlicher schmeckte, als es klang.

»Du bist wohl nicht begeistert, oder?«, fragte er und kratzte die Reste seines Meisterwerks vom Teller in den Abfall.

Maggie trank in der Zwischenzeit ihr drittes Glas Wasser.

»Das ist es nicht. Ich kriege nur den Geschmack nicht aus dem Mund«, lachte sie.

»Weißt du, so manch glückliche Lady ist am Morgen aufgewacht und hat so was zum Frühstück bekommen.«

»Und ist jemals eine von denen wiedergekommen?«

Christian musste darüber nachdenken. »Jetzt, wo du's sagst …«

Maggie lachte laut.

»Ich hab was für dich«, sagte sie, stand auf und verschwand in der Diele.

Einige Augenblicke verstrichen, dann kehrte sie mit einem Pappkarton mit dem Logo der Metropolitan Police und dem Wort »BEWEISMITTEL« in großen roten Buchstaben darauf zurück.

»Was ist das?«, fragte Christian stirnrunzelnd.

»Ach, entschuldige die Kiste. Fin hat so was ständig von der Arbeit mitgebracht. Die ganze Garage ist voll. Hier sind nur ein paar alte Fotos drin, was von seinem Polizeikram, ein paar Zeitungsartikel. Ich hab gedacht, vielleicht willst du sie haben.«

»Bist du sicher?«, fragte er und nahm ihr die Kiste ab.

»Ist ja nur irgendein Kram«, sagte Maggie. »Ist ja nicht er.«

Um 12:14 Uhr verabschiedete Christian sich von Maggie und trat mit seiner Kiste voller Erinnerungen nach draußen in die

Sonne. Ein Nachbar hatte sich offenbar fünfzig Pfund dazuverdient, indem er der Presse einen Wink gegeben hatte, denn jetzt umringten einige Journalisten seinen Lexus.

Er zwang sich zu lächeln, näherte sich dem Wagen.

»Mr Commissioner, sind Sie in dem Fall bereits weiter vorangekommen?«

»Sie wissen, dass ich darüber nicht sprechen kann«, schmunzelte er und hatte Mühe, die hintere Tür mit nur einer Hand zu öffnen.

»Was ist in der Kiste? Sind weitere Beweise aufgetaucht?«

»Und darüber auch nicht«, erwiderte Christian. »Entschuldigen Sie mich«, sagte er, zwängte sich an einem Kameramann vorbei zur Fahrertür.

»Mr Commissioner, welche Botschaft haben Sie an den Mörder von DS Shaw?«

Christian stieg ein, schloss die Tür, ließ den Motor an und fuhr die Scheibe herunter, um zu antworten.

»Eine Botschaft? Ich denke ... ich würde gerne sagen, dass Finlay ... Er war mein ...«

»Mr Commissioner?«, drängte ihn der Reporter, als Christian verstummte.

»Finlay hat etwas Besseres verdient«, sagte er mit leerem Blick, gefangen irgendwo zwischen seinen Gedanken und der Frage. »Maggie und er haben beide etwas Besseres verdient als die Karten, die ihnen das Leben zugespielt hat. Der erbärmliche Feigling, der für seinen Tod verantwortlich ist, möge bis in alle Ewigkeit in der Hölle brennen ... das ist alles.«

Er ließ die Scheibe wieder hoch, die Journalisten blieben verdattert stehen, während Christian langsam an- und davonfuhr.

# KAPITEL 13

Samstag, 9. Januar 2016
12:30 Uhr

Wolf betrachtete sein Spiegelbild in der getönten Scheibe eines Honda Civic.

Er las noch einmal die Adresse, die Blake ihm besorgt hatte, und schaute erneut skeptisch an dem vornehmen Wohngebäude hinauf. Der Portier durfte die Lobby nicht verlassen und starrte ihn an, war fast versucht einzuschreiten, da Wolf schon seit zwanzig Minuten unentschlossen dort stand. Schließlich trat er doch mit dem Blumenstrauß von der Tankstelle in der Hand durch die Drehtür und ging auf den Schalter zu.

»Ashley Lochlan, bitte.« Verstohlen schaute er noch einmal auf sein zerknittertes Post-it-Zettelchen. »Apartment 114.«

Der Mann am Empfang schien nicht geneigt, sich übermäßig anzustrengen, er hob das Telefon wie ein Bleigewicht.

»Name?«

Wolf wollte antworten und lächelte. »Fawkes. Einfach nur Fawkes.«

Als er ihn endlich erkannte, richtete sich der Mann gerade auf und gab aufgeregt die Nummer ein, weil er jetzt eine kleine Rolle bei der Wiedervereinigung der einzigen Überlebenden der Ragdoll-Morde mit ihrem Detective spielen durfte.

»Ich fürchte, es meldet sich niemand«, erklärte er Wolf, jetzt deutlich höflicher, da er wusste, dass er sich in Gegenwart einer kleinen Berühmtheit befand. »Aber ... eigentlich dürfte ich Ihnen das gar nicht sagen« – er beugte sich verschwörerisch über den Schalter – »am Ende der Straße ist ein Spielplatz. Gut möglich, dass Sie sie dort finden.«

Nachdem er den Mann für seine Hilfe entschädigt hatte, der sich glücklicherweise mit einem Busticket und einigen Selfies abspeisen ließ, folgte Wolf der Wegbeschreibung bis zum Eingang des hübsch gestalteten Freizeitareals. Mit beschleunigendem Puls schlenderte er durch das Tor, suchte die Gesichter der frierenden Eltern ab, bis er sie sah. Ihr langes blondes Haar ergoss sich über ihre Schultern, sie trug eine Wollmütze und war noch genauso schön, wie er sie in Erinnerung hatte. Sie saß auf einer Bank und lachte, während ein gut gekleideter Mann einen kleinen Jungen zum Spaß durch die Luft wirbelte.

»Ihm wird leicht schlecht!«, warnte sie den Mann mit weichem Edinburgher Akzent.

Wolf hatte nicht im Geringsten damit gerechnet, dass sie warten würde, ob er möglicherweise zurückkehrte, und hatte, indem er jetzt einfach so aus heiterem Himmel hier auftauchte, keinerlei realistische Hoffnung, nahtlos an die wenigen Tage anknüpfen zu können, die sie miteinander verbracht hatten. Er wollte ihr nur gerne erklären, was passiert war und warum er sich nicht gemeldet hatte. Er fand, das hatte sie verdient.

Er näherte sich.

Ashley hoffte inständig, dass Jordan Ted nicht auf die Wildlederschuhe kotzen würde, aber eingreifen wollte sie nicht. Sie hatte ihren Sohn noch nie so glücklich gesehen.

Sie zog die letzten Zentimeter des Reißverschlusses ihrer Jacke hoch, als jemand neben ihr zum Mülleimer ging. Die

Person blieb einen Augenblick länger dort stehen, als streng genommen nötig gewesen wäre, weshalb sie sich mit fragendem Blick umdrehte …

»Mama! Guck mal!«, lachte Jordan, der definitiv leicht grün im Gesicht war.

»Ich weiß, Schatz. Ich gucke ja!«, rief sie zurück.

Sie drehte sich um, sah einen großen Mann in einem langen schwarzen Mantel davongehen und entdeckte dann den billigen Blumenstrauß, der oben aus dem Mülleimer ragte.

Was sie an etwas erinnerte … an jemanden … Ashley musste unwillkürlich grinsen.

Edmunds war noch bei Joe geblieben, um den Inhalt der fünf archivierten Asservatenkisten zu katalogisieren. Mit jedem neuen versiegelten Gegenstand fand Joe die Sache spannender, und schon bald hatten sie jedes einzelne Gerät im Labor in Betrieb genommen, um Tests durchzuführen. Joe lief dabei ständig zwischen allen hin und her.

Edmunds' Telefon brummte in seiner Tasche. Als er es herausnahm, sah er Thomas' Namen auf dem Display. Tief im Innern von New Scotland Yard begab er sich auf die gegenüberliegende Seite des Raums und war sich bewusst, dass Joe trotzdem jedes einzelne Wort mithörte.

»Hi … nein, schon gut … okay? … o-kay? … Wie bitte?! … Heute Abend?«

Edmunds schaute hinter sich und sah an Joes Stirnrunzeln, das zu verbergen er sich keinerlei Mühe gab, dass dieser lauschte. Er senkte die Stimme.

»Ist nicht so … es passt gerade nicht … ja, das weiß ich … das auch. Ich denke nur, das ist im Moment keine gute Idee … ja, na ja … Tschüss.«

Er schaute auf das Display, schüttelte den Kopf und kehrte an seinen Platz zurück. Nach einiger Zeit nahm er sein Handy wieder und tippte eine kurze Nachricht ein:

**Tut mir leid. Können wir nachher darüber sprechen?**

Edmunds ignorierte Joes neugierige Blicke und versuchte, sich auf seine Arbeit zu konzentrieren, aber seine Gedanken kehrten sofort wieder zu dem Telefonat und der jüngsten drohenden Katastrophe zurück.

»Scheiße«, murmelte er und rieb sich die Augen.

Baxter hatte den Großteil des Nachmittags über *Go Fish* mit Rouche gespielt. Finlays Lieblingskartenspiel war während ihrer Besuche inzwischen zum festen Brauch geworden. Vielleicht war es nur Wunschdenken, aber er schien schon wieder ein kleines bisschen mehr der Alte zu sein, und sie hatte beschlossen, unheilvolle Themen wie Blutvergiftung, Organversagen und zehn Jahre Haft gar nicht erst anzusprechen. Holly würde erst über eine Stunde später eintreffen, weshalb sie ihm ein Sandwich gemacht hatte und nach Hause zu Thomas gefahren war.

Wolf saß draußen auf dem Mäuerchen vor Maggies Haus und sah, wie die Farbe aus dem Himmel wich, als zwei Autoscheinwerfer um die Ecke bogen. Ein Wagen hielt direkt vor dem Haus, und ein junger Mann in zerschlissenen Jeans und Sportschuhen stieg aus.

»Constable Randle?«, fragte Wolf unsicher. Er wirkte eher wie ein Student als wie ein Polizist.

»Ja«, grinste Randle und kam näher, um Wolf die Hand zu geben.

»Danke, dass Sie sich an Ihrem freien Tag die Zeit genommen haben. Ich bin William Fawkes.«

»Ich weiß, wer Sie sind, Sir.«

»Ich werde Ihnen nicht viel von Ihrer Zeit stehlen. Ob Sie mir wohl erzählen würden, Schritt für Schritt, was Sie gemacht haben, als Sie am Silvesterabend hier eintrafen?«

»Natürlich«, sagte Randle freundlich. »Auch wenn ich nicht sicher bin, ob ich Ihnen mehr erzählen kann, als bereits in meiner Aussage steht.«

Wolf zuckte mit den Schultern. »Tun Sie mir den Gefallen.«

»Okay, nachdem der Notruf eingegangen war, parkte ich mehr oder weniger an derselben Stelle, wo der Wagen jetzt auch steht«, fing er an und ging durch den Gartenweg voran. »Oben brannte Licht, weshalb ich klingelte und klopfte. Ich gab mich zu erkennen, indem ich durch den Briefschlitz rief. Als niemand reagierte, versuchte ich, die Tür zu öffnen, aber sie war abgeschlossen.«

»Definitiv abgeschlossen?«

»Ja, Sir. Woraufhin ich versucht habe, sie gewaltsam zu öffnen.«

»Mit wie viel Gewalt?«

»Einem einzigen Fußtritt«, sagte Randle und zeigte auf die Delle knapp unter dem Knauf.

Wolf öffnete die Tür und trat in die Diele.

»Ich rief erneut, dann sah ich in jedem der Räume im Erdgeschoss nach, erst dann ging ich nach oben.«

Die Holztreppe knarzte unter ihren Schritten.

»Ich schaute in jeden Raum, bis ich diesen hier entdeckte, der abgeschlossen war.«

Wolf nickte und stieß die Tür auf, betrat den Tatort. Randle folgte ihm. Der junge Mann starrte irritiert auf den freigelegten Hohlraum unter den Dielen.

»Wir glauben, dass noch jemand hier drin war«, erklärte Wolf. »Randle?«

»Ich ... ich hätte nie gedacht, dass ...« Er verstummte.

»Niemand hätte das. Machen Sie sich keine Sorgen – Sie stecken nicht in Schwierigkeiten«, versicherte ihm Wolf. »Was ist als Nächstes geschehen?«

Randle schloss die Augen, um sich zu erinnern.

»Nachdem ich die Tür aufgebrochen hatte, sah ich den Toten mit dem Gesicht nach unten und der Waffe neben sich. Ich ... habe einen Puls gesucht und anschließend den Raum verlassen, um Meldung zu machen.«

»Zeigen Sie mir das.«

Sie traten wieder hinaus in den Flur, Wolf folgte ihm die Treppe nach unten und raus zum Wagen.

»Von hier aus habe ich den Fall über Funk gemeldet.«

»Und die Haustür stand dabei offen?«, fragte Wolf.

Randle nickte.

»Haben Sie diesen Standort danach zu irgendeinem Zeitpunkt verlassen?«

»Nein.«

Wolf schaute wieder zum Haus. Es gab keine Möglichkeit, wie jemand, ohne gesehen zu werden, das Haus auf dieser Seite hätte verlassen können.

»Und was dann?«

»Äh ... dann ist der Commissioner eingetroffen.«

»Okay. Aus welcher Richtung?«

Der junge Mann zeigte die Straße hinunter.

»Er wirkte sehr aufgewühlt. Er kam zu mir und sagte nur ›Finlay?‹, daraufhin schüttelte ich den Kopf, und er rannte ins Haus.«

»Wo waren Sie da?«

»Immer noch hier bis zum Eintreffen der Verstärkung.«

»Und dann?«

»Dann sind wir alle rein.«

Randle ging wieder zurück in den Flur. »Der Commissioner saß dort auf der obersten Stufe. Wirkte absolut geschockt. Ich brachte ihn in die Küche runter und bot an, ihm ein Glas Wasser einzuschenken. Er sagte Nein, also habe ich alle Räume, Türen und Fenster überprüft ... Wenn ich ehrlich sein soll, hab ich einfach versucht, den Detectives möglichst nicht im Weg zu stehen.«

»Irgendwelche Befunde?«

»Alles war gesichert.«

»Steckte der Schlüssel die ganze Zeit im Schloss?«, fragte Wolf und zeigte auf die Hintertür.

»Ja. Und es war definitiv abgeschlossen, sogar von innen verriegelt.«

»Haben Sie auch in der Garage nachgesehen?«

»Ja.«

Wolf rieb sich über das Gesicht, wurde nicht schlauer aus alldem, und langsam, aber sicher gingen ihm die Fragen aus.

»Denken Sie wirklich, dass es Mord war?«, fragte Randle.

»Ja ... das tun wir.«

»Das würde bedeuten, dass jemand stundenlang unter den Bodendielen gelegen hat, oder?«

Wolf machte ein verwirrtes Gesicht, versuchte immer noch, sämtliche neuen Schnipsel an Informationen miteinander zu vereinbaren.

»Ich hätte gesehen, wenn jemand vorne rausgekommen wäre«, fuhr Randle fort und dachte laut nach, »alle anderen Ausgänge waren verschlossen. Um den Raum von außen zu versiegeln, muss die Person die ganze Zeit da unten gelegen haben: Als ich die Tür eingetreten habe, als der Commissioner hereinkam, die Detectives ... der Gerichtsmediziner.«

»Trotzdem hat der Täter keine Spuren hinterlassen«, nuschelte Wolf, dem allmählich der Kopf wehtat.

»Wie bitte?«

»Nichts. Danke, Constable Randle. Sie haben mir sehr geholfen.«

# KAPITEL 14

Samstag, 9. Januar 2016
10:05 Uhr

Thomas hatte sich für das nachgeholte Weihnachtsessen schwer ins Zeug gelegt.

Baxter und er hatten, musikalisch von Bing und Mariah begleitet, viel zu viel getrunken, noch mehr gegessen und mit einem defekten Knallbonbon beinahe das Haus abgefackelt, bis es draußen allmählich dunkel wurde. Den Abwasch hatten sie stehen lassen, stattdessen ihre Schlafanzüge angezogen und es sich zusammen mit Echo gemütlich gemacht und den Film gesehen.

Thomas stand auf, um den Baum, an dessen Zweigen Auto-Erfrischer statt Baumschmuck hingen, noch einmal mit Febreze einzusprühen.

»Geschenke?«, schlug er hoffnungsvoll vor.

Baxter wurde wieder hellwach, stellte den Film auf Pause, schenkte ihnen beiden nach und setzte sich auf den Boden. Als Erstes griff sie nach dem wunderschön eingepackten Neuzugang auf dem Stapel.

»Warte damit lieber bis zum Schluss«, schlug Thomas vor.

Baxter legte es beiseite und riss ein anderes Päckchen auf. »Cluedo«, sagte sie ausdruckslos.

»Weil … du bist doch Detective und so.«

Sie nickte aufmunternd. »Dann kann ich den ganzen Spaß, den ich auf der Arbeit habe, jetzt auch noch zu Hause nachspielen.«

Fast drohte die Stimmung zu kippen.

»Mach das da auf«, sagte sie zu ihm.

»Socken!«

»Für die Füße.«

»Wunderbar. Jetzt du.«

»Ohrringe! Goldene Ohrringe ... genau wie die, die mir meine Mutter immer kauft.«

»Du kannst sie umtauschen. Mir ist eingefallen, dass du einen im Schnee verloren hast.«

»Was eines der wenigen positiven Dinge war, die in der Nacht passiert sind«, nuschelte Baxter. »Oh, jetzt du, das da!«

Thomas riss das Einwickelpapier ab und betrachtete stirnrunzelnd ein paar geschmackvolle Pantoffeln. »Was hast du eigentlich gegen meine Hüttenschuhe?!«

So ging es eine ganze Weile lang weiter.

Ein Straßenschild wies auf die Grenze zum Epping Forest hin, und Christian merkte augenblicklich, dass er sich entspannte. Wie immer auf der Heimfahrt. Die hübsche kleine Marktstadt am äußersten Ende des ausgedehnten Londoner U-Bahn-Netzes war sein Hafen, der ihn vor den erdrückenden Wolkenkratzern und den verstopften Straßen der Hauptstadt schützte. Er bereute, vor laufenden Kameras so unprofessionell auf eine eigentlich schlichte Frage reagiert zu haben, und hatte sich mit einem Besuch seines Lieblingsrestaurants getröstet, an seinem angestammten Tisch gesessen und allein gegessen, dann war er in Richtung seines über sieben Zimmer großen Anwesens im Wald aufgebrochen.

Er machte an einem winzigen Kreisverkehr halt und sah,

wie sich zwei grelle Scheinwerfer von hinten näherten. Christian entschuldigte sich mit einem Handzeichen, da er grundlos gezögert hatte, legte einen Gang ein und fuhr erneut an. Er wusste, dass er kein besonders guter Fahrer war, und zwang sich jetzt, sich zu konzentrieren. Nachdem er entsprechend geblinkt hatte, bog er links ab in eine von dunklen Bäumen gesäumte Straße, kurz darauf wanderte weißes Licht über das Armaturenbrett. Gleichzeitig schloss das Fahrzeug hinter ihm auf. Christian legte die Stirn in Falten und beschleunigte, aber die beiden grellen Scheinwerfer im Rückspiegel taten es ihm gleich, blendeten ihn, während er über die offene Landstraße lenkte.

Aus der entgegengesetzten Richtung kam jetzt ein weiterer Wagen.

Das Fahrzeug hinter ihm beschleunigte, bis es beinahe seine Stoßdämpfer berührte, überholte und raste davon. Christian erkannte, dass es sich um eine Art schwarzen Mitsubishi Truck handelte, konnte aber den genauen Fahrzeugtyp nicht erkennen und hatte weder Anlass noch die Energie, sich das Kennzeichen einzuprägen. Er ging wieder vom Gas und legte die wenigen letzten Meter der Fahrt zurück.

Christian bog in seine Straße ein, passierte die geräumigen Häuser seiner Nachbarn und drückte auf den Knopf zum Öffnen des elektrischen Tors, die allabendliche Routine hatte er perfekt einstudiert. Stimmungsvolles Licht beleuchtete Mauern und Teile des sorgfältig gestalteten Gartens wie Kunstwerke unter sternenklarem Himmel, ein Anblick, in dessen Genuss die Bewohner Londons nur sehr selten kamen.

Er schlug ein, um in die Einfahrt abzubiegen, und wurde plötzlich in grellweißes Licht getaucht …

Ein starker Motor heulte auf, quietschende Reifen drehten

durch, dann knallte Christian mit dem Kopf gegen die Scheibe. Der Wagen bebte, kaputtes Blech klapperte auf die Straße, als der schwarze Truck einige Meter zurücksetzte.

Kaum bei Bewusstsein, wurde Christian vom Sitz gezerrt und zwischen die beiden Fahrzeuge geworfen, die Scheinwerfer blendeten ihn von beiden Seiten, während er ebenfalls von beiden Seiten brutal angegriffen wurde. Zwei gesichtslose Gestalten schlugen auf ihn ein. Als einer der Angreifer ihm auf die Brust trat, schrie Christian auf, hörte seine Rippen brechen und begriff, dass sie erst aufhören würden, wenn er tot war. Wie von Sinnen trat er um sich, kroch unter den Truck und verlor einen Schuh dabei, als eine Hand nach ihm griff und versuchte, ihn wieder unter dem Wagen hervorzuziehen.

Er keuchte nebelige Schwaden gegen das noch warme Fahrgestell und sah zwei schwarze Stiefel das Fahrzeug umrunden. Offenbar waren die Angreifer zu erfahren, um zu riskieren, dass jemand ihre Stimmen hörte, weshalb sie sich untereinander mit Pfeifsignalen verständigten. Während einer von ihnen Christians demolierten Wagen durchsuchte, den Inhalt der Asservatenkiste auf der Straße verteilte, stieg der andere erneut in den Truck und ließ den Motor aufheulen, was die gezogene Handbremse stark strapazierte.

Da ihm nichts anderes übrig blieb, kroch Christian unter dem Wagen hervor und humpelte auf das elektrische Tor zu, das sich langsam schloss.

Hinter ihm schlug die Tür des Mitsubishi zu.

Er hörte Schritte, die ihn verfolgten, sehr viel schneller als seine eigenen. Verzweifelt warf er sich durch den schmaler werdenden Spalt, kurz bevor das schwere Tor laut klappernd zufiel.

Die Gestalt betrachtete ihn durch die Gitterstäbe, schwang dabei herausfordernd das Stemmeisen vor dem bescheidenen

Hindernis zwischen ihnen. Christian lag nur wenige Meter von seinen Angreifern entfernt und wusste, dass er am Ende war und nicht einmal mehr versuchen würde davonzulaufen, sollten sie Anstalten machen, das Tor zu überwinden.

Blaulicht erleuchtete den Himmel über dem dunklen Wald.

Der Angreifer hatte es auch gesehen und gab seinem Partner ruhig ein Signal. Die beiden Schatten stiegen in den beschädigten Mitsubishi und setzten aggressiv zurück.

Als sich das Licht ihrer Scheinwerfer entfernte, fühlte Christian sich wie ein Gestrandeter bei zurückweichender Flut.

Der Wagen raste die Straße hinunter, und die roten Rücklichter verschwanden um die Ecke, Christian blieb liegen und wartete auf Hilfe, gestattete sich die Hoffnung, die Nacht vielleicht doch zu überleben, und freute sich mehr als je zuvor über die am Himmel funkelnden Sterne.

Baxter starrte verwirrt auf die gerahmten Familienfotos von Edmunds, Tia und Leila. Thomas und sie hatten beschlossen, eine Pause einzulegen, sich nicht länger über die Geschenke des anderen zu beschweren und stattdessen über die der anderen zu lästern.

»Warum sollte ich so was haben wollen?«, fragte sie. »Ich bin doch nicht seine Oma.«

Thomas nahm ihr das Geschenk ab, betrachtete es und verzog das Gesicht. »Ich finde es eigentlich … *ja*«, meinte er und legte es weg.

»Darf ich das jetzt aufmachen?«, fragte sie, nahm das kleine im Laden eingepackte Geschenk, obwohl sie eigentlich, nach allem, was ihm vorausgegangen war, keine großen Erwartungen mehr hatte. »Das ist das letzte.«

»Mach schon.«

Vorsichtig zog sie die Schleife auf, woraufhin eine kleine

Schachtel aus dem Papier fiel. Verdattert ließ sie den Deckel aufklappen und schnappte angesichts des wunderschönen Diamantrings darin nach Luft. Sie merkte nicht, dass Thomas sich auf ein Knie herunterließ, und hörte auch nicht das Knacken des Familienporträts, das Edmunds ihr geschenkt hatte, darunter. Thomas nahm ihr sanft die Schachtel aus der Hand, den Ring heraus und hielt ihn ihr hin, während sie ihn mit offenem Mund anstarrte.

»Emily Lauren Baxter … nie habe ich mir so viele Sorgen gemacht, war nie so kraftlos und wütend, bin mir nie so überflüssig und unfähig vorgekommen wie in den vergangenen neun Monaten mit dir. Ich möchte mich den Rest meines Lebens genau so fühlen … willst du mich heiraten?«

Baxter wirkte wie erstarrt.

Thomas hatte Mühe, sein hoffnungsvolles Lächeln aufrechtzuerhalten, nicht zuletzt deshalb, weil sein Knie sich jetzt feucht anfühlte. Er fragte sich, ob Edmunds vielleicht recht gehabt hatte. Fast eine ganze Stunde lang hatte dieser versucht, Thomas davon abzuhalten, Baxter einen Antrag zu machen, und ihm erklärt, dass Baxter die Geste nicht wie er als Liebeserklärung, sondern als zusätzliche Belastung in einer langen Reihe anderer Dinge und Umstände betrachten würde, die den Druck auf sie erhöhten.

Ihr Handy klingelte.

Benommen stand Baxter auf und ging in die Küche, während Thomas geduldig in seiner demütigenden Haltung verharrte.

»Baxter … Scheiße! … Ist er … Ich komme sofort.«

Sie ging zurück ins Wohnzimmer, lächelte ihren Freund verlegen von oben herab an.

»Ich, äh … ich muss los. Aber … du weißt schon … danke.«

Sie reckte großzügig zwei Daumen in die Höhe und sprintete anschließend nach oben, um sich umzuziehen.

# KAPITEL 15

Samstag, 9. Januar 2016
21:39 Uhr

»Freiheit für den Wolf, Mann!«, rief irgendein Scherzkeks, als Wolf durch den Eingang des King George Hospital eilte und den Schildern zur Notaufnahme folgte.

Maggie war ihm zuvorgekommen und bereits dort, sie fiel ihm um den Hals, als er das Wartezimmer betrat. Offensichtlich hatte sie geweint.

»Wie geht es ihm? Er wurde *überfallen* … hast du gesagt?«, fragte Wolf.

Sie nickte und führte ihn zu einer Reihe freier Plätze.

»Er wird wieder. Ein paar gebrochene Rippen, und er hat einen heftigen Schlag auf den Kopf abbekommen. Der Rest sind nur Platzwunden und Prellungen … sehr viele Platzwunden und Prellungen«, erklärte sie ihm, noch immer sichtlich mitgekommen.

»Dürfen wir ihn sehen?«, fragte Wolf.

»Sie meinten, ich dürfte bald zu ihm rein.«

Wolf drückte ihre Hand und ließ sich auf dem unbequemen Stuhl nieder, machte sich auf eine lange Nacht gefasst.

Baxter und Saunders saßen jeweils links und rechts neben Wolf. Jeder starrte mit derselben ausdruckslosen Miene auf den stumm geschalteten Fernseher, während Maggie einige Minuten lang zu Christian gelassen wurde. Rechtzeitig vor den Zehn-Uhr-Nachrichten hatten die BBC noch Einzelheiten über den Vorfall vor dem Haus des Police Commissioner erreicht. Handyaufnahmen, anscheinend aufgenommen von einem der Fenster gegenüber, zeigten die Szene nur wenige Augenblicke nach dem Eintreffen des Rettungswagens: Christians Lexus war kaum wiederzuerkennen, er verlor sehr viel Öl, das über die Straße lief und gemeinsam mit den Reifenspuren von den jüngsten Ereignissen zeugte.

»Oh Gott«, brummte Saunders. Die BBC zeigte Filmmaterial, das früher am selben Tag entstanden war: Christian war darauf zu sehen, wie er eine Asservatenkiste auf den Rücksitz seines Wagens stellte und etwas später das Wort an Finlays Mörder richtete. »Typisch Presse … schaffen erst Probleme … filmen das Chaos hinterher.«

Weder Wolf noch Baxter antworteten oder nahmen auch nur zur Kenntnis, dass Saunders etwas gesagt hatte.

»Ich rufe Edmunds an«, sagte Baxter und stand auf. Sie wollte nicht, dass er sich verpflichtet fühlte, die Nacht mit ihnen im Wartezimmer des Krankenhauses zu verbringen. Immerhin war er nicht einmal mehr Detective, und sie wussten, dass ihn der Fall bereits viel zu viel Zeit kostete, Zeit, die er eigentlich mit seiner Familie verbringen sollte.

»Hey«, flüsterte Saunders, kaum dass Baxter außer Sichtweite war. »Wolf? Wolf!«, wiederholte er, stupste ihn an.

»Was?«

»Alles klar?«

»Ja … nur … mir geht alles Mögliche durch den Kopf.«

»Vor den anderen wollte ich nicht davon anfangen«, sagte Saunders, beugte sich näher heran. »Ich hab den Nachmittag damit verbracht, die Ereignisse von dem Abend, an dem Finlay gestorben ist, in eine chronologische Reihenfolge zu bringen.«

»Er wurde ermordet«, korrigierte Wolf ihn.

»Genau. Der Abend, an dem er ermordet wurde. Ich bin noch mal die Aussagen von Maggie und dem Commissioner durchgegangen, und« – er wirkte ein bisschen schuldbewusst, nur weil er überhaupt davon anfing – »da gibt es eine kleine *Diskrepanz.*«

»Erzähl weiter.«

»Bei dem Taxiunternehmen gab es keine Angaben darüber, dass der Commissioner nach Mitternacht noch einmal zu Finlay gefahren wurde.«

Wolf nickte, wirkte aber ob der Mitteilung weder erstaunt noch beunruhigt.

»Wahrscheinlich hat er bei einem anderen Unternehmen angerufen«, wandte Saunders ein. »Aber ich brauche den Namen. Jetzt kann ich ihn natürlich schlecht danach fragen, oder?«

»Ich rede mit ihm«, sagte Wolf, während erneut Bilder von Christians kaputtem Wagen auf dem Bildschirm erschienen. »Können wir Finlays Notruf bekommen?«

»Ein stiller Notruf?«, sagte Saunders, als wäre Wolf ein bisschen schwer von Begriff.

»Das sollten wir vermutlich auch noch mal überprüfen.«

»Ich schau mal, was sich machen lässt«, sagte Saunders und rutschte wieder tiefer auf seinem Stuhl.

Maggie war bereit, sich von Saunders nach Hause fahren zu lassen, allerdings nur unter der Voraussetzung, dass Wolf in der Notaufnahme blieb. Da Baxter nach ihrem Telefonat nicht zurückgekommen war, hatte er eine ruhige Ecke des Wartezimmers mit Beschlag belegt und versucht, dort ein bisschen zu schlafen.

Er schreckte auf, als jemand schrie – was kein für ihn vollkommen ungewohntes Ereignis war, nachdem er ein Jahr lang in Gesellschaft von Léo Dubois und dessen anarchischem Netzwerk aus angeheuerten Helfern verbracht hatte. Wolf riss instinktiv die Arme hoch, um seinen Kopf zu schützen. Die brutalsten Schläge musste er von den Zeitgenossen einstecken, die immer noch seine Träume bevölkerten.

Eine Frau in den Wehen wurde von ihrem panischen Ehemann im Rollstuhl hereingeschoben und prompt durch weitere Türen gelotst.

Wolf schaute auf die Armbanduhr. Zuversichtlich, dass er seine vierzig Minuten Schlaf gehabt hatte, stand er auf und beschloss, sich die Beine zu vertreten. Unter geschlossenen Türen schien Licht heraus, während er sich in den stillen Gängen verirrte. Auf seiner ziellosen Wanderung war ihm keine Menschenseele begegnet. Die Stimmung hier war ähnlich friedlich wie beim Sonnenaufgang über der Stadt nach Ende einer anstrengenden Nachtschicht – als würde man eine wilde Bestie beim Schlafen beobachten.

Er trat durch die Tür in die Kapelle ein und entdeckte erstaunt eine vertraute Gestalt in der ersten Stuhlreihe.

»Baxter?«, fragte er, klopfte erst höflich an, bevor er den angenehm sanft erleuchteten Raum betrat.

Sie faltete ein zerknittertes Stück von einer Karte zusammen und drehte sich zu ihm um.

»Hm …? Alles gut«, erwiderte sie, als hätte er sie danach gefragt.

Stirnrunzelnd zog Wolf die Tür zu und nahm auf der anderen Seite des Mittelgangs Platz, betrachtete den lebensgroßen und wachsäugigen Jesus, der vor ihnen ans Kreuz genagelt hing. Unter ihm hatte sich ein Haufen Papierkugeln angesammelt, denn Baxter hatte den Sohn Gottes als Zielscheibe missbraucht.

»Ich dachte, du wärst längst weg«, sagte er.

»Ich brauchte Zeit zum Nachdenken.« Sie vergrub das Gesicht in den Händen und atmete tief aus.

»Kannst du zu Hause nicht nachdenken?«

»Zu Hause kann ich nicht nachdenken«, bestätigte sie.

Wolf nickte und betrachtete erneut die groteske Statue vor ihnen. Der Künstler hatte es für nötig gehalten, den ausgezehrten Körper mit dunklen Blutstriemen zu versehen, um das Ausmaß seines Opfers und damit auch der Schuld gegenüber dem Allmächtigen zu verdeutlichen: die von Nägeln durchbohrten Handflächen, die tief in die Haut eingegrabenen Dornen, die einen halben Meter über dem Boden festgenagelten Füße.

Hier hatte ein Killer seine stumme Botschaft geschickt – die erste Ragdoll.

Baxter hatte sich nicht gerührt.

»Soll ich dich allein lassen?«, fragte Wolf.

Sie hob den Kopf und lächelte ihn müde an. »Nein.«

Da er dies als Einladung interpretierte, zog er eine Handvoll Starbucks-Quittungen aus der Tasche. »Wie viele Punkte gibt's für einen Kopftreffer?«

»Fünf. Drei für die Windel.«

»Soweit ich weiß, heißt das Lendentuch.«

Baxter verzog das Gesicht, deutete an, dass ihr das ziemlich egal war. »Zehn, wenn du's schaffst, dass es auf dem Kopfdings liegen bleibt.«

»Auf der Dornenkrone«, brummte Wolf und zerknüllte Papierstreifen, stellte sich ein eigenes Arsenal zusammen und setzte sich im Mittelgang auf den Boden. »Zehn Punkte!«, schrie er nach seinem dritten Versuch.

»Du sitzt in einem ganz anderen Winkel als ich«, fuhr Baxter ihn an. Sie war noch immer eine schlechte Verliererin. »Du schummelst.« Sie stand auf und setzte sich neben ihn auf den Boden.

Erwartungsvoll sah sie Wolf an.

»Gut … ist es jetzt fairer?«, fragte er, in dem engen Gang berührten sich ihre Hüften, aber Baxter erhob keine Einwände, und beide setzten das Spiel schweigend fort.

»Meinst du … meinst du, ich könnte jemals so ein … *Vater-Ding* durchziehen?«, platzte es aus ihm heraus, da er das Bild von Ashleys glücklichem Gesicht nicht abschütteln konnte, als das schnöselige Arschloch ihren Siebenjährigen mit dem empfindlichen Magen über der Schulter herumgeschleudert hatte.

»*Darüber* willst du mit mir reden?«, fragte Baxter. »Hör mal, Wolf, ich bin immer noch ganz schön betrunken und weiß Gott sowieso nicht empfänglich für solche Gefühlsduseleien, selbst wenn's gut läuft.«

Wolf betrachtete sie genau, während sie sich von ihm abwandte, um erneut zu werfen. Die beiläufige Bemerkung war vielleicht das Selbstkritischste, was er je aus ihrem Mund gehört hatte, und ihm wurde bewusst, wie viel sich in seiner Abwesenheit verändert hatte, wie sehr sie sich verändert hatte. Jetzt, da er ihr so ungewohnt nahe war, sah er die unzähligen überschminkten Schrammen und spürte, wie sich Schuldgefühle in ihm zusammenballten, weil er nicht für sie da gewesen war.

»Nein«, seufzte er. »Ich auch nicht.«

Baxter ließ von ihrem Wurfversuch ab und drehte sich erneut zu ihm um. »Meinst du, ich könnte jemals eine auch nur halbwegs passable Ehefrau abgeben?«

Wolfs entsetzter Blick beantwortete ihre Frage, noch bevor er dazu kam, sich eine taktvolle Formulierung zu überlegen.

»Nein«, lachte Baxter verbittert. »Ich auch nicht.«

»Hat Timothy dir einen Antrag gemacht?«

»Thomas.«

»Und wie fand Timothy das?«

»Es gibt keinen Timothy, nur einen Thomas.«

»Und *der* hat dir einen Antrag gemacht?« Wolf klang erstaunt.

»Ja.«

»Dir?«

»Ja. Mir!«, fuhr sie ihn an. »Es mag dir schwerfallen zu glauben, Wolf, aber eigentlich bin ich eine sehr liebevolle und freundliche Person ... du Arschgesicht.«

Wolf versuchte es leicht pikiert mit einem Wurf. »Drei Punkte!«

»Das war der Oberschenkel.«

»Was?!«

»Bestenfalls der obere Oberschenkel.«

»Machst du Witze? Das war zu hundert Prozent ein göttlicher Hoden!«

»Mir egal«, gestand Baxter. »Ich hab sowieso nicht mitgezählt.«

Es hatte sich wirklich *sehr* viel verändert.

»Was wirst du machen?«, fragte Wolf.

»Ich habe absolut keine Ahnung. Eigentlich war's gut. Alles war gut. Ich versteh nicht, wieso er ...« Sie verstummte und schüttelte den Kopf. »Sind aller Leute Leben so kompliziert?«

Wolf zuckte mit den Schultern, streifte dabei ihre.

»Ich weiß noch, wie ich mal mit Chambers geredet habe ...«, fing sie an, »über unsere Hoffnungen und Träume, was wir vom Leben wollen.«

Wolf schwieg weiter, war verblüfft, dass sie Chambers' Namen in seiner Gegenwart auch nur erwähnte.

»Wahrscheinlich hab ich irgendwas gesagt wie ›ein schickes neues Auto und ein Garten für Echo‹. Spielt keine Rolle. Aber weißt du, was er gesagt hat? Wonach er sich mehr als alles andere auf der Welt gesehnt hat?« Baxters Augen glänzten, als sie in Erinnerungen versank.

»Er wollte sich langweilen. Das war's. Er wollte einfach eine schlichte, banale Existenz, eine einzige verfluchte Nacht durchschlafen, ohne von Albträumen geschüttelt aufzuschrecken, eine Unterhaltung mit Eve führen und ihr dabei seine ungeteilte Aufmerksamkeit schenken können. Damals fand ich das blöd.«

Sie ließ ihre restlichen Kügelchen fallen. Das Spiel war vorbei.

»Es gibt kein Happy End«, schloss sie, starrte den Ermordeten an, der über die Kapelle wachte, »nicht für Leute wie uns. Für Chambers und für Eve gab es auch keins. Auch nicht für Finlay.« Sie fing an zu weinen. »Maggies Leben ist jetzt im Eimer. Worauf dürfen wir hoffen?«

Wolf nahm ihre Hand und drückte sie fest.

»Wir sind Verdammte«, flüsterte sie. »Unser Leben besteht aus Tod und Schmerz, wir haben es *verdient,* allein zu bleiben.«

Sie brach in Tränen aus. Wolf legte erst einen Arm um sie, umarmte sie dann fest.

»Du bist *keine* Verdammte«, sagte er ihr leise. »Du bist meine Lieblingsperson auf dem gesamten Planeten, und du hast dir dieses Leben aus Tod und Schmerz ausgesucht, weil du es anderen ersparen willst. Weil du nämlich stärker bist als der ganze Rest zusammen. Und wenn du in den Ruhestand trittst, hast du dein Happy End mehr verdient als wir alle.«

Baxter machte sich los. Kramte nach einem Taschentuch und lächelte zu Wolf hinauf. So zerstört sah sie wunderschön aus: Ihre blutunterlaufenen Augen waren eingerahmt von verschmierter schwarzer Wimperntusche, ihr zerzaustes Haar fiel ihr über den Rücken, die roten Lippen hatte sie leicht geöffnet, versuchte, wieder ruhiger zu atmen …

Wolf beugte sich vor, wurde von ihr angezogen, ohne überhaupt zu merken, dass er sich bewegte …

Baxter erzielte unanfechtbare drei Punkte mit ihrem Ellbogen und trieb ihm Tränen in die Augen.

»Was zum Teufel soll das, Wolf?!«, schrie sie und stand auf, während er zur Seite rollte.

»Tut mir leid«, sagte er kleinlaut, hielt sich den schmerzenden Körperteil. »Du bist mit Timothy zusammen.«

»Thomas!«

»Können wir das Ganze einfach vergessen? Ich hab mich einen Augenblick lang hinreißen lassen, und du hast so hübsch und traurig ausgehen und … ich entschuldige mich dafür.«

»Nach allem, worüber wir gerade gesprochen haben!« Sie war nicht bereit, sich das Leben von ihm ruinieren zu lassen, das sie sich ohne ihn aufgebaut hatte.

»Ich glaube, ich muss kotzen«, warnte Wolf sie, wand sich noch immer vor Schmerz.

»*Du* hast *mich* verlassen!«, schrie Baxter verletzt. »Du wolltest mich nicht.«

Er guckte verwirrt.

»Vor über einem Jahr, Wolf!«

»Darüber haben wir doch geredet«, sagte er, schaffte es gerade so, sich aufrecht hinzusetzen. »Ich wollte zurückkommen.«

»Das ist Blödsinn. Du warst zu feige, dich dem zu stellen, was du getan hast.«

»Das war es nicht.«

»Und in der Zwischenzeit wurde Finlay ermordet. Ich habe einen lebendig gewordenen Albtraum mit knapper Not überlebt, und wo warst du? Hast dich versteckt. Was musstest du denn durchmachen?«

Wolf hatte Mühe, wieder auf die Beine zu kommen. »Hätte ich zu dir zurückkommen können, hätte ich's getan.«

»Ganz ehrlich, ich glaube kein Wort mehr aus deinem … was machst du da?«

Er knöpfte sein Hemd auf.

»Wolf?«

Schälte es sich von den Schultern und ließ es zu Boden gleiten, kehrte ihr den Rücken zu.

Sie schnappte nach Luft.

Seine Haut war eine Palette aus Lila- und Blautönen. Ein großflächiger Teil seiner Seite war mit Schrot gesprenkelt, die Haut aufgeschürft und verhärtet. Eine Reihe unordentlich angebrachter Klammern, die zweifellos längst hätten entfernt werden müssen, zogen sich auf der anderen Seite an seinem Körper hinauf. Mitten auf seinem Rücken beherrschte ein vertrautes Brandzeichen die Leinwand aus Haut:

L. A. D.

Er war das Eigentum von Léo Antoine Dubois, die verbrannte Haut war schwarz und abgestorben – eine Erinnerung für alle, falls sie vergessen sollten, wem sie verpflichtet sind.

»Hätte ich zu dir zurückkommen können, hätte ich es getan«, wiederholte Wolf. Er drehte sich wieder zu ihr um und lächelte traurig. »Tod und Schmerz, hab ich recht?«

Ganz langsam ging Baxter auf ihn zu.

»Scheiße«, nuschelte sie leise.

»Ich weiß«, sagte er verlegen, sein lockiges Haar hing ihm über die Augen, die Bartstoppeln eines langen Tages bedeckten sein Kinn.

»Du riechst gut«, sagte sie zu ihm mit zitternder Stimme.

»George hat mir Aftershave mitgebracht.«

»Wer ist George?«

»Spielt jetzt keine Rolle.«

Sie atmete tief ein, entfernte sich dann aber wieder von ihm. »Ich gehe.«

»Okay.«

Sie nahm ihre Tasche, hatte es fünf Schritte weit durch den Gang geschafft, dann hielt sie inne. »Scheiße!«

Wolf sah irritiert zu, wie sie noch einmal kehrtmachte und auf ihn zumarschierte.

»Scheiße! Scheiße! Scheiße!« Sie begegnete seinem Blick, ihr Gesichtsausdruck wirkte gequält, als ob sie einen inneren Kampf mit sich ausfocht.

Wolf lächelte nervös zurück.

»Nein. Weißt du was? Nein!«, sagte sie entschieden, wirbelte herum und stürmte zur Tür.

Wolf bückte sich, um sein zerknittertes Hemd aufzuheben.

»Scheiße.«

Noch bevor er sich wieder aufgerichtet hatte, warf Baxter sich auf ihn, schlang ihre langen Beine um seine Hüfte und küsste ihn ungeduldig, während er rückwärts gegen die Statue taumelte, die verdächtig ins Schwanken geriet ... und schließlich mit einem lauten Krachen umkippte.

Beide erstarrten, drehten sich gerade noch rechtzeitig um, sodass sie Jesus' Kopf unter eine Stuhlreihe kullern sahen.

»Das ist doch kein Zeichen, oder?«, fragte Wolf, hielt Baxter dabei aber immer noch fest.

»Nee«, sagte sie, keuchte ihm ihren warmen Atem ins Gesicht.

Sie drehte sein Kinn wieder zu sich und presste ihre Lippen auf seine, während er sie sanft auf den Boden der Kapelle legte.

Baxter zog sich Lethaniel Masses schwarzen Mantel über die Schulter. Wenig später schlug sie die Augen auf und setzte sich abrupt auf, Wolf schnarchte leise neben ihr.

»*Nein!*«, keuchte sie, kroch unter der notdürftigen Bedeckung hervor und suchte ihre Unterwäsche zusammen, die sie unerklärlicherweise drei Stuhlreihen weiter hinten fand.

Draußen im Gang waren Stimmen zu hören, Rollwagen wurden mit quietschenden Reifen vorbeigeschoben, während sie sich so schnell wie möglich anzog. Sie stieg über den enthaupteten Jesus, schnappte sich ihre Tasche und stahl sich zur Tür hinaus. Sie schirmte die Augen vor dem schwachen Morgenlicht ab und folgte ihrer Route des vergangenen Abends zurück ins Wartezimmer der Notaufnahme und von dort auf den Parkplatz.

»Emily!«, rief ihr eine Stimme hinterher. »Emily!«

Sie drehte sich um und sah, dass Maggie ihr nach draußen gefolgt war. Sie fuhr sich rasch mit den Fingern durch das zerzauste Haar, was aber nichts daran änderte, dass ihre Wangen mit Wimperntusche verschmiert waren.

»Maggie!«, grüßte sie herzlich.

Ihre Freundin musterte sie von oben bis unten. »Alles in Ordnung, Liebes?«

»Bei mir? Alles gut«, grinste Baxter, der außerdem Lippenstift an den Zähnen klebte.

»Ist nur … ich hoffe, du nimmst es mir nicht übel, wenn ich sage, dass du ein bisschen aussiehst wie aus dem Gebüsch gezogen.« Als Baxter nicht antwortete, wechselte sie das Thema. »Hast du Will gesehen?«

»Nö. Gar nicht.«

»Er hat mir versprochen hierzubleiben«, sagte Maggie fast gekränkt.

»Nein, doch … er ist ja geblieben. Aber …«

»Aber … du hast ihn nicht gesehen«, beendete Maggie den Satz vielsagend.

»Korrekt«, erwiderte Baxter, wie vor Gericht.

»Dir ist klar, dass deine Bluse halb offen ist?«

Baxter schaute an sich herunter, entdeckte das missglückte Ergebnis ihres Versuchs, sich anzuziehen, und seufzte.

»Komm her«, sagte Maggie und schob sie aus dem Eingang. Sie knöpfte Baxter die Bluse zu, wischte ihr die dicksten Mascaraspuren aus dem Gesicht und versuchte, an ihrem wirren Haar zu retten, was zu retten war.

»Ich glaube, ich habe einen schrecklichen Fehler gemacht«, flüsterte Baxter und starrte ins Leere.

»Ein Fehler war's nur, wenn du's nicht wolltest«, sagte Maggie, während sie mit einem Feuchttuch und ihrer Notfallbürste wahre Wunder bewirkte.

»Ich hab alles kaputt gemacht.«

»So!«, sagte sie und bewunderte ihr Werk. »Wunderschön!« Sie legte Baxter eine tröstende Hand auf den Arm. »Das Leben ist zu kurz für Reue. Wenn Thomas dich liebt, wird er dir vergeben. Und wenn das mit Will und dir so sein soll, dann hast du den ersten Schritt unternommen.«

»Aber Thomas ... du kennst ihn nicht. Er ist so lieb und hat so viel Geduld mit mir, und er ist so großzügig und sieht so gut aus. Er hat für den Littlewoods-Katalog gemodelt ... und er ist so lieb ...«

»Das hast du schon gesagt.«

»Was soll ich machen?«

»Ich fürchte, das habe nicht ich zu entscheiden.«

Baxter wirkte am Boden zerstört.

»Wenn es so weit ist«, versicherte ihr Maggie, »wirst du wissen, was zu tun ist. Das klingt vielleicht albern, aber es gab einen Moment, einen *einzigen* flüchtigen Moment mit Fin, in dem ich es einfach ge*wusst* habe ... der Zeitpunkt wird kommen.«

# KAPITEL 16

Freitag, 16. November 1979
21:18 Uhr

»Barkeeper!«, brüllte Christian quer durch das Clyde and Ship Inn an der Bridgegate. »Wir brauchen Nachschub!«

Der grimmige Schotte hinter dem Tresen schüttelte den Kopf.

»Na gut, na gut«, schnaubte Christian, der demonstrativ eine Handvoll Scheine aus der Brieftasche zog und sich dann schwankend auf den Weg zum Tresen machte. Er warf dem Mann abfällig das Geld entgegen. »Und für jedes andere blöde Arschloch hier auch eine Runde!«, schrie er sehr zur Freude der zahlreichen Gäste des Pubs, winkte und verneigte sich, als diese ihm applaudierten.

»Weißt du noch, als du mich gebeten hast, dir zu sagen, wenn du dich wie ein Großmaul verhältst?«, fragte Finlay ihn leise. »Du verhältst dich wie ein Großmaul.«

Christian grinste seinen Freund betrunken an und kniff ihm in die Hängebacke. »Entspann dich. Wir feiern! Übrigens siehst du gut aus«, sagte er zu Finlay und nickte beeindruckt, da dieser sich eigens für den Anlass in ein Hemd geworfen hatte. Er zündete sich eine weitere Zigarette an und ging.

Seufzend folgte Finlay seinem Partner in die Ecke des verqualmten Raums, in dem Maggie und fünf ihrer Kolleginnen die ungeteilte Aufmerksamkeit des gesamten Glasgower Raubdezernats genossen.

Christian schob sich zwischen seinen Kollegen durch, um erneut seinen Platz an ihrer Seite einzunehmen. »Sieht aus, als bräuchtest du einen neuen Drink«, sagte er spitz zu dem Kollegen, der ihr in seiner Abwesenheit Gesellschaft geleistet hatte.

»Gibst du mir einen aus?«

»Nein.«

Die Spannung zwischen den beiden Männern stieg.

»Sieht aus, als bräuchtest *du* selbst einen Drink«, sagte sie zu Christian, der irritiert in sein halb volles Bierglas starrte. Sie nahm es ihm aus der Hand, legte den Kopf in den Nacken und leerte es in fünf Zügen.

»Braves Mädchen!«, applaudierte Christian, schnippte dabei versehentlich Zigarettenasche auf ihr Kleid. »Scheiße. Tut mir leid!«, sagte er, wischte sie mit der Hand weg.

»Schon gut«, grinste Maggie und entschuldigte sich, ging zur Toilette, um ihr Lieblingskleid sauber zu machen.

Finlay sah ihr hinterher, wie sie sich durch die Menge schlängelte und auf der Damentoilette verschwand, wobei ihm auffiel, dass sie eine blaue Schleife im Haar trug, die exakt der Farbe ihrer Augen entsprach. Dann schaute er zum Snooker-Tisch, wo Christian es auf sich genommen hatte, Maggies hübscheste Freundin zu unterhalten, die er, obwohl er sehr betrunken war, mühelos bezirzte. Finlay sah, wie sie ihn unter einem Vorwand am Arm berührte, und war sich plötzlich schmerzlich der Leere bewusst, die ihn selbst umgab.

»Hey, du Held.«

Finlay drehte sich um und sah Maggie ihn anlächeln.

Ihre Freundin stieß schrilles Gelächter aus; das halbe Pub drehte sich zu ihr um.

Christian hatte die Arme um ihre Taille gelegt, und sie spielten eine Art Trinkspiel.

Maggie runzelte die Stirn.

»Er ist … er ist heute Abend ganz besonders … *unausstehlich*«, sagte Finlay. Wobei es ihn ungeheure Mühe kostete, sich das Fluchen zu verkneifen.

»Schon gut«, sagte Maggie, drehte sich wieder zu ihm um. »Ich unterhalte mich sowieso viel lieber mit dir.«

Zehn Minuten vergingen, in denen Christian ein weiteres Bier trank, zwei weitere Zigaretten rauchte und sich eine Telefonnummer auf den Unterarm notieren ließ. Er fragte sich, wo Maggie abgeblieben war, torkelte durch den Raum und entdeckte sie mit Finlay an der Jukebox.

»Da bist du ja!«, strahlte er. »Will noch jemand was trinken?«

»Nein danke, wir haben noch«, erwiderte Maggie und hob ihr Glas. »Fin hat mir gerade was geholt.«

Sie drehte sich wieder zu Finlay um, wollte die Unterhaltung fortsetzen.

Leicht verwirrt wankte Christian zum Tresen.

»Whisky, guter Mann«, bestellte er beim Barmann, die Jukebox knackte und klapperte, als sich eine neue Platte auf den Teller senkte. »Was für ein Song!«, schrie er plötzlich, kippte seinen Drink in einem Zug herunter und torkelte zu Maggie. »Du *musst* mit mir tanzen.«

»Ich unterhalte mich gerade mit Fin«, lächelte sie.

»Aber das ist … mein Lieblingslied.«

»Sie hat Nein gesagt«, erklärte ihm Finlay mit warnender Miene.

Christian hob kapitulierend die Hände, drehte sich um, packte Maggie dann aber doch am Handgelenk.

»Komm!«

»Nein, Christian!«

Finlay trat vor ...

»Christian, du tust mir weh!«

... und stieß ihn mit Wucht gegen den Tresen, womit er die Aufmerksamkeit aller Anwesenden auf sich zog.

»Klärt das draußen, Jungs«, befahl der Barmann.

»Nicht nötig«, sagte Finlay, fixierte Christian mit den Augen. »Mein Freund hat nur ein bisschen zu viel getrunken. Wir sind schon fertig, stimmt's?«

Christian zog eine weitere Zigarette aus der Tasche und zündete sie an.

»Stimmt's?«, wiederholte Finlay.

»Stimmt«, erwiderte er schulterzuckend, seine Kollegen grinsten dreckig über die öffentliche Schlappe, die er erlitten hatte. »Wollte sowieso nicht mit der blöden Schlampe tanzen.«

Finlay hatte noch nie jemanden so fest geschlagen und wunderte sich, dass Christian überhaupt wieder aufstand, nachdem er gegen einen Tisch geknallt war. Er rieb sich das Kinn, hob seine Zigarette vom Boden auf, packte einen umgekippten Barhocker und stürzte sich auf Finlay, warf ihn um, während die Kollegen herbeieilten, um die beiden zu trennen. Als Christian ausholte und French eine reinschlug, der daraufhin über Wick und die Schwester, mit der er sich unterhalten hatte, seinen Drink schüttete, brach eine zweite Schlägerei aus, in die sich schließlich auch die anderen Gäste einschalteten.

»Ich rufe die Polizei!«, brüllte der Barmann.

»Wir sind längst da, du Blödmann!«, teilte ihm jemand mit.

Ein weiterer Barhocker flog durch die Luft, zerschlug das gläserne Regal und alles, was darauf stand, während Finlay sich aufrappelte und den Kampf mit einem einzigen linken Haken beendete, der Christian k. o. gehen ließ.

»Du lernst es nie«, sagte er zu seinem bewusstlosen Freund.

Mit blutiger Nase kehrte Finlay zu Maggie zurück und bot ihr seine Hand an.

Vorsichtig legte sie ihre in seine, und sie eilten durch die Buntglastüren hinaus in die kalte Novembernacht.

Nachdem er sich auf der öffentlichen Toilette in Saltmarket gewaschen hatte, lud Finlay Maggie auf einen Abend ein, den er sich eigentlich nicht leisten konnte. Sie winkten ein Taxi heran und überredeten die Angestellten bei La Costiera, nicht zu schließen, bis sie ihre Desserts bestellt hatten. Danach führte er sie ins Satellite City zum Tanzen aus und überließ ihr später sein Sakko, als er sie am Fluss entlangschlendernd nach Hause brachte.

Schließlich standen sie vor der Tür des Hauses, das Maggie sich mit anderen teilte, die einzigen noch erleuchteten Fenster in der dunklen Straße waren die, hinter denen ihre Freundinnen auf sie warteten. Finlay winkte einem der ungehaltenen Gesichter zu, die sie aus dem ersten Stock beobachteten.

»Also dann …«, fing er unbeholfen an.

»Dann …?«, lächelte Maggie.

»Ich lasse die Kneipenschlägerei mal aus, wenn ich sage, dass das ein sehr schöner Abend war.«

Sie beugte sich vor und drückte ihm ein Küsschen auf die Wange. »Da ist noch was, was ich dir vorher nicht gesagt habe. Ich hatte so viel Spaß und wollte uns den Abend nicht verderben.«

»O-kay?«

»In ein paar Wochen fange ich eine neue Stelle an«, erklärte Maggie.

»Okay?« Finlay nickte, entspannte sich ein bisschen.

»In London.«

»London?«

»Tut mir leid, dass ich dir das nicht früher gesagt habe.«

Finlay wirkte abgelenkt, schaute die Straße runter.

»Fin?«

»Komm mit«, sagte er, streckte ihr seine Hand hin und führte sie zu einer Telefonzelle.

»Was machen wir hier?«, wollte sie wissen.

Er wählte eine Nummer, die er auswendig kannte, und wartete auf das Tuten. »Chef. Hier ist Finlay Shaw …«

»Ruf doch jetzt nicht deinen Chef an!«, flüsterte Maggie entsetzt, versuchte, ihm den Hörer aus der Hand zu nehmen.

»… ich kündige. Rufen Sie mich an, wenn Sie das hören.« Er wollte auflegen, hielt dann aber noch mal inne. »Übrigens, ich ziehe nach London … wegen eines Mädchens.«

Er legte auf.

»Fin, bist du verrückt?!«

Er drehte sich zu ihr um. »Hör mal, ich will nicht, dass du das Gefühl hast, ich würde dich unter Druck setzen, und ich weiß auch gar nicht, ob das was wird zwischen uns. Und über London weiß ich auch nicht viel oder ob es da überhaupt einen Job für mich gibt«, erklärte er. Es fiel ihm nicht leicht, seine Gefühle zu artikulieren. »Ich weiß nur, dass *du* das Risiko wert bist.«

# KAPITEL 17

Sonntag, 10. Januar 2016
9:10 Uhr

Baxter saß unter Thomas' Regendusche auf dem Boden und hielt den Ring, den er ihr geschenkt hatte, fest in der Hand. Das heiße Wasser prasselte ihr auf den Kopf und ließ die Gedanken verblassen, denen sie sich zum gegenwärtigen Zeitpunkt weder stellen wollte noch konnte. Nach vierzig Minuten unter der Dusche hatte sie Schrumpelfinger bekommen, und Thomas hatte bereits zweimal an die Tür geklopft, um nach ihr zu sehen.

Sie griff nach oben und drehte das Wasser ab, spürte die kühle Luft auf ihrer nassen Haut. Nur Sekunden später fingen ihre Gedanken wieder an zu rasen, und da sie dies nicht ertragen konnte, drehte sie das Wasser wieder auf, wartete, bis der Aufruhr verebbte und sie erneut nur das Prasseln hörte.

»Freiheit für den Wolf!«

»Ist der Typ immer noch da?«, fragte Wolf mit gerunzelter Stirn, als er mit Maggie in die Notaufnahme zurückkehrte.

Man hatte ihnen mitgeteilt, dass Christian in ein Einzelzimmer verlegt worden war und sie ihn nach dem Frühstück sehen durften, weshalb sie sich ein Herz gefasst und in der Krankenhauskantine gefrühstückt hatten. Wolf hatte Maggie mehrfach gefragt, weshalb sie ihr verschmitztes Grinsen nicht abstellen wollte, aber sie hatte stets erwidert, sie sei einfach nur erleichtert, dass es Christian besser gehe.

Sie betraten den beengten Raum. Wolf hatte den Überfall auf den Commissioner zunächst unterschätzt und fühlte jetzt mit ihm, erinnerte sich an seine eigene Nervosität in einer ähnlichen Situation, bevor er den ersten Blick in einen Spiegel werfen und das Ausmaß des Schadens hatte begutachten können. Christian schien dagegen bester Dinge zu sein. Eine Viertelstunde lang plauderten sie zu dritt, Maggie hatte zur allgemeinen Belustigung weitere alte Fotos gefunden.

»Maggie, ich will nicht unhöflich klingen …«, fing Wolf an.

»Aber ihr Jungs habt über Polizeiangelegenheiten zu reden«, beendete sie den Satz für ihn, wobei man ihr anhörte, dass sie es allmählich leid war, ständig den Raum verlassen zu müssen.

Wolf nickte schuldbewusst.

»Sag nichts weiter.« Sie stand auf. »Ich bin im Wartezimmer.«

Nachdem sie Christian vorsichtig umarmt hatte, ließ sie die beiden allein.

»Gibt's was Neues?«, fragte Christian hoffnungsvoll. Ein Auge war zugeschwollen, und er hatte Schürfwunden vom Airbag im Gesicht.

»Nichts Neues«, erwiderte Wolf. »Wer ermittelt in dem Fall?«

»Die haben eine Karte dagelassen«, sagte Christian und zeigte auf den Nachttisch.

»Ich melde mich bei denen.«

»Ja, bitte … aber ich nehme an, das ist nicht der Grund, weshalb Maggie rausgehen musste?«

»Nein«, gestand Wolf. »Das Taxiunternehmen konnte Ihre

Rückfahrt zu Finlay auf Saunders' Nachfrage hin nicht bestätigen. Vielleicht haben Sie ein anderes Unternehmen angerufen, als Sie in Ihrer Aussage angegeben haben, oder …«

»Genau, das hab ich. Können wir es dabei belassen?«, unterbrach ihn Christian, schaute zur geöffneten Tür. Wolf stand auf, um sie zu schließen.

»War wohl Wunschdenken, ich hatte gehofft, es würde nicht auffallen«, sagte Christian. »Ich bin selbst gefahren.«

Wolf schien die Antwort wenig zu überraschen.

»Gott weiß, wie weit ich an dem Abend über der Promillegrenze lag«, fuhr er fort. »Ich hab die SMS gesehen, Panik bekommen und bin, ohne weiter nachzudenken, in den Wagen gesprungen. Will, bitte machen Sie mit der Information, was Sie für richtig halten … ich gebe zu, es war keine meiner Sternstunden.«

Wolf überlegte kurz, dann stand er auf.

»Also ein anderes Taxiunternehmen«, schloss er, knöpfte den Mantel zu. »Hab ich mir gedacht.«

Baxter verspannte sich, als sie eine Autotür zuschlagen hörte.

Sie schob ihren Kaffeebecher um einige Zentimeter nach rechts, beschloss dann aber, dass sie ihn doch lieber dort haben wollte, wo er vorher gestanden hatte, und rückte ihn wieder zurück. Sie richtete sich gerade auf und schaute zur Haustür, während eine abgehackte Version von Ed Sheerans *Lego House* immer lauter wurde.

»Brrr!«, zitterte Thomas, trat die Schuhe auf der Matte ab und legte den Schlüssel hin, erst dann sah er sie dort sitzen. »Du bist zu Hause! Du wirst dich freuen zu hören, dass der Baum weg ist«, teilte er ihr mit, schloss die Augen und nahm gierig einen Atemzug. »Riech nur die frische … oh, ich glaube, Echo hat einen Haufen gemacht.«

Und so war's.

Thomas ging an dem plappernden Fernseher vorbei und drückte Baxter einen Kuss auf die Stirn, was sie sich gefallen ließ, ohne sich zu rühren.

»Kaffee?«, fragte sie.

»Oh Mist«, sagte Thomas, setzte sich an den Tisch. »Was ist los?« Er hatte noch nicht einmal seine Regenjacke ausgezogen und griff schon nach ihrer Hand, die sie ihm aber ganz langsam entzog. »Emily, was ist denn?«

Baxter räusperte sich. »Du weißt ja, dass wir alle solche Menschen in unserem Leben haben, oder?«, fing sie vieldeutig an, wirkte krank. »Einen *bestimmten* Menschen? Von dem wir nicht loskommen?«

»Ja … kann sein«, erwiderte er, jetzt ebenfalls mit kränklicher Miene.

»So wie das Mädchen an der Uni, von dem du mir erzählt hast«, sagte Baxter, die krampfhaft versuchte, sich an die Geschichte zu erinnern. »Gemma irgendwas?«

»Gemma Holland!«, nickte Thomas, wobei er sich ein Grinsen nicht verkneifen konnte.

»Genau. Und auch wenn du jetzt mit mir zusammen bist und wir unser eigenes … *Ding* am Laufen haben, was meinst du, wie's dir gehen würde, wenn sie jetzt in dieser Sekunde zur Tür hereinkäme?«

»Ich bin ziemlich sicher, dass sie inzwischen ein *er* ist«, sagte Thomas.

Baxter schnaubte. »Okay. Schlechtes Beispiel. Aber William Fawkes … Wolf … ist bei mir der, ›von dem ich nicht loskomme‹«, erklärte sie und begegnete seinem Blick. »Ich bin gestern Nacht nicht nach Hause gekommen« – sie holte tief Luft – »weil ich bei *ihm* war.«

Thomas guckte verdattert.

»Ich verwende das Wort ›bei‹ jetzt im biblischen Sinne«, erklärte sie.

»Ich glaube nicht, dass es das im biblischen Sinne überhaupt gibt.«

»Okay. Trotzdem …«

»Du meinst, dass du im biblischen Sinne ›schwach‹ wurdest?«

»Ich weiß nicht, ob das mit dem Biblischen jetzt wirklich eine Rolle spielt.«

»Nein«, pflichtete er ihr bei, wirkte ratlos. »Wahrscheinlich nicht.«

»Ich könnte dir eine ganze Reihe lahmer Ausreden auflisten, zum Beispiel, dass ich nach deinem Antrag ausgeflippt bin oder gestern Abend zu viel getrunken habe. Ich könnte es auf alles andere schieben, was im vergangenen Monat passiert ist, weil es mich völlig irre gemacht hat. Aber das wären Ausreden.«

Thomas nickte, während eine unpassend fröhliche Werbung vom Fernseher herüberschallte.

»Ich hab schon angefangen, meine Sachen zu packen«, fuhr sie fort, legte die Schachtel mit dem Ring auf den Tisch und schob sie ihm zu. »Ich vermute mal, den willst du wiederhaben.«

Er schaute auf die Schachtel mit dem Ring, dann zu ihr auf. »Das heißt, das war's mit uns?«

»Na ja, ich dachte …«

»Versuch bloß nicht, mir die Entscheidung zuzuschieben. Ich hab's ernst gemeint, als ich gesagt habe, ich will den Rest meines Lebens mit dir verbringen. Wenn du das nicht willst, dann musst du schon selbst die Axt schwingen. Entschuldige mich«, sagte er und stand auf.

»Wo willst du hin?«

»Raus.« Er ging zum Sofa, Thomas wirkte absolut gefasst, als er die Fernbedienung nahm, zur nächsten Werbung umschaltete, die noch unerträglicher war als die letzte.

»Raus wohin?«

»Spazieren«, erwiderte er geistesabwesend, drückte ein paar Tasten, die aber scheinbar nichts bewirkten. Zum Schluss warf er das kleine schwarze Ding gegen den Bildschirm – mit dem gewünschten Ergebnis. »Entschuldige mich«, sagte er erneut zu der verblüfften Baxter, während der Fernseher elektrisch zischte. Dann verschwand er zur Tür hinaus.

Wolf hatte es endlich unter die Dusche geschafft, was für ihn und mehr noch für alle anderen ein Glück war. Saunders und er hatten sich am Nachmittag mit dem Detective von der Essex Police getroffen, der die Ermittlungen im Fall des Angriffs auf Christian leitete. Obwohl zweifellos erschreckend war, dass der Commissioner der Metropolitan Police höchstpersönlich Opfer eines solchen Verbrechens hatte werden können, so ließ sich doch kaum abstreiten, dass ihnen dies auch irgendwie zugutekam. Der Detective war äußerst beflissen und ließ nichts unversucht, er zeigte sich äußerst entgegenkommend und schien geradezu verzückt bei der Aussicht, dass Kollegen aus einem anderen Bezirk und von einer anderen Abteilung Einblick in seine Arbeit nehmen wollten.

Allerdings hatte es nur wenig zu berichten gegeben. Der Mitsubishi war gefunden worden, stehen gelassen auf einem Reitweg in der Nähe von Hatfield; die Kriminaltechniker arbeiteten an dem Wrack. Nachdem die Filmaufnahmen der Nachbarn ausgewertet worden waren, hatte sich bestätigt, dass es sich bei den beiden Vermummten höchstwahrscheinlich um Männer gehandelt hatte, beide über ein Meter achtzig groß, muskulös und erfahren genug, um keine Spuren zu hinterlassen. Die zurückgebliebenen Trümmerteile waren eingesammelt und katalogisiert worden.

Wolf, der jetzt wieder besser roch, wickelte sich ein Handtuch um die Hüfte und tapste halb nackt durch die Paddington Green Police Station, um sich für die Nacht in seine Zelle zurückzuziehen.

Edmunds hatte vollkommen das Zeitgefühl verloren. Er arbeitete im Licht einer kaputten Lampe, die er mit Klebeband oben am Rasenmäher befestigt hatte. Er hatte Tia und Leila vor ihrem Sonntagnachmittagsfilm sitzen lassen und sich zum Weiterarbeiten in den Garten verdrückt. Er notierte sich etwas: eine Erinnerung daran, dass er im Zusammenhang mit der Gruppe, die von dem Lager an der Werft aus operiert hatte, weitere Akten anfordern wollte. Offenbar waren noch einmal neue, unabhängige Ermittlungen eingeleitet worden, die, wie er jetzt überzeugt war, in direktem Zusammenhang mit ihren eigenen standen. Er lehnte sich zurück, streckte sich und hörte seine Gelenke auf befriedigende Weise knacken, als ein Schrei vom Haus herübertönte.

Er warf den Hocker um und stürzte zur Tür hinaus, raste über den dunklen Rasen.

»Alex! Alex!«, rief Tia, die das Licht in der Küche einschaltete, die weinende Leila auf dem Arm. In dem Moment, in dem er die Hintertür erreichte, begriff er, was sie so beunruhigte: Auf dem Linoleumboden waren deutlich feuchte Stiefelabdrücke zu erkennen, sie kamen vom Wohnzimmer, beschrieben einen Kreis in der Küche, dann verschwanden sie.

»Jemand war im Haus!«, rief sie atemlos, beruhigte Leila, indem sie sie in den Armen wiegte.

»Bleib hier«, sagte Edmunds, zog die Besteckschublade auf und suchte ein Messer. Er trat durch die Tür. Ihm wurde schlecht, als er sah, dass der Eindringling das Sofa umrundet hatte, auf dem seine Verlobte und seine Tochter eingeschlafen waren. Ihm fiel ein eigenartiger Geruch auf, und er sprang die Treppe hinauf, folgte den Fußspuren, sah in allen Räumen und sogar in den Kleiderschränken nach und eilte dann wieder hinunter, wo der Geruch immer stärker wurde. Aus der Diele drang ein blubberndes, zischendes Geräusch herüber. Die drei Asservatenkisten waren umgestellt worden, stapelten sich jetzt übereinander und schienen zu schmelzen.

Vorsichtig beschrieb er einen Bogen um den sich auflösenden Turm, schob sich daran vorbei, sah ins Badezimmer rechts und ging weiter hinaus in den Vorgarten. Er rannte zur Haustür hinaus, sah aber keinerlei Bewegung auf der überfrorenen Straße, trotzdem blieb er stehen, spähte eine knappe Minute lang in die Dunkelheit, dann ging er wieder hinein, kickte was von den Kisten übrig war um in der Hoffnung, etwas davon retten zu können. Als er zu seiner Familie zurückeilte, zog er sein Handy aus der Tasche und wählte Baxters Nummer.

»Säure?«, fragte Saunders, als Joe über der klebrigen Masse auf Edmunds' Fußboden kauerte.

Er schüttelte einen kleinen Behälter, den er hoch ins Licht hielt, und sah zu, wie sich die herumwirbelnde Flüssigkeit allmählich rot färbte.

»Oh ja«, erwiderte Joe und stand auf.

Edmunds machte ein angewidertes Gesicht. »Die sind mit dem Zeug hier um Leila herumgeschlichen.«

Wolf sah erstaunt, dass Baxter nach Edmunds' Hand griff. Nach ihrem Eintreffen war sie direkt an ihm vorbeimarschiert und hatte seither jeglichen Blickkontakt gemieden.

»Sind sie bei Tias Mutter?«, fragte sie.

Edmunds nickte.

»Das heißt, wir sind uns einig, dass es bei dem Einbruch in meinen Wagen nicht um meinen Wagen ging, richtig?«, fragte Saunders. »Ich … der Commissioner … und jetzt Edmunds. Jemand hat es gezielt auf uns abgesehen.«

»Das bedeutet, wir kommen der Sache schön langsam näher«, sagte Wolf.

»Näher kommen wir bestenfalls dem Leichenschauhaus«, brummte Saunders.

Alle sahen ihn stirnrunzelnd an.

»Was?«, fragte er unschuldig. »Ich sag's ja nur.« An Baxter gewandt, wechselte er das Thema. »Wolf hat gesagt, eigentlich hat es sich gestern Abend nicht gelohnt, im Krankenhaus zu bleiben.«

»Autsch!«, beschwerte sich Edmunds, als sie ihm ihre Fingernägel in die Handfläche grub.

»Einfach viel Warterei auf etwas, das dann doch nicht passiert ist«, führte er aus, spürte den abrupten Stimmungswandel. »War ziemlich unbequem«, setzte er hinzu, unsicher, ob er weiterreden sollte oder lieber nicht.

»Was hat er dir denn erzählt?!«, fragte Baxter, die Wolf jetzt doch direkt ansah.

Alle anderen wandten sich wieder an Saunders, niemand wusste so richtig, was Saunders Falsches gesagt hatte, eingeschlossen er selbst.

»Äh. Er meinte, er habe ein bisschen … äh … dösen wollen, aber das sei ihm nicht geglückt.«

Baxter blieb der Mund vor Entrüstung offen stehen.

»Ich denke«, fing Wolf an, schaltete sich endlich ein, »damit meint er, dass wir die Nacht auf sehr unbequemen Stühlen im Wartezimmer verbracht haben.«

»Ja … genau«, bestätigte Saunders verwirrt und schulterzuckend.

»Ach so«, seufzte Baxter. »Ich bin nicht die ganze Nacht geblieben.«

»Sie ist ungefähr bis …«

»Elf?«, schlug sie vor.

»… zwei geblieben.« Wolf sah sie böse an. »Bis um zwei Minuten nach elf.«

»Aber ich steh ja nicht unter Beobachtung!«, lachte Baxter künstlich.

»Um Gottes willen, nein!«, erwiderte Wolf und beendete damit den unbeholfenen Wortwechsel auf denkbar ungelenke Art. Er wusste nicht, ob es »argwöhnisches Schweigen« gab, aber wenn ja, dann herrschte jetzt ein solches. Schnell wechselte er das Thema. »Ich frage mich, was so Wichtiges in den Kisten war.«

Joe blies die Wangen auf und betrachtete die schleimige Pfütze zu seinen Füßen.

»Leider werden wir das nie erfahren.«

# KAPITEL 18

Montag, 5. November 1979
Guy-Fawkes-Nacht
21:14 Uhr

Finlay fiel, schürfte sich dabei die Hände am Betonboden auf, der Rauch in seinen Lungen drohte ihn langsam zu ersticken. Er hatte Mühe zu atmen, eine Seite seines Körpers war in ein warmes Glühen getaucht, während die ersten schmerzhaften Stiche in seine Hände fuhren.

»Fin!«, brüllte Christian von irgendwo hinter ihm, seine Stimme jetzt lauter. »Fin, steh verdammt noch mal auf!«

Überfordert von seiner Last, taumelte Christian an ihm vorbei: Er warf die Säcke mit mehreren Kilo schmutzig weißem Pulver auf den wachsenden Haufen. Finlay ging auf die Knie und hob die um ihn herum liegenden Säcke auf.

»Wie viele noch?«, stammelte er, als Christian ihm zu Hilfe eilte.

Aber Christian antwortete nicht, lud ihm stattdessen die Säcke auf, die er gerade eingesammelt hatte.

»Wie viele noch?«, fragte Finlay.

»Ich geh noch mal rein!«, schrie Christian, musste die Augen abschirmen, als hinten auf der anderen Seite etwas explodierte.

»Wie viele noch?!«, fragte Finlay erneut, aber sein Partner

rannte bereits zurück zur Laderampe. »Ah!«, er verzog frustriert das Gesicht, wäre fast mitsamt dem Sack auf den Heroinberg gefallen.

Erschöpft stieß er sich ab und eilte zurück ins Gebäude, um mit dem Rest zu helfen, passierte das verbogene Rollgitter, umrundete das Wrack des Transporters und erstarrte, unfähig, die Situation zu erfassen, die sich ihm bot: Er stand am Fuß der Stahltreppe, Christian hatte die Säcke auf einen Rollwagen dort geworfen ... aber jetzt waren keine Säcke mehr da.

Der Rollwagen war weg.

Und Christian auch.

»Du *verfluchter* Idiot!«, fauchte Finlay, stieg bereits die steile Treppe hinauf und zurück ins Feuer.

Die kühle Laderampe hatte Christian ein falsches Gefühl von Sicherheit vermittelt.

Schweißperlen liefen ihm in die Augen, das Stahlgerüst wurde zu einem riesigen Ofen, während er den Rollwagen dem Dunst am Ende des Gangs entgegenschob. Als er die Tür ganz hinten passiert hatte, wurde die Hitze unerträglich, und er überlegte, ob er kehrtmachen sollte, der Raum stand bereits in Flammen, das Feuer war dicht hinter ihm. Als er sein Ziel erreichte, hatte er Mühe, den Rollwagen über die Leiche auf der Türschwelle zu ziehen, wobei er unwillkürlich gegen die Tür stieß.

Er fiel in den Raum dahinter und hörte die Tür dumpf zuschlagen.

»Scheiße!«, schrie er.

Die gesamte hintere Wand loderte. Seine Augen brannten.

Er zog seinen Schal über Mund und Nase, warf die Geldbündel auf den Wagen. Weniger als dreißig Sekunden später war er wieder an dem versperrten Ausgang angekommen. Als er eine Hand auf die stählerne Türklinke legen wollte, hörte er seine Haut zischen und Blasen schlagen, noch bevor er etwas spürte. Er schrie auf und drehte sich zum Feuer um, war fasziniert von dem Anblick der sich überschlagenden Flammen, die sich jetzt über die Decke zu ihm herüberfraßen.

Er hatte eine Idee: Er nahm die Waffe, die Finlay ihm anvertraut hatte, und zielte auf ein Scharnier …

»Christian!«

»Fin!«, hustete er. »Fin, ich bin hier eingeschlossen!«

Es klapperte mehrfach laut, während Finlay vergeblich versuchte, die Tür von der anderen Seite zu öffnen.

»Fin, beeil dich!«, schrie er verzweifelt, schaute in die Richtung des blockierten Ausgangs, hörte Luft entweichen und spürte einen warmen Luftzug an den Ohren.

Hinter ihm gab es einen lauten Knall.

Als er herumwirbelte, traf Christians Blick den eines schwer verletzten Mannes, der höchstens so alt war wie er selbst, wenn nicht jünger. Er trug Freizeitkleidung, gehörte eindeutig eher zu den Lagerhausangestellten als zu den Berufskriminellen, die für den verpfuschten Raubüberfall verantwortlich waren. Der Fremde schien ähnlich verwundert, ihn dort stehen zu sehen. Als der erste Schockmoment verstrichen war, betrachteten sie jeweils die Pistole in der Hand des anderen und handelten instinktiv …

Sie hoben gleichzeitig ihre Waffen. Aber Christian feuerte zuerst.

Beschämt und verwundert sah er den muskulösen jungen Mann rückwärts umkippen, die Waffe glitt ihm aus der Hand zu Boden. Auch Finlay hatte den Schuss gehört und schrie jetzt verzweifelt Christians Namen. Als es ihm endlich gelang, die glühend heiße Stahltür mit dem Arm aufzudrücken, stieß er einen Schrei aus. Er schaute von seinem Partner zur Waffe in dessen Hand, dann zu dem zusammengesunken an der Wand liegenden Mann und hatte Mühe, dabei gleichzeitig die Tür offen zu halten.

»Sieh nach seinem Puls!«, wies er Christian an, der geistesabwesend dort stand. »Sieh nach, ob er noch lebt!«, schrie er, legte den Toten in den Eingang und stieg so weit in den Raum hinein, wie er es wagte.

Christian wurde urplötzlich wieder aktiv, ließ die Waffe fallen und eilte zu dem Angeschossenen, während um ihn herum bereits Teile der Decke einstürzten. Ihm wurde schlecht, als er sah, dass ihn der Blick des Fremden verfolgte, denn er hatte seine Entscheidung bereits getroffen. Da Finlay zusah, legte er dem Mann zwei Finger an den Hals, tastete nach einem rhythmischen Pochen unter der Haut.

»Tut mir leid«, flüsterte er und rief seinem Partner zu. »Er ist tot!«

»Dann komm!«, brüllte der Schotte an der Tür.

»Das Geld!«, schrie Christian zurück.

»Lass es liegen!«

»Fin!«

»Lass es!«

Christian packte den Rollwagen, wollte ihn allein durch den schmalen Durchgang schieben.

»Fin! Hilf mir!« Er zerrte und zog verzweifelt, aber es gelang ihm nicht, die Rollen über die Metallschwelle zu schieben. Er sah hilflos zu, wie zwei Bündel Scheine hinten von der Ladefläche rutschten und von den Flammen verschlungen wurden. »Fin!«

Plötzlich war er wieder an Christians Seite, seine starken Hände schlangen sich um den Stahlbügel, und sie zogen gemeinsam mit einer letzten Kraftanstrengung den schweren Rollwagen über die Schwelle, raus aus dem Inferno.

Finlay stand am Wasser und betrachtete das Feuerwerk.

Nach all den Fotos und der Prahlerei hatte er Christian, der die verbundene Hand noch immer nicht ruhig halten konnte, allein dasitzen gesehen. Aber er war nicht zu ihm hingegangen.

Ihre Kollegen liefen ziellos umher, schauten der Feuerwehr zu oder begutachteten die Einschusslöcher in der Motorhaube des Ford Cortina und ahnten nicht, was er und Christian im Kofferraum versteckt hatten … was sie getan hatten. Er hatte sich ihnen nie so fern gefühlt, den Menschen, mit denen er seit Jahren zusammenarbeitete; eine im Bruchteil einer Sekunde getroffene Entscheidung hatte alles verändert. Er wünschte nur, er hätte den Wagen ins Feuer rollen lassen, verbrennen lassen, mitsamt dem Geld, den Schuldgefühlen und der Scham.

*Hätten wir's nicht genommen, wär's zu Asche verbrannt.*

*Die hätten es nur für immer in die Asservatenkammer geschlossen.*

*Niemand weiß, dass wir es haben. Das ist ein Verbrechen ohne Opfer.*

Christians Worte gingen ihm durch den Kopf. Nur dass es kein Verbrechen ohne Opfer war, denn eine verkohlte Leiche ging auf ihr Konto.

Finlay zog die Pistole aus seinem Hosenbund. Er hob sie mit einem Stück Verbandsmaterial auf, um nicht noch weitere Abdrücke darauf zu hinterlassen. Eigentlich wusste er gar nicht so genau, weshalb er sie überhaupt mitgenommen hatte, denn das Feuer hätte das Beweismittel sicher zerstört.

Wohl um auf Nummer sicher zu gehen, vermutete er.

Er starrte auf das dunkle Wasser, überlegte, wie schnell ein Betrug zum nächsten führte, und wischte den Lauf sauber. Aber dann, aus Gründen, die er selbst nicht ganz begriff, hörte er wieder damit auf.

Rasch wickelte er die Pistole in eine Plastiktüte ein, steckte sie hinten in seine Hose, hielt sich den verletzten Arm und betrachtete das Feuerwerk.

# KAPITEL 19

Montag, 11. Januar 2016
8:02 Uhr

Joe hatte *Dark Side of the Moon* von Pink Floyd, *III* von Led Zeppelin und *Teenage Dream* von Katy Perry komplett durchgehört und war endlich um circa drei Uhr früh auf einer der fahrbaren Krankentragen eingeschlafen. Nachdem er der Putzkraft am frühen Morgen den Schrecken ihres Lebens eingejagt hatte, schlug er das weiße Laken zurück, stand auf und machte sich auf die Suche nach Koffein.

Mit schläfrigem Blick überprüfte er jede einzelne Teststation, die er über Nacht hatte weiterlaufen lassen. Wie ein nerdiger Zombie trottete er zwischen ihnen hin und her, blätterte Unterlagen durch und tippte träge etwas in die verschiedenen Computer ein ... bis er schließlich am vierten Monitor angelangt war. Joe stellte seinen Kaffee ab, war sofort hellwach. Er nahm den dicken Stapel mit Ausdrucken, verlor unterwegs einige Blätter, als er im kriminaltechnischen Labor auf und ab ging.

»Ich ... bin ... der *Wahnsinn!*«, rief er, raste zur Tür hinaus und stieß mit der bereits verschreckten Reinigungskraft zusammen, die ihn wegen des Staubsaugerlärms nicht hatte kommen hören.

Rouche kehrte dem hellen Fenster den Rücken. Er merkte, wie der Schlaf aus ihm wich, drehte das Kissen um und streckte die Beine aus, mit seinem nackten Fuß spürte er etwas Hartes auf der Bettdecke. Nachdem er es kurz neugierig mit den Zehen abgetastet hatte, war er nicht schlauer geworden und setzte sich auf, nur um festzustellen, dass er Holly ins Gesicht getreten hatte.

Noch schlafend, regte sie sich, woraufhin er seinen Fuß schnell wieder zurückzog.

»Hey«, lächelte sie, wuschelte sich durch die kurzen blonden Haare.

Sie wirkte absolut erschöpft, hatte sich wie eine Katze am Fuß seines Bettes zusammengerollt. Als sie am Vortag nach der Arbeit nach ihm gesehen hatte, hatten sie gemeinsam eine herrliche Mahlzeit zu sich genommen, Dosenspaghetti auf Toast und Karamellpudding. Statt Käse gab es zum Abschluss eine kulinarisch eher enttäuschende Handvoll Pillen, dann hatte sie ihn ins Bett gepackt.

»Tut mir leid«, sagte sie und setzte sich in ihrer zerknitterten Arbeitsuniform auf. »Ich hab nur mal ein paar Sekunden die Augen zugemacht.«

Rouche fühlte sich schrecklich. Dass sie neben ihrem Vollzeitjob einen Patienten pflegen musste, dessen Zustand sich stetig verschlechterte, forderte inzwischen offensichtlich seinen Tribut. Holly war eine von Natur aus freundliche Person, ein Mensch, der naiverweise glaubte, etwas auf der Welt verändern zu können, und allmählich hatte Rouche das Gefühl, Baxter und er nutzten diesen Charakterzug an ihr aus.

»Warum nimmst du dir nicht mal einen Abend frei?«, schlug er vor, zuckte zusammen, als er sich aufsetzte. »Geh mal weg … ins Kino … oder was essen bei Frankie & Benny oder worauf ihr verrückten jungen Leute heute sonst so steht.«

»Kino und Frankie & Benny?«, lachte Holly. »So stellst du dir also einen gelungenen Abend vor?«

»Klingt für mich zurzeit echt verlockend«, lächelte er müde.

»Na ja … für mich eigentlich auch.«

»Dann mach das doch!«, riet ihr Rouche energischer, als sie ihn in den letzten zwei Wochen erlebt hatte. »Ich würde ja mitkommen, aber du weißt: FBI … Hubschrauber … Verfolgungsjagden … Schießereien … Tod.«

Sie lachte und stand vom Bett auf. »Wie fühlst du dich?«

»Weißt du was? Gut. Sogar großartig.«

»Und das sagst du nicht nur?«

»Nein«, erwiderte Rouche und schob sich an die Bettkante. »Ich werde dir Frühstück machen.«

»Ganz bestimmt nicht.«

»Versprichst du, dir einen Abend freizunehmen?«, fragte er, ließ die Füße baumeln und drohte ihr aufzustehen.

Holly war hin- und hergerissen.

Zum Schluss verabredeten sie, dass Holly anrufen würde, bevor sie wegging, und noch einmal, sobald sie zu Hause war. Sie versprach, mindestens drei Gin Tonic zu trinken, vorausgesetzt, Rouche aß zum Abendessen sein Gemüse. Den gesamten Rest der Zeit sollte er im Schlafzimmer bleiben, dafür durfte er mit ihr gemeinsam in der Küche frühstücken, außerdem vereinbarten sie noch mehrere Nebenklauseln im Hinblick auf plötzlich ausbrechendes Feuer, den zu leerenden Briefkasten und *Bargain Hunt* im Fernsehen.

Er trug die schmutzigen Teller zur Spüle, bevor sie protestieren konnte, und suchte ihr sogar die Sendezeit irgendeines schrecklichen Films über eine sterbende Frau heraus, die sich in den Mann verliebt, dessen Organspende ihr Leben retten könnte. Die Aussicht auf eine Schießerei mit dem FBI kam ihr dagegen eigentlich ganz verlockend vor.

»Ich muss los!«, sagte Holly mit Blick auf die Uhr. Sie suchte ihre Sachen zusammen. »Du ruhst dich aus.«

»Mach ich«, versprach Rouche und bestand darauf, sie zur Tür zu bringen.

Sie umarmten sich zum ersten Mal, da sie die Vorstellung nicht gewohnt waren, einen ganzen Tag getrennt voneinander zu verbringen. Holly schien sich aber ehrlich zu freuen.

»Ich kann kaum glauben, dass es dir so viel besser geht!«, sagte sie.

Rouche winkte ihr hinterher, als sie die Treppe hinuntersprang. Kaum war sie zur Tür hinaus, sackte er dagegen, ächzte vor Schmerz und sank langsam zu Boden. Die Anstrengung, die es ihn gekostet hatte, die Fassade aufrechtzuerhalten, nahm ihm die Luft zum Atmen. Er sah seine Schmerzmittel auf dem Küchentresen in einer Papiertüte, konnte sich aber nicht überwinden, sich dorthin zu bewegen. Also blieb er sitzen und starrte die Tüte an, bis seine Sicht unter Tränen verschwamm.

»Was um Himmels willen machst du, William?«, fragte Maggie, als der Kessel in der Küche kochte. »Ich friere mich zu Tode!«

Wolf kauerte in der Diele neben der geöffneten Haustür und spielte am Schloss und der Kette. »Tut mir leid. Bin gleich fertig, versprochen.«

»Stimmt was nicht mit der Tür?«

Wolf ließ die Klinke auf und ab schnappen, überprüfte den Mechanismus. Dann zuckte er mit den Schultern und stieß sie zu.

»Neulich hat sie geklemmt. Ich wollte nur überprüfen, ob sie nach dem Einbau des neuen Rahmens wieder richtig justiert wurde … damit wir reinkommen, wenn du uns mal brauchen solltest.«

»Bist ein guter Junge.«

Er schaute sie zweifelnd an.

»Jedenfalls zu mir bist du nett«, lächelte sie. »Tee?«

»Ich bring nur noch schnell den Müll raus«, sagte er, ging in die Küche und holte den erst halb vollen Beutel.

Er entriegelte die altmodische Hintertür und zog sie hinter sich zu. Nachdem er den Sack in die Tonne geworfen hatte, ging er durch den Garten, der auf beiden Seiten von üppigen Hecken begrenzt wurde, bis zum hinteren Zaun. Dort stieg er über das niedrige Mäuerchen und spähte durch das Gehölz auf das heruntergekommene Grundstück dahinter. Nachdem er sich vergewissert hatte, dass niemand in der Nähe war, stieg er über den klapprigen Lattenzaun und landete unwürdig auf allen vieren auf der anderen Seite.

»Mist«, ächzte er.

Sein Handy brummte in der Tasche. Unfähig, sich zu bewegen, tastete er danach, fühlte sich einem zivilisierten Gespräch mit Baxter, nachdem sie ihm so demonstrativ aus dem Weg gegangen war, noch nicht gewachsen. Doch dann seufzte er erleichtert. »Saunders?«

»Alles klar? Joe sagt, er hat was gefunden.«

»Wer?«

»Der Labormann.«

»Ach so.«

»Der Commissioner will, dass wir ihn auf dem Laufenden halten, wir treffen uns um halb eins im Krankenhaus.«

Wolf sah auf die Uhr. »Bis dann.«

»Ich hab Finlays Notruf gefunden«, teilte Saunders Wolf mit, als sie um die Ecke in einen weiteren Gang abbogen, der haargenau aussah wie alle anderen. »Das Ganze ist vierundzwanzig Sekunden lang. Die Telefonistin fragt ihn, um welche Art von

Notruf es sich handelt, wiederholt zweimal, sie könne ihn nicht hören, und bittet ihn, zu husten oder an das Telefon zu klopfen, sollte er nicht in der Lage sein, laut zu sprechen. Daraufhin wird zweimal deutlich hörbar geklopft, dann ist die Leitung tot. Nichts weist darauf hin, ob es wirklich Finlay war, der da um Hilfe bat, oder … eine andere Person.«

»Hmmm«, sagte Wolf.

»Ich hab's an Steve von der Technik weitergegeben. Er soll die Aufnahme noch mal verstärken, aber allzu große Hoffnungen würde ich mir nicht machen.«

Sie betraten das Einzelzimmer, nur um festzustellen, dass sie die Letzten waren.

Christian saß an Kissen gelehnt im Bett, hielt den Regler für seine Morphium-Infusion in der Hand, während seine wichtigsten Lebensfunktionen für alle sichtbar auf einem Monitor hinter ihm angezeigt wurden. Baxter hatte sich strategisch klug in der hintersten Ecke platziert, sich damit der Aufgabe entledigt, mit einem der Anwesenden Blickkontakt aufnehmen oder am Ende gar reden zu müssen. Edmunds, der sich unklugerweise nach Thomas' katastrophalem Antrag erkundigt hatte, stand nun mit verärgerter Miene in der Ecke ihr gegenüber. Nur Joe, der von all dem nichts ahnte, grinste wie ein Honigkuchenpferd angesichts seines eigenen Genies.

»Ah! Fawkes und Saunders. Bitte nehmen Sie Platz«, begrüßte er sie, zeigte ans Fußende des Bettes, in dem der Commissioner saß.

Christian legte den Daumen auf den Morphium-Auslöser. »Bitte nicht.«

»Schon gut«, sagte Wolf.

»Wie ihr wollt … alle zufrieden?«, fing Joe an, versuchte ahnungslos, die Mienen der Umstehenden zu deuten.

»Okay. Also vor einigen Jahren habe ich einen Antrag zur

Anschaffung eines 3D-Oberflächenstruktur-Analyse-Vermessungssystems gestellt, der erst mal nicht genehmigt wurde, weil …«

Baxter gähnte laut.

»Gut. Ist euch egal. Aber noch mal auch für Laien verständlich: Das ist so was wie eine Gesichtserkennung für Gegenstände … Gegenstände wie zum Beispiel … *Patronen«,* grinste Joe. »Ich habe gestern die Sachbeweise der Fälle von Finlay und des Commissioner eingegeben, die alten Fälle. Es hat eine Weile gedauert, aber schließlich habe ich eine Entsprechung gefunden.«

Er hielt ein transparentes Asservatentütchen mit einer Handvoll Metall darin hoch. »Beweismittel A: sechs der Dutzenden von Patronen, die bei dem Überfall auf das Lagerhaus am 5. November verschossen wurden. Sie stammen alle aus derselben Waffe.«

»Woher wissen Sie das?«, fragte Saunders.

»Lässt sich das anhand der Größe und des Fabrikats feststellen?«, tippte Edmunds.

»Wenn mich mein Gedächtnis nicht im Stich lässt«, warf Christian ein, »wurden in der Nacht sehr viele Kugeln aus sehr vielen Waffen abgefeuert.«

»Ich bin froh, dass ihr danach fragt«, sagte Joe, der sich tatsächlich zu freuen schien. Er nahm eine vergrößerte Aufnahme einer Patrone, bunte Linien markierten scheinbar willkürlich bestimmte Bereiche der schartigen Form. »Kleine Unregelmäßigkeiten am Lauf. Wenn die Kugel diesen passiert, bleiben winzige Kratzer auf dem Metall zurück: immer dieselben … ein eingravierter Fingerabdruck, wenn man so will.«

»Ich will ja nicht herablassend klingen, mein Freund«, meldete sich Saunders zu Wort, der sich in Anwesenheit von Christian von seiner besten Seite zeigte, »aber logisch wäre es doch, wenn derjenige, dem die Waffe gehörte, vorausgesetzt, er war nicht vollkommen unfähig, ein paar Schüsse abgegeben hätte, bevor er selbst einen kassierte. Inwiefern ist das was Neues?«

»Das ist nichts Neues«, erklärte Joe. »Ich wollte zunächst nur klären, von welchen Voraussetzungen wir auszugehen haben.« Er hielt mehrere andere Fotos von Patronen hoch, alle mit ähnlich bunten Markierungen. »Anschließend haben wir nach den häufigsten Einkerbungen gesucht.«

»Und diese mit Finlays Waffe verglichen?«, platzte Edmunds aufgeregt heraus.

»Nein«, sagte Joe ernüchtert. »Das wäre aber natürlich was gewesen.« Er nahm ein zweites Asservatentütchen, das eine einzige angeschlagene Kugel enthielt. »Beweisstück B«, verkündete er. »›B‹ wie Backe, Arschbacke, um genau zu sein. Das hier ist die Kugel, die sich in die linke Arschbacke unseres hervorragenden Vorgesetzten hier gebohrt hat« – er zeigte auf Christian, der in die Runde winkte, als hätte er gerade eine Auszeichnung bekommen – »und zwar nur wenige Tage später am George Square. Eine zweiundneunzigprozentige Übereinstimmung!«

Sein Publikum wirkte leicht gelangweilt.

»Ist das nicht verrückt?«, lachte er, klopfte sich auf die Brust. »Versteht ihr, worauf ich hinauswill?«

Sein Publikum wirkte immer noch leicht gelangweilt.

»Versteht ihr das nicht? Das bedeutet, dass die Waffe, mit der *diese* Kugeln abgefeuert wurden, an *beiden* Tatorten gebraucht worden sein muss! Aber wie ist sie dahin gekommen?«

Edmunds und Wolf antworteten gleichzeitig.

»Der Holländer.«

»Der unbezwingbare Vokuhila.«

Joe hatte eindeutig auf diesen Augenblick gewartet. Er hielt erneut das Tütchen mit der Arschbackenkugel hoch. »Das Vokuhila tragende Dreckschwein, das bereits ganze zwei Tage lang tot war, bevor diese Kugel abgefeuert wurde?!« Jetzt lief er warm. »Schlussfolgerung: Der Holländer war nicht der Einzige, der dem Brand in der Werft entkommen ist ... da ist noch jemand anderes rausgekommen.«

»Das ist unmöglich«, sagte Christian, der jetzt noch schlimmer aussah als fünf Minuten zuvor.

Wolf blickte zu ihm, sah auf dem Monitor seine Herzfrequenz steigen.

»*Alle* Spuren führen zum Lagerhaus«, erklärte Joe zuversichtlich. »Das ist unser Fall. Und wer auch immer der rätselhafte zweite Überlebende war, er ist jetzt unser Hauptverdächtiger.«

# KAPITEL 20

Montag, 5. November 1979
Guy-Fawkes-Nacht
21:16 Uhr

Der Himmel brannte.

Das sterbende Skelett des Gebäudes ächzte, während er es wie gelähmt anstarrte und ringsum Funken in die Luft stoben wie Glühwürmchen, die auf lodernden Wellen tanzen. Weniger als fünf Meter entfernt brannten die Reste der Geldberge, jetzt waren nur noch verkohltes Papier und Asche übrig. Die Kugel hatte ihr Ziel grausam verfehlt, sich schmerzhaft unter sein Schulterblatt geschoben und ihn zu einem Feuertod verurteilt.

Als Vorgeschmack auf das, was ihn danach erwartete.

Um ihn herum stürzten weitere Teile der Decke ein, erlaubten ihm einen letzten Blick in den Sternenhimmel. Dann ertönte der Schwanengesang des kollabierenden Lagerhauses.

Der Boden unter ihm bebte.

Die Tür stand unter Druck, sie wurde aus dem Rahmen gesprengt.

Er schloss die Augen und ließ sich fallen.

Zwischen den Trümmern auf dem Fabrikboden liegend, fragte er sich, ob Gott sich nicht ein bisschen zu viel Spaß erlaubte. Während die letzten riesigen Benzinkanister in der Nähe explodierten, wünschte er sich mit geschlossenen Augen, es möge enden.

»Komm schon«, flüsterte er. »Komm schon!«

Er spürte einen kühlen Luftzug im Nacken und schlug die Augen auf; in der Ecke des Raums, wo sich die beiden Mauern trafen, war eine schmale Öffnung entstanden. Er hob seine Pistole vom Boden neben sich auf und schleppte sich in die Nacht hinaus. Neben sich das dunkle Gewässer und hinter sich die bunten Explosionen, die den Himmel erleuchteten. Als er den Maschendrahtzaun erreichte, sah er ein Meer aus Blaulicht, das sich auf den Frachtcontainern spiegelte.

Verloren zwischen den Lichtern und dem Feuerwerk, blitzte eine einzige Kamera bescheiden auf – hielt Finlay und Christian im Augenblick ihres größten Triumphs fest. Seit Jahrzehnten war es der Strathclyde Police nicht mehr gelungen, eine so große Menge an Drogen sicherzustellen, einen knapp ein Meter sechzig hohen Turm aus fast reinem Heroin. Davor standen nun die beiden Männer, die verhindert hatten, dass es in Umlauf gelangte.

# KAPITEL 21

Dienstag, 12. Januar 2016
9:06 Uhr

»Hey! Hey! Hey!«, rief eine herrische Frauenstimme, als Wolf und Maggie am Schwesternzimmer vorbeiwollten. »Besucher müssen sich anmelden«, befahl sie, widmete sich dann aber wieder ihrem Telefonat.

Das hörten sie zum ersten Mal. Gehorsam ging Wolf zu dem Buch, in dem stolz die Namen derer aufgeführt waren, die das Pech gehabt hatten, von der unfreundlichen Schwester erwischt worden zu sein. Er überflog die Liste und nahm den Kugelschreiber, überlegte es sich dann aber anders, riss stattdessen die vorangegangene Seite heraus und steckte außerdem auch noch den Stift ein.

»William!«, wisperte Maggie.

»Tut mir leid. Hat mir nicht gefallen, wie die mit dir geredet hat«, sagte er und zog sie mit sich, bevor jemand etwas merkte.

Christian wurde entlassen. Wolf hatte sich freiwillig bereit erklärt, Maggie zu begleiten, wenn sie ihn abholen fuhr, selbstverständlich in einem Wagen, der wie ein Krankenwagen ausstaffiert war. Mit Wolf am Steuer ließen sie das Ballungszentrum schon bald hinter sich und fuhren über sonnengesprenkelte Nebenstraßen durch den Wald. Christians Wegbeschreibung war unnötig geworden, spätestens, als sie in die Privatstraße einbogen, auf der ihnen schwarze Reifenspuren und Reste von Glassplittern auf dem sonnenbeschienenen Asphalt glitzernd den Weg wiesen. Sie fuhren durch das Tor und befanden sich vor einem eleganten, modernen Haus, einer dreistöckigen Fusion aus Holz und Glas im skandinavischen Stil, bewusst so gestaltet, als wäre es ganz natürlich aus den benachbarten Bäumen gewachsen.

»Wow«, entfuhr es Wolf, dessen Wertung möglicherweise keine große Geltung hatte, da er zurzeit eine Gefängniszelle bewohnte. Sie parkten. Christian übergab Wolf die Schlüssel und verriet ihm den Code für die Alarmanlage, die ohrenbetäubend laut durch das minimalistische Gebäude hallte. In dem Moment, in dem sie die Schwelle überschritten, hatte Christian darauf bestanden, selbst die Haustür zu schließen, und sich zweimal vergewissert, dass sie auch wirklich zu und die Kette vorgelegt war.

»Verzeiht mir meine Paranoia«, sagte er. »Ich denke, es wird eine Weile dauern, bis ich mich hier wieder sicher fühle ... bitte«, sagte er und führte sie in den Wohnbereich.

Eine Glasfassade über drei Stockwerke bot einen Ausblick in einen tadellosen Garten, eine malerische Holzpforte trennte diesen vom Rest des Waldes dahinter. Eine Galerie schien über ihnen zu schweben und lenkte den Blick des Betrachters zu der herrlichen gewölbten Decke hinauf.

»Du meine Güte, Christian«, sagte Maggie nach Luft ringend. »Und ich fand schon dein altes Haus schön! Wohnst du hier ganz allein?«

»Leider ja.« Er verzog das Gesicht vor Schmerzen, als er sich in seinem Lieblingssessel niederließ. Maggie eilte zu ihm, um zu helfen. »Will, halten Sie mich bitte über alle weiteren Entwicklungen auf dem Laufenden?«

Wolf schaute noch immer hinaus in den Wald, sog das Licht der Wintersonne in sich auf. »Hm?«

»Weitere Entwicklungen«, wiederholte Christian. »Halten Sie mich bitte auf dem Laufenden?«

»Sie sind der Erste, der erfährt, wenn es was Neues gibt.«

»Ganz bestimmt nicht!«, fuhr Maggie dazwischen. »Dir wurde Bettruhe verordnet, mein Lieber.«

»Schon gut! Schon gut!«, lenkte er ein und zwinkerte Wolf verstohlen zu, während Maggie mit Kissen und Medikamenten hantierte, offensichtlich eher froh darüber, gebraucht zu werden, als durch die zusätzliche Arbeit belastet.

»Ich muss los«, verkündete Wolf, löste sich vom Fenster und ging zur Tür. »Ich nehme ein Taxi zum Bahnhof.«

»Bist du sicher?«, fragte Maggie. »Ich kann dich fahren.«

»Nein«, lächelte er. »Kümmere du dich um Christian.«

Die Blumenampeln schwankten sanft im Wind, die sonnenentwöhnten Winterblumen strebten gen Himmel, erstickten sich dabei gegenseitig: Überlebensinstinkt in seiner ganzen brutalen Herrlichkeit.

Die U-Bahn-Station Epping war wohl die eigenartigste, die Wolf je betreten hatte, sie erinnerte weniger an ein Schwimmbecken ohne Wasser als an einen gepflegten Parkpavillon, frei von Abfall oder Menschen. Er stieg in die bereits wartende Bahn und schloss die Augen, während sich der Wagen im Laufe der Fahrt langsam füllte und sie irgendwann Richtung Stadt unter die Erde abtauchten.

Als Wolf an der Station St James's Park wieder an die Oberfläche kam, ging er den kurzen Weg bis New Scotland Yard zu Fuß. Er trug sich an der Anmeldung ein und wurde gebeten zu warten, bis man ihn abholen würde, als ihm auffiel, dass sich mehrere bewaffnete Beamte gleichzeitig auf einen Einsatz vorbereiteten.

»Nehmt ihn fest!«, bellte einer, zeigte auf das dicht gedrängte Foyer.

Wolf, der in bester Stimmung war zuzuschauen, wie sich ein nichts ahnender Trottel von fünf gelangweilten DPG-Beamten zu Boden zwingen ließ, hielt vergeblich nach dem Betreffenden Ausschau, wodurch es den fünf gelangweilten DPG-Beamten umso leichter fiel, ihn zu Boden zu zwingen.

Es wäre nachvollziehbar gewesen, hätte Wolf das Gefühl beschlichen, nicht unbedingt Fortschritte gemacht zu haben, als er abermals in Handschellen auf exakt demselben Stuhl in exakt demselben Vernehmungszimmer saß wie bereits eine Woche zuvor. Glücklicherweise musste er nicht lange warten, bis Vanita hereinmarschierte und ihm gegenüber Platz nahm.

»Machen wir's kurz, Fawkes«, begrüßte sie ihn. »Ich *wusste*, dass Sie's nicht hinbekommen. Ich wusste, Sie würden es sich nicht verkneifen können, gegen unsere Abmachung zu verstoßen. Mich wundert nur, dass es so lange gedauert hat. Ich muss wohl sagen, Hut ab!«

»Danke«, nickte Wolf, der tatsächlich recht stolz auf sich war. »Und nur so aus Interesse, von welchen Verstößen wissen Sie? Ich meine, sprechen Sie?« Er verdrehte die Augen, war jetzt gleich weniger stolz auf sich.

Vanita schlug ihre Akte auf.

»Sie haben um einundzwanzig Uhr zweiundvierzig am Samstag Ihre überwachte Unterkunft nach der Sperrstunde verlassen und sind erst am darauffolgenden späten Nachmittag zurückgekehrt.«

»Weil ich bei Christian ... dem Commissioner im Krankenhaus war«, rief er ihr ins Gedächtnis.

»Woraufhin Sie es gerade mal vier Stunden ausgehalten haben, bis Sie die Ausgangssperre ein zweites Mal missachtet haben.«

»Da war ich bei Alex Edmunds zu Hause, weil jemand in sein Haus eingebrochen war!« Allmählich verlor Wolf die Geduld. »Das mag überraschend klingen für jemanden, der gerade ein erholsames langes Wochenende hinter sich hat ...«

»Ich war auf einer Fortbildung.«

»... aber manchmal, nur manchmal, beschließen diese unverschämten Kriminellen zu allen möglichen Tages- und Nachtzeiten führende Polizeiangestellte zu verprügeln oder ätzende Flüssigkeiten zu verkippen!«

Seine Verärgerung ließ Vanita nur noch herablassender werden. »Hätten sich nicht die anderen darum kümmern können?«, fragte sie und blätterte eine Seite ihrer Unterlagen um. »Wie sich jetzt herausgestellt hat, musste Detective Constable Aaron Blake am Freitagnachmittag auf Ihre Bitte hin eine unnötige und ungesetzliche Suche nach Ashley Lochlans aktuellen Kontaktdaten durchführen.« Sie sah zu ihm auf. »Ganz im Ernst, Fawkes? Sie stand auf der Ragdoll-Liste! Sie müssen doch gewusst haben, dass wir das mitbekommen?«

Wolf öffnete den Mund, um zu widersprechen ...

»Und zu guter Letzt«, kam sie ihm zuvor, wirkte dabei abgestoßen von der Information, die sie in nur allzu lebhaftem Schwarz-Weiß vor der Nase hatte, »behauptet der Hausgeistliche des King George Hospital, er habe Sie splitterfasernackt in der Kapelle vorgefunden« – sie legte die Stirn in Falten – »Sie lagen auf dem Boden neben einer enthaupteten Statue unseres Herrn und Erlösers Jesus Christus.« Sie hob ihre Augenbrauen. »Haben Sie dafür eine Erklärung?«

Wieder öffnete Wolf den Mund ... und schloss ihn wieder ... dann schüttelte er den Kopf.

»In meinem Bericht werde ich ausführlich auf Ihren Beitrag zu den Ermittlungen im Fall Finlay Shaw eingehen. Auf Wiedersehen, Fawkes.« Sie stand auf, um zu gehen.

»Ich muss mit Baxter sprechen!«

»Das ist nicht möglich.«

»Dann möchte ich meinen Anwalt verständigen.«

Zwanzig Minuten später wurde Wolf in einen leeren Raum geführt, wo er telefonieren durfte. Der Beamte trat vor die Tür, sein Schatten blieb unter dem Türspalt sichtbar, er hielt Wache. Wolf verwarf die Nummer der Kanzlei Collins & Hunter und wählte schließlich eine der wenigen Telefonnummern, die er auswendig kannte.

»Maggie? Hier ist Will. Du musst was für mich tun.«

»Die unter den Dielen sichergestellten Haare gehörten dem Commissioner und Baxter«, verkündete Joe. »Was nicht wirklich verwunderlich ist, weil die beiden die meiste Zeit in dem Raum verbracht haben.«

Baxter, Edmunds und Saunders hatten sich im kriminaltechnischen Labor getroffen und beschlossen, nicht länger auf Wolf zu warten, der sich inzwischen bereits über eine halbe Stunde verspätet hatte.

»Was ist mit den Stiefelabdrücken bei Edmunds?«, versuchte es Baxter.

»Sie stammen von einem Mann. Größe 46. Leichter Innendrall. Nichts Ungewöhnliches.«

Sie schnaubte. »Und die Säure?«

»Einige Tests laufen noch, um genau festzustellen, worum es sich handelt – höchstwahrscheinlich ein selbst gemachtes Gemisch. Möglicherweise besteht die Chance einzugrenzen, woher das Zeug stammt … oder auch nicht.«

»Schön. Edmunds und mir steht ein Vormittag an den Haustüren der Nachbarn bevor. Mal sehen, ob jemand etwas auch nur entfernt Hilfreiches beobachtet hat. Saunders, du …«

Ein dumpfer Schlag wurde laut, als Blake ins Labor eilte. Er wirkte völlig aufgelöst, betrachtete stirnrunzelnd die auf dem Boden verteilten Fleischklumpen, die auf dem Tablett gelegen hatten, das er gerade umgeworfen hatte.

»Ist das … ein *Gehirn?«*, fragte er.

»Jetzt nicht mehr«, erwiderte Joe kopfschüttelnd.

»Oh Gott, ich *hasse* es, hierherkommen zu müssen!«, jammerte Blake und trat seinen Schuh an einer sauberen Stelle des Fußbodens ab.

»Es steht Ihnen frei, es bleiben zu lassen … jederzeit.«

Blake wandte sich an Baxter. »Verzeihen Sie die Störung, aber …«

»Was denn?«

»Wolf.«

»Was ist mit ihm?«

»Er wurde festgenommen … *schon wieder.«*

# KAPITEL 22

Dienstag, 13. November 1979
19:24 Uhr

»Halt still, Baby«, sagte sie, stand mitten in der schäbigen Kochnische und hatte Mühe, ihm den Verband von der Haut zu schälen.

Er nahm einen Schluck Bier durch aufeinandergebissene Zähne.

»Was hat dir der Doktor bloß angetan?«, fragte sie kopfschüttelnd.

»Der war noch nie zu was gut … vermutlich flickt er deshalb auch nur solche wie mich zusammen«, scherzte er und küsste die Innenseite ihrer von Nadelstichen übersäten Arme.

»Ich muss mich konzentrieren.«

»Ich auch«, sagte er und zog sie auf seinen Schoß.

»Ich versuche gerade, dich zu verarzten!«

Es klopfte an der Tür.

Sofort in Alarmbereitschaft versetzt, verstummten beide und standen auf.

»Geh ins Schlafzimmer«, flüsterte er, nahm seine Pistole. »Los!«

»Ich bin's, Dillon, du Arsch! Lass mich rein!«

Er entspannte sich und versteckte die Pistole unter dem Hemd auf dem Tisch, erst dann öffnete er die Tür.

»Wow! Du siehst vielleicht scheiße aus«, versicherte Dillon seinem Freund mit dem freien Oberkörper, als dieser die Tür hinter ihm verriegelte.

»Du auch. Was hast du für eine Entschuldigung?«

Ein Augenblick der Anspannung endete dadurch, dass beide Männer in Gelächter ausbrachen.

»Lorna«, grinste Dillon, sah sie in der Tür zum Schlafzimmer stehen.

»Bier?«

»Klar, das wäre wunderbar.«

Als sie sich an ihm vorbei zum Kühlschrank schob, sah sie den Griff einer Pistole unter seiner Jacke hervorlugen, reagierte aber nicht darauf. Sie spürte seinen Blick, nahm zwei Bier und stellte sich wieder zu den beiden.

»Danke«, sagte Dillon, stieß mit den Flaschen an und nahm einen Schluck.

»Was führt dich her, Dillon?«, fragte er und betrachtete eine der gravierenderen Brandverletzungen an seinem Arm.

»Darf man nicht mal mehr seinen alten Kumpel besuchen, der bei allem, was recht ist, eigentlich tot sein müsste?«, erwiderte er, dann schlug er einen ernsteren Tonfall an. »Voll Kacke ist das. Der Boss, der … er befindet sich auf dem Kriegspfad. Das Lagerhaus … der Brand … die Bullen … wir haben alles verloren.«

»Und ich *versuche,* es wieder hinzubiegen.«

»Neulich auf dem Platz da, hatte das auch was damit zu tun?«

»Die Drogen sind futsch. Das Geld nicht. Ich kann es immer noch wieder beschaffen.«

»Tatsächlich hat der Chef beschlossen, es … auf *anderem* Weg zu versuchen.«

»Das hilft mir aber nicht, mich zu entlasten.«

»Nein … wahrscheinlich nicht.«

Dillon griff nach seiner Waffe, Lorna drehte sich um, zog ihm ihre Bierflasche über den Kopf. Dann sprang sie ihm auf den Rücken, allerdings gelang es ihr mit ihrer kindlichen Statur kaum, ihn in seiner Bewegungsfreiheit einzuschränken, stattdessen hinterließ sie mit ihren blutenden Handflächen dunkelrote Striemen auf seiner Jacke. Er schleuderte sie mit Gewalt gegen die Wand, zog seine Waffe genau in dem Moment, in dem ihn die erste Kugel an der Schulter traf. Er schrie auf vor Schmerz und hob erneut die Waffe, als zwei weitere Schüsse fielen.

Dillon krachte auf den Küchenboden, Lorna blieb reglos neben ihm liegen.

»Baby …? Baby?«, keuchte er, legte die Waffe beiseite und stieg über seinen Freund, während das Licht in dessen Augen erlosch. »Ist nichts passiert«, sagte er zu ihr und improvisierte einen Druckverband an dem Oberschenkel, an dem sie getroffen worden war.

Er griff rüber und tastete den leblosen Dillon ab, bis er die Autoschlüssel fand.

»Okay, ich hab dich. Ich hab dich. Halt dich an mir fest«, flüsterte er, nahm sie in die Arme und hob sie hoch. »Alles wird gut.«

# KAPITEL 23

Dienstag, 12. Januar 2016
18:04 Uhr

Eine Tür schlug zu, wodurch Wolfs Bild in dem großen verspiegelten Fenster kurzzeitig verzerrt wurde. Nachdem er bereits Stunden in dem Vernehmungszimmer verbracht hatte, war er jetzt ebenso erstaunt wie erleichtert, eine freundliche Stimme draußen im Gang zu hören.

»Warum holen Sie sich nicht mal einen Kaffee?«, schlug jemand auf eine Weise vor, die diskret vermuten ließ, dass es sich nicht wirklich um einen Vorschlag handelte.

Er sah erwartungsvoll zur Tür, als Christian hereinhumpelte. Wolf fragte sich, wie viele maßgeschneiderte Anzüge ein einzelner Mensch besitzen konnte, denn der Commissioner hätte mal wieder ausgesehen wie aus dem Ei gepellt, wäre sein Gesicht nicht so übel zugerichtet gewesen.

»Ob ich wohl froh bin, Sie zu sehen?!«, sagte Wolf. »Und wie, aber Sie hätten nicht herkommen müssen.«

Christian lächelte, was ihm allerdings Schmerzen zu bereiten schien.

»Ich habe mir gedacht, mein persönliches Erscheinen könnte in diesem Fall Wunder bewirken.« Er ging zu dem Tisch, um die Mikros und das Aufnahmegerät auszuschalten.

»Ich nehme an, Vanita steckt dahinter?«

Wolf nickte, die Handschellen schabten an dem Metallstuhl in seinem Rücken.

»Warten Sie, ich kläre das.« Christian drehte sich um, wollte gehen.

»Da ist noch was!«, platzte Wolf heraus, schaute ängstlich in den Spiegel.

»Wir sind allein«, versicherte Christian ihm und kam noch einmal um den Tisch herum. »Darauf habe ich geachtet.«

Wolf entspannte sich ein bisschen. »Bei der Festnahme wurde ich durchsucht, aber ich bin ziemlich sicher, dass sie's nicht gefunden haben.«

»Was gefunden haben?«

»In der Hemdtasche.«

Verdutzt griff Christian in Wolfs scheinbar leere Tasche, fand dort ein kleines rechteckiges Stück Plastik.

»Hab's Ihnen doch gesagt«, grinste Wolf erleichtert und sah, wie Christian die Speicherkarte zwischen seinen Fingern inspizierte.

»Was ist das?«

»Alex Edmunds ist ein *sehr* vorsichtiger Mensch«, fing Wolf an. »Und in seiner offenbar gar nicht so paranoiden Paranoia hat er einen ganzen Abend lang *jedes einzelne* Beweisstück aus den Kisten fotografiert, bevor diese vernichtet wurden.«

Christian guckte fassungslos. »Dann … haben wir sie noch? Alle?«

»Alle«, nickte Wolf. »Sie müssen so schnell wie möglich eine Kopie davon …«

Er verstummte, als Christian sich wie von Schmerzen gequält an die Stirn fasste.

»Alles klar?«, fragte Wolf und sah hilflos zu, wie der Commissioner zum Spiegel wankte, sich dagegen stützte und sich sein Bild darin verzog wie eine Reflexion auf aufgewühltem Wasser. »Christian? Sprechen Sie mit mir. Was ist?«

Er hatte Mühe zu verstehen, was der ältere Mann leise vor sich hin murmelte, und zog vergeblich an seinen Handschellen, konnte ihm nicht helfen. Schließlich stieß Christian sich vom Spiegel ab und torkelte wie betrunken auf Wolf zu.

»Christian?«, fragte dieser besorgt, dann traf ihn ein brutaler Schlag, der ihn mitsamt dem Stuhl umwarf, mit gefesselten Händen konnte er den Aufprall nicht auffangen und knallte mit dem Kopf auf den Boden. Kurz vor der Bewusstlosigkeit blickte er zu dem stets würdevollen Mann auf, der in dem kleinen Raum auf und ab ging: unruhig, fieberhaft … verzweifelt.

»*Scheiße*! Ich wollte das nicht! Ich habe das verdammt noch mal nie …«

Wolf tauchte in die Dunkelheit ab und wieder auf. Wie ein schwarzes Loch lauerte sie am Rande seines Sichtfelds, und er hatte keine Ahnung, wie viel Zeit vergangen sein mochte, seit er auf das kalte Linoleum geschlagen war. Sein Schädel fühlte sich an wie gespalten. Im Mund schmeckte er Blut, und sein Blick verschwamm, als sich das Summen in seinen Ohren zum Crescendo erhob.

Endlich hatte Christian sich wieder so weit im Griff, dass er sich auf das dringendste seiner Probleme konzentrieren konnte. Er hockte sich neben Wolf, der ihn ausdruckslos anstarrte.

»Warum hast du's nicht einfach gut sein lassen?«, beschwor Christian ihn inständig. »Warum hast du's nicht einfach hingenommen? Wir hätten Freunde werden können«, behauptete er unsinnigerweise. Seine Stimme klang angespannt, Verzweiflungstränen standen in seinen Augen. »Ich denke, Fin hätte das gewollt.«

Wolf antwortete nicht.

Christian tätschelte ihn liebevoll, hielt Wolf die Speicherkarte vor die Nase. »Deine Ermittlungen«, verkündete er.

Wolf stöhnte, als er das Plastik splittern und in zwei Hälften brechen sah.

»Ist es jetzt vorbei?«, fragte Christian. Wolf fixierte ihn mit zornigem Blick. »Ich fürchte, ich muss es von dir selbst hören. Ist … es … vorbei?« Er beugte sich vor, hielt sein Ohr an Wolfs Lippen.

»Fick dich.«

»Ich wusste, dass du das sagen würdest«, lächelte Christian traurig. Er hob den Kopf gen Himmel, bleckte die Zähne und schlug Wolf erneut, sodass dieser das Bewusstsein verlor.

Als er wieder zu sich kam, saß er aufrecht, Christian tupfte ihm das Gesicht mit einem blutigen Taschentuch ab – wieder ein von allen Spuren gesäuberter Tatort. »Schau mich an«, verlangte Christian, schnippte kampfeslustig mit den Fingern. »Schau mich an!«

Er packte Wolf am Stoppelkinn, zog sein Gesicht hoch und sah ihm in die lodernden Augen: »Deine Beweise sind weg. Morgen bekommt dein Team neue Aufgaben zugeteilt. Die Spurensicherung wird nichts finden. Und du … du wanderst auf nicht absehbare Zeit hinter Gitter«, erklärte er ihm. »Es ist vorbei.«

# KAPITEL 24

Mittwoch, 13. Januar 2016
10:20 Uhr

Vanita betrachtete den Aufruhr auf der Straße unten von ihrem behaglichen Büro aus: Andrea Halls »Freiheit für den Wolf«-Kampagne lief auf vollen Touren.

Nach ihrer letzten Begegnung, einem im Fernsehen übertragenen Interview, das wohl ein absolutes Karrieretief für sie darstellte und sie noch immer um den Schlaf brachte, fühlte sie sich leicht aus der Bahn geworfen. Sie konnte nicht erkennen, ob sich die destruktive Reporterin dort draußen in der Menge befand. Rothaarige schienen die Herde der Protestierenden, die sich unten vor New Scotland Yard versammelt hatten, zu dominieren. Offenbar versuchte man, sich im Zuge eines kurzlebigen Modetrends an Ms Halls Frisur, ihrem Kleidungsstil und ihren persönlichen Werten zu orientieren und entsprechend neu zu erfinden.

Vanita verspannte, als sie hörte, dass sich ihr Gast ebenfalls erhob und neben sie ans Fenster trat. Im Spiegel der Scheibe sah sie ihn Kaffee trinken.

»Oh Gott«, sagte Wolf, ebenso wenig wie Vanita erfreut über den Anblick derart zahlreicher Doppelgängerinnen seiner Ex-Frau auf der Straße unten. »Das sind ja Dutzende.«

»Allerdings.«

»Das kann nichts Gutes bedeuten.«

»Nein, kann es nicht«, pflichtete sie ihm bei. »Also dann ... viel Glück.«

Wolf hätte sich niemals eine Situation vorstellen können, in der er freiwillig das Angebot ausgeschlagen hätte, sich aus der unmittelbaren Gegenwart von Commander Vanita zu entfernen und stattdessen lieber an ihrer Seite zu verharren, aber jetzt war eine solche eingetreten.

»Haben Sie heute Abend schon was vor?«, versuchte er es. »Ich habe ein Rezept für Zitronenrisotto mit Huhn ...«

»Fawkes ...«, unterbrach Vanita ihn, ohne den Blick von der Scheibe zu nehmen.

»Geena?«, lächelte er freundlich zurück.

»Raus.«

In Vorbereitung einer Aufzeichnung, die später in der Sendung verwendet werden sollte, führte Andrea einen Soundcheck durch, als plötzlich aufgeregtes Gebrüll in der Menge laut wurde. Sie warf ihrem Kameramann Rory ihr Mikro entgegen, der heldenhaft, aber vergeblich versuchte, dieses zu fangen, und drängte sich durch die von ihr selbst organisierte Blockade.

Aus allen Richtungen wurde geschrien.

»Da ist er!«, brüllte eine fremde Frau unangemessen euphorisch.

»Freiheit für den Wolf!«

Andrea drängte weiter nach vorn und entdeckte Wolf, der verlegen versuchte, ein wartendes Taxi zu erreichen.

»Will!«, rief sie, aber ihre Stimme ging im allgemeinen Lärm unter. »Will!«

Durch die wild entschlossenen Frauen in der ersten Reihe am weiteren Vorankommen gehindert, sah sie Wolf kurz innehalten und die lärmende Menge überblicken.

»Verzeihung!«, brüllte sie, brachte jetzt ihre Ellbogen zum Einsatz. »Will!«

Eine zuschlagende Tür.

Andrea stolperte einen kurzen Augenblick zu spät auf die Straße, sah das Taxi gerade noch um die Ecke biegen.

Nach Wolfs Ansicht war das King and Country in der Oxford Street das zehntbeste Pub auf der östlichen Hälfte der Straße, wo sich auch Topshop befand (und das nur, weil ihm im Nag's Head mal jemand sein Bier geklaut hatte). Zumindest war es nicht sehr voll, da sich keine grölenden City-Angestellten herwagten, die sich sowieso zum Trinken lieber auf die Straße stellten – wie die Obdachlosen, die sie so verächtlich verscheuchten wie nervige Fliegen.

Als es draußen dunkel wurde, versammelte sich das gesamte Team an einem der klebrigen Tische in der hintersten Ecke des schäbigen Etablissements.

»Im Nag's gibt's einen Flipper«, merkte Saunders an.

»Schenken die hier flüssige Prittstifte aus?«, fragte Baxter, als sie mit ihrem Ärmel am Tisch kleben blieb.

»Hört zu, wir sind hier, weil's eine fiese Spelunke ist!«, erklärte Wolf, der zu spät gesehen hatte, dass der Betreiber gerade am Nachbartisch Gläser einsammelte. Er zuckte zusammen und starrte unschuldig an die Decke. »Guckt er?«, fragte Wolf Edmunds aus dem Mundwinkel heraus, ohne sich zu rühren.

»Hm-mm.«

Wolf hielt die stoische Pose.

»Du weißt schon, dass er kein T-Rex ist, oder? Er kann dich sehen«, flüsterte Edmunds. »Okay … jetzt ist er weg.«

Während Joe erfolglos versuchte, einen Fettfleck von seinem Glas zu reiben, kippte Saunders, der dies für den Auftakt zu einer langen Nacht hielt, seinen Whisky ins Bier.

Entsprechend herrschte fassungsloses Schweigen, als Wolf die Ereignisse des vorangegangenen Tages rekapitulierte.

»Also …«, fing Saunders an, der nur mit Mühe folgen konnte, »die Speicherkarte war ein Bluff?«

»Genau«, erwiderte Wolf.

»Und wie hast du Vanita überredet, dich freizulassen?«, fragte Edmunds.

»Ich habe an ihre Güte appelliert«, erklärte er trocken und nahm einen Schluck Bier. »Und sie darauf aufmerksam gemacht, dass die Stelle des Commissioner praktisch ihre ist, wenn sie mich die Sache zu Ende bringen lässt.«

»Aber … der *Commissioner*?«, fragte Joe, der sicher war, dass er etwas falsch verstanden haben musste.

»Ich fürchte, ja.«

»*Mr Commissioner*, Sir?«

»Ja!«

»Aber …«, sagte Edmunds, »ist Christian nicht erst *nach* dem Polizisten am Tatort aufgekreuzt?«

»Ist er«, nickte Wolf.

»Und …?«

»Er hat sich in den Hohlraum gezwängt«, erklärte Wolf. »Er hat gehört, wie Constable Randle die Tür aufgebrochen hat und dann wieder nach unten verschwunden ist, zweifellos in der Überzeugung, dass Finlay sich allein in dem Raum befunden hatte. Christian steigt aus seinem Versteck und bringt die Dielen wieder an. Er schleicht die Treppe hinunter und entkommt durch die Hintertür, während Randle Meldung macht. Christian steigt über den Zaun, verschwindet durch den Nachbargarten und kommt vorne wieder an, um sich sein wasserdichtes Alibi zu sichern. Er geht als Erster ins Haus zurück, verriegelt die Hintertür und verwischt damit seine Spuren … ganz einfach.«

Saunders schaute ihn mit zusammengekniffenen Augen an. »Kannst du das noch mal wiederholen …?«

»Nein.«

»Woher …? Wann hast du's begriffen?«, fragte Baxter, vergaß dabei, dass sie gar nicht miteinander redeten. Sie war sichtlich gekränkt, weil sie nicht auf dem Laufenden gewesen war.

»Gar nicht«, erwiderte Wolf schulterzuckend. »Jedenfalls war ich nicht sicher. Aber ich hatte einen Verdacht.« Er massierte sich das Kinn, das noch immer höllisch schmerzte. »Die Kette.«

»Die Klette?«, lallte Saunders, der bereits drei Whisky-Biere intus hatte.

»Kette! Die Türkette. Er hat so eine Angewohnheit«, erklärte Wolf und dachte daran, wie Christian am vorangegangenen Vormittag die Tür seines Anwesens gesichert hatte. »Er legt die Kette vor.«

»Er legt die Kette vor?«, wiederholte Baxter unbeeindruckt.

Wolf ignorierte sie. »Dein Polizeibericht«, fuhr er an Saunders gewandt fort. »Darin steht, dass Constable Randle sich gewaltsam Zutritt zum Haus verschafft hat.«

»Wer?«

»Randle.«

»Candle?«

»Herrgott, Saunders, steig auf Kaffee um.«

Saunders hob sein Glas, grinste breit und betrunken.

»Auf jeden Fall steht das da«, sagte Wolf, gab es auf und wandte sich wieder an Baxter. »Wann haben Finlay und Maggie denn je ihre Haustür abgeschlossen?«

»Nie«, pflichtete sie ihm bei.

»Und auch an dem Abend nicht. Aber die Kette war vorgelegt … von innen.«

Edmunds nickte. Er guckte ziemlich beeindruckt. »Du hast ihn mit deinem Columbo-Genie überführt!«

»Das hab ich wirklich«, grinste Wolf.

»Columbo lässt sich aber hinterher nicht die Fresse polieren«, erklärte Baxter, bevor Wolf sich zu viel auf seine Großtaten einbilden konnte.

»Tut mir leid, ich muss noch mal auf den Commissioner zu sprechen kommen«, fing Joe an und gab dem Gespräch erneut eine düstere Wendung. »Warum hat er seinen besten Freund ermordet?«

Alle sahen Wolf an.

»Ich weiß es nicht«, gab er zu. »Und ehrlich gesagt, es ist mir auch egal. Er *hat* es getan. Das genügt mir.«

Sie hielten alle inne, nahmen jeweils einen Schluck von ihren Drinks.

»Das ist ... ein Riesending«, sagte Edmunds und hoffte, die Mitte zwischen Empörung und Freude getroffen zu haben. »Dem Commissioner der Metropolitan Police einen Mord nachzuweisen.«

»Problematisch«, korrigierte Baxter ihn.

Saunders, der wieder in die Unterhaltung eingestiegen war, nickte lebhaft. »Er kennt jede Ecke, aus der wir ihn angreifen könnten. Wir sind gearscht.«

»Also, was machen wir?«, fragte Edmunds.

Erneut wandten sich alle an Wolf.

»Wir lassen es.«

»Was?«

»Wir lassen es bleiben«, wiederholte Wolf, ignorierte den entsetzten Blick, den Baxter ihm zuwarf. »Wie Saunders gesagt hat, er ist der Police Commissioner. Er kennt *jede* Ecke, aus der wir ihn überführen könnten. Das Spiel können wir unmöglich gewinnen. Saunders' Wagen wurde zu Hause aufgebrochen. Jemand war bei Edmunds im Haus bei seiner schlafenden Familie! Und das, noch bevor er überhaupt wusste, dass wir ihn im Verdacht haben. Er hat mich in einem Gebäude voller Polizisten angegriffen, während ich unter Gewahrsam stand, *trotzdem* kann ich ihm nichts nachweisen.«

»Er wird leichtsinnig werden«, sagte Baxter.

»Was ihn nur noch gefährlicher macht«, entgegnete Wolf. »Wir dürfen nicht vergessen, dass er seinen besten Freund ermordet hat, ohne verwertbare Spuren zu hinterlassen. Wir haben ihn in eine Ecke gedrängt, und vielleicht hat Finlay denselben Fehler begangen. Keiner von uns weiß, wie er reagieren wird. Es ist vorbei.«

»Dann lassen wir ihn ungestraft mit dem Mord an Finlay davonkommen?«, fragte Saunders herausfordernd.

»Natürlich nicht«, sagte Wolf. »Er glaubt, sämtliche Beweisstücke wurden bei Edmunds zu Hause vernichtet. Tatsächlich aber befand sich alles, was sich auf das Lagerhaus und den George Square bezog, sicher im Schuppen hinten.«

»Im Büro«, korrigierten ihn Baxter und Edmunds wie aus einem Mund.

»Er denkt, er hat Oberwasser. Wenn er sieht, dass wir uns zurückziehen, erledigt seine Arroganz den Rest. Morgen früh werden die verbliebenen Akten zusammen mit den Laborergebnissen zu Vanita gebracht. Sie kümmert sich um den Rest.«

»Und das war's dann?«, fragte Edmunds.

»Das war's. Du kannst deine Familie wieder nach Hause holen.«

Edmunds nickte.

»›Lieber ein lebendiger Feigling als ein toter Held‹, hat mein Großvater immer gesagt«, ergänzte Saunders und kippte Edmunds aus Versehen etwas von seinem Drink über. »Hab ich mir sagen lassen. Bin ihm nie begegnet. Er wollte fliehen und ist dabei auf eine Mine getreten. Aber das macht den Ratschlag trotzdem nicht zu einem schlechten.«

Sie guckten alle ein bisschen benommen.

»Ich denke, das war ein Okay, Saunders ... Labormann?«, fragte Wolf.

Joe nickte widerwillig.

Schließlich wandte Wolf sich an Baxter. Ihre Miene war undurchdringlich. Sie nahm sich Zeit mit der Antwort.

»Was auch immer du für das Beste hältst«, erwiderte sie ein bisschen zu nachgiebig.

Wolf sah sie mit gerunzelter Stirn an.

»Was? Ich gebe dir recht!«

»Das ist ja das Problem.«

»Solange wir's machen, ist egal, wer's macht. Du hast ihr gesagt, wer der Killer ist, nicht mal sie dürfte da noch was vermasseln können. Übergib Vanita den Fall ... es ist vorbei.«

Wolf betrachtete sie misstrauisch, nickte dann aber. »Auf Finlay!«, rief Wolf, hob sein Bier und hoffte, dass er überzeugend genug gelogen hatte, um die anderen zu schützen.

Andrea saß in ihrem Arbeitszimmer am Schreibtisch, fühlte sich umgeben von ihrer Arbeit wohler als in dem geräumigen Haus, wo sie nichts zu tun hatte, als nur auf Geoffreys Rückkehr zu warten. Sie hatte sich von der Zentrale bei New Scotland Yard zur Mordkommission durchstellen lassen. Eine Stimme, die sie erkannte, meldete sich am Telefon, dieselbe Stimme, mit der sie bereits bei mehreren Anlässen telefoniert hatte.

»Ms Hall! Und welchem Umstand habe ich heute das Vergnügen zu verdanken?«

»Ich möchte Wolf sprechen, Verzeihung ... William Fawkes, bitte.«

»Ich fürchte, er ist nicht im Büro und auch nicht mehr Angestellter der Metropolitan Police, was ich möglicherweise aber gestern schon erwähnt habe.«

»Leiten Sie ihm meine Nachrichten überhaupt weiter?«

»Ich darf Ihnen versichern, dass es gewiss nicht an der strikten Einhaltung unserer Vorschriften liegt, sollte er der Bitte nicht nachgekommen sein, Sie zu kontaktieren, und ich muss Ihnen daher dringend ans Herz legen, sich der Schlussfolgerung zu nähern, dass er dies willentlich unterlassen hat.«

»Wie reden Sie denn?! Sie sind wirklich furchtbar nervig!«

»Ich bedaure zutiefst, wenn Sie dies so empfinden. Darf ich vorschlagen, dass Sie …«

»Nein, dürfen Sie nicht. Wir sprechen uns morgen«, fauchte sie und legte auf.

Andrea drehte sich schwindelerregend schnell auf ihrem Stuhl herum und fragte sich, ob sie es noch einmal bei Maggie versuchen sollte. Dann aber stoppte sie abrupt, entsperrte ihr Handy, scrollte durch ihre lange Liste an Kontakten und hoffte inständig, dass ein bestimmter Eintrag, den zu verwenden sie seit Jahren keinerlei Veranlassung mehr gehabt hatte, die regelmäßigen Software-Updates überdauert hatte.

Überraschenderweise gab es ihn noch.

Thomas kehrte nach Hause zurück und roch Verbranntes, was entweder bedeutete, dass das Haus in Flammen stand, oder, Gott behüte, Baxter erneut für ihn kochte. Er zog seinen Mantel aus und folgte den Post-Hardcore-Klängen der frühen Nullerjahre in die Küche, wo Baxter gerade die Überreste des Rauchmelders kaputt trampelte, als sie ihn im Eingang stehen sah.

»Hey!«

»Hi«, erwiderte Thomas, umarmte sie halbherzig und schenkte sich den Rest aus der Weinflasche ein.

»Ich hab dir dein Lieblingsessen gemacht!«, strahlte sie.

»Das heißt, *du* hast nicht selbst gekocht?«

Ihr Grinsen verschwand.

»Tut mir leid. War ein Witz. Nicht lustig. Erinnere mich noch mal daran, was mein Lieblingsessen ist?«

»Zitronenrisotto mit Huhn.«

»Oh Gott«, flüsterte er ein bisschen zu laut. »Ist das die neue One-D?«, fragte er scherzhaft ironisch und drehte den entsetzlichen Lärm leiser.

»Glassjaw«, erwiderte Baxter und drehte wieder lauter.

»Wein?«, fragte sie, öffnete eine weitere Flasche, noch bevor er von seinem hatte probieren können. »Also, ich hab mir gedacht ...«, fing sie an, wollte unbedingt wacklige Brücken bauen, solange sie den Mut dazu fand. »Meine Freundin Avril, die ist doch ziemlich hübsch, oder?«

Thomas machte ein beklommenes Gesicht. »Kann sein.«

»Und sie trägt auch immer so schöne damenhafte Klamotten«, fuhr sie mit gehobenen Augenbrauen fort.

»Röcke?«, versuchte Thomas zu helfen und nahm einen Schluck von seinem Wein.

»Ja, genau, Röcke ... wieso machst du's nicht mit ihr?«

Thomas prustete Wein über den Boden. »Wie bitte?«

»Ich kann mir nicht vorstellen, dass sie was dagegen hat.«

»Das fällt dir mal eben nebenbei so ein? Ich glaube, *ich* habe verdammt noch mal aber was dagegen!«

Baxter machte ein verwirrtes Gesicht. In ihr regte sich der Verdacht, dass sie die Situation vielleicht doch falsch eingeschätzt hatte.

»Ich versuche nur, alles ein bisschen geradezurücken ... es wiedergutzumachen.«

Thomas stellte sein Glas auf der Arbeitsfläche ab.

»Ich habe absolut nicht das Bedürfnis, mich bei dir zu *re-*

*vanchieren*, Emily. Ich wünschte, es wäre nie passiert. Du kannst nicht einfach …« Er verstummte, guckte traurig. »Tut mir leid. Ich hab heute Abend keinen Hunger«, sagte er, beendete das Gespräch und verließ die Küche. »Echo, komm!«

Der dösende Kater öffnete die Augen und schaute Baxter an.

»Wag es bloß nicht«, sagte sie zu ihm, blickte streng.

Aber der Kater sprang vom Tisch und lief Thomas hinterher.

Baxter schnaubte. »Verräter«, brummte sie in ihr Weinglas.

Da ihm nur noch fünf Minuten bis zum Beginn seiner Ausgangssperre blieben, sprang Wolf an der Station Edgware Road aus der Bahn und rannte die Treppe hinauf. Als er um die Ecke bog, entdeckte er George, der wie ein besorgter Elternteil bereits an der Tür auf ihn wartete. Außer Atem stieg er die Stufen zur Polizeiwache hinauf.

»Zehn! Neun! Acht!«, zählte George und wuschelte Wolf stolz durchs Haar, als dieser ganze sieben Sekunden zu früh die Schwelle überquerte. »Ich wollte mir gerade einen Becher Kakao machen. Willst du auch einen?«

Wolfs atemlose Antwort war unverständlich.

»Ich mach dir einen.«

Nachdem er zehn Minuten mit George geplaudert hatte und dieser anschließend noch kurz zum »Gute-Nacht-Sagen« bei ihm hereingeschaut hatte, nahm Wolf sich die zerknitterte Seite aus dem Anmeldebuch des Krankenhauses vor. Er fuhr mit dem Finger über die Namen bis zu dem Eintrag, der ihm ins Auge gesprungen war.

| **Name** | **Besucher** | **Datum** | **Besuchsbeginn** | **Besuchsende** |
|---|---|---|---|---|
| J. Doe | Christian Bellamy | 10/01/16 | 18:35 | 18:50 |

Wolf legte den Zettel beiseite und notierte:

*Besucher??? Videomaterial Überwachungskameras anfordern, Sonntag 18:35 bis 18:50 Uhr*

Es war nicht vorbei.

# KAPITEL 25

Sonntag, 10. Januar 2016
18:42 Uhr

Christian drehte sich in seinem schmalen Krankenhausbett um, verharrte im dunstigen Zustand zwischen Schlafen und Wachen. Als sich seine verklebten Lider lösten, zeichneten sich verschwommen Umrisse einer Gestalt ab. Kurz starrte er sie ausdruckslos an, dann setzte er sich abrupt auf.

An seinem Bett saß ein Mann, der ihn beobachtete, einen Strauß blutroter Rosen auf dem Schoß.

»Wusstest du, dass du im Schlaf redest?«, fragte er Christian dreist, der sich erschrocken im Zimmer umsah. »Ganz ruhig. Ich wollte mich nur ein bisschen unterhalten. Mehr nicht.«

Christian fasste sich, versuchte, wieder zu entspannen, und lehnte sich in die Kissen zurück.

»Weißt du«, fing der Mann an und fuhr sich dabei mit den Fingern durch die schlecht gefärbten Haare, »die Jungs sollten dich nur mal ein bisschen aufmischen. Schließlich hab ich nichts davon, wenn du tot bist. Aber …«, er seufzte schwer, »anscheinend ist die Botschaft in deinem hübschen kleinen Köpfchen doch noch nicht angekommen: Ich will nicht, dass die Metropolitan Police meinen Leuten hinterherschnüffelt. Du hast gesagt, du kümmerst dich darum, und trotzdem …« Er zuckte mit den Schultern.

»Das mache ich ... ich schwör's«, sagte Christian, der endlich seine Sprache wiedergefunden hatte.

»Nein. Du musst erst mal wieder zu Kräften kommen. Ich kümmere mich selbst darum, auf meine Art.«

»Nein!«, platzte es aus Christian heraus, bevor ihm wieder einfiel, was ihm zustand. »Das musst du nicht. Ich erledige das. Bestimmt.«

Der stämmige Mann betrachtete ihn einen Augenblick.

»Dann mach das, aber mach es auch wirklich. Ich will dich nicht noch mal darum bitten müssen. Wir beide haben eine lange Geschichte miteinander. Ich halte dich für einen von denjenigen, die ich als meine Freunde bezeichnen würde.«

»Und ich dich auch, Killian.«

»Du bist wichtig für mich, Christian. Das weißt du doch.«

Christian lächelte.

»Aber bestimmt nicht unersetzbar.«

# KAPITEL 26

Donnerstag, 14. Januar 2016
8:46 Uhr

Die Lichter gingen automatisch an, als Vanita in die unterirdische Parkgarage von New Scotland Yard fuhr. Sie scherte auf den für sie reservierten Parkplatz ein, schaltete den Motor aus und wollte aussteigen.

»Oh Gott!«, keuchte sie, legte eine Hand aufs Herz, als Christian sie erschreckte, indem er ihr plötzlich die Tür aufhielt. Mit einem freundlichen Lächeln auf den gesprungenen Lippen, beugte er sich zu ihr vor.

»Tut mir leid, Geena. Ich wollte Sie nicht erschrecken. Ich habe Sie einparken sehen und gedacht, ich komme rüber und sage Hallo.«

Vanita lachte nervös.

»Ich habe heute nicht mit Ihnen gerechnet«, sagte sie zu ihm, sammelte ihre Taschen zusammen, war jetzt aber gefangen zwischen seinem Arm und der Tür.

»Offiziell bin ich auch gar nicht da … Ich habe nur ein paar Sachen zu erledigen«, erklärte er, beunruhigte sie mit seinem durchdringenden Blick.

»Ich freue mich zu sehen, dass es Ihnen besser geht«, lächelte sie, schaute anschließend demonstrativ auf seinen Arm, der ihr den Weg versperrte. »Entschuldigen Sie mich.«

Aber er schien sie nicht gehört zu haben. »Sehe ich das richtig, dass Sie William Fawkes gestern aus der Haft entlassen haben?«

»Das sehen Sie richtig.«

»Ich habe mich gefragt, was … den Anstoß zu dieser für Ihre Verhältnisse doch recht unorthodoxen Entscheidung gegeben hat.«

»Ich hätte gedacht, dass Sie Fawkes' Freilassung begrüßen.«

»Oh ja, das tue ich. Bestimmt. Ich wollte nur wissen, welche Überlegungen ihr vorausgegangen sind.«

Vanita schob seinen Arm weg und marschierte zum Fahrstuhl auf der anderen Seite der menschenleeren Parkgarage.

»Er hatte in beiden Fällen legitime Gründe, die Ausgangssperre zu missachten«, erklärte sie und musste sich zwingen, ihren Schritt nicht zu beschleunigen. »Ich fand, er hat eine weitere Chance verdient.«

Sie drückte auf den Knopf und hörte irgendwo über ihnen den Mechanismus surrend anspringen. Christian stand wieder neben ihr.

»Aus keinem anderen Grund?«, fragte er, beobachtete sie genau.

»Wie zum Beispiel?«

Er zuckte mit den Schultern.

»Hören Sie«, fing Vanita an und wusste, dass ihre Stimme zitterte, »in meiner Funktion als stellvertretender Commissioner habe ich die Entscheidung getroffen, und ich …«

»Sie spielen gerne den Commissioner, nicht wahr, Geena?«, fiel er ihr ins Wort, wobei quälend deutlich zum Ausdruck kam, was er meinte. Er wusste genau, warum sie Wolf auf freien Fuß gesetzt hatte.

Das Theater war vorbei, sie drehte sich zu ihm um, sah ihm in die Augen. »Ich könnte mich daran gewöhnen.«

Der Fahrstuhl piepte, und die Schiebetüren öffneten sich. Beide traten ein.

»Ich gebe heute Abend zu Hause eine kleine Party zur Feier meiner Rückkehr in den Dienst. Es würde nicht gut aussehen, wenn Sie sich dort nicht blicken ließen.«

»Sie sollten das Beste aus Ihrer Freiheit machen, solange sie Ihnen noch bleibt«, lächelte Vanita geziert. »Bevor Sie wieder an die Arbeit müssen, meine ich natürlich.«

Die Fahrstuhltüren schlossen sich, und sie fuhren nach oben.

»Dann kommen Sie also?«

»Um nichts auf der Welt würde ich das verpassen wollen.«

Sie hielten in der Lobby, wo zwei weitere Personen zu ihnen in den Fahrstuhl stiegen.

»Guten Morgen, Commissioner«, sagte eine davon lächelnd.

»Guten Morgen«, nickte Christian zurück. »Meiner Ansicht nach«, fing er an Vanita gewandt erneut an, »haben Sie in Hinblick auf Will wirklich die richtige Entscheidung getroffen. Er sollte der Sache unbedingt bis zum bitteren Ende nachgehen … wohin ihn dies auch führen mag.«

Als der Fahrstuhl sich ihrem Stockwerk näherte, drehte Vanita sich noch einmal zu ihm um. »Wohin auch immer«, pflichtete sie ihm bei.

Baxter machte einen Umweg an ihrer Wohnung vorbei, weil sie nach Rouche sehen wollte, denn sie hatte das Gefühl, ihn bei allem, was außerdem los gewesen war, vernachlässigt zu haben. Aufgrund seines wenig überzeugenden Versuchs, Genesungstendenzen vorzutäuschen, fand sie, er habe einen Besuch ohne Verkupplungsversuche und Besorgtheit verdient, und fasste stattdessen die Ereignisse der letzten Tage für ihn zusammen.

Er reagierte auf die schockierenden Enthüllungen genau wie

auf die meisten anderen Dinge auch. »Sag mal, gibt's eigentlich noch diese kleinen Überraschungseier mit dem Spielzeug drin?«

»Was ...? Klar, soll ich dir eins mitbringen?«

Er dachte lange und angestrengt darüber nach. »Ach nein. Schon gut.«

»Ich besorg dir gerne eins«, schnaubte sie. »Also ... der Killer-Commissioner ... fällt dir dazu was ein?«

»Ach so. Das ist auf jeden Fall schlimm.«

Sie schüttelte den Kopf. »Okay, schön, dann haben wir das auch geklärt. Und wie läuft es so mit Holly?«, fragte sie, konnte sich dabei ein Schulmädchengrinsen nicht verkneifen.

Rouche tat die Frage verächtlich ab.

»Was?!«, fragte Baxter. »Sie steht ganz offensichtlich auf dich.«

Er ignorierte sie.

»Sie würden wollen, dass du glücklich bist«, sagte sie zu ihm, betrachtete das Foto auf dem Nachttisch, das Rouche mit seiner Frau und seiner Tochter zeigte.

»Kann sein ...«, fing Rouche an, wollte von den posthumen Wünschen seiner verstorbenen Angehörigen ablenken. »Holly ist besser dran, wenn sie sich jemanden sucht, der nicht in wenigen Wochen entweder tot, im Gefängnis oder tot im Gefängnis ist.«

»Ach, sei doch nicht so melodramatisch«, spottete Baxter. »Versuch halt, nicht zu sterben«, setzte sie rasch hinzu. Als ihr Telefon brummte, schaute sie instinktiv aufs Display. »Verfluchter Hurensohn!«

»Gibt's ein Problem?«

»Dieser Hurensohn!«, schimpfte sie erneut, las die anstößige Nachricht. »Dieses arrogante Arschgesicht gibt heute Abend eine Party!«

»Das ist allerdings arrogant … und arschgesichtig«, pflichtete Rouche ihr bei. »Und er hat *dich* dazu eingeladen?«

»Ich stehe in seinem Verteiler«, erklärte sie. Sie schüttelte den Kopf und stand auf.

»Alles klar?«

»Bei mir? Ach, alles super. Muss nur weg. *Ich* habe gleich das Vergnügen, Maggie mitteilen zu dürfen, dass ihr ältester Freund, der Mann, der die Ermittlungen im Todesfall ihres Mannes geleitet hat, dem sie vertraut und den sie sogar gepflegt hat, das gewissenlose, feige Arschloch ist, das Fin und ihr die ganze Scheiße überhaupt angetan hat.«

Rouche schaute sie verständnisvoll an. Wenig später öffnete er den Mund, wollte anscheinend etwas sagen.

»Wenn du jetzt wieder mit deinem bescheuerten Überraschungsei anfängst«, warnte Baxter ihn, »dann werde ich dich hauen.«

Gehorsam schloss er wieder den Mund.

Sie bedachte ihn mit einem weiteren wütenden Blick, nahm ihre Tasche und marschierte hinaus.

Um 12:30 Uhr versuchte Vanita, sich einen freudlosen Salat an ihrem Schreibtisch schmecken zu lassen, als sie von einem Klopfen an der Tür gestört wurde.

»Herein!«, rief sie, schob ihr Mittagessen beiseite. Als sie merkte, dass es sich um eine sehr professionelle und daher von ihr persönlich bevorzugte Mitarbeiterin handelte, entspannte sie sich aber wieder einigermaßen. »Was kann ich heute für Sie tun, Detective?«

»Ich brauche eine Unterschrift, ein weicheres Bett und die Genehmigung, mir an einem Abend in dieser Woche den neuen Tarantino ansehen zu dürfen«, platzte Wolf an seiner Begleitung vorbei ins Zimmer.

»Schön ... nein ... außerdem finde ich das ein bisschen maßlos«, erwiderte sie knapp. »Danke schön, Knuckles«, sagte sie und entließ die kurzhaarige Kollegin.

Wolf runzelte die Stirn, als die Frau die Tür hinter sich geschlossen hatte. »Die heißt ... *Knuckles?*«

»Regen Sie sich ab«, sagte Vanita, zu müde für Wolfs Blödsinn.

Wolf ließ den IC432-R-Antrag auf den Tisch fallen, der inoffiziell auch »Her mit dem Filmmaterial, ihr Arschlöcher«-Antrag genannt wurde, und Vanita unterschrieb ihn, ohne ihn zu lesen.

»Wollen Sie nicht wissen, wozu das gut sein soll?«, fragte Wolf erstaunt.

»Ich gehe davon aus, Ihr Anliegen steht in Zusammenhang mit den Ermittlungen?«

»Absolut.«

»Unser geschätzter Vorgesetzter hat mich heute Morgen in der Parkgarage abgefangen«, erklärte sie. »Er weiß, dass ich Sie aus nur einem einzigen Grund freigelassen habe, weil Sie mir nämlich die Wahrheit anvertraut haben und ich dies als Gelegenheit erkannt habe, ihn vom Sockel zu stoßen. Nach diesem fehlgeschlagenen Versuch, mich einzuschüchtern, habe ich inzwischen nicht mehr den geringsten Zweifel an seiner abgrundtiefen Schuld.«

Sie reichte Wolf das unterschriebene Formular.

»Baxter hätte das doch auch für Sie unterschreiben können?«, fiel ihr ein, als er sich umdrehte und gehen wollte.

»Ich will sie da nicht hineinziehen.«

Vanita nickte gedankenverloren. »Ich denke, es ist kein Geheimnis, dass ich diese Frau verachte, ihre abstoßende Arroganz, ihren erschlichenen Rang ...« Sie unterbrach sich, bevor sie sich zu sehr in ihre Schimpftirade hineinsteigern konnte.

»Aber wenn es da draußen *eine* Person gibt, die auf sich selbst aufpassen kann … dann Baxter. Und Alex Edmunds ist Gold wert, ob er nun als Detective oder Privatermittler fungiert. Vergessen Sie das nicht.«

Ihre Worte taten ihr sofort wieder leid, da Wolf diese offensichtlich als Einladung verstand, Platz zu nehmen. Er betrachtete die verschmähte Schüssel voller Salatblätter.

»Ihre Zimmerpflanze geht ein.«

»Das ist mein Mittagessen.«

Er verzog das Gesicht. »Finlay hat mir mal gesagt, es gibt nur eins, das gefährlicher ist als ein Mann, der nichts zu verlieren hat: ein Mann, der alles zu verlieren hat. Das wird sehr unschön werden.«

»Ich bin bereit für einen Kampf, wenn Sie es sind«, erwiderte sie. »Apropos, er hat mich heute Abend zu einer Cocktailparty bei sich zu Hause eingeladen.«

Wolf machte ein angewidertes Gesicht, sprach aber mit ruhiger Stimme. »Ich nehme an, dort werden viele wichtige Leute erscheinen. Menschen, die er beeindrucken möchte, das könnte eine gute Gelegenheit sein, ein bisschen Druck auf ihn auszuüben.«

»Oder ihn einfach so besoffen zu machen, dass er freiwillig gesteht«, schlug Vanita vor.

Wolf wog die Möglichkeiten ab. »Nehmen Sie mich als Ihr ›plus eins‹ mit?«, fragte er mit schelmischem Grinsen.

»Nicht, wenn Sie vorhaben, *das da* anzuziehen«, sagte sie.

Er schaute an seinem eleganten Aufzug herunter und zuckte mit den Schultern.

# KAPITEL 27

Donnerstag, 14. Januar 2016
19:44 Uhr

Der gemietete Smoking roch nach Achselschweiß und überließ besonders von hinten nur wenig der Fantasie, aber etwas Besseres hatten Moss Bros auf die Schnelle nicht hervorzaubern können. Nach mehreren gescheiterten Versuchen, seine Fliege zu binden, hatte Wolf es aufgegeben und sie einfach lose um den Hals hängen lassen. Dafür hatte er sich eigens rasiert und sogar versucht, sein widerspenstiges Haar zu zähmen.

Schweigend saß er mit Vanita hinten in einem Taxi und fuhr durch den Wald, Christians exklusiver Anschrift entgegen. Als sie schließlich eintrafen, verteilten sich bereits teure Autos auf der gesamten privaten Zufahrtsstraße. Ihr Fahrer schrammte einen Seitenspiegel, als er sich in die Lücke zwischen einem Aston Martin und einem schlecht geparkten Range Rover schob. Eine professionelle Partyplanerin wartete am Ende der Auffahrt mit einem Tablett gefüllter Champagnergläser.

»Willkommen!«, lächelte sie durch vor Kälte klappernde Zähne, als Wolf ausstieg und Vanita die Tür aufhielt. »Darf ich um Ihre Namen bitten?«

»Plus eins«, erwiderte Wolf. »Und Geena Vanita.«

Die Frau sah auf ihrer Liste nach, ihre Finger waren so verfroren, dass mehrere Versuche nötig waren, bis es ihr gelang, die Seite umzublättern. Sie reichte ihnen jeweils ein Glas Champagner, das offenbar dieselbe Funktion erfüllte wie ein Einlassstempel.

»Kommen Sie herein. Sie finden Christian mit seinen Gästen im Salon.«

Sie gingen über den knirschenden, bunt beleuchteten Kies, vorbei an den ersten tadellos gekleideten Besuchern, die draußen standen und rauchten, und traten durch die geöffnete Haustür ein.

»Wow!«, keuchte Vanita, die genauso reagierte wie alle anderen, die das luxuriöse Haus zum ersten Mal betraten. Die über drei Stockwerke reichende Glasfassade gab den Blick in einen von Sternen übersäten Himmel frei, ähnlich wie ein Fenster in einem Raumschiff.

Scheinbar aus dem Nichts war ein Flügel aufgetaucht, dessen Klänge im Gewirr vornehmen Gelächters und Großtuerei kaum zu hören waren. Wolf war sich trotz seiner ungewöhnlichen Aufmachung noch immer schmerzlich bewusst, dass er zwischen diesen Menschen auffiel wie ein bunter Hund, sein gegerbtes Gesicht war frei von der düsteren Geringschätzung, die die anderen ausnahmslos zur Schau trugen.

»William Fawkes?«, rief ihn jemand in der Nähe, der einige neugierige Blicke auf sich zog, als er herbeimarschierte, um Wolf die Hand zu schütteln. »William ›Wolf‹ Fawkes!«

»Fawkes, das ist Malcolm Hislop, Abgeordneter für Chelsea und Fulham und höchstwahrscheinlich ab Mai unser neuer Bürgermeister«, erklärte ihm Vanita, die dem hervorragenden Mann daraufhin ein Luftküsschen an die glänzende Wange hauchte.

»Geena, ist mir immer wieder ein Vergnügen«, behauptete er mechanisch und widmete seine Aufmerksamkeit erneut Wolf. »Ich frage mich …«, sagte er theatralisch, »ob es vielleicht vernünftiger wäre, mich von Ihnen fernzuhalten!« Er hob abwehrend die Hände, sehr zur Belustigung der wachsenden Zuschauermenge, womit er auf Bürgermeister Turnble anspielte, der vor Wolfs Augen qualvoll von innen heraus verbrannt war.

»Ist das inzwischen schon eine Geschichte, über die wir lachen?«, fragte er Vanita bestürzt.

Da sie die Aufmerksamkeit aller auf sich zogen, schaute unweigerlich auch Christian zu ihnen. Seine Gesichtszüge entglitten, als er den ungeladenen Gast erkannte. Wolf ignorierte die blasierten Bemerkungen der ihn umgebenden Menschen und hob sein Glas, prostete ihrem großzügigen Gastgeber zu. Er sah, wie Christian sich abwandte, um seine Unterhaltung fortzusetzen, entdeckte dann aber eine ihm vertraute Gestalt durch die Menge auf sich zukommen.

»Entschuldigen Sie mich«, sagte Wolf und ließ Vanita stehen, um die Frau in dem schwarzen Cocktailkleid abzufangen, bevor jemand anders sie sah.

Baxter war nur drei Schritte von Christian entfernt, als Wolf sie sachte am Arm fasste und in die entgegengesetzte Richtung wegführte.

»Was machst du hier?«, flüsterte er durch ein falsches Lächeln hindurch, während sie sich einen Weg zwischen den Feiernden bahnten.

»Hast du wirklich gedacht, ich kauf dir den Bullshit ab, von wegen ›wir lassen es bleiben‹?«, fragte sie, stieß dabei ein gekünsteltes Lachen aus, um kein Misstrauen zu erregen.

Inzwischen wurde getanzt, was das Weiterkommen erschwerte.

»Ich wollte dich schützen.«

»Hat nicht geklappt«, sagte Baxter, machte sich von ihm los und drehte sich um. »Es ist zu spät. *Er* hat Finlay ermordet. Ich bin dabei.«

Ein dem Anschein nach bedeutender Mann kam angeschlendert und hielt Baxter seine Hand hin. »Darf ich bitten?«

»Bitten? ... worum wollen Sie bitten?«, fragte Baxter mit gerunzelter Stirn, starrte seine faltige Hand an, als würde er ihr ein totes Kätzchen entgegenstrecken.

Plötzlich wirkte der Mann deutlich weniger selbstsicher. »Um diesen Tanz?«

»Nein, dürfen Sie nicht. Und jetzt verpiss dich, du Schwein!«

Mit entschuldigendem Lächeln schob Wolf Baxter rasch von der Tanzfläche zur nächsten Tür.

»Wolf! Wo gehen wir hin?«, beschwerte sie sich. »Aua!«

Er folgte Baxter in den kleinen Raum und schaltete das Licht ein. Als die Tür geschlossen war, stand Wolf dicht an ihren Rücken gepresst, während sich ihm das winzige Waschbecken in die Seite bohrte.

»Na toll. Wir stehen im kleinsten Klo aller Zeiten. Bist du jetzt zufrieden?«, fragte Baxter, die ihm zweimal ihren Ellbogen in die Seite rammte bei dem Versuch, sich auf so beengtem Raum umzudrehen.

»Das ist kein Klo«, beschwerte sich Wolf, als er einen weiteren Schlag in den Solarplexus einstecken musste, »das ist ein Schuhkarton.«

Jetzt, da sie einander wenigstens gegenüberstanden, wurden Baxters Brüste fest an Wolfs Oberkörper gepresst. Man musste ihm zugutehalten, dass er sich tatsächlich gentlemanlike bemühte, keinerlei Reaktion zu zeigen.

»Du siehst gut aus«, lächelte er.

»Die Bemerkung ist völlig unangebracht«, fauchte sie zurück. »Wolf?«

»Ja?«

»Ich hoffe, das ist dein Handy, das sich mir in den Oberschenkel bohrt«, sagte sie drohend.

»Ist es«, versicherte er ihr, während eine SMS in der Brusttasche seines Smokings piepte und ihn der Lüge überführte.

»Igitt! Wolf, voll eklig!«, schimpfte sie und stieg auf die Toilette, um sich zu entziehen.

»Was?! Du siehst gut aus!«

»Du hast zehn Sekunden«, warnte Baxter ihn. »Warum sind wir hier?«

»Okay, ich kann dich nicht überreden, dich rauszuhalten. Und ich respektiere deine Entscheidung. Aber vielleicht geht das auch einfach … *leise*, benimm dich, als hättest du nichts damit zu tun.«

»Ich hab keine Angst vor dem!«

»Solltest du aber vielleicht!«, brüllte er zurück, sodass sie zusammenschreckte.

Dann hob er entschuldigend die Hände. Baxter sah ihn vorsichtig an.

»Ich verstecke mich nicht«, behauptete sie.

Wieder piepte es in Wolfs Smoking. Er ignorierte es und nickte, weil er ganz genau wusste, dass er sie niemals überzeugen würde.

»Aber nur wir. Die anderen sind raus.«

»Einverstanden.«

Es klopfte eindringlich an der Tür, dann noch einmal.

»Wolf?«, flüsterte jemand auf der anderen Seite. »Wolf?«

Er warf Baxter einen irritierten Blick zu und entriegelte die Tür, stolperte rückwärts gegen sie, als sich Edmunds in den viel zu engen Raum schob.

»Edmunds?!«

»Baxter?!«

Sie schielten um Wolf herum, um sich gegenseitig zuzuwinken.

»Ich hätte es wissen müssen«, lachte Edmunds, er ertrank

mit seiner schmalen Statur in dem billigen Smoking. »Ich hatte wirklich gehofft, euch vor all dem schützen zu können.«

»Das ist sehr lieb von dir«, lächelte Baxter. »Aber ich komme schon klar. Komme ich immer.«

»Ach, wenn *er* das macht, ist es ›lieb‹?«, fragte Wolf genervt.

»Übrigens, du siehst gut aus«, sagte Edmunds zu ihr.

»Danke schön.«

Wolf gestikulierte frustriert, dann rempelte er alle beide an, als er sich zu Edmunds umdrehte.

»Ich hoffe, das ist dein Handy, das sich mir da in den Oberschenkel bohrt«, sagte Wolf.

»Ist es. Und ich habe dir geschrieben ... zweimal. Ich hab nicht gesehen, wohin du verschwunden bist.«

»Dann darf ich davon ausgehen, dass du es ebenfalls nicht einfach gut sein lassen willst?«

»Natürlich will ich es nicht gut sein lassen. Dieses Schwein hat unseren Freund ermordet. Eine Person, die für oder mit ihm zusammenarbeitet, ist in mein Haus eingedrungen. Ich muss dabei sein. Ich muss helfen ... Saunders und Joe sind übrigens auch dabei.«

Wolf nickte kapitulierend, guckte dann aber irritiert. »Joe?«

»Der Labormann«, präzisierte Baxter, die unbequem auf der Toilette kauernd allmählich die Geduld verlor.

»Hat schon jemand mit Maggie gesprochen?«, fragte Edmunds.

»Ich«, erwiderte Baxter.

»Und wie hat sie's ...? Geht's ihr gut?«

»Nicht so richtig. Sie hat es aufgenommen, wie zu erwarten war: Erst meinte sie, uns müsse ein Fehler unterlaufen sein. Sie hat gefragt, warum wir alles nur noch schlimmer machen wollen, und uns vorgeworfen, Christian zum Sündenbock zu machen, um Wolf das Gefängnis zu ersparen. Aber dann hat sie eins und eins zusammengezählt.«

»Danke«, sagte Wolf aufrichtig, bohrte ihr bei dem Versuch, sich erneut umzudrehen, einen Ellbogen in die Titten.

»Herrgott noch mal, Wolf!«, beschwerte sie sich. »Würdest du uns einfach mitteilen, wie der Plan aussieht, damit wir hier wieder rauskönnen?«

»Christian hatte einen Besucher im Krankenhaus«, erklärte er und gab sich die größte Mühe, möglichst nicht auf ihr Kleid hinunterzuschielen. »Ein paar Stunden später wurden die Asservatenkisten vernichtet. Ich habe sowohl die Seite aus dem Besucherbuch als auch den Stift konfisziert und einen Antrag auf Aushändigung des Videomaterials gestellt.«

»Die Person wird sich nicht unter ihrem richtigen Namen eingetragen haben«, vermutete Edmunds, bevor er gemeinsam mit Baxter aufschrie, weil Wolf erneut Anstalten machte, sich umzudrehen.

»Das weiß ich. Aber dadurch bekommen wir einen Zeitraum, mit dem wir arbeiten können, eine Handschriftenprobe und, wenn wir wahnsinniges Glück haben, vielleicht sogar Fingerabdrücke.«

Jemand klopfte an die Tür.

»Tut mir leid!«

»Besetzt!«

»Hau ab!«, schrien alle drei gleichzeitig.

»Also, ich hab nachgedacht«, fing Edmunds an, senkte die Stimme. »Wir sind immer davon ausgegangen, dass dieselben Leute hinter dem Einbruch in Saunders' Wagen, dem Überfall auf Christian und dem Eindringen bei mir zu Hause gesteckt haben. Jetzt, wo wir wissen, was wir wissen, scheint es aber irgendwie kontraproduktiv, wenn sich der Commissioner selbst halb tot hätte schlagen lassen.«

»Vielleicht wollte er uns von seiner Fährte ablenken«, überlegte Baxter.

Edmunds war offenbar nicht davon überzeugt.

»Das hätte er auch auf viel einfachere und weniger schmerzhafte Art bewerkstelligen können. Du hast seinen Wagen gesehen, sein Gesicht ... er hätte tot sein können.«

»Was denkst du?«, fragte ihn Wolf.

Baxter war baff. Anscheinend hatte sogar Wolf begriffen, von welch unschätzbarem Wert Edmunds sein konnte.

»Jemand, der mit dem Commissioner unter einer Decke steckt, hat den Überfall auf ihn veranlasst. Und wahrscheinlich wurde er durch Drohungen dieser Person auch dazu getrieben, seinen besten Freund zu ermorden. Ich habe bereits weitere Akten über die Gruppe angefordert, die aus dem Lagerhaus heraus operiert hat. Wer auch immer in der Nacht den Flammen entkommen ist, hat Finlay nicht ermordet, muss aber ohne jeden Zweifel irgendwie in die Tat verwickelt gewesen sein.«

Baxter war stolz, Edmunds war mehr wert als sie alle zusammen.

»Was soll ich machen?«, fragte sie Wolf. »Dreh dich nicht um!«

»Motiv«, antwortete er, den Rücken ihr zugewandt. »Etwas ist in der Werft passiert, wovon wir nichts wissen. Finlay war pleite, ihm drohte die Zwangsversteigerung seines Hauses, während Christian in einer Riesenvilla lebt. Wir müssen die Leerstellen füllen.«

»Na schön«, sagte Baxter und stieg bereits von der Toilette. »Wollen wir mal raus und die Party aufmischen?«

Wolf nickte. »Warum nicht?«

Sie purzelten in den Gang, ignorierten die fragenden Blicke der anderen Gäste, begriffen aber schnell, dass nicht nur sie Christian ein Dorn im Auge waren ...

Auf der Tanzfläche waren alle erstarrt.

Die Musik war verstummt.

Aller Augen waren auf ihren Gastgeber im Zentrum des prächtigen Salons und auf die zwanglos gekleidete Frau gerichtet, die ihm gerade fest ins Gesicht geschlagen hatte.

»Maggie!«, rief Baxter atemlos, schob sich zwischen den bestürzten Zuschauern zu ihr durch.

Sie wirkte absolut verloren, als Baxter sie erreichte. Christian nicht weniger. Erschrocken hielt er sich die Hand an die Wange. Sein Gesichtsausdruck war der eines Mannes, dessen gesamte Welt gerade in sich zusammengestürzt war.

Als sie in Tränen ausbrach, versuchte er sogar, ihr eine Hand zu reichen. Baxter schlug sie weg und führte ihre völlig aufgelöste Freundin nach draußen.

Christian brauchte eine Weile, um den Faden wieder aufzunehmen. Er räusperte sich.

»Tut mir furchtbar leid, ihr Lieben!«, lächelte er. »Bitte – trinkt, tanzt und amüsiert euch. Ich hole mir kurz ein bisschen Eis zum Kühlen!«

Das nervöse Gelächter wurde erneut von Stimmengewirr abgelöst, dazu klimperte das Klavier. Noch immer leicht benommen, wäre Christian beinahe frontal mit Edmunds zusammengestoßen.

»Mr Commissioner«, grinste dieser, nickte kurz und stellte sich anschließend zu Vanita, die offenbar entzückt war, ihn zu sehen.

Christian ging weiter zur Bar, spürte die Blicke seiner tratschenden Gäste, die jede seiner Bewegungen genau verfolgten. Er wollte gerade nach dem Barmann rufen, als ihm jemand ein Tuch mit Eiswürfeln reichte.

»Danke schö…«, setzte er an, blickte auf und sah, dass

Wolf sich über ihn beugte. Er lachte verbittert. »Du hast es Maggie erzählt?«

»Wundert dich das?«

»Allerdings ...« Er senkte die Stimme auf kaum weniger als ein Murmeln. »Mich wundert, dass du so dumm bist, dir meine Warnung nicht zu Herzen zu nehmen.« Er hielt sich das kalte Tuch an die schmerzende Wange.

»Aber ich nehme sie mir sehr zu Herzen«, sagte Wolf, dessen wilder Blick nun den von Christian traf. »Warum nimmst du dir meinen nicht zu Herzen? Stattdessen verschanzt du dich in deinem hübschen Palast zwischen Bäumen. Versammelst so viele Schleimscheißer und Heuchler, wie du nur finden kannst, und füllst sie ab mit teuren Getränken und unablässigen Lügen ... du fachst das Feuer an, mit dem ich dich und das alles hier niederbrennen werde.«

Christian dachte kurz über Wolfs Drohung nach. »Maggie wird nichts passieren. Darauf hast du mein *Wort*. Was dich und die anderen betrifft ...« Er schüttelte bedauernd den Kopf.

Wolf legte ihm seine große Hand auf die Schulter und beugte sich vor, um Christian ins Ohr zu flüstern. »Ich weiß, was in dem Lagerhaus passiert ist.«

Damit schlug er dem Commissioner nach »Finlays Art« auf die Schulter und ging.

»Alles klar?«, fragte ein Gast, dem der kränkliche Gesichtsausdruck seines Gastgebers aufgefallen war.

Christian antwortete nicht, sah Wolf nach, der zwischen den Partygästen umherschlenderte. Edmunds und Vanita stierten ihn böse durch den Raum hinweg an, als Baxter, nachdem sie Maggie sicher verabschiedet hatte, wieder hereinkam.

»Wenn mir die Frage gestattet ist, lieber Freund«, wagte sich ein älterer Herr vor, »ist denn alles in rechter Ordnung, Christian?«

»Ja … ja, alles ganz wunderbar, vielen Dank, Winston. Das sind nur die üblichen Querelen, die leitende Funktionen wie die unseren nun mal mit sich bringen. Du weißt ja, wie das ist«, lächelte er, schaute dabei immer noch zu ihnen … zu ihm. »Man sieht sich von Wölfen umzingelt …«

# KAPITEL 28

Sonntag, 18. November 1979
17:07 Uhr

Christian und Finlay hatten während der ersten Stunde nach Schichtbeginn kaum ein Wort gewechselt. Von den Verletzungen, die sie sich gegenseitig zugefügt hatten, wollten sie nicht sprechen. Christian humpelte schwer, ein weinroter Bluterguss verriet den gebrochenen Kieferknochen, während Finlays Nase erneut die Richtung gewechselt hatte und seine Augenhöhlen blau angelaufen waren ... schon wieder.

»Was essen wir heute Abend?«, fragte Christian auf der Fahrt den Hang hinauf, vorbei an Cathkin Braes, und trat das Gaspedal des neuen Streifenwagens durch.

»Egal«, erwiderte Finlay kurz angebunden.

Christian reichte es jetzt. Er riss das Lenkrad herum, schnitt leichtsinnig die Ecke und ließ den Wagen über den Bordstein springen. Finlay sah teilnahmslos zu, obwohl sein Partner sie beinahe umbrachte. Als sie schlitternd zum Stehen gekommen waren, schaltete Christian den Motor aus, stieg aus und setzte sich auf die warme Motorhaube. Der Wind fegte durch sein langes Haar, er hielt seine Hand schützend vor die Flamme und zündete sich die Zigarette in seinem Mundwinkel an, während sich die Sonne allmählich über der versmogten Stadt senkte.

Finlay stieg aus, setzte sich zu ihm.

»Ich war eifersüchtig«, sagte Christian, den Blick fest auf die Aussicht gerichtet. »Ich hab zu viel getrunken ... wie immer. Ich war ein totales Arschloch ... wie immer ... und es tut mir aufrichtig leid ... vielleicht zum ersten Mal.«

Finlay schwieg weiter.

»Maggie ist ...« Christian schüttelte den Kopf und lächelte. »Sie ist was ganz Besonderes, und zwischen euch beiden hat es offensichtlich gewaltig gefunkt. Ich war eifersüchtig. Aber deshalb musst du doch nicht gehen!«

»Tu ich ja auch nicht.«

»Du gehst nicht?«

»Doch, ich gehe. Ich nehme das erste Flugzeug raus aus dieser verregneten Scheißstadt, und ich werde es keine Sekunde lang bereuen«, stellte Finlay klar. »Aber das hat nichts mit *uns* zu tun. Maggie zieht weg ... und ich komme mit.«

Christian nickte.

Die Sonne brach durch, überflutete das riesige graue Geschwür inmitten der schottischen Landschaft vorübergehend mit Licht.

»Ich habe das Geld durch zwei geteilt«, erklärte ihm Christian, schnippte die Zigarette ins Gebüsch und zündete sich sofort eine neue an.

»Es gehört dir«, erwiderte Finlay.

Christian stöhnte.

»Ich will keinen Penny davon haben«, beharrte Finlay. »Was in der Nacht passiert ist ... und dass es das Geld überhaupt gibt, werde ich mit ins Grab nehmen. Darauf hast du mein Wort.«

»Deswegen mache ich mir keine Sorgen!«, lachte Christian. »Du hast mir das Leben gerettet!« Er legte seinem Freund einen Arm um die Schultern und schüttelte ihn liebevoll. »Ich vertraue dir wie sonst niemandem. Ich möchte nur, dass es dir gut geht.«

»Ich will es nicht haben«, wiederholte Finlay, schüttelte den aufdringlichen Arm ab.

»Ich habe in den letzten Tagen viel über Integrität nachgedacht«, fing Christian an, »und darüber, dass sie keine Konstante ist. Keine angeborene Charaktereigenschaft, sondern eher ein Anspruch, der häufig im Widerspruch zur Realität steht – uns auf die Probe stellt, uns fertigmacht. Die ganze Zeit über findet hinter den Kulissen ein Balanceakt statt: Integrität gegen das, was wir wollen, obwohl wir uns gerne einbilden, wir seien integer … das ist ganz schön kompliziert.«

»Manchmal frage ich mich«, sagte Finlay nachdenklich, »wie dumm das ist, was du *nicht* laut sagst?«

»Ich meine ja nur … das Leben ist lang. Die Hälfte von dem Geld gehört dir, ob du's willst oder nicht. Wenn der Tag kommt, an dem das Leben deine Integrität verschlissen hat, musst du mich nur darum bitten. Abgemacht?«

»Das wird nicht passieren.«

»Mir zuliebe. Abgemacht?«

»Abgemacht.«

# KAPITEL 29

Samstag, 16. Januar 2016
11:01 Uhr

Das Team hatte seine Auflösung aufgelöst und hatte sich erneut vollzählig in der hintersten Ecke des Pubs versammelt. Einige wagten sich sogar an die Gaumengenüsse, die auf der deprimierenden Frühstückskarte des King and Country angeboten wurden. Während Wolf versuchte herauszufischen, was auch immer es war, das da in seinem Kaffee schwamm, machte Saunders sich über einen Teller mit gebratenem Ei und Speck her. Edmunds gelang es nicht so recht wegzuschauen, als Baxter immer wieder versuchte, ihren BH zurechtzuschieben, wobei ihm auffiel, dass dies auch Joe nicht entgangen war.

Er schubste sie leicht an.

»Tut mir leid«, flüsterte sie, schien ihre Kleidung aber immer noch nicht wirklich als bequem zu empfinden.

Wolf, der die Vorzüge seines für viel Geld gemieteten Smokings bis zuletzt auskosten wollte, stand auf. »Guten Morgen, ihr Lieben. Ich hoffe, ihr genießt alle euer Frühst…« – schaute dann aber auf den Tisch voller verschmähter Mahlzeiten – »… Leben. Edmunds, der Labormann und ich haben gestern unter Zuhilfenahme des iPad von Edmunds' Verlobter eine Präsentation mit erschreckenden Enthüllungen in unterschiedlichen Farbmarkierungen für euch vorbereitet.«

»Aber bitte, erzählt es ihr nicht«, setzte Edmunds hinzu, sah Wolf nervös mit ungeschickten Fingern auf dem iPad herumtippen.

»Das Filmmaterial der Überwachungskameras im Krankenhaus von Christians rätselhaftem Besucher bei dessen rätselhaftem Besuch«, verkündete Wolf, hielt das iPad hoch, sodass alle es sehen konnten.

Das Video pausierte, als die Person direkt in die Kamera schaute.

Das Bild wurde vergrößert, drehte sich unnötigerweise und sprang dann vom Schirm, da Wolf sich bei der Beschäftigung mit seinem neuesten Spielzeug zu allem möglichen Schnickschnack hatte hinreißen lassen.

Baxter sah ihn böse an.

»Wenigstens hab ich keinen Sound unterlegt«, lächelte er spitzbübisch, als das Bild endlich wieder aufhörte, sich zu drehen.

*Muh!*

»Oder doch!«, gestand er.

Das Bild zeigte einen Mann in einem ähnlichen Alter wie Finlay, aber besser gekleidet und mit vollem, dunklem, glatt zurückgekämmtem Haar.

»*Das …*«, teilte Wolf ihnen mit, »ist Killian Caine, der Anführer der Gruppe, die aus dem Lagerhaus in der Werft operiert hat: Es geht um Drogenherstellung, organisiertes Verbrechen, unzählige Anzeigen wegen Körperverletzung, Beteiligung an diversen Morden … im Prinzip also ein echtes Arschloch. Trotzdem sitzt er hier und besucht unseren Police Commissioner im Krankenhaus, kurz nachdem dieser brutal verprügelt wurde. Eigenartig, hab ich recht?«

»Und die hier«, sagte Edmunds und legte einige Fotos auf den Tisch, »sind seine uns bekannten Mitarbeiter.«

»Was bedeuten die roten Kreuze?«, fragte Saunders, der noch den Mund voll Kartoffelrösti hatte.

»Dass sie bei dem Lagerhausbrand ums Leben kamen.«

»Und …«, fing Saunders an, hob einen Finger, um zu schlucken, »warum stehen bei einigen nur die Namen?«

»Weil wir nicht wissen, wie sie aussehen«, erwiderte Edmunds, inzwischen unsicher, was er eigentlich erwartet hatte. »Soweit ich feststellen kann, ist das sein gesamtes Netzwerk.«

»Das heißt, der Kerl, der dem Brand entkommen ist, muss einer von denen hier sein!«, verkündete Saunders, der ernsthaft glaubte, den Fall damit gelöst zu haben.

»Allerdings«, sagte Edmunds so geduldig wie möglich. »Also, die Söldner und das Feuer haben mindestens die Hälfte von Caines Crew vernichtet.« Edmunds nahm die durchkreuzten Bilder vom Tisch. »Ich habe mir die anderen Akten kommen lassen, und« – er zeigte auf eins der alten Verbrecherfotos – »dieser hier wurde nur eine Woche nach dem Brand ermordet. An dieser Stelle übergebe ich an Joe.«

Joe versuchte, sich ebenso theatralisch zu erheben, wie Wolf und Edmunds es getan hatten, stellte aber fest, dass er zwischen Tisch und Wand eingeklemmt war, und gab es auf.

»Zwei Kugeln wurden bei der Autopsie entfernt, und ich dachte ›scheiß drauf, ich hab ja dieses Jahr noch nichts vor‹, also hab ich sie durch meine Geräte laufen lassen, und ratet mal, was sich ergeben hat? Wieder dieselben Einkerbungen. Sie stammen aus derselben Waffe!«

»Denkst du, unser Verdächtiger hat seinen eigenen Mann getötet?«, fragte Baxter.

»Allerdings.«

»Und …«, Wolf sprang aufgeregt auf, hatte offensichtlich auf diesen Augenblick gewartet, »wir haben eine Zeugenbeschreibung einer Person, die sich vom Ort des Geschehens entfernt hat.« Er nahm das obenauf liegende DIN-A3-Blatt. »Was mich in die Lage versetzt hat, diese Zeichnung zu erstellen …«

Niemand sagte etwas.

Saunders klappte den Mund auf, merkte dann aber, dass ihm die Worte fehlten.

»Nur eine Frage, Wolf?«, setzte Baxter an.

»Ja?«

»Was verdammte Scheiße soll das sein?«

»*Künstler* ist ein bisschen sehr freundlich formuliert«, meinte Saunders und betrachtete die Zeichnung mit zusammengekniffenen Augen.

»Ähnelt jedenfalls keinem der Fotos«, sagte Edmunds so aufmunternd es ihm gelingen wollte.

»Was bedeutet, dass wir sie verwerfen können«, sagte Wolf, nahm die Fotos von Caines Crew vom Tisch, sodass nur die gesichtslosen Namen übrig blieben.

»Nur damit ich das richtig verstehe«, sagte Saunders mit verwirrtem Blick. »Er hat seinen Bandenkumpel ermordet, *bevor* oder *nachdem* er auf Finlay und den Commissioner geschossen hat?«

»Keine Angst, mein vergesslicher Freund!«, lächelte Wolf und griff erneut nach einem der DIN-A3-Blätter.

»Ich habe eine weitere Skizze erstellt, um den Überblick über die chronologischen Abläufe zu behalten …«

»Wolf, du bist ein Idiot«, sagte Baxter.

Edmunds machte eine angemessen unbeeindruckte Miene, während Saunders laut loslachte.

»Hätte man den Sachverhalt mit einem Diagramm oder einer Tabelle nicht effektiver darstellen können?«, fragte Joe.

»Nur damit ihr's wisst, ich habe sehr viel Arbeit da hineingesteckt«, sagte Wolf beleidigt, überlegte es sich dann aber. »Also, *sehr viel* … so oder so, eins hab ich noch, wenn ihr's sehen wollt?«

Saunders hob als Einziger die Hand.

»Was soll das mit dem Hasen auf dem Bild da?«, fragte Baxter, ohne sicher zu sein, ob sie die Antwort überhaupt wirklich interessierte.

Wolf zuckte mit den Schultern. »Ich kann halt wahnsinnig gut Hasen zeichnen.«

»Spielt keine Rolle«, sagte Edmunds, der beschlossen hatte, die Besprechung in die Hand zu nehmen, bevor sie aus dem Ruder lief. »Auf Grundlage der *Beschreibung* habe ich die verbliebenen Namen einengen und aus verschiedenen Berichten nach weiteren Gesetzesverstößen der Verdächtigen seit November 1979 entnehmen können, dass es sich, wie ich jetzt einigermaßen zuversichtlich behaupten darf, bei dem verschwundenen Lagerhausflüchtling um ... Eoghan Kendrick handelt.«

»Fall erledigt!«, lachte Saunders und schüttelte Joe übermütig.

»Der Fall wäre erledigt«, pflichtete Edmunds ihm bei, »wenn *Eoghan Kendrick* kein falscher Name wäre ... und der echte Mann mit dem falschen Namen nicht spurlos verschwunden. Wenn wir alles zusammenfassen, was wir mit *Sicherheit* wissen, und einige unverantwortlich schlecht abgesicherte Vermutungen dazunehmen, dann haben wir Folgendes ...«

Er schob Wolfs Zeichnungen beiseite und hielt seine eigene sehr viel professionellere Präsentation hoch.

- **Etwas hat sich in dem Lagerhaus ereignet.**
- **Eoghan Kendrick weiß, was sich dort ereignet hat.**
- **Eoghan Kendrick hat für Killian Caine gearbeitet.**
- **Killian Caine hat Christian im Krankenhaus besucht. (Und vermutlich dafür gesorgt, dass er überhaupt dort gelandet ist.)**
- **Christian ist verdächtig reich.**

- **Einer aus Eoghan Kendricks Team hat versucht, ihn zu ermorden.**
- **Eoghan Kendrick ist nach dem Vorfall abgetaucht.**

»Fällt jemandem ein, wie sich diese Punkte zu einer stimmigen Theorie verbinden lassen?«, fragte er in die Runde.

Sie sahen einander gequält an, während sie sich mit dem ungelösten Rätsel beschäftigten.

»Ich glaube, ich hab's ...«, meldete sich Saunders und rieb sich das Kinn. »Christian *ist* Eoghan Kendrick!«

»Sonst noch jemand?«, fragte Edmunds ungeduldig in die Runde.

»Sag's einfach«, rief Baxter dazwischen.

Edmunds versuchte, eine unschuldige Miene zu machen, gab es dann aber auf.

»Okay. Ich habe eine Theorie«, gestand er. »Ich denke, was auch immer in der Nacht geschehen ist, Christian und Finlay wollten es geheim halten. Sie hatten aber nicht damit gerechnet, dass Eoghan Kendrick dem Feuer entkam. Er erzählt seinem Boss Killian Caine, was er gesehen hat, und der verwendet dies als Druckmittel gegen Christian. Vielleicht wollte Finlay die Wahrheit ans Licht bringen oder ihn erpressen ...«

»Das würde Finlay nicht machen ...«, fiel Baxter ihm ins Wort.

»Lass ihn ausreden«, schaltete Wolf sich ein.

»... und deshalb haben sie ihn umgebracht«, fuhr Edmunds fort. »Eoghan Kendrick hat versucht, die Schlappe im Lagerhaus wiedergutzumachen, aber es ist ihm nicht gelungen, und Caine wollte ihn ausschalten lassen. Stattdessen aber hat Eoghan Kendrick seinen Killer erschossen und ist abgetaucht. Was bedeutet: Wir müssen Eoghan Kendrick finden, das ist die einzige Möglichkeit, überhaupt je herauszufinden, was in der Nacht passiert ist.«

»Wenn er überhaupt noch lebt«, wandte Saunders ein, der jetzt auch noch die Reste von Joes Frühstück verputzte.

»Wenn er überhaupt noch lebt«, bestätigte Edmunds. »Ganz zu schweigen davon, dass er spätestens jetzt weiß, dass jemand dem Feuer entkommen ist und wir denjenigen suchen. Wir müssen daher davon ausgehen, dass Caine und seine Leute ihn ebenfalls suchen. Im Prinzip ist nur noch die Frage, wer Kendrick zuerst findet.«

Nach Ende der Besprechung setzte Edmunds sich neben Baxter, die noch immer ungeniert an ihrem Dekolleté herumrückte.

»Du scheinst *Probleme* zu haben«, sagte er taktvoll und achtete darauf, dass Joe nicht von der Bar herüberschielte.

»Findest du, dass sie größer aussehen?«, fragte sie.

Edmunds hielt entschlossen den Blickkontakt. »Wäre mir nicht aufgefallen.«

»Du hast ja nicht mal hingeguckt!«

Mit einem herzhaften Seufzen senkte Edmunds den Blick auf Baxters Brust.

»Sehen für mich genauso aus wie vorher ... isst du das noch?«, fragte er mit Blick auf ihr unberührtes Frühstückssandwich in der Hoffnung, damit das Thema zu wechseln.

»Nein«, sagte sie angewidert. »Ich finde, es riecht verdorben.«

Edmunds nahm das Sandwich vom Teller, roch daran und biss hinein.

»Soll ich dir heute helfen?«, fragte sie ihn.

»Klar«, erwiderte er mit vollem Mund. »Aber ich muss unterwegs noch ein paar Sachen für Leila einkaufen.«

Im Kühlregal bei Boots gab es keine Himbeer-Granatapfel-Smoothies mehr.

Was Baxter echt aufregte.

Der picklige junge Mann, der die Kühlschränke bestückte, hatte den ihrer schlechten Laune geschuldeten Wutausbruch und die Nachhilfe bezüglich der Regeln von Angebot und Nachfrage, die sie ihm daraufhin sehr öffentlich erteilte, vermutlich nicht verdient. Baxter hatte ihm erklärt, wenn jeder Laden im ganzen verdammten Scheißland an keinem Tag mehr Himbeer-Granatapfel-Smoothies vorrätig hätte, dann könnte doch vielleicht jemand – mit gottgleicher Weitsicht versehen – auf die weltbewegende Idee kommen, möglicherweise, aber auch nur möglicherweise welche nachzubestellen. Als seine Lippen bebten und er ins Lager davonlief, um sich dort auszuweinen, bekam sie allerdings doch ein schlechtes Gewissen und vergoss ebenfalls bittere Tränen, während sie darauf wartete, dass Edmunds mit dem Einkaufen fertig wurde.

Wenig später kam er vom Ende eines Gangs zurück, sein Lächeln verschwand, als er zu seiner schluchzenden Freundin eilte.

»Baxter? Was ist passiert?«

»Nichts ... ich hab nur ... tut mir leid.«

»Du musst dich nicht entschuldigen. Ist meine Schuld. Ich hätte nicht so weit weggehen dürfen ... ganze zwei Gänge weiter.«

»Was stimmt denn bloß nicht mit mir?«, lachte sie und fuhr sich über die Augen.

Edmunds machte den Mund auf ... sah auf das Paket Windeln in seinen Armen ... und anschließend Baxter fragend an.

»Was?«, fragte sie.

Er machte ein betretenes Gesicht.

»Was?!«

»Äh, bist du müde?«

»Immer.«

»Wie fühlen sich die Titten an?«

»Komisch.«

»Haben dir bestimmte Sachen in letzter Zeit nicht mehr geschmeckt?«

»Kann sein.«

»Brichst du öfter in Drogeriemärkten in Tränen aus?«

»Kann sein.«

»Herzlichen Glückwunsch.« Edmunds drückte ihr das Windelpaket in den Arm und eilte davon.

# KAPITEL 30

Samstag, 16. Januar 2016
15:23 Uhr

Wolf saß an seinem alten Schreibtisch der Mordkommission und wog ab, ob er es riskieren durfte, einen Double Decker von Cadbury zu verzehren, der bereits vor den Ragdoll-Morden in seiner Schublade gelegen hatte. Er sah auf das verblichene Mindesthaltbarkeitsdatum, was ihm eigentlich bei der Entscheidungsfindung hätte helfen sollen.

FEB 2015

Den Mund voll Schokolade, widmete er sich der vorliegenden Aufgabe: Er suchte die Telefonverbindungen und GPS-Tracking-Informationen zu Christians Handynummer, ohne denjenigen, die ihm halfen, zu verraten, wem sie gehörte, was sich schwieriger gestaltete, als er ohnehin befürchtet hatte.

Um 15:42 Uhr erhielt Wolf, der ohne Vanitas Zustimmung kaum etwas unternehmen konnte, einen Anruf, der ihm einen Schauder über den Rücken laufen ließ.

»Mum? ... Was soll das heißen, in einer Stunde bist du da? In einer Stunde bist du wo? ... Warum?! ... Nein, natürlich. Ich hab nur ... Was hat sie?« Er biss die Zähne aufeinander. »Ja. Das war aber lieb von ihr! ... Nein. Nein, ich wohne da gar nicht mehr«, erklärte er, überlegte verzweifelt, wo er seine Eltern hinschicken könnte. »Ich schreibe euch die Adresse per SMS ... SMS! ... Ich schreibe euch!«

Ein paar Kollegen in seiner Nähe schauten zu ihm rüber. Wolf formulierte stumm eine Entschuldigung mit den Lippen.

»Okay, okay. Das ist toll. Bis bald. Tschüss!«

Er legte auf, stopfte den Rest des angelaufenen Schokoriegels in den Mund und vergrub den Kopf in den Händen.

Edmunds hatte Baxter noch nie angeschrien, und jetzt kam es ihnen beiden ein bisschen komisch vor.

Sie hatten versucht, sich im Schuppen durch einige Akten zu arbeiten, aber das Gespräch war unweigerlich immer wieder vom vorliegenden Thema ab- und auf Baxters tränenreiches Eingeständnis gekommen, dass sie einen riesigen Fehler begangen und mit Wolf geschlafen hatte. Zu ihrer Verteidigung hatte sie vorgebracht, dass sie Thomas bereits alles gestanden hatte, was immerhin etwas war. Trotzdem war sie über die Erkenntnis, höchstwahrscheinlich schwanger zu sein, alles andere als froh.

Edmunds, der ein ganz schlechtes Gefühl bei der Sache hatte, seufzte: »Wirst du's ihm sagen?«

»Wem?«

»Thomas.« Sie zuckte mit den Schultern. »Ich nehme an, irgendwann kommt es raus, spätestens, wenn ich ein wütendes kleines Baby in die Welt setze.«

Edmunds' Handy klingelte. Er schaute auf das Display und dann ängstlich zu Baxter. »Ich muss nur ...« Er sprach den Satz nicht zu Ende, verschwand stattdessen zur Tür hinaus.

Nach einer Minute, in der Baxter sich wieder gefangen und sich eine ausgezeichnete Schimpftirade für Edmunds ausgedacht hatte, damit dieser bloß nicht auf die Idee kam, er habe gewonnen; jedoch hatte sie diese schon wieder vergessen, als er mit perplexer Miene zurückkehrte. Er steckte sein Handy ein.

»Das war Wolf«, erklärte er. »Er hat mir alle möglichen Fragen über dich und Thomas gestellt und wo du im Moment wohnst und ob du dein Apartment vermietet hast oder nicht.«

Baxter richtete sich auf, guckte beunruhigt. »Und was hast du ihm gesagt?«

Edmunds hatte den Gesichtsausdruck eines Mannes, dem keine richtige Antwort einfiel.

»Ich … die Wahrheit«, erwiderte er.

Baxter sprang von ihrem Hocker auf und rannte aus dem Schuppen.

»Wir müssen ihn aufhalten!«, brüllte sie ihren verdatterten Freund an. »Du kannst unterwegs mit ihm telefonieren!«

»Danke, Ersatzschlüssel!« Wolf dankte seinem Ersatzschlüssel, weil er sich freute, dass sich damit immer noch die Haustür zu Baxters Wohngebäude öffnen ließ. Der Schlüssel gehörte zu den wenigen Dingen, die er aufbewahrt hatte, ein Andenken an sein vergangenes Leben.

Er hatte seiner Mutter die Adresse in der Wimbledon High Street geschickt und dann die nächste U-Bahn Richtung Süden genommen. Als er die Treppe hinaufstieg, hatte er den fleckigen Schlüssel aus der Tasche gezogen und die Tür aufgeschlossen …

Sofort schlug ihm eitriger Infektionsgestank entgegen.

»Du liebe Güte, Echo!«, schimpfte er und nahm auf dem Weg ins Wohnzimmer einen Lufterfrischer von der Kommode.

Mit einem Ärmel über der Nase schaute Wolf von der Arbeitsfläche, auf der sich Verbandsmaterial und Medikamente stapelten, zu der aufmunternden Notiz »Im Gefrierfach ist Eis!« zu dem halb nackten Bewaffneten, der ihn von der

Schlafzimmertür aus beobachtete. Wolf jaulte unmännlich schrill auf, hob die Hände und feuerte ihm einen Schwall Rosenblütenparadies entgegen.

»Wolf, richtig?«, grinste Rouche, der schweißbedeckt und grau im Gesicht die Pistole sinken ließ und gegen den Türrahmen sackte.

»Genau«, erwiderte Wolf erstaunt, nahm langsam die Hände herunter. »Und Sie müssen der Zombie sein, der früher als Damien Rouche bekannt war? Ich hab Sie in den Nachrichten gesehen. Schön, Sie kennenzulernen.« Sein Blick glitt tiefer auf das schwarze Wort, das auf Rouches Brust eiterte und nässte.

»Ich weiß. Sieht schlimm aus.«

»Und stinkt noch schlimmer«, versicherte ihm Wolf, wobei er hoffte, dass Rouche nicht mitbekommen hatte, dass er ihn inzwischen schon zwanzig Sekunden lang mit Rosenblütenparadies einsprühte.

»Ist Baxter mitgekommen?«

»Nein, aber sie hat mir *natürlich* von dir erzählt ... dass du hier wohnst ... dich der Festnahme entziehst ... und so weiter«, log Wolf und schaute auf die Uhr. »Wahrscheinlich ist jetzt der richtige Zeitpunkt, um dir zu sagen, dass wir gleich Besuch bekommen.«

»Besuch?«, fragte Rouche, während Wolf im Raum herumging, Fotos von Baxter einsammelte, auf denen sie in unterschiedlichen Stadien der Genervtheit zu sehen war, weil sie nie Lust hatte, sich fotografieren zu lassen.

»Keine Sorge. Du musst nichts machen ... nur sagen, dass das meine Bude ist.«

»Apartment«, korrigierte Rouche ihn.

»Noch besser! Und dass du ein guter Freund und mein Mitbewohner bist« – er sah Rouche lange und durchdringend an – »Haywood.«

»Haywood?«

»Du hast nicht zufällig ein Hemd?«, fragte Wolf, riss die Fenster auf.

»Ich blute immer alles voll«, erwiderte Rouche kleinlaut.

»Dann nimm ein rotes«, schlug er vor. Es klingelte an der Tür. »Ach du Scheiße! Okay. Showtime!«

Ärgerlicherweise parkte ein Wagen auf Baxters Platz, sodass sie Blackie in der Auffahrt stehen und Edmunds wie einen Idioten auf dem Beifahrersitz sitzen lassen musste. Sie raste ins Haus, sprang die Stufen hinauf und platzte durch die Tür in ihr Apartment. Wolf starrte sie an, als sie auf ihn zustürmte.

»Was soll das?!«

Er wirkte nervös. »Baxter, ich …«

»Nach allem, was du mir angetan hast, kannst du doch nicht einfach in mein Apartment spazieren und …«

»Baxter, kannst du mal …«

»Du bist wie eine *verfluchte* Krankheit. Ist dir das klar? Du hast doch schon *alles* kaputt gemacht!«

»Baxter, meine Elt…«

»Ich bin guter Hoffnung, Wolf!«, schrie sie ihn an.

»Freut mich sehr zu hören, dass du dir endlich vorgenommen hast, mit der ewigen Schwarzseherei aufzuhören.«

»Nein, du Vollpfosten! Guter Hoffnung. Das heißt, ich hab einen Braten in der Röhre, du hast mir den Kessel angeheizt … verstehst du, ich bin schwanger!«

»Mazel tov!«, ertönte eine Stimme vom Sofa.

Sie zuckte zusammen, drehte langsam den Kopf und sah Mr und Mrs Fawkes neben Rouche sitzen, der sich aus strategischen Gründen am offenen Fenster platziert hatte.

»Beverly!«, strahlte Baxter.

»Barbara«, korrigierte Wolf.

»Und Bob!«

»Bill.«

»Was für eine schöne Überraschung! Darf ich euch was anbieten?«

»Nein. Nein«, erwiderte Mr Fawkes. »Haywood hat sich schon um uns gekümmert.«

Sie machte sich nicht die Mühe nachzufragen, wer Haywood war.

»Du bist schwanger?«, platzte es aus Wolf heraus, als die Nachricht endlich angekommen war.

»Glaub schon«, grinste Baxter, die jetzt ein kleines bisschen wahnsinnig wirkte.

»Und … wir sind *absolut* sicher, dass es nicht von Thomas ist?«, versuchte er hoffnungsvoll.

»Ziemlich sicher! Thomas hat schnipp, schnapp gemacht.«

Wolf guckte entsetzt. »Er hat ihn sich abgeschnitten?«

»Nein, er hat sich sterilisieren lassen, du …« – sie schaute rüber zu seinen Eltern – »*Trottel.*«

»Wir Fawkes-Männer sind sehr fruchtbar«, rief William senior vom Sofa herüber, während seine Frau zustimmend nickte.

»Dad, das ist widerlich!«

»Schön, das ist eine Information, die ich gerne vorher gehabt hätte!«, schrie Baxter.

»Ich meine, Will hier war auch ein Unfall!«, setzte Mr Fawkes hinzu.

»Das wusste ich noch gar nicht, Dad«, entgegnete Wolf leicht gekränkt. »Danke, dass du's mir jetzt gesagt hast.«

»Was führt Sie nach London? Insbesondere Wimbledon?«, fragte Baxter, die sich schwer zusammennehmen musste, um nicht durchzudrehen.

»*Der König der Löwen*«, erwiderte Mrs Fawkes.

»*Der … König der Löwen?*«

Sie nickte.

»Das war ganz eigenartig. Ich habe neulich erst mit Ethel gesprochen, als das Telefon geklingelt hat und Andrea dran war, was mich sehr gewundert hat … Sie kennen doch Andrea?«

»Allerdings kenne ich Andrea!«

»Also, sie hat zwei teure Theaterkarten und eine Nacht in einem schicken Hotel geschenkt bekommen … und an uns gedacht. Das ist doch mal was, oder?«

»Allerdings!«

Baxter und Wolf dachten noch darüber nach, aus welchen Beweggründen seine Ex-Frau gehandelt haben mochte, als es an der Tür klopfte.

»Ich geh schon!«, sagte Rouche und stürzte sich im wahrsten Sinne des Wortes auf die Gelegenheit zu entkommen.

Es herrschte allgemein eine angespannte Stimmung, während das Gespräch vorübergehend aussetzte und alle Rouches Begrüßung des noch unbekannten Gastes lauschten.

Hohe Absätze klapperten näher.

»Andrea!«, rief Mrs Fawkes hocherfreut. »Dann hast du meine Nachricht bekommen?«, fragte sie und stand auf, um ihr ein Küsschen auf die Wange zu drücken.

»Das habe ich!«, Andrea drehte sich zu Wolf um und lächelte, da sie ihn endlich aufgespürt hatte. »Will.«

Baxter war sprachlos vor Zorn, während Wolf sich Zentimeter für Zentimeter immer weiter aus dem Raum schob. Es hallten eilige schwere Schritte die Treppe hinauf. Rouche, der es inzwischen aufgegeben hatte, beschränkte sich jetzt darauf, die Tür aufzuhalten, während Edmunds in den dicht gedrängten Raum schlitterte.

»Andrea ist unterwegs hierher!«, rief er schwer atmend und

begriff mit dem ersten Blick auf sein bunt zusammengewürfeltes Publikum, dass er zu spät kam. »Moment mal ... war das ... *Rouche?*«, fragte er und wandte sich mit dem Gesichtsausdruck eines Hintergangenen an Baxter.

»Hey!«, winkte Rouche müde ab, sah dabei das Funkeln in Andreas Augen, als diese zunächst den Namen und dann den ausgezehrten CIA-Agenten selbst erkannte.

»Ich wollte nur nicht, dass du noch mehr Geheimnisse für mich bewahren musst«, sagte Baxter schuldbewusst zu Edmunds.

»Warum setzt du dich nicht, Liebes?«, fragte Wolfs Vater Andrea, der offenbar von dem peinlichen Gespräch nichts mitbekommen hatte. »Wir feiern! Will und Emily bekommen ein Baby!«

»Ach was? Sagt bloß ...«, erwiderte Andrea und drehte sich mit blasierter Miene zu ihnen um. »Ein Baby, hm? So was ist ja meist das Ergebnis von gemeinschaftlichem ... *Sex*. Also schön, vielleicht interpretiert ihr meinen Gesichtsausdruck ja als ein ›ich hab's ja gewusst‹, aber ich versichere euch, es handelt sich um ein ›wie schön!‹.«

»Das Botox verschleiert wahrscheinlich einiges«, gab Wolf zu bedenken.

»Will!«, schalt ihn seine Mutter.

»Ich leg mich wieder hin«, entschuldigte sich Rouche, der jetzt endlich genug hatte.

»Gute Nacht, Haywood!«, rief Mr Fawkes ihm hinterher.

Als Baxter Edmunds beiseitenahm, ging Wolf auf Andrea zu, unterbrach dabei seinen Vater, der gerade in aller Ausführlichkeit erklären wollte, warum die Fawkes-Männer so fruchtbar waren.

»Darf ich dich kurz sprechen?«, fragte Wolf sie.

Andrea nickte und ging zu ihm in die Kochnische. Sie sah

eigenartig aus: jünger, immer noch schön, aber anders, als er sie in Erinnerung hatte, wie eine Variante ihrer selbst aus einem Paralleluniversum. Leider aber war sie noch immer so stur, wie er sie in Erinnerung hatte.

»Du hast meine Eltern hergeholt?«

»Du wolltest mich ja nicht zurückrufen!«

»Ich bin dir aus dem Weg gegangen! So macht man das, wenn man Leuten aus dem Weg gehen will, man ruft sie nicht zurück!«, flüsterte Wolf. »Steht sozusagen gleich auf Seite eins im Handbuch ›Wie man jemandem aus dem Weg geht‹: Nicht zurückrufen!«

»Ich bin nicht hier, um mich mit dir zu streiten«, erklärte sie ruhig. »Ich will helfen.«

»Wem willst du helfen?«

»Dir.«

»Mir ... wobei?«

»Bei allem. Das mit Finlay tut mir wahnsinnig leid. Ehrlich. Und ich möchte nur ... ich möchte ein paar meiner Indiskretionen aus der Vergangenheit wiedergutmachen.«

Wolf schüttelte den Kopf.

»Doch, wirklich! Schau ...« Sie zog den Reißverschluss ihrer Jacke auf, womit das aktualisierte knallgelbe Kampagnen-T-Shirt und indirekt auch ihre neuen Brüste darunter zum Vorschein kamen:

**FREIHEIT für den WOLF! ... Jetzt erst recht!**

»Siehst du, dass ich Platz gelassen habe für das nächste Mal, wenn du dein Leben auf spektakuläre Weise in die Luft jagen willst?«, lächelte sie.

»Pack die weg ... äh, das«, korrigierte Wolf sich hastig. »Pack das T-Shirt wieder ein.«

»Du bist *so* unreif«, erklärte ihm Andrea, lächelte dann aber und umarmte ihn fest. »Mach das nie wieder!«, flüsterte sie ihm ins Ohr. »Ich hab mir solche Sorgen um dich gemacht.«

Wolf ignorierte den hoffnungsvollen Gesichtsausdruck seiner Mutter und umarmte Andrea zurück.

»Ist gut«, sagte Edmunds, sprach unter vier Augen mit Baxter, die sich fragte, wo ihr Urlaubsfoto aus Mexiko geblieben war. »Hab mich nur gewundert. Mehr nicht.«

»Und was genau hättest du tun können, um zu helfen? Nichts. Deshalb habe ich es dir nicht gesagt.«

»Geteiltes Leid …«, fing Edmunds an.

»… gilt vor Gericht als Beihilfe«, beendete Baxter seinen Satz und gewann die Runde damit.

»Er sieht schrecklich aus.«

»Es geht ihm schon besser«, behauptete Baxter, die selbst nicht davon überzeugt war.

»Wie sah dein Plan noch mal aus?«

»Wir bringen Rouche an einen sicheren Ort. Er wird wieder gesund, lässt sich einen Bart stehen und lebt glücklich bis an sein Lebensende.«

»Ich dachte, so was wie ein Happy End gibt es gar nicht«, sagte Edmunds, womit er Baxter zitierte und die zweite Runde lässig für sich entschied.

»Er sagt, er fühlt sich besser«, beharrte sie, musste dabei ihre Stimme heben, um mit Wolfs Vater auf der anderen Seite des Raums konkurrieren zu können.

»Selbst wenn er sich besser fühlt … und es ihm auch wirklich besser geht«, fing Edmunds an, der sich fragte, warum immer er derjenige war, der die schlechten Nachrichten verkünden musste, »haben wir jetzt ein ernsthaftes Problem.« Er sah Andrea besorgt an, die offenbar gegen ihren Willen zwischen den beiden Fawkes-Männern eingeklemmt war.

»Ich werde mit ihr sprechen.«

»Rouche wird wegen Mordes gesucht, damit bist du seine Komplizin.«

»Was soll ich machen? Es ist Rouche«, sagte sie schlicht.

»Dafür kannst du ins Gefängnis kommen!«

»Er *wird* ins Gefängnis kommen!«

»Ich sag ja nur, dass ein bisschen Abstand vielleicht angeraten wäre. Wenn sie ihn hier in deinem Apartment finden ...«

Baxter nickte, nahm zur Kenntnis, dass sein Einwand nicht ganz unberechtigt war.

»Hör mal, es ist Rouche. Ich bin ihm was schuldig. Er bleibt hier.«

Erneut schaute Edmunds zu Andrea. »Vertrau ihr nicht.«

»Tu ich nicht«, versicherte sie ihm, holte tief Luft und ging zu der rothaarigen Reporterin. »Hey«, sagte sie, unterbrach Mr Fawkes in seiner Schimpftirade über die Baustellen auf der M4. »Darf ich kurz unter vier Augen mit dir sprechen?«

Andrea schaute ein kleines bisschen ängstlich, stand auf und folgte Baxter raus in den Flur, den einzigen Ort, an dem sie ungestört reden konnten.

»Wenn es um Wolf und dich geht«, kam ihr Andrea zuvor, »dann habe ich ganz ehrlich ...«

»Darum geht es nicht.«

Andrea guckte erstaunt. »Sondern?«

»Du bist eine seelenlose, schamlose, skandalgeile Megabitch, und wenn du dir weiterhin so häufig das Gesicht liften lässt, wird das Mal der Bestie bald mitten auf deiner faltenfreien Stirn prangen.«

»Okay«, erwiderte Andrea. Sie war schon schlimmer beschimpft worden.

»Egal, was für Probleme wir beide miteinander haben, mit Rouche haben sie nichts zu tun. Er ist ein guter Mensch, der alles verloren …«

»Dein Geheimnis ist bei mir sicher«, schnitt Andrea ihr das Wort ab. »Ich weiß, dass du denkst, ich hätte euch während der Ragdoll-Morde hintergangen, und bis zu einem gewissen Grad stimmt das auch, aber ich habe mich nun mal entschieden, kein vollkommen sinnloses Opfer einzugehen, nur um unserer neu gefundenen Freundschaft willen, und das ist bei Gott die Wahrheit. Ich hätte es tun können, aber dann wäre meine Karriere den Bach runtergegangen, und du hättest mich trotzdem nicht leiden können.«

»Spar dir das Gequatsche von wegen ›hätte ich's nicht getan, hätte es jemand anders getan‹.«

»Mein Chef hatte schon jemanden im Studio *nebenan* sitzen, der exakt denselben Text vorgelesen hätte wie ich. Tut mir leid, aber angesichts der Alternativen würde ich mich auch heute nicht anders entscheiden.«

Baxter lachte verbittert und ging zur Tür.

»Herzlichen Glückwunsch«, platzte Andrea heraus. »Ich mein's ernst.«

Aus irgendeinem Grund hielt Baxter inne und drehte sich um.

»Als wir zusammen waren, hat Will nie Kinder gewollt«, fuhr sie fort. »Ich freue mich, dass er es jetzt tut.«

»Trotz allgemein verbreiteter anderslautender Auffassungen«, sagte Baxter anklagend, »war es ein einmaliger, wenn auch lebensverändernder Fehler.«

»Und was hat er gesagt, als er's erfahren hat?«

»Ich kann nur vermuten, was er gesagt hätte, wenn er etwas hätte sagen können: ›Achtung, meine böse Ex-Frau kommt *zehn Sekunden*, nachdem ich es erfahren habe, durch die Tür geplatzt, und jetzt haben wir keine Gelegenheit, darüber zu reden.‹«

Andrea schaute schuldbewusst. »Oh.«

»Eigentlich will ich nicht darüber reden«, sagte Baxter. »Schon gar nicht mit dir.«

»Verständlich«, sagte Andrea immer noch freundlich. »Dann reden wir über was anderes. Zum Beispiel, warum Damien Rouche in deinem Apartment haust.«

Baxter schüttelte den Kopf. »Da hattest du sogar beim Thema ›Baby‹ noch bessere Chancen«, erwiderte sie, drehte Andrea den Rücken zu und ging.

Baxter schaute verwundert, als ein Blitz nach dem anderen immer wieder in dieselbe Stelle einschlug, eine Brücke zwischen Himmel und Erde bildete, die Atmosphäre zerriss und den Deckel eines fertigen Schokoladensoufflés versengte. Sie hatte vergessen, die Folie abzuziehen, bevor sie es in die Mikrowelle stellte, und wollte gerade eingreifen, als das Gerät ihr die Arbeit abnahm, indem es eine Sicherung durchbrennen ließ.

»Alles okay bei dir?«, rief Thomas, der noch seine Badminton-Klamotten trug, da er, seit er nach Hause gekommen war und überrascht festgestellt hatte, dass Baxter erneut spontan für ihn kochte, sich noch nicht hatte umziehen können.

»Alles gut!«, log sie, servierte den Nachtisch, achtete aber darauf, sich selbst den weniger durchgegarten vorzusetzen. Als sie zu ihrem Platz zurückkehrte, nahm sie einen weiteren Schluck Wein, wobei ihr einfiel, dass das vermutlich gar nicht gut war.

Sie stellte das Glas ab.

»Das ist lecker«, sagte Thomas und lächelte sie über den Tisch hinweg an. Er nahm die Flasche. »Möchtest du noch Wein?«

Baxter hielt die Hand über ihr Glas. »Nein, danke. Eigentlich wollte ich genau darüber mit dir reden. Ich hab … *Neuigkeiten.*«

»Ach ja?«, erwiderte Thomas und nahm ihre Hand … unbewusst wurde sein Griff fester.

»Hör mal, ich bin in so was gar nicht gut, aber … ich …«

Ihr Handy vibrierte auf dem Tisch.

»… liebe …«

Sie konnte nicht anders, als auf das Display zu schauen.

»… Wolf.«

Thomas ließ ihre Hand los. »Du liebst … *Wolf?*«

»Was? Nein! Ich liebe dich. Ich liebe *dich!* Wolf ruft nur in einem total schlechten Augenb…« Ihre Hand schwebte über dem brummenden Telefon.

»Aber du musst doch nicht drangehen … oder?«

»Das ist mein Job. Gib mir nur eine Sekunde«, sagte sie entschuldigend, dann meldete sie sich. »Tadelloses Timing wie immer, Wolf. Was willst du?«

Thomas schnaubte laut und verschränkte die Arme.

»Christians Handy ist sauber, keine Standortdaten. Keine Anrufe über das normale hinaus und auch keine, die sich nicht erklären lassen«, las Wolf laut vor. »War ein Versuch. Er ist zu vorsichtig, um Spuren zu hinterlassen.«

»Hätte das nicht warten können?«

»Es ist für Finlay«, erwiderte er, er klang verletzt.

»Tut mir leid. Du hast recht«, seufzte sie. »Dann hat er wahrscheinlich auch keinen Computer benutzt.« Sie lächelte Thomas an, erhielt im Gegenzug aber nur einen bösen Blick.

»Er muss mit jemandem kommunizieren«, sagte Wolf. »Er war im Krankenhaus an dem Abend, an dem bei Edmunds eingebrochen wurde, und ich kann mir auch nicht vorstellen, dass er sich höchstpersönlich mit einer Brechstange an Saunders' Skoda zu schaffen gemacht hat.«

»Kann das Killian Caine mit seinen Männern gewesen sein?«

»Nein. Ich denke, Edmunds hat recht. Das ist nicht deren Stil. Warum sollten die sich heimlich nachts anschleichen, wenn sie den Police Commissioner schon vor Zeugen verprügelt haben?«

»Dann muss er ein zweites Handy besitzen.«

Thomas verlor die Geduld, nahm seinen Löffel und machte sich über sein Dessert her.

»Scheint mir wahrscheinlich«, pflichtete Wolf ihr bei. »Wir müssen es finden. Entweder hat er es zu Hause oder in seinem Büro.«

»Das ist Einbruch«, erklärte Baxter.

»Nur, wenn wir erwischt werden. Ich kenne den Code für die Alarmanlage«, sagte Wolf. »Ich übernehme das Haus, aber du und Saunders, ihr seid die Einzigen, die sich bei New Scotland Yard frei bewegen können. Und du hast den Vorteil, dass du nicht Saunders bist.«

»Der Logik kann ich nicht widersprechen. Ich will sehen, was ich machen kann.«

»Danke. Hey ... meinst du, wir sollten mal über die andere Sache reden ...?«

Baxter legte auf.

»Dein Nachtisch wird kalt«, sagte Thomas.

»Zweifellos«, murmelte sie, nahm ihr Weinglas, sah es sehnsüchtig an und stellte es wieder ab.

»So ... was hast du denn jetzt für große Neuigkeiten?«, fragte er sie, wie um den Scharfrichter zu bitten, die Klinge doch schneller zu schärfen.

Baxter machte den Mund auf, schob sich einen gehäuften Löffel rohen Teig in den Mund und schüttelte den Kopf. »Ach, gar keine.«

# KAPITEL 31

Montag, 18. Januar 2016
9:35 Uhr

Baxter hatte sich selten so weit in die Höhle des Löwen vorgewagt.

Hin und wieder war sie zu Vanita ins Büro gerufen worden, um sich einen Anschiss abzuholen, und hatte die gedämpften Flure eigentlich immer als sehr beruhigend empfunden im Vergleich zu den anarchischen Zuständen, die häufig bei der Mordkommission herrschten.

Wolf hatte von seiner neuen besten Freundin Vanita erfahren, dass sie um 9:30 Uhr eine Besprechung mit dem Commissioner hatte, wodurch sich ein halbstündiges Zeitfenster auftat, währenddessen er nicht im Büro sein würde. Mit einem sehr wichtig wirkenden Aktenordner marschierte Baxter selbstsicher an den anderen Schreibtischen vorbei. Die verschiedenen Assistenten und Verwaltungsangestellten achteten kaum auf sie, waren in ihre eigenen trivialen Aufgaben versunken. Nach einem kurzen Blick links, um sich zu vergewissern, dass wirklich niemand in dem Büro war, und einem weiteren rechts, um sicherzugehen, dass sie nicht beobachtet wurde, eilte sie durch die Tür.

»Okay«, flüsterte sie. Mit rasendem Herzschlag betrachtete sie Christians luxuriöses Büro, es roch nach Leder und Holz, diesiges Sonnenlicht drang durch die Ritzen der Jalousie. Sie ging zu dem großen Schreibtisch und zog die oberste Schublade auf.

Wolf war bereits seit einer knappen Stunde in Christians Villa im Epping Forest.

Das beschädigte elektrische Tor hatte sich weit genug öffnen lassen, sodass er sich hindurchschieben konnte, und nach einer gewagten Kletteraktion über eine Mauer hatte er es bis zur Hintertür geschafft. Er brach das Schloss auf, möglichst, ohne große Spuren zu hinterlassen, und rannte in die Diele, wo er mit einem fünfstelligen Code die Alarmanlage ausschaltete. Sämtliche Spuren der Party nur wenige Abende zuvor waren beseitigt worden, die schwache Sonne wärmte die Teppichläufer, die Stühle und das Sofa im Zentrum des großen Raums.

Auf dem Wohnzimmertisch standen Schachfiguren, aber der Flügel war verschwunden, sodass Wolf sich fragte, ob er das Ganze vielleicht nur geträumt hatte.

Nachdem er sicher war, dass er das Schlafzimmer gründlich durchsucht hatte, ging er in den nur schwach beleuchteten begehbaren Kleiderschrank, wo Anzüge schlaff in zwei Reihen über dazu passenden Schuhen hingen.

Leicht genervt sah Wolf auf die Uhr und machte sich auch hier an die Arbeit.

Um 9:52 Uhr hatte Baxter alle Schreibtischschubladen durch, außerdem die offene Aktentasche daneben sowie die Taschen des Mantels am Türhaken. Ihr war bewusst, dass ihr nur noch wenige Minuten blieben, und Verzweiflung stieg in ihr auf. »Komm schon, du schrumpeliges Arschloch. Wo ist es?«

Sie ging zum Aktenschrank, die Blechschublade ließ sich mühelos herausziehen, erinnerte sie unwillkürlich an die

Wandkühlschränke mit den herausziehbaren Toten im Leichenschauhaus. Sie hatte kaum begonnen, die Akten durchzublättern, als sich Vanitas Stimme näherte.

Baxter erstarrte.

Vor dem Fenster war Christian jetzt im Profil zu sehen, hatte die Stirn in Falten gelegt und setzte sein Gespräch mit seinem Commander fort.

Baxter, die jetzt in der Falle saß, schob sachte die Schublade zu und sah sich nach einem Platz um, wo sie sich verstecken konnte, irgendwo – von den Fenstern, vor denen sich nichts als freier Himmel befand, zu der blattreichen Grünpflanze in der Ecke, von dem langen Mantel am Haken zu dem beeindruckend wuchtigen Schreibtisch. Vanita sah sie direkt an, während sie dort stand und nirgendwohin verschwinden konnte.

»Wusste ich's doch, dass ich noch was vergessen habe!«, hörte Baxter sie auf der anderen Seite der Scheibe sagen. Vanita schob sich unauffällig ein Stück herum, sodass Christian dem Fenster jetzt den Rücken zukehrte. »Ich wollte die Pearson-E-Mail noch mit Ihnen durchgehen.«

»Natürlich. Schicken Sie sie rüber.«

Die Türklinke im Blick, wich Baxter langsam von der Tür zurück.

»Ach, würde es Ihnen was ausmachen, wenn wir uns gleich dransetzen?«, fragte Vanita mit mehr Dringlichkeit in der Stimme als beabsichtigt. »Ich habe sie sowieso gerade aufgerufen, und wir sind damit bereits überfällig.«

»Ich hab noch einiges …«

»Betrachten Sie's als Olivenzweig«, drängte sie ihn weiter.

»In dem Fall, natürlich … lassen Sie mich nur schnell etwas holen.« Christian drehte sich um und riss die Tür weit auf, sah seine Untergebene fragend an, als diese hörbar nach Luft schnappte. Er folgte ihrem Blick in sein leeres Büro. »Ich komme gleich«, sagte er zu ihr.

Vanita stand immer noch da, als er die Tür zustieß. Er ging zum Fenster und zog die Jalousie hoch, genoss kurz die Januarsonne, dann setzte er sich an seinen Computer.

Christians Knie befand sich nur wenige Zentimeter von Baxter entfernt, die sich unter den Schreibtisch gezwängt hatte.

Sie hielt den Atem an, zog langsam ihren Fuß ein, wich so weit wie möglich zurück, als sie den eleganten Schuh auf sich zukommen sah. Sie presste sich an die Verkleidung und hob sich vom Boden ab, als er seinen Fuß unter ihr durchschob und ihre Beine in der schwierigen Körperhaltung anfingen, vor Anstrengung zu zittern.

Wolf hatte etwas gefunden, das vielleicht gar nichts zu bedeuten hatte, auf jeden Fall aber vielversprechender aussah als alles andere, was er in dem karg eingerichteten Haus gefunden hatte: Investmentzertifikate, die bis Juni 1981 zurückreichten. Als er sein Handy entsperrte, um Fotos davon zu machen, merkte er plötzlich, wie spät es war.

Baxter hätte spätestens um 9:55 Uhr aus Christians Büro raus sein müssen. Sie hatte geschworen, ihm sofort eine Nachricht zu schicken und ihm mitzuteilen, dass sie sicher wieder rausgekommen war. Er formulierte eine kurze Nachricht:

**Bist du raus???**

Er ließ den Daumen über der Sendetaste schweben und überlegte, ob er ihr vielleicht doch noch eine Minute länger geben sollte.

Baxter hörte Christian direkt über ihrem Kopf mit den Tasten klappern, der Stoff seiner Hose streifte ihren Arm.

Sie wusste, dass Wolf auf eine Nachricht von ihr wartete, und sie beschwor ihn in Gedanken, jetzt bloß nicht anzurufen. Ihr Handy steckte in ihrer Hosentasche. Sie schob drei Finger hinein, spürte das Metall an ihren Fingerspitzen, bekam es aber nicht richtig zu fassen. Sie drückte fester, der dünne Stoff riss, und sie rutschte mit der Hand aus, berührte Christians Schuh.

Das Tastengeklapper hörte auf.

Baxter wagte nicht zu atmen, sie hatte die Augen weit aufgerissen und war hellwach, ihr laut pochendes Herz drohte, sie zu verraten. Sie sah, wie er sich umsetzte, etwas vom Schreibtisch nahm.

»Kessie, würden Sie mir bitte einen Termin zum Mittagessen mit Malcolm Hislop für morgen vereinbaren, bitte?«

Baxter nutzte die Gelegenheit, zog ihr Handy aus der Tasche und schaltete Sekunden, bevor Wolfs Nachricht auf dem Display aufleuchtete, von »vibrieren« auf »stumm«. Sie presste es sich fest an die Brust, um das künstliche Leuchten zu ersticken.

»Egal, wo. Ich lass mich überraschen!«, schmunzelte Christian, beendete das Gespräch.

Sie hörte, wie er den Hörer wieder in die Station stellte, dann eine Schublade aufzog und wieder schloss. Er stand auf, Licht erfüllte den Raum, und Baxter hörte, wie sich seine Schritte entfernten, dann fiel die Tür ins Schloss. Baxter glitt auf den Boden, ihr war schlecht vor Anstrengung. Mit gerunzelter Stirn fiel ihr Blick plötzlich auf das billige Handy, das mit Klebeband auf der Unterseite der Schublade befestigt war.

Zu erledigt, um auch nur einen Anflug von Triumph oder Erleichterung zu verspüren, griff sie danach und riss es ab.

Um 10:17 Uhr war Christian bei Vanita fertig und kehrte in sein Büro zurück, als seine persönliche Assistentin ihn mit einem sehr willkommenen Becher Kaffee und einem deutlich weniger willkommenen Stapel Post abfing.

»Morgen Mittagessen bei Culpeper, die Sonne soll scheinen, und der Dachgarten ist einfach wahnsinnig schön!«

»Danke, Kessie«, sagte er, nahm ihr vorsichtig den heißen Becher ab.

»Ach, haben Sie gesehen, dass DCI Baxter was für Sie abgegeben hat?«

Fast wäre es ihm geglückt, sein Erstaunen zu verbergen. »Wie bitte?«

»Emily Baxter«, stellte sie klar, fürchtete, mal wieder in ein Fettnäpfchen getreten zu sein. »Vor ungefähr einer Dreiviertelstunde ist sie zu Ihnen rein. Ich habe angenommen …«

»Ach ja!«, lächelte Christian.

Seine Assistentin entspannte sich sichtlich.

»Ja, hab ich gesehen. Danke«, log er und versuchte, sein Lächeln nicht verrutschen zu lassen, bis er in sein Büro zurückgekehrt war und die Tür geschlossen hatte.

Er eilte zu seiner Aktentasche und fand darin alles in Ordnung. Sie schien unberührt. Anschließend zog er jede einzelne Schublade auf und stellte fest, dass nichts fehlte, schließlich griff er unter den Schreibtisch und tastete erleichtert nach dem Handy, das immer noch dort klebte.

Mit Blick auf sein Festnetztelefon fragte Christian sich, ob sie es verwanzt hatten. Fast schon beleidigend, wenn sie glaubten, er würde jemals so unvorsichtig sein. Er zog die Möglichkeit in Betracht, dass sie in ihrer Verzweiflung beschlossen hatten, sein Büro abzuhören, wobei er den Gedanken beinahe schon beruhigend fand, denn das war alles, was sie hatten: Verzweiflung.

Er zog das kleine Handy unter dem Schreibtisch ab, verließ sein Büro und ging damit zur Herrentoilette. Nachdem er sich kaltes Wasser ins Gesicht geworfen hatte, vergewisserte er sich zunächst, dass er allein war. Dann rief er zögerlich die einzige Nummer an, die auf dem Handy gespeichert war. Sofort sprang die Mailbox an. »Ich bin's. Ich habe ein Problem, jemand muss sich darum kümmern.«

# KAPITEL 32

Montag, 18. Januar 2016
18:48 Uhr

Rouche hatte den Großteil des Tages verschlafen, aber den Wecker gestellt, weil er sich vor Hollys Eintreffen kurz waschen, ein bisschen aufräumen und das Apartment lüften wollte. Er stand in dem kleinen Badezimmer, starrte in den beschlagenen Spiegel und erkannte sich selbst kaum mehr – die Augen waren tief eingesunken und die Wangen hohl …

**PUPPE**

Die schwarzen und stolzen Buchstaben wirkten eher wie mit Filzstift auf den Spiegel gekritzelt denn wie das gespiegelte Bild seines eigenen Oberkörpers. Er griff danach, wollte sie wegwischen und hätte beinahe geglaubt, es sei ihm geglückt, als sein feuchter Daumen das Spiegelbild verschwimmen ließ. Er fasste sich, schaute an sich herunter und begutachtete wie an jedem Abend den Schaden: Die blau hervorstehenden Adern wanden sich durch das absterbende Fleisch, verkrampften unter der Oberfläche, als würden sie vor dem Gift zurückweichen, das in ihnen floss.

Draußen im Gang vor der Wohnungstür war ein Geräusch zu hören.

Besorgt, dass Holly früher als sonst gekommen sein könnte, drehte Rouche das Wasser ab, nahm sich ein Handtuch und ging zur Schlafzimmertür. Als er es klappern und schaben hörte, legte er die Stirn in Falten und nahm einen Pulli vom Boden, zog ihn sich über den Kopf.

Plötzlich fiel etwas laut hörbar zu Boden, und dann ging ganz langsam die Tür auf.

Rouche trat einen Schritt zurück ins Schlafzimmer, sah einen korpulenten Mann mit einer schweren Schusswaffe in der Hand das Apartment betreten, mit der anderen Hand schloss er die Tür.

Rouche starrte hilflos auf seine Dienstwaffe auf der anderen Seite des Raums, der Griff ragte aus dem Holster. Er wusste, dass er die Strecke niemals rechtzeitig würde zurücklegen können, und überlegte, worauf er zurückgreifen konnte: Baxters Nagelschere, die sie im Badezimmerschrank gelassen hatte, verschiedene Sprühdosen, eine Plastikflasche WC-Reiniger. Er konnte einer Zahnbürste den Kopf abbrechen und den Stiel zum Stechen benutzen.

Er schob die Tür zu, als der Eindringling den Flur entlangkam. Soweit Rouche durch den Spalt sehen konnte, war der Mann Mitte sechzig, hielt sich aber wegen des Gestanks Mund und Nase zu. Vor dem Badezimmer blieb er stehen, stieß die Tür auf und sah nach, ob jemand dort war.

Rouche war kurz davor loszulaufen, zögerte glücklicherweise aber noch, als der Mann sich umdrehte und in die Küche ging, die Waffe hoch erhoben in den offenen Wohnbereich richtete. Als Rouche sich erneut bereit machte loszulaufen, verriet eine knarzende Diele seinen Standort. Der Mann drehte sich sofort um und starrte ins Schlafzimmer, richtete die Waffe direkt auf Rouche, der ihn reglos durch den schmalen Spalt zwischen Tür und Rahmen beobachtete.

Er kam näher.

Rouche schaute verzweifelt zum Schlafzimmerfenster, war sich bewusst, dass er niemals den Sprung aus dem zweiten Stockwerk unbeschadet genug überstehen würde, dass er noch davonlaufen konnte. Er hatte wahrscheinlich bessere Chancen, wenn er versuchte, sich zu wehren, selbst in seinem geschwächten Zustand. Er sah den Mann näher kommen und hielt kurz inne, als er die Ansammlung der verschiedensten Medikamente auf dem Küchentresen sah.

Rouche nutzte den Moment, zog die Tür weit genug auf, sodass er zum Bücherregal kriechen konnte, wobei die Bewegung die Aufmerksamkeit des Eindringlings erregte und dieser erneut die Schlafzimmertür in den Blick fasste.

Rouche wagte es nicht, sich zu rühren, die Mauer aus dunklen Fenstern reflektierte die Innenräume des Apartments wie ein Spiegel. Er konnte sich weder vor dem bewaffneten Mann noch vor seiner eigenen Reflexion verstecken, konnte nirgendwohin und wusste, sollte der Mann den Kopf auch nur ein kleines Stück zur Seite drehen, würde er entdeckt werden.

Die leicht schwingende Tür schien den Eindringling abzulenken, was Rouche Gelegenheit gab, hinter den Möbeln zu verschwinden, solange sich der Bewaffnete vorsichtig dem letzten Raum näherte.

Mit dem Rücken zum Sofa konnte Rouche sein Holster verlockend nahe am Trainingsfahrrad hängen sehen, aber er wagte es nicht, danach zu greifen. Noch nicht.

Holly war früher dran als sonst.

Sie hatte sich schon den ganzen Tag darauf gefreut, Rouche zu sehen, und war bereits in ihrer Mittagspause einkaufen gegangen, hatte Wein, Hühnerbrust, Käse und Kuchen in die Kühlschränke mit den toten Haustieren gepackt.

Sie war mit den Gedanken woanders und dachte sich nichts dabei, als sie sah, dass die Haustür unten mit einem Keil offen gehalten wurde. Ihr war das gesplitterte Holz auf dem Teppich unter dem kaputten Schloss gar nicht aufgefallen. Sie eilte die Treppe hinauf, zog ihren Schlüssel aus der Tasche, klapperte an der Klinke und plagte sich mit den Tüten ab. Dann stieß sie die Tür mit dem Fuß auf und trat ein. Sie wollte gerade den Mund öffnen, um Rouche zu begrüßen, als sich ihr eine grobe Hand aufs Gesicht legte, ein Arm sich um ihre Brust schlang und sie festhielt.

Sie bekam keine Luft mehr, konnte nicht schreien und wehrte sich gegen den Angreifer.

»Pst! Ich bin's«, flüsterte Rouche ihr ins Ohr.

Holly hörte sofort auf, sich zu wehren, woraufhin er den Arm sinken ließ und die Waffe wieder in den Flur richtete.

»Geh«, flüsterte er, nahm die Hand von ihrem Mund, hielt den Blick aber fest auf die geöffnete Schlafzimmertür gerichtet.

Entsetzt tat sie, wie ihr geheißen, drehte sich zur Wohnungstür um und spürte, wie Rouche sich hinter ihr bewegte; er feuerte einen einzigen ohrenbetäubenden Schuss ab, zerrte sie mit einer einzigen geschmeidigen Bewegung zu sich. Ein Teil der Tür explodierte über ihrem Kopf, und sie fiel rückwärts um, Rouche drückte ihr unbeabsichtigt die Luft ab, als er sie in die Küche zerrte und zwei weitere Schüsse abfeuerte, bevor sie hinter den Küchenschränken in Deckung gingen.

Einen Augenblick lang war alles still, abgesehen von Hollys panischen Atemzügen.

Zum ersten Mal sah Rouche sie jetzt an und lächelte, als würden sie gemütlich zusammen im Park sitzen und nicht in Todesangst in Baxters Küche kauern. Er drückte ihre Hand, zuckte aber zusammen, als drei Schüsse Glas und Granitsplitter über ihre Köpfe regnen ließen.

Holly schrie auf und wandte sich mit Angst in den Augen zu Rouche um. Splitter von Baxters Gläsern glänzten in seinen Haaren, als er ihre Hände nahm und ihr auf die Ohren legte. Er zwinkerte ihr zu, sprang auf und gab drei weitere Schüsse ab, dann warf er sich wieder auf den Boden. Der Eindringling wollte zur Haustür und ließ im Vorbeilaufen Kugeln auf sie niederprasseln, Hollys Spiegelbild im Fenster barst.

Rouche, der sich aufrichtete, ihm folgen wollte, kam nur vier Schritte weit, dann brach er zusammen.

»Rouche!«, schrie Holly und kroch über glitzernde Scherben zu ihm, während er nach Luft rang, sich seine Augen mit Tränen füllten und er sich vor Schmerz an die Brust fasste. »Rouche! Was ist? Sprich mit mir!« Hektisch suchte sie seinen Körper nach Schussverletzungen ab, fand aber keine. »Wurdest du angeschossen?!«

Er schüttelte den Kopf. »Ich kriege bloß keine Luft mehr.«

Sie wollte gerade nach seiner Hand greifen, als er vor Schmerz aufschrie.

»Du wirst wieder«, versprach sie ihm, hielt sich das Handy ans Ohr. »Einen Krankenwagen bitte.«

Rouche nahm ihre Hand, sein Kopf hing schlaff herunter.

»Ich hole Hilfe!«, versprach Holly.

Er nahm ihr das Handy ab, Tränen liefen ihr über die Wangen. »Raus«, flüsterte er. Sie verstand nicht. »Bring mich ... nach draußen.«

»Du darfst dich nicht bewegen!«, erklärte sie ihm entsetzt.

Er fing an, sich über den Boden zu ziehen.

»Rouche!«, schrie sie. »Okay! Okay!« Sie hielt sich erneut das Handy ans Ohr. »Wimbledon High Street, gegenüber vom Pub. Sie werden uns sehen. Bitte schnell. Hier ist ein Mann ... ich glaube, er stirbt.«

Baxter sah das Blaulicht schon aus einer halben Meile Entfernung über den Häusern.

Sie trat das Gaspedal noch weiter durch, überholte mitten im dichter werdenden Verkehr, dann bog sie in die High Street ein und parkte illegal einige hundert Meter weit von ihrem Wohnhaus entfernt. Sie schaltete den Motor aus und starrte bestürzt auf die Szene, die sich ihr bot: Polizeifahrzeuge hatten die Straße vollkommen blockiert. Sie zählte vier Streifenwagen, ein Sondereinsatzkommando und verschiedene andere nicht bezeichnete Fahrzeuge.

Nach Hollys panischem Anruf war sie bis zu einem gewissen Grad vorbereitet gewesen, aber offenbar war die Situation seither weiter eskaliert. Nachdem die Rettungssanitäter Rouches verdächtige Verletzungen entdeckt hatten, hatten sie Verstärkung durch die Polizei angefordert und den Ort des Geschehens verlassen. Da außerdem aus der Nachbarschaft eine Schießerei gemeldet worden war, hatte man alle verfügbaren Kräfte hergeschickt.

Baxter zog ihr Handy heraus und schrieb Holly. Keine dreißig Sekunden später entdeckte sie diese, wie sie sich durch die Menge schlängelte und die Straße hinunter zu ihrem Wagen eilte.

Sie vergewisserte sich, dass sie nicht beobachtet wurde, öffnete die Tür und setzte sich auf den Beifahrersitz, warf Baxter die Arme um den Hals.

»Sie haben ihn weggebracht, aber sie wollten mir nicht sagen, wohin!«, schluchzte sie. »Ich weiß nicht mal, ob er noch lebt!«

Baxter löste sich sanft aus der Umarmung und betrachtete ihre alte Schulfreundin: Ihre Haare und Kleidung waren voller kleiner Splitter, und an ihren Händen klebte angetrocknetes Blut.

»Du bist ja verletzt«, sagte sie.

Holly schüttelte den Kopf. »Nicht richtig. Ich hab mich nur am Bein an einer Scherbe geschnitten.«

»Was wissen die?«, fragte Baxter, fest entschlossen, pragmatisch zu bleiben und ihre eigene Angst zu unterdrücken.

»Nichts«, schluchzte Holly. »Er wollte, dass ich ihn auf die Straße bringe«, erklärte sie beschämt. »Er hat die ganze Zeit an dich gedacht, sogar noch als ... als ...« Wieder fing sie an zu weinen, und fast hätte Baxter mitgeweint.

»Dann wissen die nichts von dem Einbruch?«

»Nein.«

»Die wissen nicht, dass ich hier wohne?«

»Natürlich nicht.«

»Was ist mit den Schüssen?«

»Die halbe Straße hat sie gehört.«

»Und was denken die, wer du bist?«

»Bloß irgendeine emotionale Passantin, die den Krankenwagen gerufen hat.«

Baxter nickte und tätschelte ihrer Freundin beruhigend den Arm. Bislang hatte sie alles richtig gemacht. Es schien ihr nicht der geeignete Moment zu sein, sie vorzuwarnen, dass sie noch einige weitere Male würde lügen müssen, bis die Polizei mit ihr fertig war.

»Er hat mir das Leben gerettet«, flüsterte Holly, drehte sich zu ihr um.

»Mir auch.«

»Ich kann nicht glauben, dass er weg ist.«

Baxters Augen glänzten bläulich, als das Licht der Einsatzfahrzeuge über ihre Windschutzscheibe pulsierte. »Nein ... ich auch nicht.«

# KAPITEL 33

Dienstag, 3. Mai 1994
10:04 Uhr

»... Morbus Hodgkin«, sagte der Arzt leise. »Eine Form von Krebs.«

Maggie nickte nur, die unerschütterliche Gelassenheit der Berufskrankenschwester hatte sich in ihrer Psyche viel zu sehr eingegraben, als dass sie anders hätte reagieren können. Finlay dagegen saß mit offenem Mund da.

Der Tag draußen war brutal schön, ein leichter Luftzug klapperte an den Jalousien und war das einzige Geräusch in dem stillen Büro.

Maggie hatte seit Neujahr konstant Gewicht verloren und hätte sich mit dreiunddreißig Jahren keinesfalls ständig so erschöpft fühlen dürfen, wie sie sich gefühlt hatte. Als sie schließlich einen befreundeten Arzt um Rat fragte, hatte dieser schnell eine ganze Reihe von Untersuchungen und Tests angeordnet und sehr viel mehr Aufwand betrieben, als ihr lieb war.

»Maggie, ich weiß, das wird ein Schock für dich sein ... für euch beide, aber ich möchte, dass du weißt, wie ...«

»Wie lautet die ... die ...«, unterbrach Finlay ihn, der stockte, weil ihm das richtige Wort nicht einfiel. »Die Prom...«

»Die Prognose?«, schlug Maggie vor, lächelte ihn an.

»Genau. Wie lautet die Promnose?«

Der Arzt nickte, hatte offenbar mit der Frage gerechnet. »Zu diesem frühen Zeitpunkt kann ich das nicht beantworten. Wir müssen weitere Untersuchungen …«

»Weitere Untersuchungen?«, wiederholte Finlay kopfschüttelnd.

»… Untersuchungen machen, um herauszufinden, ob und wie weit der Krebs bereits gestreut hat.« Der Arzt sah Maggie an. »Aber sie ist widerstandsfähig und ansonsten ja kerngesund, deshalb würde ich mich durchaus ein ganzes Stück weit aus dem Fenster lehnen und sagen, die Heilungschancen sind gut.«

Maggie lächelte ihren Mann ermutigend an, der sich durch die völlig unbegründete und letztlich bedeutungslose Ansichtsäußerung offenbar tatsächlich ein kleines bisschen beruhigen ließ. Sie griff nach seiner Hand und drückte sie.

»Bitte glaub mir«, fuhr der Arzt fort. »Maggie wird die allerbeste Behandlung bekommen, die der NHS zu bieten hat.«

Finlay runzelte die Stirn angesichts der Bemerkung, die eigentlich beschwichtigend hätte wirken sollen. Und als Maggie und der Arzt ihr Gespräch fortsetzten, kehrten seine Gedanken zum ersten Mal seit Jahren wieder zu dem Kofferraum mit dem gestohlenen Geld zurück, von dem eine Hälfte ihm gehörte.

Christian war nach Finlays Umzug noch für knapp achtzehn Monate in Glasgow geblieben, dann hatte es ihn wieder nach Hause, nach Essex, gezogen. Mit ein klein wenig Hilfe von seinem alten Freund fand er eine Stelle bei der Metropolitan Police und arbeitete eine Zeit lang sogar in derselben Abteilung, bis er schließlich einen anderen Posten im mittleren Management angeboten bekam. Sie hatten mal mehr, mal weniger Kontakt miteinander, aber seit zwei Jahren gar nicht miteinander gesprochen, als Finlay ihn aus heiterem Himmel anrief.

Drei Tage nach Maggies Diagnose setzten sich die beiden in einem Café zusammen. Der nach wie vor anhaltende Sonnenschein lockte sie an einen Tisch am Fluss.

»Das Leben hat gewonnen«, verkündete Finlay, als sie mit dem Small Talk durch waren.

»Das musst du mir erklären.«

»Vor fünfzehn Jahren«, erinnerte sich Finlay, »hast du gesagt, irgendwann würde das Leben meine Integrität zermürben. Und ... du hast recht gehabt. Das Leben hat gewonnen.«

Christian legte die Stirn in Falten.

»Ich brauche meine Hälfte«, sagte Finlay zu ihm.

»Natürlich. Sie gehört dir«, erwiderte Christian, dann verzog er das Gesicht. »Aber ganz so einfach ist es nicht, ich kann dir's nicht einfach in einem Aktenkoffer überreichen.«

Finlays Miene änderte sich.

»Keine Sorge!«, setzte Christian rasch hinzu. »Ich hab alles ... sogar noch mehr. Aber das ist gleichzeitig auch das Problem. Ich hab's nicht in einem Schuhkarton im Garten vergraben, sondern ich habe investiert, es breit angelegt, Aktien und Wertpapiere gekauft ... Immobilien. Ich habe langfristig geplant.«

»Ich brauche mein *verdammtes* Geld!«, fauchte Finlay, schlug mit der Faust auf den Tisch, sodass dieser wackelte und ihre Drinks überschwappten.

»Und du sollst es bekommen«, sagte Christian ruhig, lächelte die erschrockene Kellnerin beschwichtigend an. »Wir müssen es schlau anstellen. Wenn ich die Hälfte meines Wertpapierbestands abstoße und dir das Geld gebe, wirkt das vielleicht ein kleines bisschen verdächtig. Meinst du nicht?«

Finlay brummte.

»Was glaubst du wohl, warum ich immer noch ackere wie ein Pferd?«, fragte Christian seinen Freund, der niedergeschlagen aufs Wasser schaute. »Was ist los? Wenn du so dringend was brauchst, dann hab ich bestimmt auch noch ein paar Aktien, die ich abstoßen kann, da würden wir nicht allzu viel verlieren.«

»Mach das.«

Christian nickte. »Heute Nachmittag ... aber nur, wenn du mir sagst, was los ist.«

Finlay schloss die Augen, um sich zu wappnen. »Es ist wegen Maggie ... ihr geht's nicht gut.«

# KAPITEL 34

Dienstag, 19. Januar 2016
9:03 Uhr

»Was zum Teufel war da gestern Abend los?«

»Du hast mich verdammt noch mal angelogen. Das war los!«

»Ich hab dir gesagt, du sollst dich bedeckt halten, ihr nur einen Schrecken einjagen. Und dann wache ich auf, und die ganze Scheiße kommt in allen Nachrichten.«

»Da lebt eine unbewaffnete Frau. Das hast du mir erzählt. Kein verfluchter schwer bewaffneter CIA-Agent!«

»Der war in ihrem Apartment?«

»Ja, war er. Und bis es vorbei war, haben wir's ganz schön zerschossen.«

»Das Ganze ist so ein Chaos!«

»Ich will das Doppelte.«

»Das Doppelte?! Ich zahl dir gar nichts: Du hast den Auftrag nicht erledigt.«

»Ich wurde angeschossen! Wegen dir wäre ich fast draufgegangen.«

»Angeschossen? Ist es schlimm?«

»Jedenfalls nicht gut!«

»Brauchst du was?«

»Nein. Mich hat's schon schlimmer erwischt.«

»Na schön: Das Doppelte … wenn du den Auftrag erledigt hast.«

»Einverstanden. Aber, wenn sie nicht dort wohnt, wo ist sie dann?«

»Bei New Scotland Yard. Genau genommen sehe ich sie jetzt in diesem Moment.«

»Dann komme ich gleich.«

»Folge ihr erst mal. Finde heraus, was sie vorhat. Und wenn sich eine Gelegenheit ergibt …«

»Verstanden.«

»Schwarzer Audi, lass es nach einem Unfall aussehen. Kennzeichen: Romeo, Victor, null, neun, Hotel, Charlie, Golf.«

»Verstanden.«

»Nachher will ich ein Update.«

Holly hatte kein Auge zugemacht.

Sie hatte die ganze Nacht lang Nachrichtenberichte in Zusammenhang mit Rouches Festnahme gesehen, weil sie hoffte, dass sich irgendwo ein neues Detail ergeben würde. Sie hatte sich krankgemeldet und war auf Baxters Bitte hin noch einmal zu dem Apartment gefahren und hatte überzeugend genug gelogen, um dem Beamten, der die Absperrung bewachte, weiszumachen, dass sie dort wohne. Sie schloss auf, legte zum Schutz vor der Kälte die Arme um sich, das kaputte Fenster im Wohnzimmer hatte sie schon vergessen, und nahm sich jetzt vor, es mit Frischhaltefolie zu versiegeln, bevor sie wieder ging. Da sie an den Einschusslöchern im Flur nicht viel ändern konnte, ging sie in die Küche, wo Rouches Schusswaffe noch auf dem Boden lag. Sie öffnete ihren Rucksack und legte sie hinein, ebenso sämtliche Medikamente und Verbandsreste.

Holly ging weiter ins Schlafzimmer, betrachtete nacheinander jedes einzelne der gerahmten Fotos, sammelte sie ein, auch die Brieftasche, das Handy, die Schlüssel und alle anderen Spuren von Rouche, die sie finden konnte.

Um 9:26 Uhr erhielt Baxter einen dringenden Anruf von Technik-Steve, dem Beamten aus der Technikabteilung, der ihnen bei ihren Ermittlungen half. Sie verließ die Besprechung mit Vanita und ging zur Mordkommission, wo Steve sich wie immer für die banalsten Aufgaben begeisterte. Er führte sie in einen abgetrennten Raum.

»Seit gestern Abend habe ich in fünfzehnminütigen Abständen Updates bekommen«, fing er an und ließ sich schwungvoll auf seinem Stuhl nieder, sein mit Kaffee bekleckertes Hemd hing ihm aus der Hose. »Sowohl auf dem Handy, das du gefunden hast, von dem du mir aber nicht verraten willst, wem es gehört, als auch auf der gespeicherten Nummer auf dem gefundenen Handy, von der du mir auch nicht verraten willst, wem sie gehört«, erklärte er unüberhörbar leicht verbittert. »Kannst du mir folgen?«

»Nein.«

»Egal, beide waren komplett tot – d. h., die SIM-Karten und Akkus waren entfernt worden. Bis neun Uhr heute Morgen, da habe ich ein Signal vom nächsten Mast erhalten. Und um drei Minuten nach neun wurde Burner Phone Two von Burner Phone One angerufen. Dauer: Fünfundsiebzig Sekunden. Ort: Irgendwo zwischen Bow Street und Saint Martin's Lane.«

Baxter sah auf ihre Armbanduhr. Seitdem war eine halbe Stunde vergangen.

»Und noch was«, fuhr Steve fort. »Das Handy wurde nicht zum ersten Mal von diesem Standort aus benutzt. Am Elften wurde bereits ein zweiminütiger Anruf in derselben Gegend damit getätigt.«

»Das heißt, damit hast du ausfindig gemacht, wo er sich

aufhält!«, sagte Baxter aufgeregt. »Kannst du noch mehr rausbekommen?«

»Nicht ohne Vollmacht. Wir können ermitteln, dass Nachrichten und Anrufe abgesetzt oder empfangen wurden, aber nicht, welchen *Inhalt* diese Verbindungen hatten.«

»Verfluchte Bürokraten«, fauchte Baxter.

»Es gab in der Öffentlichkeit große Empörung, was den Datenschutz betrifft«, wandte Steve ein.

»Wenn die nichts Verbotenes machen würden, hätten sie auch nichts zu verbergen«, behauptete Baxter. »Wie genau lässt sich der Standort eingrenzen?«

»Dank der hohen Dichte an Masten in der Innenstadt ziemlich genau. Auf circa hundert Meter, würde ich sagen.«

»Okay, ich seh mir das an.« Sie machte Anstalten zu gehen.

»Mir erzählt ja nie einer was«, platzte Steve heraus, »aber mir ist aufgefallen, dass der Standort des anderen Handys, von dem aus der Anruf getätigt wurde ... unserer *hier* war.«

Baxter nickte nachdenklich. »Glaub mir, je weniger du weißt ...«

»Schon klar«, grinste Steve. »Gute Fahrt!«

Er hatte gerade erst sein Motorrad geparkt, als ihm der schwarze Audi auffiel, der genau auf Christians Beschreibung passte und der gerade den Parkplatz von New Scotland Yard verließ. Schnell lief er zu seinem Motorrad zurück, setzte unterwegs den Helm wieder auf und fuhr dem Wagen hinterher, achtete dabei darauf, Abstand zu halten, während sie sich durch den stockenden Verkehr am Fluss schoben. Er begriff, dass er dieselbe Strecke, auf der er gerade gekommen war, wieder zurückfuhr, und als sie an den riesigen Plakaten für den *König der Löwen*, die an der Fassade des Lyceum Theatre hingen, vorbeifuhren und danach abbogen, wuchs seine Sorge.

Der Audi hielt in der Henrietta Street im absoluten Halteverbot, wodurch er sich gezwungen sah weiterzufahren, sonst wäre er aufgefallen. Da ihm kaum etwas anderes übrig blieb und er sie zu verlieren fürchtete, fuhr er um die Ecke und parkte auf dem Bürgersteig vor seinem Gästehaus.

Als er zurück zur Kreuzung geeilt war, sah er Baxter und einen ihm unbekannten Mann aus dem Wagen steigen. Sie starrten die Gebäude an, die die Straße säumten, suchten etwas …

… suchten ihn.

Rasch zog er das zerlegte Handy aus der Tasche seiner Lederjacke, steckte die Teile zusammen und schaltete es ein.

»Ich hab gehört, Wolf und du, ihr bekommt Nachwuchs?«

»Fick dich, Saunders!«, fuhr Baxter ihn an, dann ging sie ans Telefon. »Ja?«

»Chefin, hier ist Steve … Technik-Steve.«

»Wir haben das letzte Mal vor einer halben Stunde miteinander geredet. Ich weiß, wer du bist«, versicherte sie ihm, als sie die geschäftige Seitenstraße unter dem klaren blauen Himmel entlanggingen.

»Gerade eben hat er sein Handy wieder eingeschaltet! War nur ein Anruf von zehn Sekunden, aber ich habe jetzt einen genaueren Standort.«

»Und?«

»Er ist noch da: Ecke Henrietta und Bedford Street.«

Baxter schaute die Straße rauf und runter.

»Gute Arbeit.« Sie legte auf und wandte sich an Saunders. »Er ist hier. Hol die anderen.«

Die vierzig Minuten, die es gedauert hatte, bis sie kamen, hatten Baxter und Saunders genutzt, um die Hotels, Pensionen und Cafés der Gegend abzuklappern. Sie hatten sich nach einem stämmigen weißen Mann Mitte fünfzig oder Anfang sechzig erkundigt, der vermutlich allein reiste, und sich sämtliche Angaben zu sämtlichen Personen geben lassen, auf die Hollys Beschreibung von Christians Komplizen auch nur entfernt gepasst hatte.

Edmunds hatte angerufen, um durchzugeben, dass er in fünf Minuten da sein würde. Baxter erhielt einen weiteren Anruf von Technik-Steve.

»Baxter«, meldete sie sich kurz angebunden.

»Er verwendet das Handy erneut: Henrietta Street.«

Sie pfiff laut, um Saunders auf sich aufmerksam zu machen, und rannte um die Ecke, zurück in die Straße, in der sie geparkt hatten. Dutzende von Menschen bewegten sich in beide Richtungen: ein Geschäftsmann mit breiten Schultern und im billigen Anzug, ein verirrter Hipster, dessen langer Vollbart ihm scheinbar den Weg zurück nach Shoreditch wies, ein Mann in lederner Motorradkluft, Bauarbeiter mit Helmen …

»Wo ist er jetzt?«, fragte sie, als Saunders sie eingeholt hatte.

»Immer noch in der Henrietta Street, er bewegt sich in nordöstlicher Richtung auf Covent Garden zu.«

»Kannst du die anderen dazuschalten?«, fragte sie, während sie mit Saunders weiterging, Menschen ausschloss, die Gebäude betrachteten oder die Richtung änderten. Im Vorbeigehen tätschelte sie Blackie, sah nach, ob an der Windschutzscheibe schon ein Strafzettel hing.

Saunders' Handy klingelte kurz, als er in die Konferenzschaltung einstieg.

»Geht weiter«, riet Steve ihnen.

Sie beschleunigten ihre Schritte, und vor ihnen tat sich die breite Piazza von Covent Garden auf.

»Anscheinend ist er stehen geblieben«, sagte Steve. »Seht ihr jemanden, der stehen geblieben ist?«

Die berühmte Touristenfalle war belebt wie immer, die Markthalle mit den Säulen bildete eine Insel auf dem Kopfsteinpflaster, wo Straßenkünstler die Massen in ihren Bann zogen. Baxter suchte die Gesichter ab, wusste nicht, wen sie überhaupt suchte.

»Ich bin hier!«, verkündete Edmunds über sein Handy, klang außer Atem. »An der Oper. Wo soll ich hin?«

»Okay. Er geht weiter!«, schrie Steve aufgeregt. »Auf die Markthalle zu, und zwar sehr schnell!«

Alle drei sprinteten auf das Gebäude in der Mitte zu, traten zwischen den Steinsäulen hindurch unter das gewölbte Glasdach und schwärmten aus, vorbei an den Geschäften, begleitet von den Klängen eines Streicherquartetts, das Restaurantgäste unterhielt.

»Er ist wieder stehen geblieben«, sagte Steve. »Warte mal … Saunders, ich verfolge dich auf dem Schirm.«

»Echt?«

»Weiter geradeaus.«

Saunders gehorchte, beobachtete die Passanten, während er weiter an den teuren Geschäften vorbeizog.

»Weiter … weiter … halt!«

Erneut tat er wie ihm geheißen, schaute verwirrt die vorübergehenden Menschen an. Dann spähte er über das Geländer, um zu sehen, ob sich die Zielperson unten befand.

»Da ist niemand!«, übertönte er das Geschnatter einer Gruppe von Touristen.

»Du bist ganz dicht dran! Er müsste direkt vor dir stehen!«

Saunders lief den Gang auf und ab, suchte verzweifelt nach jemandem, auf den die Beschreibung passte. »Ich sag dir, hier ist im Umkreis von vier Metern niemand.«

»Ruf an«, schlug Edmunds vor, der von der Halle aus zusah. »Steve, ruf an!«

»Chefin?«, fragte Steve ängstlich.

»Mach's.«

Wenige Augenblicke später ertönte eine gedämpfte Melodie.

»Los! Los! Los!«, bellte Saunders eine Gruppe Schulkinder an und folgte dem Geräusch bis zu einem Mülleimer. »Er hat das Handy weggeschmissen!«, gab er durch und kramte zwischen weggeworfenen Lebensmittelverpackungen und Kaffeebechern herum, suchte das Telefon, dann folgte er den anderen nach draußen.

Baxter starrte verzweifelt auf die Menschenflut, die zur Piazza strömte. Ihr Instinkt gab ihr ein, den Weg zu beobachten, den sie gekommen waren, in der Hoffnung, dass es auch ihren Verdächtigen erneut dorthin zog. Ihr Blick fiel auf einen Mann in vollständiger Motorradkluft, den sie als einen derjenigen erkannte, denen sie auf den Platz gefolgt waren.

»Tut mir leid, ich komme zu spät!«, sagte Wolf, der jetzt ebenfalls zu ihnen stieß.

Baxter entdeckte ihn inmitten der Menschentrauben. »Wolf, der Typ in der schwarzen Motorradkluft, er kommt direkt auf dich zu!«

Wolf hielt inne, seine Größe allein genügte, um den Menschenstrom um ihn herum zu lenken. Weniger als zehn Meter entfernt stand die Zielperson und starrte ihn an, hatte ihn erkannt und sofort die Richtung gewechselt, das Tempo jedoch beibehalten, um in der Menge nicht aufzufallen. Wolf nahm die Verfolgung auf, schob sich durch eine geführte Reisegruppe und fand einen Lederhaufen auf dem Kopfsteinpflaster.

»Scheiße! Er hat die Jacke ausgezogen«, gab er an die anderen durch. »Ich hab ihn verloren!«

Edmunds folgte ihm bereits, als der Mann zwischen den Säulen der Kirche hervortrat. Einen gewissen Sicherheitsabstand einhaltend, lief er hinter einem mit Feuer jonglierenden Straßenkünstler vorbei, der beachtlich viel Platz für sich beanspruchte. Er sah, wie sich die Gestalt des Verdächtigen in der Hitze der lodernden Keulen verzerrte, nahm sein Handy, um sein Team zu verständigen, zögerte dann aber.

Wut und Adrenalin stiegen in ihm auf, und er dachte daran, wie diese noch nicht identifizierte Person, die sich jetzt hier durchs Publikum schlich, dasselbe bei ihm zu Hause getan hatte, mit einer Flasche zersetzender Flüssigkeit an seiner schlafenden Frau und seiner Tochter vorbeigegangen war. Noch immer überfielen ihn albtraumhafte Bilder, wenn er innehielt und sich fragte, was geschehen wäre, wenn sie aufgewacht wären …

Edmunds rannte über die freie Fläche, lenkte damit den Straßenkünstler ab, der seine Flammenkeulen fallen ließ. Versehentlich stieß er ein paar Menschen um, als er den Verdächtigen in den Schwitzkasten nahm und zu Boden zwang, wobei ihm selbst die Luft wegblieb, da der schwere Mann auf ihm landete und ihm mehrere schwere Hiebe versetzte.

Edmunds hielt ihn trotzdem weiter fest, zog den Arm immer enger um den schmalen Hals seines Gegners.

Saunders war als Erster bei ihm.

»Verdammt! Edmunds hat ihn erwischt!«, lachte er ins Telefon, beugte sich über die beiden.

»Hilf mir, bitte!«, keuchte Edmunds, bei dem sich erste Ermüdungserscheinungen bemerkbar machten. »Der Kerl ist *verdammt* schwer!«

»Okay«, sagte Saunders und suchte seine Handschellen. »Tut mir leid.«

# KAPITEL 35

Dienstag, 19. Januar 2016
11:42 Uhr

Die Polizeifahrzeuge hatten ihrerseits zahlreiche Zuschauer angezogen, unter deren neugierigen Blicken Edmunds half, den Gefangenen in einen Polizeitransporter zu eskortieren. Er durchsuchte die Brieftasche des Mannes und kehrte dann zu den anderen zurück, die sich mit einem wohlverdienten Kaffee in dem für die Jahreszeit eher untypischen Sonnenschein wärmten.

»Joshua French«, verkündete Edmunds, betrachtete den schmutzigen Führerschein mit zusammengekniffenen Augen. »Ich wusste doch, dass ich den von irgendwoher kenne.«

Sie warteten auf nähere Ausführungen.

»Er ist ein paarmal in den alten Akten aufgetaucht«, erklärte er. »Hat damals in Glasgow mit Finlay und Christian zusammengearbeitet.«

»Finlay hätte bessere Freunde gebrauchen können«, überlegte Saunders und sah zu, wie sich die Türen hinter dem grimmig dreinschauenden Mann schlossen.

»Er hatte doch uns«, entgegnete Wolf. »Wir haben ihn nicht im Stich gelassen. Wir haben Christians Komplizen verhaftet. Der Fall ist *fast* erledigt.«

»Na dann, bringen wir's doch zu Ende«, schlug Saunders

vor und kippte den Rest seines Kaffees auf das Kopfsteinpflaster, wo er in die Ritzen rann.

Wolf klopfte ihm freundschaftlich auf die Schulter, und beide gingen zu dem wartenden Polizeitransporter. Er hielt inne und drehte sich zu Baxter um, die sich nicht gerührt hatte.

»Willst du dabei sein?«, fragte er sie.

»Mehr als alles andere«, erwiderte sie. »Aber ich habe einen Straßenkünstler mit Verbrennungen zweiten Grades, eine chinesische Touristin mit einem kaputten iPad und zwei fröhliche Amerikaner, die gar nicht mehr so fröhlich sind. Langweiliger Chief-Inspector-Kram, du weißt schon. Fahrt ihr schon mal vor. Macht ihm die Hölle heiß.«

Wolf nickte. »Kann ich dich später anrufen?«

»Kannst du«, sagte sie und winkte ihnen nach.

Es wäre nicht nötig gewesen, den Festgenommenen bei New Scotland Yard durch die Lobby zu führen, aber Wolf hatte drei gute Gründe, es trotzdem zu tun: Erstens, er musste sich sowieso selbst anmelden; zweitens, er wollte French unter keinen Umständen aus den Augen lassen; und drittens, er war in Stimmung zu provozieren.

Alle im Gebäude wussten, dass er an dem »Selbstmord« von Finlay Shaw arbeitete; daher hatte er keinen Zweifel daran, dass die Nachricht, er sei mit einem Festgenommenen durch den Eingangsbereich spaziert, die oberen Stockwerke schneller erreichen würde als er selbst. Und genau das wollte er. Er wollte Christian vermitteln, dass er erledigt war. Ihm gefiel die Vorstellung, dass Christian allein oben in seinem Büro hockte und sich davor fürchtete herauszukommen. Wolf wollte, dass er beschämt durch ein Spalier aus vernichtenden Blicken gehen musste. Als sie auf den Fahrstuhl warteten, gestattete er sich sogar die Vorstellung, Christian würde aufs Fensterbrett steigen und sich hinunterstürzen – was ein wohlverdientes und poetisches Ende für ihn gewesen wäre.

Vanita wartete darauf, dass sich die Fahrstuhltüren öffneten. Sie hatte Vernehmungsraum I für den gesamten Tag reserviert und sämtliche anderen Termine verschoben. Außerdem hatte sie sich mit ihren Kontakten bei der Presse in Verbindung gesetzt und diese vorgewarnt, dass möglicherweise noch vor Ende des Tages eine Pressekonferenz einberufen werden würde.

»Ohne meine Anwältin sage ich kein Wort«, erklärte French, wirkte allerdings fast gelangweilt von der ganzen Angelegenheit.

»Ich kümmere mich gleich darum«, versprach Wolf und stieß ihn durch die Tür in den Vernehmungsraum.

»Aber ich hab Ihnen doch noch gar nicht ihren Namen ge…«, fing French an, doch da schlug die Tür schon vor seiner Nase zu.

Schließlich hatte doch jemand mit etwas mehr Geduld Frenchs Anwältin verständigt und den weiteren Ablauf dadurch verzögert. Wolf wurde allmählich unruhig. Es kam ihm falsch vor, dort zu sitzen und nichts zu tun, während der zu überführende Mörder nur wenige Stockwerke weiter oben seinem Schicksal entgegensah.

»Lasst ihn nicht aus den Augen«, wies Wolf Edmunds und Saunders an und stand auf.

»Wo willst du hin?«, fragte Saunders.

»Ich geh spazieren«, erwiderte Wolf, der lieber für sich behielt, wohin er wollte und auch, dass er hoffte, Christian würde sich lieber in aller Stille erdolchen, anstatt vor den Augen der mitleidlosen Masse zu sterben.

Christian starrte ins Leere, als Wolf an seine Tür klopfte.

»Herein!«, rief er und nahm sich einen x-beliebigen Stapel Unterlagen vor, nur um beschäftigt zu wirken.

Er schien sich über Wolfs Erscheinen nicht zu wundern, der jetzt seine Taschen nach außen stülpte und sein Hemd hob, um ihm zu beweisen, dass ihr Gespräch unter vier Augen stattfinden würde. Er schloss die Tür und entfernte demonstrativ den Akku seines Handys, noch bevor er sich dem großen Schreibtisch näherte.

»Setz dich«, sagte Christian müde, und Wolf kam der Aufforderung nach.

Träger Sonnenschein erfüllte das Büro, eine unerwartet entspannte Atmosphäre prägte die Szenerie ihres letzten Akts.

»Du hattest einen erfolgreichen Tag«, sagte Christian. »Fin hat mir immer schon gesagt, dass du was draufhast.«

»Mit mir hat das nichts zu tun«, gestand Wolf. »Das war alles Baxter.« Ein flüchtiger Ausdruck, den Wolf nicht so recht deuten konnte, huschte über das Gesicht des Commissioner. »Wir warten jetzt alle nur auf Frenchs Anwältin«, fuhr er fort und unterdrückte ein Gähnen. »Er wird ohne Zweifel einen Deal eingehen.«

»Ohne Zweifel«, stimmte Christian zu.

»Vor diesem Hintergrund ... hab ich mich gefragt, ob du vielleicht mit mir runterkommen möchtest«, sagte Wolf freundlich.

»Nein danke, ich bleibe hier.«

»Okay«, erwiderte Wolf. »Ich dachte, ich frag mal. Ich denke, wir kommen dich in Kürze holen, und dann ... gibt's da ja auch noch ein Fenster«, erklärte er nur für den Fall, dass Christian nicht selbst draufkam.

Der Ältere der beiden schmunzelte. »Was genau, glaubst du eigentlich, wird hier passieren?«

Wolf stöhnte entnervt. »Es ist vorbei, Christian.«
»Wirklich?«
»Wir haben deinen Bauern.«
»Aber ihr habt eure Königin dafür geopfert.«
Es dauerte einen Augenblick, bis die Worte ankamen.
Wolf wollte gerade etwas wie üblich Respektloses sagen, als ihm aufging, dass irgendwas an der Art, wie Christian ihn angrinste, völlig verkehrt war …
Winterblumen erstickten sich gegenseitig in ihrem Kampf um die Sonne …
Und ein in die Enge getriebenes Tier ohne Fluchtmöglichkeit …
Überleben um jeden Preis.
»Was hast du getan?«, fragte Wolf, der jetzt von Panik ergriffen Mühe hatte, sein Handy wieder zusammenzusetzen. »Was hast du getan?!«
Christian lehnte sich zurück und grinste.
Während sein Handy langsam wieder hochfuhr, rannte Wolf aus dem Raum, durch das Büro zum Treppenhaus.

Kaum war er außer Sichtweite, fing Christian an zu hyperventilieren. Er glitt hinter seinem Schreibtisch zu Boden und kippte den Inhalt seines Papierkorbs aus, da er das Gefühl hatte, sich übergeben zu müssen.

Als sie dorthin zurückkehrte, wo sie Blackie »geparkt« hatte, war Baxter ziemlich stolz auf sich. Sie hatte die chinesische Touristin mit ihrem kaputten iPad zum Apple Store an der Ecke geschickt, hatte die beiden Amerikaner mit Mittagessen beschwichtigt und sich erst, als es wirklich nicht mehr anders ging, mit dem juristische Schritte androhenden Feuerjongleur angelegt.

»Ihr Glück, dass ich dank meiner Kleidung zu achtzig Prozent flammwidrig wirke.«

»Und ich behaupte, Sie wirken zu hundert Prozent widrig.«

Vermutlich würde sie die Bemerkung noch bereuen.

Sie warf ihre Tasche auf den Beifahrersitz, stieg ein und schaute auf ihr Handy, um zu sehen, wie es mit French voranging. Da sie keine neuen Nachrichten vorfand, beschloss sie, zu New Scotland Yard zurückzufahren. Sie ließ den Motor an, der verdächtig stotterte und spuckte, was umso besorgniserregender war, da sie noch gar nicht losgefahren war. Sie ließ das Handy in ihre Tasche fallen und verpasste dadurch Wolfs Anruf genau in dem Augenblick, in dem sie anfuhr.

Da sie jetzt im Einbahnstraßensystem um den großen Fußgängerbereich steckte, kam sie im Mittagsverkehr kaum schneller als mit fünfzehn Stundenkilometern voran. An der Kreuzung zu The Strand beschleunigte Baxter aggressiv, um die Ampel noch zu erwischen, und hörte ein verdächtiges Knacken, als sie mit dem Fuß auf die Bremse stieg.

Einen Augenblick später hatte sie schon den Vespafahrer vor sich erwischt und schlitterte in den fließenden Verkehr. Sie schnappte nach Luft und pumpte wiederholt das Bremspedal auf und ab, während die Autos um sie herum vor ihren Augen verschwammen und ringsum laut gehupt wurde. Sie zog die Handbremse und schaffte es auf wundersame Weise unverletzt auf die andere Seite, raste aber immer noch auf den Gehweg vor der U-Bahn-Station Temple zu. Da ihr zum Nachdenken keine Zeit blieb, presste sie die Hand auf die Hupe und hörte die Schreie der wild auseinanderspringenden Fußgänger, als der Wagen schon die breite Treppe zum Ufer hinuntersauste, an den Wänden entlangschrammte, während Baxter vergeblich versuchte, ihn unter Kontrolle zu bekommen. Sie packte den vibrierenden Schaltknüppel und legte den zweiten Gang ein, woraufhin der Motor laut protestierte, aber nicht verlangsamte.

Als sie mit der vorderen Stoßstange auf den Bürgersteig knallte, schlitterte der Wagen in den vierspurigen Verkehr am Fluss. Sie wurde seitlich gerammt, der aus dem Gleichgewicht geratene Wagen wirbelte herum, wurde immer und immer wieder getroffen, wirbelte wie eine Flipperkugel zwischen den abrupt bremsenden Fahrzeugen umher, näherte sich gefährlich dem schlammfarbenen Fluss ...

Der sich mehrfach überschlagende Audi kam jetzt am Uferrand zum Stehen, die eingedellte Kühlerhaube hing über dem eiskalten Wasser, und er schaukelte sanft, während die ersten barmherzigen Samariter aus den Autos stiegen und helfen wollten. Baxter wusste, dass sie verletzt war, als sie benommen auf ihr Handy schielte, das am Autohimmel unter ihr brummte.

Wolf (neu)

☎ Eingehender Anruf

Sie streckte die Hand danach aus ... dann fiel sie.

# KAPITEL 36

Mittwoch, 25. Dezember 2009
Erster Weihnachtsfeiertag
12:25 Uhr

Baxter schob sich eine Handvoll Popcorn in den Mund, einige Körner kullerten über die karierte Decke und landeten in den unerforschten Ritzen von Finlay und Maggies knittrigem Ledersofa. Über ihre Weihnachtssocken hinweg sah Baxter, wie Harry und Marv brutal Farbeimer ins Gesicht knallten, woraufhin sie einem Achtjährigen drohten, ihm die Eier abzuschneiden. Ganz schön düster.

»Welcher ist das jetzt noch mal?«, fragte Finlay von seinem Lieblingssessel aus.

»*Kevin – Allein zu Haus*«, erwiderte Baxter mit vollem Mund.

»Ja, aber eins oder zwei?«

»Eins. Zwei spielt in New York.«

»Und dieser?«

»Keine Ahnung. Ich glaube, das weiß niemand. Ist auch egal.«

»Wenn es New York ist, dann ist das nicht egal, dann ist es nämlich der zweite.«

»Es ist aber nicht der zweite, verdammt noch mal!« Baxter hob gereizt ihre Popcorn-Hände.

»Hört auf zu zanken, ihr beiden«, sagte Maggie bestimmt, wobei sie sich aber ein Lächeln unter der bösen Miene nicht verkneifen konnte.

Sie war beunruhigend dünn geworden, hatte erst kürzlich wieder mit der Chemotherapie begonnen und erneut ihr dunkles Haar verloren, das sie so liebte.

Eine mit Pringles-Gewürz verschmierte Hand landete in Baxters Schüssel. Unbeeindruckt wandte sie sich an Wolf.

»Hol dir selber was!«, fuhr sie ihn an, bewarf ihn mit ein paar Popcorn-Körnern, die er doppelt so fest wieder zurückwarf.

»Kinder! Kinder!«, ermahnte Maggie die beiden Detectives.

Ein letztes Popcorn-Geschoss traf Wolf am Auge, dann widmeten sich alle wieder dem Film.

»Ich hab mal einen Typen gesehen, der einen Farbeimer in die Fresse bekommen hat«, platzte Baxter heraus und griff nach ihrer Schoko-Orange.

»Der Arme«, sagte Maggie.

»Nee … war ein mieses Stück Scheiße.«

»Achte auf deine Ausdrucksweise!«, riefen Finlay und Maggie wie aus einem Mund, woraufhin Baxter ihren Kollegen böse ansah wie den vulgären Heuchler, der er war.

»Hat er's überlebt?«, fragte Maggie.

»Nicht so richtig … sein Kopf ist implodiert!«

»Emily!«, sagte Maggie mit gerunzelter Stirn, während Finlay in der Ecke schmunzelte.

»Aber das war noch nicht mal das Eigenartigste«, fuhr sie sehr zu Maggies Missfallen fort. »Als sein Kopf implodiert ist, ist der Farbeimer mit hochgegangen. Das heißt, ich hab überhaupt keinen Tropfen Blut gesehen, nur kaugummipinken Glibber, der von den Wänden und von der Decke getropft ist, als wäre er ein Alien oder so.«

Wolf wandte sich an sie. »*Bullshit!*«

»Ausdrucksweise!«

»Ist aber wahr!«, beharrte Baxter.

»Und wo war ich da?«, fragte Wolf.

»Suspendiert.«

Er dachte einen Augenblick nach und nickte, akzeptierte die sehr plausible Antwort.

»Aber«, fing Baxter wieder an, »das war *nichts* im Vergleich zu dem Typen, der ...«

»Geschenke!«, unterbrach Maggie sie hastig. »Wie wär's, wenn wir ein paar Geschenke aufmachen? Eins sollte vielleicht ausgepackt werden, bevor es mir wieder auf den Teppich macht«, sagte sie und warf ihrem Ehemann einen vielsagenden Blick zu.

Baxter setzte sich gespannt auf, stellte den Film auf Pause, griff in ihre Tasche voller Knabberkram und zog das erste erbärmlich schlecht eingepackte Geschenk heraus. Sie gab es Wolf.

»Oh, das ist peinlich«, sagte er. »Ich hab vergessen, was für dich zu besorgen.«

Baxter guckte gekränkt.

»Hör nicht auf ihn«, sagte Maggie. »Es ist oben. Fin, geh's doch mal holen.«

Brummend erhob sich Finlay umständlich, während Wolf das Geschenkpapier aufriss.

»Nein?!«, rief er nach Luft schnappend und hielt das verblichene Bon-Jovi-*Keep-the-Faith*-Tour-T-Shirt hoch.

»Wo hast du das denn aufgetrieben?«

»Ebay.«

Er drehte sich zu Maggie um, zeigte es ihr.

»Ich war auf dem Konzert, konnte mir das T-Shirt damals aber nicht leisten.« Er drehte sich zu Baxter um. »Dass du dich daran noch erinnert hast! Das heißt, du hörst mir tatsächlich zu?«

»Nur wenn's nicht anders geht.«

»Danke.« Er beugte sich zu ihr rüber, umarmte sie. Maggie sah, wie Baxter die Augen schloss und ihn ihrerseits drückte.

»Schade, dass Andrea keine Zeit hatte«, platzte Finlay dazwischen, der jetzt wieder im Eingang stand, hinter ihm waberte der Duft des Essens auf dem Herd herüber. »Was hast du noch mal gesagt, wo sie ist?«

Wolf ließ Baxter los und rutschte wieder auf seine Seite des Sofas. »Bei ihrem Vater.«

»Und wo wohnt der inzwischen?«

»Im Hades«, erwiderte Wolf, legte sein Geschenk vorsichtig über die Sofalehne. »Bedworth. Ich hatte keine Lust hinzufahren.«

»Kann ich dir nicht verdenken ... also, soll ich's jetzt reinbringen?«, fragte Finlay, hob eine Plastikkiste an und stellte sie auf den Boden. Er löste zwei Haken vorne, woraufhin eine flauschige Katze auf den Wohnzimmerteppich sprang.

Baxters Augen leuchteten.

»Du hast mir eine Katze besorgt!« Sie schrie wie ein aufgeregtes Kind, warf die Arme um Wolf, während Maggie über ihre Reaktion lachte. »Ich kann nicht glauben, dass du das gemacht hast!«

»*Er hat das gemacht?*«, fragte Finlay bitter. »Ich war der Trottel, der sie die letzten zwei Wochen gefüttert hat!«

Maggie brachte ihn mit einem »Psst« zum Schweigen.

»Ich wollte nicht, dass du ganz allein zu Hause bist. Und jetzt bist du's nicht mehr«, erklärte Wolf fast befangen. »Ist aus dem Tierheim und übrigens ein Kater. Finlay und ich haben ihn zusammen ausgesucht.«

Baxters Lächeln wirkte ein bisschen gezwungen. »Aus dem *Tierheim?* Und was …? Was stimmt nicht mit dem Tier?«

»Nichts. Alles in Ordnung!«

»*Wolf!*«

»Musst ihm nur einmal pro Tag ein Zäpfchen geben …«

»*Wolf?!*«

»… in den Hintern.«

»Wie eklig!«, beschwerte sich Baxter, rutschte vom Sofa auf den Boden, um ihr neues Haustier kennenzulernen.

»Warte mal«, sagte Finlay stolz. »Wir haben einen Trick … Hallo!«, rief er dem Kater zu, der daraufhin miaute. »Hallo!« Der Kater drehte sich um und miaute erneut, worüber alle lachten. »Deshalb habe ich ihn ›Echo‹ genannt, aber dir fällt bestimmt was viel Besseres ein.«

Baxter stand auf und umarmte Finlay. »Danke«, flüsterte sie, schaute den Kater an. »›Echo‹ ist perfekt.«

Finlay trug Maggie nach oben ins Bett.

Sie war so lange aufgeblieben wie möglich, dann aber am nicht allzu späten Nachmittag in ihrem Sessel eingeschlafen. Obwohl Finlay ihnen versicherte, dass sie gerne bleiben durften, hatten sich die Gäste unter verschiedenen Vorwänden verabschiedet und sie in Ruhe gelassen. Baxter war nach Hause gefahren, um sich vor ihrer Nachtschicht noch ein bisschen auszuruhen, und Wolf hatte Andrea und seine Eltern angerufen. Dankbar dafür hatte Finlay sogar seinen Sohn gebeten, seinen Besuch auf den folgenden Abend zu verschieben.

»Ich, äh … ich hab dir noch ein Geschenk besorgt, aber das wollte ich dir vor den anderen nicht geben«, sagte Finlay nervös. Er reichte Maggie eine schlichte Pappschachtel. »Ich weiß nicht, ob es das Richtige ist oder nicht … mach mal auf.«

»Was ist denn in dich gefahren?«, fragte sie misstrauisch,

hob den Deckel und starrte verwirrt auf den Inhalt. Sie griff hinein, zog eine dunkelbraune Lockenperücke heraus und brach in Gelächter aus. »Was um Himmels willen ist denn das?!«

Finlay machte ein beleidigtes Gesicht. »Die war teuer!«

Maggie musste noch lauter lachen, wischte sich Tränen aus den Augen, dann zog sie den synthetischen Afro auf den Kopf, woraufhin nun auch Finlay in schallendes Gelächter ausbrach.

»Ich hab's versucht«, sagte er und legte sich neben sie aufs Bett, schmunzelte immer noch, war aber eindeutig enttäuscht.

Maggie drückte ihn, so fest sie konnte, dann legte sie ihren Kopf auf seine Brust.

»Mein Held«, murmelte sie, döste bereits ein, während Finlay ihr den Arm streichelte. Er dachte an den Schuhkarton voller Bargeld, den er heute Morgen ausgepackt hatte, eine weitere Ratenzahlung von Christian, nicht einmal genug, um die Arztrechnungen vom letzten halben Jahr zu begleichen.

»Halte mich nicht für einen Helden …«, flüsterte er leise, lauschte Maggies Atem, der sich veränderte, je tiefer sie einschlief. »Ich würde das letzte lebendige Wesen auf Erden töten, um dich zu retten.«

# KAPITEL 37

Dienstag, 19. Januar 2016
15:09 Uhr

Thomas trat aus Versehen die Handtasche einer älteren Dame um, als er durch die Gänge zur Notaufnahme raste. Fast wäre es das Dramatischste gewesen, was er in seinem Leben je getan hatte, aber dann machte er doch kehrt, sammelte den Inhalt ein und entschuldigte sich überschwänglich. Nach einer Begegnung mit einer ganz besonders gereizten Mitarbeiterin an der Anmeldung bekam er den Weg zu einem kleinen Zimmer gewiesen, wo Wolf, Edmunds und Maggie bereits warteten.

Trotz Saunders' Protesten hatte Wolf darauf bestanden, dass Saunders in New Scotland Yard blieb, um Joshua French im Auge zu behalten. Da er Baxters Freund nicht in die Augen schauen konnte, senkte er den Blick zu Boden.

»Du musst Thomas sein«, sagte Maggie und stand auf, um ihn zu umarmen. Sie hatte ganz eindeutig geweint, trat beiseite, damit Edmunds Thomas ungelenk von Mann zu Mann umarmen konnte.

»Hey.«

»Alex«, erwiderte Thomas erwartungsvoll, sein Blick huschte zurück zu Wolf in der Ecke. Unwillkürlich richtete er sich ein bisschen gerader auf, machte sich größer.

»Wie schon am Telefon gesagt, sie hatte einen Autounfall … einen schlimmen.«

»Du hast gesagt, sie wurde … sie musste aus dem Fluss gezogen werden?«

»War ein ziemlich schlimmer Unfall«, wiederholte Edmunds. »Sie ist noch nicht wieder aufgewacht …«

»Oh Gott!«

»Aber nur weil sie künstlich im Koma gehalten wird, bis die Kernspintomografie gemacht wurde. Das ist ganz normal.«

Thomas nickte, und da ihm nichts anderes mehr einfiel, setzte er sich zu den anderen, wartete hilflos.

»Wie geht es ihr?«, fragte Saunders, der vor dem Vernehmungsraum stand und telefonierte.

Frenchs Anwältin hatte gerade eine knappe Stunde mit ihrem Mandanten verbracht und war dann mit Vanita nach oben verschwunden.

»Unverändert«, erwiderte Wolf.

»Also, vielleicht muntert dich Folgendes ja ein bisschen auf«, sagte Saunders, der sich in eine ruhige Ecke des Büros verzog, dabei aber weiter die Tür fest im Auge behielt. »French ist bereit auszupacken. Der Commissioner hat ihm zweieinhalbtausend dafür bezahlt, dass er die Asservatenkisten aufspürt und vernichtet, außerdem weitere zweieinhalbtausend für den Einbruch in Baxters Apartment, was natürlich Probleme aufwirft, und …«, er zögerte, »die Manipulation an ihrem Wagen.«

Jemand hatte etwas an den Drucker geschickt, der jetzt laut knackte und summte, was Saunders erneut dem Vernehmungszimmer entgegentrieb.

»Was will er im Gegenzug?«, fragte Wolf.

»Vanita verhandelt just in diesem Moment mit seiner Anwältin. Aber hey! – eigentlich müsstest du dem Chef schon bald Handschellen anlegen können. Das ist doch was, oder?«

Wolf antwortete nicht sofort. »Lass ihn nur nicht aus den Augen.«

»Natürlich nicht.«

Um 16:46 Uhr tauchte ein vergnügter Arzt in der Tür auf.

Thomas und Edmunds erhoben sich erwartungsvoll.

»Hallo, ich bin Dr. Young. Ich kümmere mich um Emily. Ich freue mich, Ihnen mitteilen zu dürfen, dass wir so weit nur gute Neuigkeiten haben«, lächelte er. »Das MRI scheint in Ordnung, und mithilfe von Infusionen ist es uns außerdem gelungen, ihre Temperatur zu senken. Die Halsmanschette bleibt als Vorsichtsmaßnahme, da sie geistig vollkommen klar sein muss, bevor wir sie abnehmen können.«

»Ist sie bei Bewusstsein?«, fragte Thomas.

»Das ist sie, aber ich kann nur *einen* von Ihnen für ein paar Minuten zu ihr lassen.«

Wolf stand auf.

Thomas sah ihn an, als könnte er ihn tatsächlich umblasen.

Edmunds schüttelte kaum merklich den Kopf.

Maggie nahm ihn am Arm, zog ihn sanft herunter.

»Schön«, sagte Wolf sich entschuldigend. »Wahrscheinlich gehst du besser«, sagte er zu Thomas.

Dieser folgte dem Arzt, der ihn in den Raum führte, in dem Baxter zwischen Maschinen und Monitoren lag. Sie in einem Krankenkittel zu sehen war ein eigenartiger Anblick für ihn. Sie wirkte wie geschrumpft, das weite Kleidungsstück betonte umso stärker, wie zart und zerbrechlich sie eigentlich war.

»Ich lasse Sie kurz allein«, sagte der Arzt und schloss die Tür.

Thomas setzte sich ans Bett und drückte ihre Hand. »Na du?«

Baxter stöhnte und drückte sanft zurück, während Thomas ihr einige Minuten lang Belanglosigkeiten erzählte, bis sie wieder einschlief. Da sie seine Hand hielt, wagte er nicht aufzustehen und sah sich stattdessen in der wenig reizvollen Umgebung um. Er konnte es sich nicht verkneifen und griff nach der Patientenakte am Fußende des Betts und blätterte darin.

Da er ungern Angehörige von ihren Lieben trennte, hatte der Arzt ihnen zwei Minuten länger gegeben, als eigentlich angeraten gewesen wäre. Er klopfte an, trat ein und fand Baxter allein im Zimmer.

Thomas riss die Tür auf.

Wolf, Edmunds und Maggie blickten erschrocken auf.

»Sie ist schwanger!«, brüllte er Wolf an.

»Äh ... ja«, erwiderte dieser verlegen.

»Du hast das gewusst?«, fragte Thomas fassungslos, dann sah er Edmunds und Maggie an, die beide ebenfalls recht betreten wirkten. »Ihr habt es *alle* gewusst?!« Thomas, dem jetzt doch die Sicherung durchbrannte, stieß Wolf an die Wand, weshalb Edmunds herbeieilte und eingreifen wollte.

»Glaub mir«, warnte Edmunds seinen Freund, »mit dem willst du dich nicht prügeln.«

»Hör mal, Thomas, ich ...«, fing Wolf an, konnte den Gedanken aber nicht zu Ende führen, weil Baxters sanftmütiger Freund weit ausgeholt hatte und ihm jetzt, recht unkonventionell, was auf die Ohren gab.

Wolf schien vorübergehend irritiert, sackte dann aber zu Boden und blieb reglos liegen.

»Oh Gott!«, keuchte Thomas, starrte entsetzt auf seine pochende Faust. »Ich glaube, ich hab ihn bewusstlos geschlagen. Soll ich jemanden holen?«

»Komm, wir gehen lieber ein paar Schritte«, schlug Edmunds vor, führte ihn hinaus, während Maggie ruhig weiter ihren Tee trank.

»Sollten wir ihn vielleicht in die stabile Seitenlage bringen?«

»Lass das Maggie machen«, versicherte ihm Edmunds.

Kaum war Thomas sicher außer Hörweite, steckte er den Kopf zur Tür hinein und raunte Wolf zu:

»Kannst wieder aufstehen.«

Baxter konnte den Kopf nicht drehen, die Halskrause schränkte sie in ihrer Bewegungsfreiheit ein, aber sie war zumindest wieder so weit bei Kräften, dass sie sich selbst aufrichten konnte. Sie griff nach dem Becher Wasser an ihrem Bett, stieß ihn aber versehentlich um, da sie die Nachwirkungen der Betäubungsmittel immer noch spürte. Sie fasste sich und schaute an sich herunter, um den Schaden zu begutachten, stellte dabei beruhigt fest, dass alle Körperteile noch dran waren und auch in die jeweils richtige Richtung zeigten: Auf die Erleichterung folgte allerdings rasch ungebremste Panik.

Sie riss die Halsmanschette ab, griff nach der Klingel und wunderte sich selbst über die Reaktion. Sekunden später eilte bereits eine Schwester mit rosigem Gesicht in den Raum, in dem Baxter lag und sich beide Hände auf den Unterleib legte.

»Geht es dem Baby gut? Ich meine, ich weiß, dass es noch kein richtiges Baby ist, aber … wird es noch eins werden?«, fragte sie ängstlich.

Die Frau war eindeutig überfragt. »Ich hole den Arzt.«

Saunders sah Frenchs Anwältin auf sich zustürmen, war aber einigermaßen sicher, dass er in ihrer Hörweite nichts Anstößiges gesagt hatte. Kurz vor ihm blieb sie stehen, schnappte sich ihren Mantel und marschierte ohne ein weiteres Wort hinaus.

»Warum ist die denn so angepisst?«, fragte er Vanita, die ihr gelassENeren Schrittes gefolgt war.

»Sie wurde gerade von einem Vorgesetzten ihrer Kanzlei von dem Fall abgezogen«, erklärte sie, sah der Frau hinterher.

»Meinen Sie, der Commissioner hat was vor?«, fragte Saunders.

»Sie hat gesagt, aufgrund der Anschuldigungen und wen diese betreffen, habe ihr Chef es für ratsam gehalten einzugreifen. Plausibel, aber …« Vanita schüttelte den Kopf und guckte besorgt.

Eine halbe Stunde später wurde Frenchs neuer Anwalt in die Mordkommission geleitet. Der bärtige Mann hatte die selbstsichere Ausstrahlung eines typischen Karrierehengstes und schien auf einer Wolke aus Arroganz zu schweben.

»Ich *hasse* Anwälte«, brummte Saunders.

»Jeder hasst Anwälte«, erklärte ihm Vanita und strahlte ihren Gast an, als sie ihm entgegenging, um sich vorzustellen.

Sie geleiteten ihn zum Vernehmungsraum.

»Mr French … oder darf ich Joshua sagen? Ich bin Luke Preston«, lächelte er, trat seinem Mandanten einen weiteren Schritt entgegen.

»Sie stehen dort ganz gut«, beschied ihm Saunders, stellte sich ihm in den Weg.

Der Anwalt zog die ausgestreckte Hand ein und begann, seine Tasche auszupacken.

»Ich übernehme den Fall von Laura, die mich bereits über die Einzelheiten des Gesprächs mit Ihnen aufgeklärt hat. Also … ich habe im Moment achttausend Sachen zu tun und bin sicher, Sie haben *achtzigtausend* Fragen«, sagte er, sah French in die Augen.

Saunders runzelte die Stirn angesichts der ungewöhnlichen

Formulierung, Vanita ebenso. Der Anwalt fuhr unterdessen fort, unschuldig seine Tasche auszupacken.

»Also, erinnern Sie mich doch ... gehe ich recht in der Annahme, dass Sie sich als Alleintäter schuldig bekennen wollen, diese Straftaten, für die Sie mit bis zu *zwei Jahren* Gefängnis belangt werden können, begangen zu haben?« Erneut schaute er seinem Mandanten in die Augen.

»Wovon zum Teufel reden Sie?«, fauchte Saunders, aber der Anwalt fuhr fort, als hätte er's nicht gehört.

»Selbstverständlich würden bei dem milden Urteil die Motive für Ihre gegen die Polizei gerichteten Verzweiflungstaten berücksichtigt, die sicher in Zusammenhang mit Ihrer äußerst ungerechten Entlassung vor beinahe dreißig Jahren stehen.«

»Hey!«, bellte Saunders und schlug zwischen den beiden Männern mit der Hand auf den Tisch.

Aber es war bereits zu spät.

Alle wandten sich zu French um, sahen, wie sich die Zahnrädchen in seinem Gehirn drehten, während er die wenigen Alternativen gegeneinander abwog. Nach einer kurzen Pause nickte er.

»Genau ... ich bekenne mich schuldig.«

Wolf beendete das Telefonat mit Saunders und rieb sich müde das Gesicht. Er verharrte kurz, stand draußen in dem schmucklosen Gang und starrte zu Boden. Christian hatte French vor ihren Augen gekauft, und es gab nichts, womit sie es beweisen konnten, sein scheinbar grenzenloser Einfluss reichte so weit, dass er die gesamten Ermittlungen scheitern lassen konnte, ohne sich auch nur von seinem Platz am Schreibtisch zu erheben.

Wolf lächelte besorgt und kehrte zu Baxter ins Zimmer zurück.

»Gute Neuigkeiten?«, fragte sie ihn hoffnungsvoll, als er durch die Tür kam, ihre großen Augen sprühten vor Spannung.

Er brachte es nicht über sich, es ihr zu sagen, nicht nach allem, was sie durchgemacht hatte.

»Wir warten noch«, log er, wusste aber genau, dass es vorbei war.

Christian hatte gewonnen.

*Neun Tage später …*

# KAPITEL 38

Donnerstag, 28. Januar 2016
11:58 Uhr

Rouche war aus dem Krankenhaus entlassen worden, was gut war, aber auch bedeutete, dass er jetzt vor dem Highbury Corner Magistrates' Court erscheinen musste, und das war schlecht. Ihm waren kurze Besuche sowohl von Holly als auch von Baxter gestattet worden, und auch das war gut, aber spätestens am Nachmittag würde man ihn so gut wie sicher in Untersuchungshaft nehmen, und auch das war schlecht.

Insgesamt schien der Tag für ihn eher mittelmäßig zu werden.

Nachdem er eine Woche hauptsächlich im Bett verbracht, Transfusionen erhalten und Antibiotika verabreicht bekommen hatte und das abgestorbene Gewebe operativ entfernt worden war, stand er jetzt vor dem Richter und wirkte zwar wieder kräftiger, war aber noch lange nicht wieder der Alte. Da er seit seinem letzten Ausgang gute sechs Kilo verloren hatte, hing sein marineblauer Anzug sackartig an ihm herunter. Er hatte sein grau meliertes Haar zurückgekämmt, so wie Baxter es gefiel, und sich sogar extra für den Anlass einen Bart stehen lassen, auch wenn es sich eigentlich nur um eine sinnlose Formalität handelte, da lediglich verkündet werden sollte, was alle Anwesenden längst wussten.

»Aufgrund der Schwere der Vorwürfe, die gegen den Angeklagten vorliegen, und der komplexen Vorgänge in Zusammenhang mit der Auslieferung eines britischen Staatsbürgers, der im Dienst einer US-amerikanischen Behörde stand, als er Straftaten auf britischem Boden verübte, übergeben wir den Fall an den Crown Court, der zu einem noch festzusetzenden Datum weiter darüber verhandeln wird«, erklärte der Richter mechanisch.

Baxter und Holly saßen auf den billigen Plätzen hinten in dem spärlich besetzten Gerichtssaal, von wo aus sie nur Rouches Rücken sahen, aber trotzdem merkten, dass auch er seiner Verurteilung allmählich überdrüssig zu sein schien und sich von einem vorbeischwebenden Fussel ablenken ließ.

»Ebenfalls aufgrund der besonderen Vorwürfe wird der Angeklagte in Untersuchungshaft genommen und eine Freilassung auf Kaution ausgeschlossen.«

»Sir«, setzte Rouches Verteidiger an den Richter gewandt an, »wir stellen den Antrag, dass mein Mandant für die Dauer der Untersuchungshaft im Gefängnis Woodhill untergebracht wird.«

»Mit welcher Begründung?«, erwiderte der Richter, keinesfalls lebhafter.

»Um zu verhindern, dass mein Mandant in Kontakt mit Gefangenen kommt, an deren Festnahme er direkt beteiligt war, und dies sowohl im Interesse der bevorstehenden Verhandlung wie selbstverständlich auch zu seinem persönlichen Schutz.«

»Ein vernünftiger Vorschlag«, schloss der verdrießliche Richter mit Blick auf Rouche, der ihn weiter freundlich anlächelte, als der fliegende Fussel, wie erhofft, auf seinem kahlen Schädel landete. »Stattgegeben. Die Verhandlung wird vertagt.«

Rouche drehte sich um, winkte Holly zu und grüßte Baxter nickend, als er von einem Gerichtsbeamten hinausgeleitet wurde.

Wolf hatte Maggie zu ihrem Termin in einem Privatkrankenhaus begleitet, einem prächtigen Townhouse abseits der Harley Street. Er hatte sich ans Kaminfeuer gesetzt und versucht, eine Autozeitschrift zu lesen, für die er sich nicht interessierte. Was sich in dem anderen Zimmer abspielte, lenkte ihn zu sehr ab, als dass er sich hätte konzentrieren können.

Bei allem, was vor sich gegangen war, hatte Maggie sie mit dem Bevorstehenden nicht belasten wollen: Ultraschalluntersuchungen und eine Gewebeentnahme, bei der festgestellt werden sollte, ob der Krebs am Abklingen war oder sie sich einer weiteren Chemotherapie unterziehen und erneut um ihr Leben kämpfen musste. Sie ließ sich nichts anmerken, aber trotzdem war deutlich, dass ihr die Aussicht, ohne Finlays Beistand erneut Schlachten schlagen zu müssen, eine Riesenangst einjagte. Schließlich hatte sie sich Wolf anvertraut, sich von ihm versprechen lassen, es niemandem zu sagen, zumindest nicht solange sie noch auf die Ergebnisse wartete.

Seine Gedanken schweiften ab, er bereitete sich auf das Schlimmste vor. Er malte sich aus, wie Maggie die schlechten Nachrichten aufnehmen würde. Sie hatte gerade lange genug durchgehalten, um mitzuerleben, wie ihr Mann, die Liebe ihres Lebens, von seinem besten Freund ermordet worden war, nur um anschließend vom Krebs dahingerafft zu werden.

Das Leben war so verdammt unfair.

In einem Augenblick des Zorns warf Wolf die Zeitschrift ins Feuer, gierig verschlangen die Flammen die hochglänzenden Seiten.

Vanita betrat Christians Büro mit der Akte, die er verlangt hatte. Er lachte mit jemandem am Telefon und winkte sie herein, als würde er einen Hund kommandieren.

Seit Joshua Frenchs abruptem Kurswechsel war das Leben allmählich wieder zur Normalität zurückgekehrt, PR-Strategien und Statistiken über die Zunahme von Messerstechereien hatten inzwischen in Vanitas Bewusstsein den Umstand verdrängt, dass ihr Vorgesetzter ein mordender Soziopath war, der vor nichts zurückschreckte, um sich selbst zu schützen. Die beste Strategie schien ihr darin zu bestehen, einfach so zu tun, als sei das alles gar nicht geschehen. Sie legte die Akte vor ihm ab. Einige wenige Narben in seinem Gesicht erinnerten noch an den brutalen Überfall, und sie machte kehrt, um wieder zu gehen.

»Malcolm, ich ruf dich zurück«, sagte Christian und legte auf. »Geena!«

Sie drehte sich noch einmal zu ihm um.

»Vielen Dank«, sagte er und hielt die Akte hoch.

»Gern geschehen.«

»Wo befinden wir uns im Fall Finlay Shaw?«

Vanita verkrampfte, war nicht sicher, ob sie verspottet oder auf die Probe gestellt werden sollte – oder hatte der Mann vielleicht doch vollkommen den Verstand verloren?

»Wie bitte?«

»Unser künftiger Bürgermeister fragt, warum William Fawkes noch frei herumläuft, obwohl er mit den Ermittlungen ganz offensichtlich nicht weiterkommt.«

»Er ist nicht frei – er unterliegt einer strikten Ausgangssperre, wie übrigens schon die ganze Zeit«, erwiderte Vanita, die Mühe hatte, mit ruhiger Stimme zu sprechen. »Und bei allem gebührenden Respekt, vielleicht sollte sich der *künftige* Bürgermeister erst *künftig* Gedanken darüber machen.«

»Denkweisen wie diese haben verhindert, dass Sie ganz bis an die Spitze vorgerückt sind«, erklärte ihr Christian.

Sie grub ihre Fingernägel in ihre Handflächen.

»Also ... bringen Sie mich auf den aktuellen Stand«, sagte Christian. »Wie sieht es derzeit mit den Ermittlungen aus?«

Kurz davor, ihn zur Rede zu stellen, zögerte Vanita, senkte dann aber unterwürfig den Blick.

»Bislang sind die Ermittlungen ohne Ergebnis geblieben«, erwiderte sie und hasste sich dafür. »Joshua Frenchs Weigerung zu kooperieren, hat die Ermittlungen zum Stillstand gebracht.«

»Arbeitet noch jemand aktiv an dem Fall?«

»Die Kollegen kümmern sich um den Papierkram«, erwiderte Vanita.

»Dann nehmen Sie Fawkes fest. Das ist ein Befehl.«

Sie machte den Mund auf, wollte widersprechen, doch dann ließ ihr Selbsterhaltungstrieb sie erneut verstummen. »Ja, Sir.«

Baxter vermisste Blackie.

Sie war ihren Audi A1 vier Jahre lang gefahren, hatte darin einen zum Terroristen gewordenen ehemaligen Sektenführer verfolgt und ärgerlicherweise ihre Laufschuhe auf dem Rücksitz stehen lassen. Sie und Blackie hatten eine Menge miteinander durchgemacht, und sie fand, er habe einen würdigeren Abschied verdient, als in der Themse abzusaufen.

Da sie keinen Wagen hatte, war sie mit dem Bus zurück nach Wimbledon gefahren und hatte nicht nur gezwungenermaßen vierzig Minuten mit allen möglichen Spinnern verbringen müssen, sondern auch Zeit gehabt, über ihre flüchtige Wiederbegegnung mit Rouche nachzudenken. Sie konnte gar nicht in Worte fassen, wie erleichtert sie war, ihn zu sehen. Neun

Tage lang hatte das FBI jeden Versuch verhindert, ihn aufzuspüren, was so weit ging, dass sie ernsthaft anzweifelte, ob er überhaupt noch am Leben war.

Er hatte den Tsunami an beunruhigenden Nachrichten wie üblich gelassen entgegengenommen und sich in den letzten Minuten noch schnell von Baxter die letzten beiden Folgen von *The Walking Dead* erzählen lassen. »Dann ist eigentlich gar nichts passiert?«

»Nichts.«

Aus dem Krankenhaus entlassen, war Baxter zurück in ihr Apartment gezogen. Thomas hatte beharrlich behauptet, das sei »nicht nötig«, was gefühlsmäßig für sie aber durchaus nicht bedeutete, dass er sie nicht gehen lassen wollte. Im Großen und Ganzen konnte sie es ihm nicht vorwerfen. Sie ließ die Fensterscheibe ersetzen, spachtelte die Einschusslöcher in der Wand mehr schlecht als recht zu und strich das gesamte Apartment neu, um sämtliche Spuren von Rouche zu beseitigen. Es war nur eine Frage der Zeit, bis jemand darauf kam, dass er direkt draußen vor ihrem Wohnhaus gefunden wurde, und bei ihr herumschnüffeln wollte.

Um 18:25 Uhr klingelte es an der Tür. Baxter setzte den Farbroller ab, wischte sich die Hände an ihrer zerrissenen Jeans ab. Beim Blick durch den Spion entdeckte sie erstaunt Thomas, der verunsichert wirkte wie eh und je.

»Hey!«, begrüßte sie ihn.

»Hallo. Ich, äh ... hab gedacht, dass du vielleicht was essen willst«, lächelte er und hielt eine aufgeblähte Tüte vom Inder hoch, es roch ekelhaft.

»Oh Gott!«, würgte sie und rannte ins Bad.

Fünf Minuten später kam sie zurück und sah Thomas, der die stümperhaft zugespachtelten Einschusslöcher genau betrachtete. Als er sich ohne jede weitere Bemerkung abwandte, war sie sicher, gesehen zu haben, dass er sich buchstäblich auf die Zunge biss. Eine verspätete ungelenke Umarmung später saßen sie auf dem mit einer Plane abgedeckten Boden und aßen.

»Weißt du«, fing Thomas an, schluckte einen Mund voll, »ich hab gehört, indisches Essen kann Wehen auslösen.«

Baxter ließ von ihrem Naan-Brot und dem Reis ab und fragte sich, wozu sie die vorangegangenen zwanzig Minuten lang das Thema umschifft und Small Talk betrieben hatten.

»Oh Gott! Tut mir so leid«, entschuldigte er sich. »Ich weiß nicht, wieso mir das gerade eingefallen ist. Na ja, doch ... liegt ja auf der Hand, aber ich weiß nicht, warum ich es laut gesagt habe.«

»Schon gut«, versicherte Baxter ihm. »Ich denke, es wird bei mir trotzdem noch eine ganze Weile dauern.«

Thomas starrte auf ihren Bauch.

»Du starrst mir auf den Bauch.«

»Tut mir leid«, sagte er erneut und fuhr damit fort. »Ist nur ... ist ein bisschen komisch, oder?«

»Oh, das ist es auf alle Fälle.«

»Ich will uns das Essen nicht verderben ...«, fing er an.

Baxter zog eine Grimasse.

»... nicht mehr, als ich's sowieso schon getan habe«, setzte er hinzu, »aber dir ist schon klar, dass das hier kein ›ich verzeihe dir‹-Curry ist? Das ist ein ›ich vermisse dich‹-Curry. Das ist was ganz anderes.«

»Schon kapiert.«

»Wenn's ein ›ich verzeihe dir‹-Curry wäre, hättest du's schon gemerkt. Dann gäb's noch Bhajis und Samosas und ... ich rede Unsinn, oder?«

Baxter lachte und drückte ihm einen spontanen Kuss auf die Wange.

»Wofür war der?«, fragte Thomas.

»Dafür, dass ich dich auch vermisse.«

Rouche hatte über eine Stunde beim Gefängnisarzt verbracht, der Umweg über die medizinische Abteilung erleichterte ihm sozusagen die Eingewöhnung in das Knastleben, aber schließlich war ihn jemand holen gekommen.

Man hatte ihm erklärt, dass in einer idealen Welt Häftlinge in Untersuchungshaft von verurteilten Verbrechern getrennt untergebracht werden würden. Ersteren müsste es gestattet sein, eigene Kleidung zu tragen, außerdem würden für sie sehr viel flexiblere Vorschriften gelten als für die regulären Strafgefangenen.

Leider aber lebe man nicht in einer idealen Welt.

Rouche wurde durch ein Labyrinth an verriegelten Türen geführt, von denen ihn jede einzelne ein Stück weiter von der Freiheit entfernte, aber er hatte sich, wie die meisten hier, tapfer gehalten. Äußerlich wirkte er ruhig, fast gelangweilt, tatsächlich aber hatte er nie größere Angst gehabt und wusste nicht, ob es das Gefühl der Beklemmung war, das der Aufenthalt in geschlossenen Räumen bei ihm auslöste, oder schlicht Feigheit, die ihm eingab, schnell davonzulaufen, zu betteln und zu verhandeln, um bloß irgendwie wieder rauszukommen.

Der Gefängnisbeamte blieb vor einer der identischen beigefarbenen Türen stehen und zog sie auf.

Obwohl er bereits wusste, was ihn dahinter erwartete, hatte Rouche jetzt, nachdem er einen Blick in die Zelle geworfen hatte, noch weniger Lust einzutreten als vorher.

Der Mann sah ihn an.

Ängstlich trat er über die Schwelle, drehte sich um und sah gerade noch, wie die schwere Tür hinter ihm zufiel und ihn einsperrte.

# KAPITEL 39

Donnerstag, 31. Dezember 2015
Silvester
18:19 Uhr

Christian wirkte kränklich, als er sah, wie sein Freund das beschämende Eingeständnis aufnahm.

»Was zum Teufel soll das heißen, ›Es gibt kein Geld‹?«, fragte Finlay ihn in einem ausschließlich Maggie zuliebe ruhigen Ton, da sie irgendwo unten herumwirtschaftete und nicht auszuschließen war, dass sie etwas von dem Gespräch mitbekam.

Christian seufzte schwer und schüttelte den Kopf. »Ich ... ich weiß nicht, was ich dir sagen soll.«

»Aber ... ich hab's schon ausgegeben! Ich hab für so ziemlich alles letzte Mahnungen bekommen«, flüsterte Finlay in einem seltenen Moment von Panik.

»Und ich schwöre, ich werde dir helfen, so gut ich kann.«

Finlay war zu abgelenkt, um Christians Politiker-Versprechen überhaupt zur Kenntnis zu nehmen.

»Du hast gesagt, du hast das Geld flüssig!«

Christian dachte erneut an Maggie und ermahnte ihn, leiser zu sprechen.

»Du hast gesagt ...«, fuhr Finlay etwas leiser fort, »du gibst mir das Geld an dem Tag, an dem ich pensioniert werde!«

»Ich weiß, was ich gesagt habe … und du musst mir glauben, Fin, ich wollte dir's schon so oft sagen, aber …«

»Was ist mit dem großen Haus, in dem du wohnst?«

»Das gehört mir nicht!« Christian lachte verbittert. »Nichts davon« – er zog an seinem eleganten Anzug, als würde dieser ihn einengen – »gehört wirklich mir. Mir ist es gestattet, einen gewissen Lebensstil aufrechtzuerhalten, solange dies für Killian Caine von Vorteil ist. Das Haus wird zu gegebener Zeit verkauft, das Geld gewaschen und der unbestreitbar ehrenwerte Bewohner auf das nächste Projekt angesetzt.« Er schaute absolut ratlos. »Er hat mich schon seit langer Zeit in der Hand. Er weiß, was wir getan haben.«

»Woher?«

»Ich weiß nicht, woher! Wir hätten das Geld niemals nehmen dürfen in der Nacht … es tut mir so leid.«

»Dann gehen wir zur Polizei«, sagte Finlay entschieden. »Streichen Caine aus der Gleichung.«

»Auf keinen Fall.«

»Tut mir leid, dann muss ich es anders formulieren: *Ich* gehe zur Polizei.«

»Und ich würde dich schützen, so gut ich kann … trotzdem wird es dann kein Geld geben. Ich sitze im Gefängnis, und Caine setzt jemanden auf dich an.«

Finlay kickte eine der Bodendielen durch den Raum, die noch darauf warteten, verlegt zu werden.

»Spielt ihr schön da oben?«, rief Maggie von der Treppe nach oben.

»Na klar!«, rief Finlay hinunter. Er wandte sich erneut an Christian. »Was ist mit Maggies Behandlung?«, fragte er angespannt.

»Wir überlegen uns was.«

»Wir überlegen uns was?«, wiederholte Finlay skeptisch

und dachte bereits über seine nächsten Schritte nach. »Ich bin gleich wieder da.«

Er ging nach unten, machte Maggie Komplimente für ihr Partykleid, trotzdem versuchte diese ihn lieber nicht zu überreden, später noch zu ihr und ihren Freundinnen zu stoßen. Silvester war »nur ein Vorwand, sich wie ein Haufen Tiere zu benehmen«, lautete Finlays Zusammenfassung des Feiertags, den er seit Jahrzehnten boykottierte, weswegen er regelmäßig Geld in die Schimpfwortkasse einzahlen musste. Er verschwand in die Garage und kam einige Minuten später mit einer staubigen Plastiktüte wieder. Ohne dass Maggie sie sah, ging er damit nach oben.

Als er erneut in den unfertigen Raum trat, zögerte er kurz, dann fragte er. »Weißt du, was das ist?« Etwas an seinem Tonfall ließ Christian aufstehen und genauer hinsehen. Er wollte danach greifen, es näher betrachten. »*Nein, nein, nein*«, sagte Finlay, zog das Ding weg. »Nur ansehen.«

Christian betrachtete die verfärbte Tüte mit zusammengekniffenen Augen, dann riss er sie erstaunt weit auf. »Sieht nach einer *verdammt großen* Waffe aus!«

»Genau. Aber das ist nicht irgendeine«, erklärte er. »Das ist eine Mordwaffe ... und da sind deine Fingerabdrücke drauf.«

Christian war verwirrt.

»Du hast einen Menschen erschossen, Christian, und *das* ist der Beweis.«

Sein Freund fühlte sich offenbar betrogen. »Du hast sie über all die Jahre aufbewahrt?«

»Was soll ich sagen? Ich hatte so ein Gefühl, das mir gesagt hat, eines Tages würde sie mir noch nützlich sein«, sagte Finlay schuldbewusst. »Ich bin nicht habgierig. Nur verzweifelt. Hunderttausend bis um Mitternacht ...«

»Das kann ich unmöglich ...«

»Und dann noch mal hunderttausend in genau einer Woche, dann gehört die Pistole dir. Das ist ein *Bruchteil* dessen, was du mir schuldig bist, aber es wird genügen.«

»Fin, es ist Silvester!«

»Ich weiß. Und mir ist egal, was du dafür tun musst: betteln, borgen, stehlen. Besorg mir einfach nur mein Geld.« Finlay schaute auf die Casio-Uhr an seinem Handgelenk. »Halb sieben ... du beeilst dich besser.«

Um 23:53 Uhr stand Christian draußen vor dem Haus, die Geräusche eines Dutzends fremder Feiern drangen von ringsum zu ihm herüber. Er konnte Finlay im Haus sehen, wie er im Licht einer nackten Glühbirne vor dem einzigen erleuchteten Fenster im Haus arbeitete, und er fragte sich, wie er ihm beibringen sollte – dass er in der kurzen Zeit nur etwas über ein Zehntel dessen zusammenbekommen hatte, was er hatte haben wollen.

Als die ersten ungeduldigen Feuerwerkskörper bereits den Himmel bunt färbten, betrat Christian das Haus, schloss die Haustür hinter sich.

»Ich bin's!«, rief er.

»Hier oben!«

Christian ging nach oben in den mit Spanplatten ausgekleideten Raum, der sich in den wenigen Stunden, seit er ihn das letzte Mal gesehen hatte, dramatisch verändert hatte. Finlay hatte sich auf einen Küchenstuhl gestellt und war gerade dabei, die Decke zu streichen. Die schmutzige Tüte lag verlockend unbeachtet auf dem Fensterbrett.

Als Finlay Christian dabei erwischte, wie er sie anstarrte, stieg er vom Stuhl.

»Willst du was trinken?«, bot er ihm an und nahm die Flasche Whisky vom Boden.

»Klar.« Christian knöpfte seinen Mantel auf und zog vier ordentliche Bündel Bargeld aus der Tasche und warf sie ihm vor die Füße.

Finlay reichte ihm seinen Drink. »Was ist das?«, fragte er angesichts des enttäuschend kleinen Häufchens.

»Achttausend in bar«, erwiderte Christian. »Und das hier« – er reichte ihm zwei Bankkarten in Umschlägen – »die sind für zwei Konten, von denen niemand etwas weiß. Du wirst fünfhundert täglich davon abheben können, ohne dass jemand skeptisch wird. Insgesamt dreizehntausendzweihundertfünfzig Pfund.«

Er hielt die Luft an, wusste nicht, wie Finlay reagieren würde.

»Ist immerhin ein Anfang. Kannst du mehr beschaffen?«

»Kann ich. Aber es wird eine Weile dauern.«

Finlay nickte, offenbar zufrieden. Er kniete sich hin, um das Geld aufzuheben, stapelte es ordentlich in eine Ecke der großen Metallkiste unter dem Fußboden und stand wieder auf.

»Also dann, danke«, lächelte er.

Erleichtert hob Christian sein Glas und nahm einen großzügigen Schluck.

»Wenn du wüsstest, was ich durchgemacht habe, um das zu bekommen …« Er lachte, trat einen Schritt ans Fenster vor, aber Finlay stoppte ihn, indem er ihm entschieden eine Hand vor die Brust hielt. »Ich habe gesagt: ein Anfang.«

Er drehte sich zu seinem ältesten Freund um, die wenigen Sekunden der Entspannung schienen bereits wieder Jahre hinter ihnen zu liegen. »Diese Waffe könnte mein Ruin sein«, sagte Christian.

»Und genau deshalb behalte ich sie.«

»Ich besorge dir doch das Geld!«

»Weil ich die Waffe habe«, erläuterte Finlay. »Tut mir leid, aber du zwingst mich, mich zwischen Maggie und dir zu entscheiden … und ich entscheide mich für sie. Die Waffe bleibt hier.«

Christian signalisierte nickend, dass er verstanden hatte, und wartete, bis Finlay die Hand wieder herunternahm, dann sprang er blitzschnell zum Fensterbrett. Finlay bekam ihn an der Kleidung zu fassen und zog ihn zurück, Christian stolperte über einen Farbeimer, als Finlay gerade die schmutzige Tüte packte. Christian warf sich auf ihn, zwang ihm den Arm hinter den Rücken, und sie rangen um die belastende Waffe.

Mit einem dumpfen Knall schlug sie auf den Boden. Christian erkannte die Gelegenheit, als Finlay zu einem linken Haken ausholte, Christian damit aber kaum streifte, da dieser geschickt auswich und den Schotten zu Boden zog. Er rollte auf Finlay drauf und griff erneut nach der Tüte, spürte den kalten Stahl unter dem Plastik, und es gelang ihm, die Finger darum zu legen. Finlay schlug wild um sich, bekam den Lauf zu fassen, seine Hände zitterten vor Anstrengung, er zog die Waffe vor seinen Bauch, während sie weiterrangen, immer wieder umeinanderrollten und sich gegenseitig die Position streitig machten.

Dann löste sich ein Schuss.

Augenblicklich erschlafften beide Männer, aus dem kleinen Loch in der Tüte qualmte es, und sie fiel erneut zu Boden.

»Fin?«, fragte Christian. Sein Freund lag reglos auf ihm. »Fin?!«, fragte er erneut, während er von Panik ergriffen wurde und Finlay von ihm herunterrollte, wobei das kleine rote Loch in seiner Schläfe zum Vorschein kam. »Oh Gott! Fin! Fin!« Christian tastete nach einem Puls, lauschte auf Fins Atem, während ein dunkelrotes Rinnsal den Holzboden verfärbte. »Fin?« Er schnappte nach Luft, legte seine zitternde Hand auf den reglosen Körper seines besten Freundes.

Christian atmete jetzt hastig und schwer, er rutschte zurück an die Wand, starrte Finlay dort in der Mitte des Raums an und zog sein Handy aus der Tasche. Er wollte die Notrufnummer wählen, zögerte aber, da er begriff, wonach das alles aussehen würde: Es gab eindeutige Anzeichen dafür, dass ein Kampf stattgefunden hatte, und seine Fingerabdrücke waren auf der Tatwaffe.

Unsicher, was er tun sollte, überlegte Christian, ob er nicht einfach gehen und die Waffe mitnehmen sollte. Aber da er eine der beiden letzten Personen war, die Finlay lebend gesehen hatten, und kein hieb- und stichfestes Alibi vorweisen konnte, würde er mit Sicherheit in den Fokus der Ermittlungen geraten. Und das, noch bevor sich jemand seine verdächtigen finanziellen Transaktionen an diesem Abend angesehen hatte. Er zwang sich, den Blick von der noch warmen Leiche seines Freundes abzuwenden und sich zu konzentrieren. »Denk nach. Denk!«

Sein Wagen parkte die Straße runter, und er hatte gerade mindestens drei Leute in unterschiedlichen Stadien der Trunkenheit draußen vorbeigehen sehen. Irgendjemand würde sich an ihn erinnern. Noch wichtiger war allerdings, dass er auf keinen Fall zulassen durfte, dass Maggie nach Hause kam und ihren Ehemann so fand.

»Komm schon!«, schrie er sich selbst frustriert an. Er musste denken wie ein Cop. Das Geballere Hunderter weit entfernter Feuerwerkskörper kündigte den Beginn des neuen Jahres an. Der schwarze Himmel hinter dem Fenster war mit Licht gesprenkelt. Und dann dämmerte es ihm: Wenn er verhindern wollte, dass Fragen gestellt wurden, die er nicht beantworten konnte, musste er dafür sorgen, dass es keinen Anlass gab, sie ihm überhaupt zu stellen ... zum Beispiel, wenn Finlays Tod unzweifelhaft als Selbstmord gelten würde.

In Anbetracht der ihm zur Verfügung stehenden Mittel

blickte Christian von der Waffe in der Tüte zu dem dunklen Hohlraum unter den Dielen, von der halb leeren Whiskyflasche zu dem einsamen Küchenstuhl und von der Dose mit der Dichtungsmasse zu der Tür ohne Schloss.

Zögerlich kroch er zu dem Toten, nahm erneut Finlays Handy und rutschte so schnell wie möglich wieder zur Wand. Während die Explosionen den Himmel draußen bunt erstrahlen und Gewalt zu Schönheit werden ließen, machte er sich an den ersten Schritt zur Durchführung seines verzweifelten, unvollkommenen, aber auf ganz eigene Weise auch schönen Plans:

☎ Ausgehender Anruf …

Bellamy, Christian

# KAPITEL 40

Freitag, 29. Januar 2016
6:56 Uhr

Rouche hatte stundenlang an die schmutzige Decke gestarrt, als das erste dumpfe Poltern und die ersten Stimmen den Beginn des neuen Tages ankündigten.

Er hatte die erste Nacht überlebt.

Sein Zellengenosse hieß zu seiner Enttäuschung nicht T-Dawg oder Death Star, wie er sich das vorgestellt hatte, sondern Nigel und war eine fast kahle, übergewichtige Antiklimax von einem Mann mit dicken Brillengläsern. Hätte Rouche sich aussuchen können, mit wem er sich den sieben Quadratmeter großen Raum und die gut einsehbare Toilette teilen wollte, so wäre Nigel nicht seine erste Wahl gewesen, aber immerhin schien er ihm harmlos zu sein.

»Waschzeit«, gähnte Nigel vom unteren Bett und zog sich seine Gefängniskluft über den Kopf, die etwas anders aussah als die von Rouche, da Nigel ein bereits verurteilter Häftling war.

Die Tür wurde aufgeschlossen, sodass sie sich beide der farbenfrohen Prozession in Richtung der Duschräume anschließen konnten. Rouche nutzte die Gelegenheit, sich mit den Gesichtern derjenigen bekannt zu machen, neben denen er nun zu leben hatte.

»Brauchst du was?«, fragte Nigel, kaum dass er drinnen war, und bot, bereits nackt ausgezogen, Rouche ein abgenutztes Stück Seife aus seinem Waschbeutel an.

»Nein … aber danke«, lächelte dieser, wandte den Blick ab, als Nigel sich mit seinem pickligen Hinterteil von ihm entfernte.

Rouche wartete, bis alle anderen den Umkleidebereich verlassen hatten, dann zog er sich selbst aus, legte sich ein Handtuch um den Hals, um seinen Oberkörper, so gut es ging, zu bedecken. Da er es nun nicht länger hinauszögern konnte, folgte er dem Klang fließenden Wassers in den Feuchtraum. Er stellte sich unter die Dusche, die am weitesten von den anderen entfernt war, hängte sein Handtuch an den Haken, drückte auf den Knopf und trat unter das heiße Wasser.

Dann schloss er die Augen.

Das Rauschen der Dusche übertönte den Lärm der anderen Insassen. Rouche lächelte, stellte sich kurz vor, wieder zu Hause zu sein und durch die Wand Teenie-Pop aus Ellies Zimmer wummern zu hören, während Sophie sich vor dem Badezimmerspiegel schminkte. Er sah ihre verzerrten Umrisse durch das milchige Glas und stieß die Tür auf, platzte beinahe vor Freude, ihr Gesicht zu sehen …

»Was zum *Teufel* ist das?!«

Das Haus löste sich in nichts auf, als Rouche in die Realität gezerrt wurde. Aller Augen waren auf ihn gerichtet, auf seinen Oberkörper mit den grob in die Haut geritzten Buchstaben:

**PUPPE**

Die Dusche war ausgegangen, es herrschte Stille, als Rouche vor sein ungeladenes Publikum trat. Einige wirkten, als hätten sie Angst vor ihm, andere wirkten wütend oder angewidert.

Ihm fiel auf, dass Nigel davoneilte, noch bevor jemand Gelegenheit hatte, sich zu erinnern, dass sie miteinander gesprochen hatten. Wie ein Rudel Hunde warteten sie darauf, dass er davonlief, sie beobachteten jede Bewegung von Rouche, als dieser sich langsam das Handtuch um die Hüfte wickelte und selbstsicher auf den Ausgang zusteuerte, seine nackten Füße klatschten auf die nassen Fliesen.

Endlich hatte er die Tür erreicht.

Kaum war er außer Sichtweite, schnappte er sich seine Klamotten von der Bank und raste aus dem Umkleideraum zurück in seine Zelle.

Tia hielt ihre Tochter im Arm, hatte in der anderen Hand ihr Handy und tippte etwas ein, um die Gasrechnung zu bezahlen. Anschließend rief sie den Kontostand ihres gemeinsamen Kontos auf.

Durch das Küchenfenster sah sie ihren Verlobten aus dem Gartenschuppen stolpern und schnell die Tür schließen, um zu verhindern, dass ihm die Qualmwolke von drinnen nach draußen folgte. Sie sah teilnahmslos zu, wie Edmunds auf dem feuchten Gras ausrutschte und verzweifelt versuchte, mit den Fingern die Löcher und Ritzen im Holz zu verschließen.

»Was macht dein Daddy denn da?«, fragte sie Leila mit spielerisch kindlicher Stimme. »Wenn er sich schon wieder angezündet hat, löschen wir ihn dieses Mal aber nicht? Nein, das machen wir nicht!«

Da sie ihn aber doch lieber fragen wollte, schlenderte sie hinaus in den Nieselregen.

»Ausräuchern«, begrüßte Edmunds sie, bevor er sah, dass der Qualm auch durch die Türritzen drang. »Kommt lieber nicht näher«, schlug er vor. »Hat mir Thomas empfohlen.« Tia wirkte wenig begeistert. »Alle Unternehmen haben in den ersten Monaten Startschwierigkeiten, das sind ganz normale Kinderkrankheiten«, sagte er ihr. »Ich kümmere mich drum.«

Tia setzte Leila auf ihren anderen Arm um.

»Alle Unternehmen finden ein Hornissennest über dem Drucker, verlieren ein großes Stück von der Außenwand ihres Firmensitzes und stellen fest, dass das Bürogebäude wackliger steht als der Schiefe Turm von Pisa, und das alles innerhalb von nur einer Woche?«, fragte sie trocken, während Edmunds sich mit seinem ganzen Körper gegen ein weiteres Loch stemmte.

»Zu meiner Verteidigung kann ich anführen«, fing er an, wirkte aber abgelenkt, »dass es nur ein Brett war, das aus der Wand gefallen ist, weil ich einen Backstein auf das Hornissennest geworfen habe ... und die Agentur steht nur deshalb schief, weil mir nicht klar war, dass der Backstein Teil des Fundaments war.«

»Hat Emily dich schon bezahlt?«, fragte sie ihn zum ungezählten Mal.

Edmunds guckte belämmert. »Hm?«

»Ob Emily dich schon bezahlt hat?«

»Nein. Noch nicht. Wird sie aber.«

»Ich geh mit Leila weg.«

Edmunds rang nach Luft. »Wohin?«

»Zum Arzt.«

»Warum?«, hustete er.

»Probleme mit dem Zahnen ... Kinderkrankheiten. Ich kümmere mich drum«, sagte sie und ging davon.

»Okay. Tschüss!«, rief er ihr hinterher und setzte noch fröhlich hinzu: »Verlass mich nicht!«

Zwanzig Minuten später saß Edmunds wieder im Schuppen und packte Finlays alte Fallakten ein, da er zu dem Schluss gekommen war, dass es dort nichts weiter zu erfahren gab und er nichts mehr tun konnte, um bei den Ermittlungen zu helfen.

Er hielt inne, griff nach einem Verbrecherfoto. Irgendwie hatte die Frau in natura noch ausgezehrter und zerbrechlicher gewirkt, ein Leben in Abhängigkeit, geprägt von schlechten Entscheidungen, hatten sie einem abgemagerten Gespenst ähnlicher werden lassen als einem Menschen. Er erinnerte sich an ihren Körpergeruch, der ihm in dem billigen Café entgegengekommen war, wie sie an dem Essen, das sie so dringend gebraucht hätte, nur geknabbert hatte. Und er hatte ein schlechtes Gewissen, weil er ihre Sucht finanzierte, indem er ihr wie vereinbart fünfzig Pfund gab, dabei wusste er, dass sie sich diese noch vor Ablauf einer Stunde in die Venen jagen würde.

Er stapelte die Kisten auf einer Seite, um Platz zu schaffen für seinen neuen Auftrag: das Aufspüren eines Herrn im Jogginganzug, der zwei der drei Frauen, mit denen er fünf seiner sechs Kinder hatte, Unterhaltszahlungen schuldig geblieben war. Anscheinend hatte er seinen Kindern die Xbox geklaut, was ein eindeutiges Anzeichen dafür war – sollte noch eines nötig gewesen sein –, dass Edmunds es mit einem wahren Verbrechergenie zu tun hatte.

Unbefriedigt, weil er den vorangegangenen Fall nicht hatte abschließen können, und von der Trivialität des neuen gelangweilt, machte er sich widerwillig an die Arbeit.

Im Fernsehen lief ein alter *Columbo*, den Wolf sich mit einer Tüte kalorienreduzierter Chips auf seiner unbequemen Zellenpritsche ansah.

»Trotzdem hab ich ihn voll Columbo-mäßig überführt!«, sagte er stolz, als er Peter Falk dabei zusah, wie dieser Wunder bewirkte.

Es klopfte an der Tür. Stets Gentleman, raffte Wolf sich dazu auf, die größeren der zahlreichen Chipskrümel von seinem T-Shirt zu fegen und sich aufzurichten.

»Ich bin angezogen!«, rief er.

George trat ein, dicht gefolgt von Vanita.

»Du hast Besuch«, erklärte sein Lieblingswärter überflüssigerweise. »So, jetzt machst du dir aber bitte keine Sorgen und kriegst auch nicht eine deiner Launen.«

»Was für Launen?«

»Ich sag's ja nur …«

»Ich bin hier, um Sie offiziell festzunehmen«, platzte Vanita heraus. »Auf Befehl des Commissioner.«

George guckte verärgert angesichts der sehr direkten Art der Frau.

»Hier drin riecht es nach Füßen«, bemerkte sie und verzog das Gesicht.

»Das müssen meine Füße sein«, identifizierte Wolf die Übeltäter. »Mich festnehmen?«

»*Offiziell«,* wiederholte Vanita. »Vielleicht könnten Sie uns ein paar Stühle besorgen?«, bat sie George, da ihr der Anblick des ungemachten Betts offenbar nicht zusagte.

Zu dritt erledigten sie den in Zusammenhang mit der Festnahme anfallenden Papierkram, damit sie etwas hatte, das sie ihrem Vorgesetzten zeigen konnte. Während George loszog, um Fotokopien anzufertigen, blieben Vanita und Wolf einige Minuten zum Reden.

»Ich werde das aufrechterhalten, solange ich kann«, erklärte sie, »aber rechnen Sie damit, spätestens in einer Woche verlegt zu werden. Womit ich sagen will, falls Sie etwas unternehmen wollen, dann tun Sie's jetzt.«

»Das liegt nicht mehr in meinen Händen«, erwiderte Wolf schulterzuckend, merkte, dass seine Finger immer noch fettig waren von den Chips, und leckte sie ab, was Vanita angewidert beobachtete.

»So oder so, Sie haben eine Woche … und vergessen Sie nicht, ich habe Sie festgenommen«, sagte sie und stand auf. »Ich halte meinen Kopf für Sie hin. Wenn Sie das Gebäude hier verlassen, kann ich Sie nicht mehr schützen. Und wenn Sie's trotzdem tun, dann sehen Sie zu, dass es sich lohnt.«

Besuchszeit war von 15 bis 16 Uhr.

Sehr zu seinem Erstaunen wurde Rouche in den großen Raum gerufen, in dem die Welt draußen unharmonisch mit der wie in einer Zeitkapsel verharrenden Gefängnisrealität zusammenprallte. Pflichtbesuche zu den Geburtstagen von Kindern, deren rasantes Wachstum stets aufs Neue schockierte, Eltern listeten die Namen von Angehörigen und Nachbarn auf, die im Verlauf des vorangegangenen Jahres gestorben waren, was an die Namen von Gefallenen an einem hohen Feiertag vor einem Kriegerdenkmal erinnerte. Freundinnen erschienen immer seltener, da das wahre Leben sie von jenen weglockte, die nur noch als Erinnerung für sie existierten.

Rouche entdeckte Baxter gleich, als er hereinkam. Er winkte ihr zu, wollte zu ihr gehen, wurde aber so heftig angerempelt, dass er zu Boden ging.

»Mein Bruder war in dem Zug, du verfluchter Freak«, fauchte ein Mann mit kahl rasiertem Schädel, dessen Körper bis zum Kinn verschlungene Tattoos zierten, als würde er darin ertrinken.

»Aufhören!«, blaffte ein Aufseher.

Der Mann hob unschuldig die Hände, womit er unwillkürlich das Hakenkreuz zum Vorschein brachte, das er sich auf die linke Handfläche hatte stechen lassen. Rouche hielt sich noch immer die Brust vor Schmerz, rappelte sich aber wieder auf die Füße und ging zu Baxter, die eine besorgte Miene machte, als er sich auf den Stuhl ihr gegenüber sacken ließ.

»Ich sehe, du hast schon Freunde gefunden.«

»Die denken, ich bin ein …« Rouche hielt inne, wollte nicht, dass sie sich Sorgen machte. »Die halten mich für einen Spinner.«

»Bist ja auch einer«, bestätigte sie. »Der Bart sieht gut aus«, sagte sie einleitend, bevor sie zu dem wahren Grund ihres Besuchs kam. »Wir besorgen dir den besten Strafverteidiger, den man für Geld bekommen kann. Ich meine ein *echtes* Stück Scheiße. Er ist perfekt«, erklärte sie ihm. »Meine Geschichte werde ich nicht verändern: Ich hab nicht gedacht, dass du's aus der U-Bahn-Station rausschaffst. Ich bin Keaton bis in den Park gefolgt, habe ihn im Schneesturm verloren, und als ich ihn wiedergefunden habe, war er tot.«

»Baxter, ich weiß das zu schätzen, was du …«

»*Deine* Geschichte ist«, sprach sie trotz seiner Einwände einfach weiter: »Du hast deinen Job gemacht. Du hast unseren Hauptverdächtigen verfolgt, das Ding in seiner Hand für eine Waffe gehalten und keine andere Wahl gehabt, als zu schießen, da er sich geweigert hat, sie fallen zu lassen.«

Rouche schaute sie müde an. »Und warum bin ich dann länger als drei Wochen untergetaucht …?«

»Es gibt keinen Psychologen im ganzen Land, der keine Verbindung sehen würde zwischen der letzten Bombenexplosion und dem Verlust deiner Familie bei einem ähnlichen Anschlag.«

»Ich will sie aber so nicht benutzen«, sagte Rouche, woraufhin Baxter ein schlechtes Gewissen bekam.

»Ist mir egal, was du willst. *Ich* brauche dich. Du wirst mich nicht verlassen … du bist durchgedreht. Du hast nicht mehr klar denken können. Hast dir einen Unterschlupf gesucht und dich verkrochen.«

»Wenn wir beim Lügen erwischt werden«, sagte Rouche, »gehst du mit ins Gefängnis.«

Baxter zuckte mit den Schultern. »Dann sieh lieber zu, dass du überzeugend lügst.«

# KAPITEL 41

Freitag, 29. Januar 2016
17:21 Uhr

Technik-Steve bekam nicht häufig Besuch und schon gar nicht von Damen, von bedeutenden erst recht nicht, und so war er ziemlich erstaunt, als er mitbekam, dass Baxter in der IT-Abteilung nach ihm fragte.

»Ich suche Steve.«

»Wen?«

»Steve … Technik-Steve.«

»*Oh!* Dahinten in der Ecke.«

Steve erhob sich, als sie sich seinem Schreibtisch näherte, und stopfte rasch sein zerknittertes Hemd in seine Boxershorts.

»Können wir ungestört sprechen?«, fragte Baxter ihn, war sich dabei darüber im Klaren, dass sie von zahlreichen bebrillten Augenpaaren interessiert beobachtet wurden.

»Klar.« Er führte sie in einen leeren Raum und schloss die Tür. »Also, was gibt's?«

»Wenn jemand ein Beweismittel aus dem Hangman-Fall suchen würde … zum Beispiel eines der manipulierten Handys, die nie in die Liste der Beweismittel aufgenommen wurden« – er hatte kein Pokerface – »könntest du mir erstens ein funktionierendes leihen und zweitens, wärst du diskret genug, das für dich zu behalten?«

Steve guckte so unbeholfen wie immer, weshalb sich schwer sagen ließ, was er dachte, bis er antwortete. »Auf jeden Fall ... erstens hätte ich, und zweitens wäre ich.«

Baxter runzelte die Stirn.

»Moment. Nein. Ich meine, ich würde ... und definitiv«, korrigierte er sich. »Und was springt für mich dabei raus, abgesehen vom Risiko, gefeuert zu werden?«

»Ich schulde dir einen Gefallen ...«

Er schien wenig begeistert.

»... *und* ich schwöre, von jetzt an werde ich den Begriff ›Selbstmord-SMS‹ in *jedem Interview und bei jeder Pressekonferenz* verwenden, so lange, bis das Wort im *Oxford English Dictionary* steht.«

Steves Augen strahlten bei der Vorstellung, durch seine Entdeckung der selbstlöschenden Nachrichten, die nur ein einziges Mal aufgerufen werden konnten, und den Begriff, den er für diese geprägt hatte, unsterblich zu werden. Diejenigen, die die Morde gesteuert hatten, hatten auf diese Weise mit ihren Anhängern kommuniziert.

»Wir haben einen Deal.«

Nach seinem Termin beim Gefängnisarzt wurde Rouche in die Kantine geführt, wo verschiedene Arten von Fraß in variierenden Brauntönen in einer Reihe von Futtertrögen angeboten wurden. Ohne seinen verlorenen Appetit zurückgewonnen zu haben, gab Rouche eine Kelle voll Erbsen nur wegen der Farbe auf seinen Teller und ging mit seinem Tablett an einen der Tische. Die anderen musterten ihn, als er an ihnen vorbeiging, und schüttelten jedes Mal die Köpfe, wenn er sich einem der wenigen freien Plätze näherte. Er ging bis ganz nach hinten in den Raum und entdeckte einen Tisch mit nur einer Handvoll einsamer Gestalten, die dort weit auseinander saßen. Einen davon erkannte er aus dem Umkleideraum vom Morgen.

Er holte tief Luft und sagte:

»Tag. Was dagegen, wenn ich mich setze?«

Der stämmige Mann sah aus, als hätte er ein schweres Leben hinter sich. Er war locker Mitte fünfzig, seine Gesichtszüge waren eingefallen, und alte Narben zogen sich durch sein faltiges Gesicht.

»Kommt drauf an. Bist du einer von den Puppen-Leuten?«, fragte er mit melodisch-irischem Akzent.

»Nein. Bin ich nicht«, erwiderte Rouche freundlich. »Ist eigentlich eine interessante Geschichte«, versprach er und nickte in Richtung des freien Platzes.

Nach kurzer Überlegung gab ihm der Mann zu verstehen, dass er sich setzen dürfe.

»Damien Rouche«, sagte Rouche und streckte die Hand aus.

»Nimm's mir nicht übel«, sagte der Mann und sah sich um. »Ich denke, wenn ich dir die Hand gebe, stechen die mich ab.«

»Schon gut«, grinste Rouche, zog die Hand zurück und probierte einen Löffel von dem Essen auf seinem Teller. Er verzog das Gesicht, schob das Tablett von sich weg.

»Was wolltest du sagen?«, drängte der Mann.

»Genau. Also, ich bin keine Puppe. Ich bin Cop ... also, ich war Cop. CIA sogar.«

Der ältere Mann schaute nervös zu den Nachbarn und senkte die Stimme auf ein Flüstern. »Das ist ja noch schlimmer.«

»Wirklich?«, fragte Rouche, der es geistesabwesend mit einem zweiten Löffel versuchte.

»Wenn du Cop bist, wieso hast du dann diese Narben auf der Brust, und wieso wirst du zu uns Abschaum gesperrt?«

»Ich habe in dem Fall ermittelt und versucht, die Täter aufzuhalten. Die einzige Möglichkeit, sie zu unterwandern, bestand darin, mich selbst zu entstellen«, erwiderte Rouche wahrheitsgemäß und hielt sich eine Hand vor die Brust. »Hier drin bin ich, weil ich den Mann verfolgt habe, der hinter dem Ganzen steckte …«

»Mutmaßlich. Du musst immer *mutmaßlich* dazusagen.«

»Okay. Also mutmaßlich habe ich den Mann verfolgt, der mutmaßlich hinter all dem steckte, vom Piccadilly Circus bis in den St James's Park, da hab ich ihn mutmaßlich gestellt und das mutmaßliche Dreckschwein mutmaßlich mit zugegebenermaßen übertrieben vielen Schüssen in die Brust hingerichtet. Deshalb sitze ich jetzt hier mit dir am Tisch und esse …« Er schaute irritiert auf seinen Teller.

»Beef Wellington«, half ihm der erfahrenere Insasse.

»… esse Beef Wellington«, endete er. »*Mutmaßliches* Beef Wellington.«

Der Mann betrachtete Rouche, wusste aber nicht, was er von ihm halten sollte. »Oder du bist einfach nur ein korrupter Bulle.«

»Könnte sein«, sagte Rouche und nahm einen Schluck von seinem wässrigen Orangensaft. »Gott weiß, davon gibt's hier genug.« Er hielt inne, als der Neonazi mit einigen seiner Kumpels im Gefolge an ihrem Tisch vorbeiging. »Aber weißt du was? Zum Schluss kriegen sie immer, was sie verdient haben …«

»Glaubst du wirklich?«, fragte Rouches Gegenüber belustigt.

»Glaube ich.«

Er schüttelte den Kopf. »Das ist Optimismus! So was hab ich lange nicht mehr gehört … du wirst hier nicht lange überleben.«

»Weshalb ich einen Freund gut gebrauchen kann«, sagte Rouche und streckte ihm erneut die Hand hin. »Damien Rouche.«

Der Mann zögerte.

»Komm schon. Lass mich nicht hängen«, Rouche lächelte ihn an.

Mit einem schweren Seufzen und davon überzeugt, dass er es noch bereuen würde, streckte der Mann seine Hand über den Tisch und schlug ein. »Kelly ... Kelly McLoughlin.«

Baxter wünschte wirklich, sie könnte Wein trinken.

Um 19:29 Uhr stand sie auf, ging zur Tür und fragte sich, was zum Teufel sie sich eigentlich dabei gedacht hatte.

»Andrea.«

»Emily.«

Die prominente Reporterin folgte ihr ins Wohnzimmer, wo Baxter sich aufs Sofa sacken ließ. Andrea nahm Platz, hielt sich dabei tadellos aufrecht und packte den Inhalt ihrer Handtasche auf den Beistelltisch.

»Wie geht es dir?«

»Scheiße«, erwiderte Baxter, die im Vergleich zu der stets kamerabereiten Nachrichtensprecherin ein bisschen erschöpft wirkte.

»Ich hab die Sachen mitgebracht, um die du gebeten hast«, beschied ihr Andrea, nahm »Freiheit für den Wolf«-T-Shirts in verschiedenen Größen aus der Tasche.

»Danke. Vanita hat ihm noch eine Woche Zeit gegeben.«

»Wenn wir's schaffen, dass er nicht ins Gefängnis muss«, fing Andrea vorsichtig an. »Meinst du, ihr beiden werdet ...?«

Baxter stöhnte und rieb sich das Gesicht. »Werdet was? Was interessiert dich das überhaupt?«

»Tut es gar nicht. Aber ich denke, dass ich im Namen aller

spreche, die Will und dich jemals zusammen in einem Raum erlebt haben oder erleben werden, wenn ich sage, dass dieses Tänzchen, das ihr beiden so ausdauernd aufführt, allmählich ein bisschen langweilig wird.«

»Ich bin mit Thomas zusammen!«, fauchte Baxter und rollte sich von ihrem Gast weg in der Hoffnung, eine weniger schmerzhafte Position zu finden.

»Ich weiß.«

»Und Thomas ist ein richtig guter Mann.«

»Will nicht«, nickte Andrea. »Aber das macht ihn ja irgendwie auch aus, oder?«

Baxter antwortete nicht.

»Du weißt, warum es mit uns beiden zu Ende gegangen ist, oder?«, fragte Andrea sie. »Den wahren Grund, meine ich? Egal, wie sehr er mich geliebt hat, und das hat er wirklich getan, und auch egal, wie gut er für mich gesorgt hat, und auch das hat er wirklich getan, es war nicht zu übersehen, dass er eine andere mehr liebt als mich … nämlich dich.«

Baxter zog sich ein Kissen über den Kopf.

»Geht mich sowieso nichts an. Aber warum quälst du dich überhaupt noch so, wenn du die richtige Entscheidung längst getroffen hast?«

Baxter setzte sich langsam auf und betrachtete Wolfs Ex-Frau.

»Wenn du die einzige Person bist, mit der ich darüber reden kann, weiß ich, dass in meinem Leben gründlich was schiefgelaufen ist«, lachte sie. »Scheiß drauf. Ich zeig's dir.« Sie stand auf, um etwas aus ihrer Jackentasche zu ziehen, gab das zusammengefaltete Stück Karte Andrea und setzte sich wieder. »Das habe ich bei Finlays Sachen gefunden«, erklärte sie, ließ der anderen kurz Zeit zu lesen, was darauf geschrieben stand. »Erst mal habe ich es mit mir herumgeschleppt, falls es ein

Hinweis ist. Also … ich weiß nicht so genau, warum. Es ist seine Handschrift, aber er hat es nicht für Maggie geschrieben. Er hat sie mehr geliebt als sein Leben, aber das war nicht für sie.«

Andrea faltete die Karte zusammen und gab sie ihr zurück. »Klingt ziemlich … besitzergreifend.«

»Allerdings. Und leidenschaftlich. Und wütend. Und verzweifelt. Kannst du dir vorstellen, jemanden *so* sehr zu lieben? Oder *so* sehr geliebt zu werden? Das geht mir nicht mehr aus dem Kopf«, gestand Baxter.

»Aber Finlay und Maggie waren glücklich«, wand Andrea ein, »egal, für wen die Karte auch war.«

»Ja, das waren sie«, nickte Baxter und beendete damit das Thema ergebnislos.

»Danke«, sagte sie sarkastisch.

»Jederzeit«, erwiderte Andrea, sortierte die Dinge auf dem Tisch. »Warst du heute bei Rouche?«

»War ich.«

»Noch so eine Geschichte, die du mir nicht erzählt hast«, erinnerte Andrea sie.

Baxter wirkte hin- und hergerissen. »Kann ich sie dir anvertrauen?«

»Natürlich.«

»Wo soll ich anfangen?«

Andrea dachte darüber nach. »In der Nacht vom 21. Dezember. London erstickt unter den Schneemassen, und Lucas Keaton läuft in den St James's Park …«

Baxter holte tief Luft und fing an zu reden.

Hinter dem Stapel an billigen T-Shirts blinkte aufgeregt ein rotes Lämpchen, das kleine Gerät, das in jede Handfläche passte, nahm jedes ihrer Worte auf.

# KAPITEL 42

Freitag, 21. Mai 2010
Finlays Geburtstag
10:02 Uhr

»Du siehst gut aus«, sagte Wolf zu Andrea und nahm ihre Hand, als sie nebeneinander in der U-Bahn saßen.

»Danke. Du auch«, lächelte sie, beugte sich vor, um die Krawatte zurechtzuziehen, die zu tragen sie ihn überredet hatte. Dann legte sie ihren Kopf auf seine Schulter und ignorierte die Blicke der anderen Passagiere.

Am Wochenende sollte das Urteil im Prozess gegen den Feuerbestatter gesprochen werden, und es hatte einiges an Überredungskunst gekostet, Wolf aus dem Haus zu bekommen.

Abgesehen davon, dass sie sich durch den Garten eines Nachbarn hatten schleichen müssen, um nicht von Paparazzi verfolgt zu werden, hatte es sich angefühlt wie ein ganz normaler Freitagabend, eine dringend benötigte Auszeit von den endlosen Auseinandersetzungen und Vorwürfen, die ihren Mann seit Wochen verfolgten.

»Müde?«, fragte Wolf und drückte Andrea einen Kuss auf den Kopf.

Sie nickte.

»Wir lassen uns blicken, dann gehen wir wieder. Spätestens

um zehn bist du im Bett, trinkst Pfefferminztee und schaust eine Folge *Grey's Anatomy.*«

Sie drückte ihn fest, während der Zug sein Bestes tat, sie in den Schlaf zu wiegen. »Versprochen?«

»Versprochen.«

Sie folgten den Luftballons, die ihnen den Weg wiesen, stiegen die Treppe hinauf in den privaten Festsaal des am Fluss gelegenen Restaurants, was für Wolfs sonst so sparsamen Freund untypisch aufwendig zu sein schien.

**Alles Gute zum 55.!**

Maggie hatte es übernommen, die Gäste zu begrüßen, und umarmte die beiden herzlich. »Holt euch was zu trinken und dann raus in die Sonne«, wies sie Wolf und Andrea an.

»Er ist draußen auf der Terrasse ... und jetzt schon blau wie ein Veilchen«, sagte sie liebevoll verärgert. »Soll ich dir das abnehmen?«, fragte sie Andrea, die Maggie daraufhin Karte und Geschenk übergab.

»Was schenken wir ihm denn?«, wisperte Wolf, als er zur Bar ging.

»Den Duft, den er immer auflegt.«

Wolf guckte verdutzt. »Kebab und heimliche Zigaretten?«

Andrea lachte laut. »Sei nicht so gemein!«

Finlay und Wolf hatten sich unter Andreas und Maggies besorgten Blicken auf ein Trinkspiel eingelassen, das sich immer ausgelassener gestaltete.

»Soll ich die beiden trennen?«, fragte Andrea.

»Wäre vielleicht eine Idee. Außerdem wär's höflich, wenn sich Fin auch ein bisschen um seine anderen Gäste kümmern würde. Benjamin und Eve hat er noch nicht mal Hallo gesagt«, beschwerte sich Maggie, als die beiden Frauen loszogen, um ihre über die Stränge schlagenden Ehemänner zu zügeln.

»Okay, Jungs«, sagte Andrea und nahm Wolf das Schnapsglas aus der Hand. »Wir einigen uns auf ein Unentschieden. Komm, Will. Ich will tanzen.«

Andrea führte ihn auf die Tanzfläche, wo Baxter inzwischen in Begleitung eines langhaarigen Mannes eingetroffen war. Wolf ließ die Hand seiner Frau los und schwankte zu ihnen.

»Baxter!«, strahlte er und fiel ihr dabei unbeholfen um den Hals.

»Emily!«, sagte Andrea.

»Andrea«, erwiderte Baxter.

Wolf, der nicht mitbekommen hatte, wie unterkühlt die Atmosphäre plötzlich war, walzte weiter voran.

»Und das muss Gavin sein!«, sagte er, zerquetschte seinem Gegenüber beinahe die Hand.

»Wollt ihr was trinken?«, bot er an.

»Ich bin sicher, die beiden finden die Bar auch ohne deine Hilfe«, mischte sich Andrea mit gekünsteltem Gelächter ein und wollte ihn wegziehen. »Komm, lass uns tanzen.«

»Gleich«, lallte Wolf und machte sich von ihr los. »Baxter hat gerade einen großen Fall.«

»Auf der Party wird nicht über die Arbeit gesprochen«, hob Andrea an, die es sehr zu schätzen wusste, dass es bislang allen gelungen war, um Wolfs neu erlangte Berühmtheit herumzureden.

»Ach«, meinte Gavin und schnippte ein bisschen zu arrogant mit den Fingern, als wollte er seine Gedanken zu fassen bekommen. »Die Schwulen, die ständig aus dem Fluss gezogen werden?«

»Genau, das ist der Fall, Gav«, sagte Wolf. »Mittwochabend: Baxter, Chambers, ein Schnellboot der Polizei. Wird lustig. Ich bin neidisch.«

Gavin wandte sich an Baxter und sagte leise: »Vergiss nicht, dass ich dich am Donnerstagvormittag brauche.«

»Was ist denn am Donnerstag?«, platzte Wolf dazwischen.

»Da die beiden mit gesenkter Stimme sprechen, darfst du wohl davon ausgehen, dass es dich nichts angeht«, fuhr Andrea ihn an.

»Schon gut«, erwiderte Gavin freundlich. »Meine Mutter ist vor ein paar Wochen gestorben. Am Donnerstagvormittag findet die Beerdigung statt.«

»Oh«, sagte Wolf.

»Mein Beileid«, erklärte Andrea traurig lächelnd, als es ihr endlich gelang, Wolf mit sich fortzuziehen.

Über eine Stunde später hatte Andrea Wolf überredet, sie nach Hause zu bringen. Es hatte ewig gedauert, bis er sich von allen Leuten verabschiedet hatte, die er ohnehin am nächsten Morgen schon wiedersehen würde, und dann war er noch mal auf der Toilette verschwunden, nur um »kurz zu pinkeln«.

»Du bist Will, oder?«, fragte der Herr mit den silbergrauen Haaren neben ihm am Urinal, der dem Plätschern nach deutlich präziser ins Becken traf als Wolf. »Ich bin Christian, ein alter Freund von Fin.«

»Er hat mir viel von Ihnen erzählt«, lächelte Wolf betrunken.

»Na dann, alles Gute für Montag«, sagte Christian, der den Versuch wieder aufgab, ein Gespräch zu führen.

Wolf stolperte zurück in den Saal, wo seine Aufmerksamkeit unmittelbar auf die Terrasse gelenkt wurde. Baxter und Gavin hatten dort einen heftigen Streit. Wie die anderen Partygäste tat auch Andrea höflich so, als hätte sie es nicht mitbekommen, und versuchte verzweifelt, ihren Mann zur Treppe zu steuern.

»Will, das geht dich nichts an.« Er hörte sie nicht einmal, war zu sehr darauf fixiert, Baxter zu beobachten, die von ihrem langweiligen Freund davonstürmte.

»Will!«, sagte Andrea, als er sich der geöffneten Tür entgegenschob. »Will!«, rief sie ihm hilflos hinterher.

Er marschierte genau in dem Augenblick nach draußen, in dem Gavin Baxter am Arm packte, den er allerdings ganz schnell wieder losließ, als Wolf ihn rückwärts gegen einen Tisch schubste, wobei Gläser und Kerzen zu Boden krachten.

»Wolf, hör auf!«, schrie Baxter ihn an, als er ein zweites Mal auf ihn zuging. »Wolf!« Gavin knallte schwer hin, hielt sich mit einer Hand die blutige Nase.

Der Rest des Abends verschwamm in Wolfs Erinnerung. Er wusste noch, dass Baxter wütend auf ihn war, seine Kollegen von der Terrasse hereinschwärmten, um ihn aus dem Gebäude herauszukomplimentieren, und Andrea sich auf der Heimfahrt unter Tränen weigerte, auch nur ein einziges Wort mit ihm zu wechseln.

Vor allem aber erinnerte er sich an seine Naivität zu glauben, die Nacht sei vorbei, als er sich auf das abgewetzte Sofa im Wohnzimmer warf.

# KAPITEL 43

Samstag, 30. Januar 2016
7:06 Uhr

Rouche hatte wieder nicht geschlafen. Jedes Mal, wenn er die Augen schloss, hatte er das Gefühl, die Wände würden auf ihn zukommen und ihn erdrücken. Die Dunkelheit in Verbindung mit der Enge ließ die niedrige Raumdecke über seinem Stockbett wie einen Sargdeckel wirken. Sein Zellenkamerad hatte nicht mehr mit ihm gesprochen, seit dieser am vorangegangenen Vormittag Rouches Narben gesehen hatte. Anschließend hatte er sich wortlos angezogen, als wäre Rouche gar nicht da. Als die Zellentür aufgeschlossen wurde, reihten sie sich erneut in die Schlange derer, die wie am Tag zuvor über den stählernen Laufsteg Richtung Duschtrakt gingen.

Rouche schien es jetzt wenig sinnvoll, seinen Oberkörper zu verbergen, und er zog als Erster sein Gefängnishemd aus, trotzte den Blicken und Beschimpfungen.

»Ich glaube immer noch nicht, dass du dir das selbst angetan hast«, sagte Kelly, der sich jetzt neben ihm entkleidete.

»Jemand hat mir dabei geholfen«, räumte Rouche ein, die geflieste Umkleidekabine erinnerte ein wenig an das widerliche Männerklo, in dem Baxter seine Brust mit einem Steakmesser bearbeitet hatte.

»Anscheinend hast du aber auch eine ganze Menge zu erzählen«, sagte Rouche, dem der gezeichnete Körper des Älteren auffiel.

Eine lange schmale Narbe zog sich über die Innenseite seines linken Arms, der andere war von einer alten Brandverletzung verfärbt. Es waren Spuren mehrerer nachlässig durchgeführter Operationen zurückgeblieben, und knapp über seinem Herzen befand sich eine perfekt kreisrunde Stelle, an der die Haut leicht erhaben war.

»Wie kommt es, dass du überhaupt noch lebst?«, fragte Rouche, was ihn schmunzeln ließ.

»Hat jemand auf mich aufgepasst.«

»Du meinst ... *Gott?*«

»Nein. Ich meine Heckenschützen.«

»Oh.«

»Ja, die meisten davon stammen aus meiner Zeit bei der Armee«, erklärte Kelly. »Sehen aber schlimmer aus, als sie sind.«

»Ist das eine Schussverletzung?«

»Okay. *Die* war schon schlimm«, gestand er, rieb sich über die Narbe.

»Irgendwann musst du mir die Geschichte erzählen«, sagte Rouche und wickelte sich das Handtuch um.

»Nein ... bestimmt nicht«, erwiderte Kelly. »Geh schon vor. Ich hol dich ein.«

Rouche folgte den anderen durch die Tür und war erst zwei Schritte weit in den Duschraum getreten, als er von etwas Schwerem getroffen wurde. Da er auf dem nassen Boden ausrutschte, landete er ungünstig, spürte Hände am ganzen Körper, die ihn über die großflächigen Kacheln zogen. Kaum bei Bewusstsein, setzten sie ihn an ein niedriges Mäuerchen, wo die Angriffe zunahmen. Er spürte Tritte und Schläge, und es klingelte in seinen Ohren, als er mit dem Kopf auf den harten

Boden knallte, aber er war schon nicht mehr in der Lage, den Schmerz vollständig wahrzunehmen.

Kelly betrat den Duschraum. Als er die angespannte Atmosphäre wahrnahm, begriff er sofort, was los war: Eine Gruppe von fünf Männern drängte sich an einer Stelle zusammen, das Wasser, das sich dort sammelte und in den Ausguss lief, war rot gefärbt. Er zögerte, wollte sich nicht einmischen, aber dann fluchte er leise.

»Wärter!«, brüllte er, so laut er konnte. »Wärter!«

Die Männer sprangen auseinander, einer hielt kurz inne, bespuckte den kampfunfähig am Boden liegenden Rouche. Kelly ging zu ihm, als die ersten Gefängnisbeamten in den Duschraum gerannt kamen. Während einer den Vorfall meldete, begann der andere, die Gefangenen hinauszulotsen – schon weil er nicht wusste, was er sonst machen sollte, solange sie auf medizinische Unterstützung warteten.

Entgegen der Empfehlung des Arztes hatte Rouche sich geweigert, zur Beobachtung auf der Krankenstation zu bleiben, und schwankte um 14:55 Uhr die Treppe runter in den kurzen Gang, der zum Besucherraum führte. Eingeschränkt dadurch, dass er nur durch ein geschwollenes Auge etwas sehen konnte, machte er einen Bogen um eine Gruppe von Insassen herum, die unten an der Treppe standen und hofften, aufgerufen zu werden.

»Das ist noch das Geringste von dem, was du verdient hast«, höhnte einer.

»Du hast Glück gehabt!«, brüllte ein anderer und bewarf ihn mit irgendetwas.

Rouche ignorierte sie und humpelte vorbei.

Baxters Miene verdüsterte sich, als sie ihn näher kommen

sah. Sie wollte so gerne zu ihm gehen, ihm helfen, aber sie wusste, dass man sie davon abhalten würde.

»Oh Gott, Rouche«, keuchte sie, als dieser sich auf seinem Stuhl niederließ. »Was ist passiert?«

»Ich bin in eine Schlägerei geraten ... keine Ahnung, ob ich gewonnen hab«, scherzte er.

»Ich hol dich hier raus«, sagte sie entschieden. »Wir lassen dich verlegen.«

»Nein.«

»Du kannst solange in Einzelhaft sitzen«, fuhr sie fort. »Ich rede mit den ...«

»Nein!«, fauchte er und schlug mit der Hand auf den Tisch.

Zwei Wärter setzten sich in Bewegung, aber Baxter winkte ab.

»Ich kann das«, sagte Rouche.

Sie wollte ihm helfen, wollte ihm mehr als alles andere auf der Welt beistehen.

»Ich hol dich hier raus«, versprach sie ihm. »Halt nur noch ein kleines bisschen durch.«

Christian ging ans Telefon. »Ja?«

»Andrea Hall ist hier und möchte Sie sprechen, Sir«, teilte ihm eine Stimme mit, die er nicht kannte, da seine Sekretärin sich über das Wochenende freigenommen hatte, was er selbst ebenfalls hätte tun sollen.

»Führen Sie sie bitte herein.« Christian stand von seinem Platz am Schreibtisch auf, um seine prominente Besucherin zu begrüßen. Statt seiner sonst gewohnten förmlichen Aufmachung trug er ein Polohemd zur Chinohose. »Ah! Ms Hall. Kommen Sie doch herein. Machen Sie es sich bequem«, sagte er, gab ihr die Hand und entließ seine Untergebene, indem er ihr die Tür vor der Nase zuschlug. »Also, dann erzählen Sie mal, was um Himmels willen so wichtig ist, dass wir es nicht am Montag besprechen können?«, fragte er.

»Ich möchte, dass Sie die Anzeige gegen Will zurückziehen«, erwiderte sie schlicht.

Christian lachte laut auf und nahm erneut hinter seinem Schreibtisch Platz.

»Verraten Sie mir doch bitte auch, warum ich das tun sollte?«

»Sie haben nichts gegen ihn in der Hand«, sagte sie mit einer abfälligen Geste. »Sie haben einen seiner engsten Freunde ermordet! Er *musste* versuchen, Sie vom Thron zu stoßen. Hätten Sie etwa weniger erwartet? Im Ernst?«

Er erstarrte.

»Ich bin nicht verkabelt«, erklärte ihm Andrea. »Und selbst wenn, würde ich mich selbst belasten. Ich bin hier, um Ihnen einen Deal vorzuschlagen. Will ist fertig. Es ist vorbei.«

Christian nickte vorsichtig.

»Wenn man einen Hund häufig genug tritt, wird er lernen, sich fernzuhalten«, sagte er kryptisch.

»Ach, und er hat die Botschaft vernommen. Laut und deutlich«, versicherte ihm Andrea. »Hören Sie, ich kann mit diesen ganzen Fehden und emotionalen Feldzügen nichts anfangen. Aber ich habe Respekt vor einem Mann, der tut, was er tun muss, um seine Interessen zu schützen.«

Christian nickte höflich wegen des Kompliments, war sich aber gleichzeitig darüber bewusst, wen er vor sich hatte.

»Hier kommt mein Vorschlag«, fuhr Andrea fort. »Sie geben ihm einen Klaps auf die Finger und lassen Will vom Haken; ich verzichte auf weitere Protestaktionen, die zur Folge hätten, dass Sie Ihren Laden hier dichtmachen müssten. Außerdem bekommen Sie im Gegenzug Emily Baxter *und* Damien Rouche von mir. Sicher werden Sie mir zustimmen, dass beide inzwischen die sehr viel dickeren Fische sind.« Christian beugte sich interessiert vor, als Andrea ein Handy aus ihrer Tasche zog. »Das ist der Mitschnitt eines mit Emily Baxter unter vier Augen geführten Gesprächs, in dem sie ausführlich über die Ereignisse spricht, die dem Tod von Lucas Keaton unmittelbar vorausgegangen sind. Sie gibt zu, dabei gewesen zu sein ... bei Rouche, und gesehen zu haben, wie dieser den unbewaffneten und wehrlosen Gefangenen hingerichtet hat. Anschließend hat sie ihn, der nun wegen Mordes gesucht wurde, in ihrem Apartment in Wimbledon gesund gepflegt, was ihm ermöglichte, sich über Wochen der Festnahme zu entziehen.«

»Das klingt in der Tat sehr belastend«, sagte Christian, der jetzt überzeugt war, dass bei ihrem Gespräch niemand mithörte. »Vielleicht sogar zu gut, um wahr zu sein?«

»Der Einzige, der mich interessiert, ist Will. Meine Ehe ist wegen Emily Baxter in die Brüche gegangen. Damien Rouche bedeutet mir nicht mehr als eine gute Geschichte.«

»Ach so, da gibt's noch mehr?«, fragte Christian, der ahnte, worauf Andrea hinauswollte.

»Ein Exklusivinterview mit Rouche.«

»Abgemacht.«

»Vor der Verhandlung.«

»Das könnte problematisch werden.«

»Heute Abend.«

»Also, das ist unmöglich.«

Andrea drückte eine Taste an ihrem Handy; Baxter sagte mit knisternder Stimme:

»Rouche war vor mir ... es hat so heftig geschneit. Ich konnte nicht mithalten. Ich habe den ersten Schuss gehört ... Keaton war schwer verletzt, aber er hat noch gelebt, als ich ihn erreicht habe. Ich habe versucht, die Blutung zu stoppen, aber ...«

Andrea drückte erneut auf die Taste, um Baxters schockierendes Geständnis anzuhalten, und hielt ihm das Gerät vor die Nase, ließ es dabei pendeln wie eine Uhr.

»Ein Interview im Gefängnis mit Damien Rouche *und* Will, den Sie innerhalb von achtundvierzig Stunden aus der Haft entlassen werden. Das ist mein letztes Angebot.«

Christian betrachtete die unnachgiebige Frau mit einem Lächeln. Er streckte die Hand aus und nahm ihr das Handy ab.

»Es ist gesperrt«, sagte er.

»Aber die Aufnahme befindet sich in Ihrem Besitz. Das Passwort bekommen Sie, wenn Sie meine Forderungen erfüllt haben.«

»Sie gefallen mir.«

»Interessiert mich nicht. Steht der Deal?«, fragte Andrea.

»Ja, Ms Hall. Der Deal steht.«

Rouche ließ sein Tablett fallen, woraufhin das unappetitlich sehnige Gulasch über den Kantinenboden spritzte. Begleitet von höhnischem Gelächter ging er auf die Knie und hob die zersprungene Schüssel auf.

»Liegen lassen!«, bellte ein Wärter von der anderen Seite des Raums.

Rouche hatte sich gerade erneut etwas aufs Tablett geladen, dieses Mal extra vorsichtig, als jemand seinen Namen rief.

Interessiert beobachtete Kelly, wie der Direktor persönlich Rouche zu einem Gespräch unter vier Augen herbeiwinkte. Es dauerte knapp über eine Minute; dann verschwand der selten gesehene, aber hier zuständige Mann ebenso schnell wieder, wie er gekommen war, und ließ Rouche in Ruhe essen.

»Was wollte der Direktor?«, fragte Kelly und zuckte zusammen, als er Rouches geschundenes Gesicht sah. »Hat er sich nach der Prügelei erkundigt?«

»Zum Teil«, erwiderte Rouche und nahm Platz. »Er will, dass ich was mache … ein Interview gebe.«

»Ein Interview?«, fragte Kelly verwirrt.

»Hmm«, nickte Rouche, ohne es weiter auszuführen.

»Okay? Und was hat der Arzt gesagt?«

»Dass ich Schläge ins Gesicht bekommen habe … ziemlich viele«, erwiderte Rouche. »Ich wollte dir danken für vorhin. Ich hab gehört, dass du die Wärter gerufen hast.«

Kelly tat den Dank ab. »Selbst wenn ich diese Nazi-Wichser nicht hassen würde – und glaub mir, das tue ich, aber so *richtig* –, ist mir nichts mehr zuwider als ein unfairer Kampf.«

»Trotzdem … danke«, sagte Rouche, der nur mit Mühe überhaupt etwas runterbrachte.

»Weißt du, das geht so nicht«, sagte Kelly, schaute böse zu der Gruppe kahl rasierter Klone, die einander nur wenige Bänke weit entfernt anrempelten. »So was darf man nicht ungestraft lassen.«

»Nein«, pflichtete Rouche ihm bei, legte eine große suppenverschmierte Scherbe aus kaputtem Plastik zwischen sich und Kelly auf den Tisch. »Darf man nicht.«

Kelly schaute skeptisch auf die erbärmlich improvisierte Waffe.

»Wenn man nicht gewinnen kann, kann man immer noch alles niederbrennen«, sagte er grinsend, womit er den Ratschlag weitergab, an den er sich selbst im Guten wie im Schlechten immer gehalten hatte.

Rouche nickte, legte seine Serviette auf die selbst gemachte Waffe und beugte sich verschwörerisch vor. »Hör mal, ich hab nicht so wahnsinnig viel Zeit … ich muss was mit dir besprechen.«

# KAPITEL 44

Sonntag, 31. Januar 2016
8:37 Uhr

»Interview hat geklappt!«, rief Andrea quer durchs Studio allen zu, die sich in Hörweite befanden. »Ich brauche Rory, Ton und Licht am Gefängnis Woodhill. Um sechs Uhr früh bauen wir morgen auf, um sieben wird live gesendet. Außerdem brauchen wir Sendezeit, damit wir's im Verlauf des Tages einmal pro Stunde wiederholen können!«

»Damien Rouche ist jetzt schon eine Nachricht vom vergangenen Monat«, behauptete ihr Chefredakteur, der mit einem Kaffee in der Hand aus dem angrenzenden Büro trat.

»Vertrau mir«, lächelte Andrea ihn an. »Wann habe ich dich schon mal enttäuscht?«

»Oh, den Gesichtsausdruck kenne ich allerdings«, sagte ihr Chef schmunzelnd. »Wem bist du denn dieses Mal in den Rücken gefallen?«

»Niemandem, der's nicht längst verdient gehabt hätte.«

»Wärter!«, schrie Rouche. »Hilfe! Bitte!«, brüllte er verzweifelt, als sich der Beton unter dem vergossenen Blut bordeauxrot verfärbte. Er presste seine Hände auf Kellys Verletzung, während sich Zuschauer um sie herum versammelten. »Wärter!«

Ein erfahrener Gefängniswärter sprintete über den Freiganghof.

»Weg da! Zurück!«, schrie er die immer zahlreicher sich versammelnden Zuschauer an, forderte bereits über Funk Unterstützung an. »Zurück! *Du* bleibst hier«, befahl er Rouche, da er begriff, dass dieser zu helfen versuchte. »Ich brauche einen Sanitäter hier, und wir müssen den Hof räumen. Hier ist viel Blut. Sieht aus wie eine Stichwunde.« Er wandte sich an Rouche. »Was ist passiert?«

»Ich hab nichts gesehen«, erwiderte Rouche, dem bei so vielen Mithörern gar nichts anderes übrig blieb, als sich an die Gefängnisetikette zu halten. Kelly wand sich vor Schmerz.

»Du wirst wieder«, versicherte Rouche ihm, dunkle Flecken breiteten sich bereits an seinen Ärmeln aus.

Die Verstärkung traf ein, trieb die Häftlinge zurück, damit der Arzt zu seinem Patienten gelangte.

»Wir müssen ihn sofort auf die Krankenstation bringen!«, sagte er den Wärtern.

Rouche wischte sich die blutverschmierten Hände an seiner Kleidung ab und wurde angewiesen, sich ganz hinten in den Hof zu seinen Mitgefangenen zu stellen, um von dort aus hilflos zuzusehen, wie sein einziger Verbündeter auf eine Trage gelegt und fortgeschafft wurde.

Baxter lag in der Wanne und hoffte, dass ein Besuch von Holly Rouche aufmuntern würde. Sie hatte den ganzen Tag freigehabt und ihn mit Thomas verbracht, der mit einem billigen T-Shirt aus einem Souvenirladen plötzlich vor ihrer Tür gestanden hatte:

**I ♥ LONDON**

Baxter hatte sich natürlich kategorisch geweigert, ihres anzuziehen, war aber doch bereit gewesen, seinem Vorschlag zu folgen und sämtliche Touristenfallen der Stadt aufzusuchen, die deren Bewohner normalerweise um jeden Preis mieden.

Angetan mit ihrer bunten Mütze und den dazu passenden Handschuhen, hatte sie über eine Stunde mit Thomas in der Kälte angestanden, um den Tower of London zu besichtigen. Anschließend hatten sie ein obligatorisches Selfie vor dem Buckingham Palace geschossen. Nach dem Mittagessen im Hard Rock Café hatten sie sich an heißen Kaffeebechern gewärmt und waren am Kensington Palace spazieren gegangen, um sich darauf zu besinnen, dass eine historische und faszinierende Stadt, entgegen all der Schrecken und Böswilligkeiten, die an ihrem Fundament nagen, doch sämtliche Stürme übersteht.

Es war jetzt schon der beste Tag gewesen, an den Baxter sich erinnern konnte, lange, bevor sie die kleine schwarze Schachtel entdeckte, die Thomas auf ihr Kissen gelegt hatte. Als sie ihren Verlobungsring anprobierte, spürte sie schließlich, wie ihr eine Riesenlast von den Schultern fiel. Sie schloss die Augen und tauchte mit dem Kopf unter Wasser; sie hatte ihre Entscheidung getroffen.

Es war ein einsamer und langer Spaziergang, bis er einen ruhigen Platz gefunden hatte, wo er zu Abend essen konnte. Er hatte sich extra viel Zeit gelassen, um in die Kantine zu gelangen, um möglichst wenig Zeit dort verbringen zu müssen. Die Nazis beobachteten ihn von ihrem angestammten Tisch aus, verloren aber schon bald das Interesse an ihm, als ein schwarzer Häftling den Fehler beging, zu nah an ihnen vorbeizugehen, und so eine Flut rassistischer Beschimpfungen auslöste.

Rouche nutzte die vorübergehende Pause, um etwas von seinem Essen hinunterzuwürgen. Aber er war nicht im Geringsten hungrig, nicht, weil sein Kiefer noch schmerzte, sondern weil er ein schlechtes Gewissen hatte. Er hatte seit 15 Uhr am Eingang des Besucherraums gestanden und damit gerechnet, Baxter dort anzutreffen, doch als er stattdessen Holly entdeckte, die sich ängstlich umsah, war er wieder gegangen, hätte es nicht ertragen, dass sie ihn in einem so bemitleidenswerten Zustand sah. Jetzt bereute er die Entscheidung, schob sein Essen von sich, blieb stumm sitzen und sah zu, wie sich die Kantine langsam leerte.

Die Nazis gehörten zu den Letzten, die aufstanden und gingen. Die weniger kräftig gebauten unter ihnen umkreisten die Alphatiere, während diese sich positionierten. Einer der Schwächlinge hoffte, sich Anerkennung zu verdienen, indem er einen anderen Häftling gegen eine Wand stieß.

Rouche zog ruhig einen zusammengerollten Waschlappen aus dem Hosenbund, wickelte die blutige Plastikscherbe aus, nahm sein Tablett und schlenderte zwischen den leeren Tischen zum Ausgang, blieb dabei nur kurz stehen, um die kompromittierende Waffe auf die Bank zu legen, wo die Gruppe gesessen hatte.

Anschließend folgte er ihnen unschuldig pfeifend nach draußen.

Christian war ausgezeichneter Laune, als er nach Hause kam.

Er schloss die Tür hinter sich und zögerte kurz, legte dann ganz automatisch die Kette vor, wobei er eigentlich fand, dass dies eine Angewohnheit war, ohne die er gut ausgekommen wäre. Er schaltete die Alarmanlage ein, ging durch das mondbeschienene Wohnzimmer zu den Fenstern, gegen die eiskalter Regen klopfte. Er schenkte sich einen großzügigen Scotch ein und nahm in seinem Lieblingssessel im Zentrum seines stillen Palastes Platz.

Auch wenn es gewiss nicht das Wochenende war, das er sich vorgestellt hatte, so hatte er seine Versprechungen gegenüber Andrea Hall doch gehalten und ein eigentlich unmögliches Interview für sie arrangiert sowie die Entlassungspapiere für William Fawkes auf den Weg gebracht. Er hatte das Handy mit der belastenden Aufnahme an die Asservatenkammer weitergegeben und einen dringenden Termin bei Professional Standards vereinbart, um über Detective Chief Inspector Baxter zu sprechen. Außerdem hatte er eine Unterredung mit Devon Sinclair, dem FBI-Agenten, der die wenig beneidenswerte Aufgabe übernommen hatte, nach dem Lucas-Keaton-Fiasko für Ordnung zu sorgen, zum einen, um ihm die guten Nachrichten mitzuteilen, und zum anderen, um seiner Erwartung Ausdruck zu verleihen, dass ihm öffentlich für seinen Beitrag gedankt werde.

Was auch immer die beharrliche Journalistin Rouche am Morgen hatte entlocken können, es würde die Vorwürfe gegen ihn nur erhärten.

Christian nahm einen weiteren Schluck Scotch, betrachtete das erwartungsvoll auf dem Wohnzimmertisch aufgebaute Schachbrett, teilte jedem seiner Feinde eine Figur zu und brachte anschließend seine eigenen um diese herum in Stellung … alle außer einer.

Killian Caine und seine Crew suchten immer noch Eoghan Kendrick, einen Mann, der aller Wahrscheinlichkeit nach gar nicht mehr lebte und sowieso über dreißig Jahre lang die unglaubliche Geschichte über korrupte Polizisten und verschwundene Millionen für sich behalten hatte.

Er war bedeutungslos.

Christian hatte endlich wieder das Gefühl, durchatmen zu können, und hob sein Glas Richtung Schachbrett. »Schach und matt!«

# KAPITEL 45

Montag, 1. Februar 2016
6:26 Uhr

Andrea wirkte müde und ihre Crew noch mehr. Rory sah aus, als wollte er gleich sterben, während ein lobenswert gründlicher oder einfach nur absurd penibler Beamter eine Metallplatte von der Fernsehkamera abschraubte.

»So viel zur Drehgenehmigung«, bemerkte Rory durch ein Kaffeeduft verströmendes Gähnen.

Der Mann ignorierte ihn und hob die Platte ab, um das Innere dieses unglaublich teuren Arbeitsgeräts nach illegalen Gegenständen abzusuchen.

Nach ihrem kräftezehrenden frühen Start in den Tag waren sie nach ihrer Ankunft im Gefängnis Woodhill gefühlt nur circa drei Meter in sechsundzwanzig Minuten weitergekommen, da sie am Eingang auf Sicherheitskontrollen stießen, bei denen jeder einzelne Gegenstand ihrer Ausrüstung ausgepackt und untersucht wurde.

»Dauert's noch lange?«, fauchte Andrea, der bewusst war, dass sie in etwas über einer halben Stunde bereits live auf dem Bildschirm zu erscheinen hatte.

Der Mann blickte zu ihr auf, zuckte mit den Schultern und machte sich daran, eine weitere Metallplatte zu entfernen.

Schließlich hatte Rouche die Erschöpfung übermannt, und er hatte fast fünf Stunden geschlafen, war aber bereits wieder hellwach, als er um 6:53 Uhr, kurz bevor sich die anderen Gefangenen in Bewegung setzten, Schritte auf seine Zelle zukommen hörte. Da er sein Ziel unbedingt davor erreichen wollte, stieg er aus seinem Bett und wartete in der Mitte des Raums, bis ihn ein Wärter holen kam.

Er wurde die Treppe hinuntergeleitet, seine knallblaue Uniform war der einzige Farbtupfen in dem menschenleeren Zellenblock. Auf dem Weg in den Besucherraum mussten einige Türen auf- und wieder zugeschlossen werden. Rouche schaute hinauf zur Krankenstation und erinnerte sich an Kellys Blick, als er ihm die schartige Scherbe knapp unter den Rippen in den Leib gestoßen hatte.

»Hey!«, rief sein Begleiter und hielt ihm die Tür auf.

»Tut mir leid«, entschuldigte sich Rouche, der dankbar dafür war, seinen Erinnerungen entrissen zu werden.

»Wand«, bellte der koffeinsüchtige Wärter, als sie die letzte Tür erreichten.

Rouche drehte sich gehorsam zu der braungrau gestrichenen Wand, während der Wärter eine fünfstellige Zahlenkombination eingab, seinen Ausweis durch das Lesegerät zog und die Tür öffnete. Sie betraten den vertrauten Raum, in dem die Fernseh-Crew noch dabei war, ihre Ausrüstung aufzubauen, während Andrea ihr Make-up in einem Taschenspiegel überprüfte.

»Ihr Interviewpartner!«, verkündete der Mann, der offensichtlich von der Begegnung mit einer so weltberühmten Reporterin beeindruckt war.

Andrea stand auf und begrüßte nickend den Mann, den sie an ihren gemeinsamen Feind verkauft hatte. Rouche blieb sich selbst treu, lächelte und erwiderte die Geste freundlich.

Um 6:59 Uhr näherte sich Dr. Yuán dem Ende seiner vierten Nachtschicht in Folge und hatte sich noch nie so sehr auf zwei freie Tage und eine gute Portion Schlaf gefreut. Wochenenden schienen bei den Menschen die Illusion zu wecken, sie seien nur eingeschränkt für ihr Tun verantwortlich. Sie gaben sich Exzessen hin, die sie sich unter der Woche versagten, und suchten Selbstsicherheit in zahlenmäßiger Stärke. Freitag- und Samstagabende waren genauso wie die Wochenenden jenseits dieser Mauern unweigerlich ereignisreich: sieben Schlägereien, ein Mann mit einer Kopfverletzung musste in eine Einrichtung außerhalb verlegt werden, ein anderer hatte sich die Pulsadern aufgeschlitzt, und es hatte eine Messerstecherei gegeben.

Dr. Yuán war völlig erledigt.

Er räumte noch schnell auf, bevor sein Kollege eintraf – hoffentlich, so Gott wollte, bevor sich noch jemand anderes verletzte –, und schaute noch einmal nach seinen drei Patienten, die er über Nacht auf der Station behalten hatte und die alle drei friedlich schliefen, was seiner eigenen Müdigkeit keineswegs entgegenwirkte. Beschienen von den gemütlich leuchtenden Geräten und Monitoren, die ihre monotonen Schlaflieder sangen, wäre er beinahe im Eingang eingedöst. Der Arzt wachte jedoch von seinem eigenen Schnarchen wieder auf, rieb sich die brennenden Augen und wusste sofort, dass sich etwas verändert hatte.

Er trat einen Schritt vor, verengte den Blick, um im Dämmerlicht besser sehen zu können, runzelte die Stirn und riss die Augen auf, als er sah, dass das mittlere der drei Betten nun leer war.

Er drehte sich um und wollte loslaufen, merkte nicht, dass hinter ihm eine Gestalt im Eingang aufgetaucht war.

Kelly trat hinaus ins Licht, ein großes Skalpell in der Hand.

»Vergiss es, Doc«, sagte er ruhig, als der Mann auf den

Alarmknopf an der Wand schielte. »Keine Angst. Ich will dir nichts tun, und ich werde dir auch nichts tun, solange du keine Dummheiten machst.«

Der Arzt hob die Hände.

»Schon besser«, sagte Kelly und sammelte seine persönlichen Habseligkeiten vom Tablett neben sich ein.

»Haben Sie Ihren Ausweis zur Hand?«

»Ja, aber der wird Ihnen nichts nützen«, erwiderte der Arzt, seine Erschöpfung dämpfte die Wirkung des Adrenalins. »Ich habe nur beschränkt Zugang.«

»Ach was?«, fragte Kelly desinteressiert.

»Aufgrund von Eventualitäten wie dieser.«

»Rauchen?«

»Wie bitte?«

»Rauchen Sie?«

Der Arzt schüttelte den Kopf.

»Streichhölzer? Ein Feuerzeug?«

»Zweite Schublade von oben«, sagte er und zeigte in die entsprechende Richtung.

Ohne den Arzt aus den Augen zu lassen, bewegte sich Kelly rückwärts darauf zu, kramte, bis er die Schachtel mit den Streichhölzern gefunden hatte. Er strich ein halbes Dutzend gleichzeitig an und hielt sie an den Rauchmelder über seinem Kopf.

»Sie werden es niemals nach draußen schaffen«, sagte der Arzt und sah, dass der verletzte Mann Mühe hatte, die Flamme zu halten.

Schrill ging der Alarm los, gefolgt von einem weiteren und dann noch einem. Sekunden später wurde das furchterregende Gebrüll Hunderter eingesperrter Häftlinge laut.

»Nur gut, dass wir gar nicht ausbrechen«, lächelte Kelly und hielt den Arm des Arztes fest. »Wir brechen *ein*.«

»Hitze- und Rauchsensoren: Ostsektor!«, rief jemand im Kontrollraum, sprang von seinem Monitor auf.

Auf mehreren Bildschirmen sah man zunehmend aufgeregte Gefangene in den Laufgängen. Die in der Unterzahl befindlichen Wärter hatten Mühe, die Situation in den Griff zu bekommen.

»Wir brauchen dringend Verstärkung!«, meldete sich ein weiterer Angehöriger des Teams über Funk. »Alle verfügbaren Mitarbeiter zum Zellenblock!«

Der junge Mann schaltete von Rouche, der Andrea und ihrer Crew gegenübersaß, zu einer anderen Ansicht des Zellenblocks, wo die Gewalt zu eskalieren drohte.

»Scheiße!«, fluchte er mit Blick auf den Bildschirm. »Wir brauchen mehr Leute da unten!«

Der Tumult hatte den Besucherraum erreicht und Rouche unwillkürlich an eine der entsetzlichsten Torturen seines Lebens erinnert. Jetzt gerade allerdings, da er Andrea und ihrem Kamerateam gegenübersaß, wollte er genau dies hören. Sein Begleiter überlegte, was er tun sollte, lauschte dem immer hektischeren Funkverkehr seiner Kollegen, während der Lärm draußen noch zunahm.

»Bleibt, wo ihr seid. Ich bin gleich wieder da«, sagte er und rannte zur Tür.

Andrea und ihr Team warteten mit einsatzbereitem Equipment und ängstlichen Mienen, ignorierten die Schreie, die ihnen in den Ohren hallten, während die Produzenten im Studio wissen wollten, warum sie nicht sendeten.

Rouche erhob sich langsam. »Ich denke, es ist so weit.«

Kelly hatte den Arzt die Treppe vor der Krankenstation herunter und durch die erste Tür links geführt, die sich mit seinem

Ausweis öffnen ließ. Die Alarmanlage auf halber Höhe des Gangs schrillte ohrenbetäubend laut, als sie daran vorbeigingen und sich einer weiteren verschlossenen Tür mit Funktionstastensystem näherten.

»Okay, Doc«, überschrie Kelly den Lärm. »Sie sind dran.«

Das rote Lämpchen am Schloss wurde grün, als die Tür aufschwang und zuerst der verblüffte Arzt und anschließend das zerfurchte Gesicht seines Entführers zum Vorschein kam.

Rouche grinste. »Wusste nicht, ob du kommen würdest.«

Kelly reichte ihm das Skalpell, und sie tauschten die Plätze. Rouche hielt dem Arzt die Klinge an die Kehle, wofür er sich aber sofort aufrichtig entschuldigte.

»Kelly McLoughlin, darf ich vorstellen? Andrea Hall«, machte Rouche sie miteinander bekannt. »Du kannst ihr vertrauen. Sie ist eine von uns. Andrea Hall, darf ich vorstellen? Kelly McLoughlin, auch bekannt als Eoghan Kendrick. Ich denke, ihr beiden werdet viel zu besprechen haben, aber leider habt ihr nicht viel Zeit.«

»Wir haben alles für dich dort drüben vorbereitet«, erklärte Andrea Kelly.

Er schaute verunsichert, wandte sich erneut an Rouche. »Du legst mich doch nicht rein, oder?«

»Nein«, sagte Rouche wahrheitsgemäß. »Ich schwör's, das kommt von Commander Vanita persönlich. Du bringst dich selbst in Gefahr, um bei der Überführung eines Mörders zu helfen. Dafür sind wir dir was schuldig, und davon kannst du nur profitieren.«

Er nickte und ging mit Andrea zu den anderen.

»Hey, Kelly!«

Er blieb stehen, drehte sich noch einmal um.

Rouche grinste. »Brenn alles nieder!«

# KAPITEL 46

Montag, 1. Februar 2016
7:11 Uhr

Noch war die Sonne an diesem frostigen Morgen nicht aufgegangen.

Die Dunkelheit draußen und ein Scotch zu viel am Vorabend hatten Christian veranlasst, gleich zweimal hintereinander auf die »Schlummertaste« zu drücken. Er stieß ein verkatertes Stöhnen aus und tastete blindlings nach seinem Handy, als das ruhelose Gerät auf seinem Nachttisch zu brummen anfing. Mit zusammengekniffenen Augen schaute er auf das Display, setzte sich auf und war augenblicklich hellwach.

»Killian! Welchem Umstand verdanke ich das Vergnügen?«, meldete er sich, schaltete eine Lampe ein, schaffte es aber nicht, einen gewissen Anflug von Beunruhigung angesichts der unchristlichen Uhrzeit zu verbergen.

»Hab ich dich geweckt?«, fragte der einflussreiche Berufsverbrecher mit ruhiger Stimme.

»Nein! Na ja, doch. Aber ich wollte sowieso gerade aufstehen, keine Sorge.«

»Ich hab keine Sorge.«

Unsicher, wie er darauf reagieren sollte, wartete Christian darauf, dass er fortfuhr. Ein langes, gereiztes Seufzen erfüllte die Pause, was ihn nur noch nervöser machte.

»Der Mann, über den wir gesprochen haben ... Eoghan Kendrick. Ich dachte, du würdest wissen wollen, dass wir ihn gefunden haben.«

»Aber das sind doch großartige Neuigkeiten! Oder nicht?«, fragte Christian leicht irritiert wegen des pessimistischen Tonfalls des Anrufers.

»Wirklich?«

Erneut wartete Christian, dass der andere weitersprach.

»Er wird gerade in diesem Augenblick interviewt. Das Gespräch wird live aus dem Gefängnis Woodhill übertragen, er packt aus über *meine* Operation, dich, den toten Detective *und* das verschwundene Geld.«

Die Nachricht traf Christian wie ein Fausthieb. Er wollte gleichzeitig kotzen, heulen und schreien.

»Woodhill?«, murmelte er, setzte die einzelnen Puzzleteile zusammen, bis ihm dämmerte, dass er selbst einen wesentlichen Teil zum Plan seiner Feinde gegen ihn beigetragen hatte. »Wie ist das denn überhaupt möglich?«, fragte er, täuschte Ahnungslosigkeit vor.

»Das habe ich mich auch gefragt.« Caines unerschütterlicher Ton war zermürbend. »Wie sich herausstellt, hast *du* das Interview arrangiert. *Du* hast der berühmtesten Reporterin des Landes den Zugang zum Gefängnis ermöglicht und damit zu der *einzigen* Person, die es in der Hand hat, uns beide zu vernichten. Das heißt, Mr Commissioner, zum Schluss wirst du den Schwarzen Peter in der Hand halten.«

»Killian, ich ...«

»Du hörst von uns.«

»Warte! Ich kann das in Ordnung bringen!«

Die Leitung war tot.

Zutiefst erschüttert blieb Christian einen Augenblick lang sitzen, starrte das Telefon in seiner Hand an, als wäre es eine durchtrennte Sicherheitsleine. Leicht benommen stieg er aus dem Bett, zog seinen Morgenmantel über den Schlafanzug. Dann eilte er nach unten, wo der Himmel hinter der hoch aufragenden Fensterfront allmählich tintenblau wurde, die Bäume draußen standen völlig reglos, strukturlose schwarze Umrisse, die an eine aufgemalte Bühnenkulisse erinnerten. Er durchquerte den Raum, nahm die Fernbedienung in die Hand und schaltete seinen riesigen Fernseher ein, das unnatürliche Leuchten tauchte ihn in Licht, während er sich durch die Programme zappte …

Obwohl er ihn dreißig Jahre lang nicht gesehen hatte, erkannte er den Mann sofort. Christian geriet ins Schwanken, als ihn die Erinnerungen überfluteten: die Hitze des Feuers, das Ächzen des einstürzenden Gebäudes, das Gewicht der Pistole in seiner Hand, der Blick in die Augen des Mannes, den er aus Habgier einer der schlimmsten Todesarten überhaupt überlassen hatte.

Auf dem Bildschirm verfolgte er, wie Kelly sein Gefängnishemd auszog und die Narbe der Schussverletzung zeigte – die Spuren der Tat, für die Christian sich am meisten schämte. Er schlug die Hände vors Gesicht und lachte verbittert, da er endlich begriff, von wem Killian Caine so viel über ihn wusste.

»Es ist vorbei«, sagte eine tiefe Stimme im Raum, die bis zu den Dachbalken hinaufhallte.

Christian drehte sich nicht sofort um, senkte stattdessen unterlegen den Kopf.

»Wie habt ihr ihn gefunden?«, fragte er.

»Ich war's nicht«, gestand Wolf, seine Stimme kam jetzt näher. »Das war Edmunds … schon vor einer ganzen Weile.«

Christian rieb sich das Gesicht. »Caine hat ihn mit seinem *gesamten* Netzwerk nicht gefunden.«

»Vielleicht hätten sie ja lieber seine Freundin suchen sollen.«

»Wie konntet ihr ihn überreden auszupacken?«

»Auch das war nicht ich. Rouche hat das geschafft. Haben Sie's für einen Zufall gehalten, dass er nach Woodhill kam?«

Christian schaltete den Fernseher aus und nickte. »Ms Hall?«, fragte er.

»Doch nicht ganz die herzlose Schlampe, für die wir sie alle gehalten haben«, erwiderte Wolf.

»Und die Aufnahme?«

»Inszeniert. Und gelöscht in dem Moment, in dem Sie sie abgehört hatten.« Er führte es nicht weiter aus, da er kaum ein Wort von dem verstanden hatte, was Baxter und Andrea über »Selbstmord-SMS«, angezapfte Telefone und Clone Messenger Apps geredet hatten.

»Sie sind allein, wie ich sehe«, sagte Christian.

»Ich bin allein«, bestätigte Wolf, der mit dem sekündlich heller werdenden Himmel draußen immer stärker aus dem schwindenden Halbdunkel hervortrat.

Christian drehte sich zu ihm um. »Alte Gewohnheiten wird man schwer los, denke ich.«

»Wenn ich Ihnen etwas tun wollte, hätte ich längst Gelegenheit dazu gehabt.«

Er warf Handschellen auf das Sofa neben Christian.

»Sie wissen, dass ich das nie wollte?«, sagte er zu Wolf, machte keinerlei Anstalten, die Metallfesseln zu nehmen. »Ich wäre lieber *gestorben,* als Fin und Maggie *jemals* zu schaden.«

Wolf trat näher an ihn heran. »Das ist mir gleich.«

Christian schaute hinaus in den friedlichen Garten.

»Zwingen Sie mich nicht, Gewalt anzuwenden«, sagte Wolf und blieb stehen.

Christian lächelte müde. »Ausgerechnet Sie sollten das wissen, Will ... jeder flieht, wenn er kann.«

Christian warf das Schachbrett um und sprang über den

Beistelltisch, erreichte so die Glastüren. Er stürzte hinaus auf die vereiste Terrasse und lief über den überfrorenen Rasen. Wolf sah ihn durch das Tor hinten im Garten verschwinden, hielt sich ganz ruhig das Handy ans Ohr und sagte: »Er läuft direkt auf euch zu.«

Christian fragte sich, ob er noch schlief, als er barfuß über den Teppich aus abgestorbenem Laub lief. Die eiskalte Luft brannte in seinen Lungen. Die ersten Sonnenstrahlen fanden einen Weg zwischen den Bäumen des mit Raureif bedeckten Waldes hindurch, bildeten eine surreal schöne Traumlandschaft.

Innerhalb von fünf Minuten hatte sich sein Leben unwiderruflich verändert.

Er konnte nur noch weiterlaufen, alles und jeden hinter sich lassen, neu anfangen, dann würde er eine zweite Chance bekommen, er würde alles ganz anders machen – es war das irrationale Schachern eines Verzweifelten, die trügerische Vorstellung, die ihm seine Angst eingab, er könne tatsächlich davonkommen. Sonst hatte er nichts, woran er sich festhalten konnte, sein Fluchtinstinkt verdrängte alles andere.

Er fiel schwer zu Boden, seine Hände sanken in die feuchte Erde unter dem Blattwerk, das der sich häutende Wald abwarf.

Ein Rascheln in der Nähe …

Mit ängstlichem Blick beobachtete Christian die Bäume.

Irgendwo knackte es laut …

Er hatte die Orientierung verloren, wusste nicht einmal mehr, aus welcher Richtung er gekommen war, wartete, bis er wieder ruhiger atmete, und lauschte aufmerksam: In der Stille wurden Laufschritte vernehmbar, eine dunkle Gestalt tauchte zwischen den Bäumen auf. Christian richtete sich auf, wurde von Angst geschüttelt, als er von der anderen Seite ebenfalls eine Gestalt herannahen sah. Er entschied sich für eine Richtung und lief verzweifelt los, die Geräusche seiner Verfolger wurden lauter, als ein weiterer zu den Jagenden stieß.

Erneut fiel er hin, Erschöpfung und Panik schränkten ihn in seiner Koordinationsfähigkeit ein. Da ihm nichts anderes übrig blieb, ging er zu Boden, kroch durch den Dreck und unter einen umgestürzten Baum. Er sah zwei Umrisse vorbeilaufen und so schnell, wie sie aufgetaucht waren, in dem vom Morgengrauen beschienenen Wald verschwinden. Ein drittes Paar jedoch näherte sich in normalem Schritttempo. Christian schloss die Augen, beschwor die Herannahenden weiterzugehen und lauschte hilflos, wie sie den Wald nach ihm absuchten. Er kauerte sich noch kleiner zusammen …

Das Rascheln kam immer näher.

Er hielt die Luft an.

Sie näherten sich dem Baum, sprödes Laub trudelte vor seinen Augen zu Boden …

Christian sprang aus seinem Versteck, raste blindlings auf eine Lichtung und hörte schwere Schritte hinter sich.

Der Aufprall riss ihn von den Füßen, jemand landete auf ihm.

»Hier drüben!«, rief Wolf den anderen zu, während Christian ihn völlig erschöpft aus wilden Augen anstarrte.

Plötzlich tauchte Edmunds zu seiner Linken und Saunders zu seiner Rechten auf. Kurze Zeit später humpelte Baxter heran, und alle betrachteten ihn mit demselben ungerührten Blick. Von seinen Feinden umzingelt, fing Christian an zu lachen.

»Das sollte überhaupt keine Festnahme werden … oder?«, fragte er, sein silbergraues Haar war voller Dreck und Laub. »Ihr *wolltet* mich allein hier draußen haben!«

Wolf packte seinen widerspenstigen Gefangenen fester.

»Ohne Zeugen, oder wie?!«, schrie Christian irre und verrenkte sich, um zu Baxter aufzuschauen.

»Dann bringen wir's hinter uns!«, reizte er Wolf, sah ihm in die Augen. »Los doch!«

»So leicht kommen Sie uns nicht davon«, sagte Saunders, während Sirenen durch den Morgen zu ihnen herüberheulten.

Christian erschlaffte, als er sein Schicksal offenbar endlich akzeptierte und sich Wolf überließ. Die Sirenen kamen immer näher, und seine Häscher entfernten sich einer nach dem anderen, ließen Wolf und Christian allein auf der Lichtung zurück. Wolf drehte ihn auf den Bauch und legte ihm hinter dem Rücken Handschellen an. Schließlich klärte er den Commissioner über seine Rechte auf, kostete dabei jedes einzelne Wort aus.

»Christian Bellamy, ich nehme Sie fest wegen Mordes an Detective Sergeant Finlay Shaw. Sie haben das Recht zu schweigen. Alles, was Sie sagen, kann und wird vor Gericht gegen Sie verwendet werden. Sie haben das Recht, einen Verteidiger hinzuziehen. Haben Sie das verstanden?«

Wolf zog seinen Gefangenen auf die Füße und führte ihn, von Gefühlen überwältigt, mit Tränen in den blauen Augen, zu den tanzenden Lichtern in der Ferne.

# KAPITEL 47

Montag, 1. Februar 2016
14:34 Uhr

Edmunds kam zu spät.

Die dröge Realität der Polizeiarbeit hatte den Großteil des Tages beansprucht, das Team hatte peinlich genau Beweismittel aufgenommen und verzeichnet, ausführlich Aussagen protokolliert und an einer Besprechung mit den unausstehlichen Mitarbeitern der Abteilung für Öffentlichkeitsarbeit teilnehmen müssen; in der Absicht, hauptsächlich den Schaden zu begrenzen, hatte man den Eindruck, sie seien mit Eimer und Wischmopp angereist, um in der öffentlichen Wahrnehmung die Folgen eines Atomschlags zu beseitigen.

Als er sich zur Tür hereinschob, entdeckte er Wolf, der an der Wand lehnte, während eine triumphierende Vanita das Wort an die Teilnehmer einer hastig organisierten Pressekonferenz richtete. Edmunds stellte sich leise zu ihm.

»… auch wenn wir selbstverständlich über die Einzelheiten im Zusammenhang unserer laufenden Ermittlungen nicht sprechen können«, erklärte Vanita den Anwesenden bestimmt, »wäre es andererseits naiv, so zu tun, als wären Sie über die gegen Commissioner Christian Bellamy erhobenen Vorwürfe nicht bereits im Bilde und wüssten nicht, wie ernst diese zu nehmen sind. Vor diesem Hintergrund werde *ich* kommissarisch die Aufgaben des Commissioner übernehmen …«

Einige Reporter riefen Fragen in den Raum, deren Beantwortung Vanita niemals zugelassen hätte, auch nicht, wenn sie sie gehört hätte.

»Hey«, flüsterte Edmunds und zwängte sich neben Wolf.

»Hey.«

»Wo sind die anderen?«

»Kommen nicht.«

Edmunds legte die Stirn in Falten, da Wolf ihm persönlich gesagt hatte, dass seine Anwesenheit unerlässlich sei.

»… und in dieser Funktion«, fuhr Vanita fort, »möchte ich dem für den Ermittlungserfolg verantwortlichen Team, dem sowohl Zivilisten wie auch Vertreter der Metropolitan Police angehören, für seine bewundernswerte und mutige Arbeit danken.«

Sie wandte sich mit einem einstudierten Lächeln an Wolf und Edmunds und verlas eine Liste mit Namen. »Detective Chief Inspector Emily Baxter, Detective Constable Jake Saunders, dem ehemaligen Detective Constable Alex Edmunds, dem ehemaligen Detective Sergeant William Layton-Fawkes …«

Wolf zuckte zusammen.

»… dem ehemaligen CIA-Agenten Damien Rouche sowie Andrea Hall.«

Nach Aufforderung von Vanita wurde brav applaudiert.

»Und wie fühlt man sich so?«, fragte Edmunds Wolf, der jetzt, da alle klatschten, endlich die Stimme erheben konnte, ohne aufzufallen. »Als derjenige, dem es gelungen ist, den Commissioner der Metropolitan Police zu Fall zu bringen?«

»Ich glaube, ich musste ein kleines bisschen weinen«, gestand Wolf.

Edmunds nickte. »Verständlich.«

»Ich musste derjenige sein, der ihn festnimmt«, sagte Wolf und senkte die Stimme wieder, als der Applaus verebbte. »*Das* war für mich. Der *ganze* Rest ist für dich«, sagte er zu Edmunds kryptisch, während Vanita ans Mikro zurückkehrte.

»Ich werde Ihnen jetzt einen Angehörigen des Teams vorstellen, der Ihnen Ihre vorher genehmigten Fragen im Hinblick auf die Ermittlungen beantworten wird ...«

Wolf stieß sich von der Wand ab und ging auf das Scheinwerferlicht zu, an das er sich inzwischen gewöhnt hatte, drehte sich dann aber noch einmal zu Edmunds um und klopfte ihm freundschaftlich auf die Schulter. »Du machst das schon«, sagte er lächelnd und spazierte gelassen davon.

Vanitas ratloser Gesichtsausdruck spiegelte den von Edmunds, wobei sie sich aber rasch wieder erholte. »... äh ... meine Damen und Herren, der ehemalige Detective der Metropolitan Police, der inzwischen als Privatermittler tätige ... Alex Edmunds!«, verkündete sie, was erneut zu zögerlichem Applaus führte.

Edmunds stolperte, begleitet von vollkommen durcheinander gestellten und daher unverständlichen Fragen, im Blitzlichtgewitter zum Podium und hätte dabei um ein Haar eine Fernsehkamera umgestoßen.

Er schüttelte enthusiastisch Vanitas Hand, womit er unweigerlich zum Gesicht des Teams wurde, das für die Aufdeckung des seit Jahren größten Polizeiskandals verantwortlich war, und trat an das Mikrofon.

Er räusperte sich. »Guten Tag ... gibt es Fragen?«

# KAPITEL 48

Mittwoch, 3. Februar 2016
16:49 Uhr

Mit Christians Festnahme hatte sich ein Kapitel geschlossen, aber da Finlays Leichnam erst nach der Verhandlung freigegeben werden durfte, würde es noch eine Weile dauern, bis sie ihn ordentlich beerdigen konnten. Maggie hatte trotzdem etwas unternehmen wollen. Sie hatte diejenigen eingeladen, die ihrem Ehemann am engsten verbunden gewesen waren, und eine zwanglose Gedenkfeier in ihrem Garten organisiert, dabei darauf bestanden, dass es sich um einen fröhlichen Anlass handeln sollte, eine Gelegenheit für sie alle, sich zu verabschieden. Abgestimmt auf die früh schon einsetzende winterliche Abenddämmerung, scharten sich Wolf, Baxter, Edmunds, Saunders und Andrea mit einer Handvoll anderer um die Feuerstelle und erzählten sich im Kerzenlicht ihre Lieblingsgeschichten.

Aus den Lautsprechern des Plattenspielers knisterte *Stand By Me*. Wolf bot Maggie seine Hand an, sprang für ihren Ehemann ein und tanzte mit ihr zu Finlays Lieblingslied.

Freitag, 21. Mai 2010
Finlays Geburtstag
23:58 Uhr

Wolf war sturzbetrunken auf Andreas Sofa in deren winzigem Häuschen in Stoke Newington eingeschlafen, ohne zu ahnen, dass er Finlays Geburtstagsparty gründlich ruiniert hatte. Er hatte Maggie aufgebracht, Baxters Freund einen Zahn ausgeschlagen und damit einen Riesenstreit zwischen den beiden ausgelöst. Schwerwiegender war allerdings, dass er nicht zu seiner Frau gegangen war, die seit einer halben Stunde weinend im Bett lag und wünschte, sie würde ihm wenigstens so viel bedeuten, dass er kam, um nach ihr zu sehen.

Draußen in der Diele krachte es.

Wolf fiel vor Schreck vom Sofa, rappelte sich wieder auf. Er trug immer noch sein zerknittertes Hemd und die Krawatte, trat genau im richtigen Augenblick in die Diele, um von einem herbeifliegenden Arbeitsstiefel am Kopf getroffen zu werden.

»Herrgott noch mal!«, beschwerte er sich und hielt sich die schmerzende Stirn, während er seinen gesamten weltlichen Besitz betrachtete, der sich nun auf den Treppenstufen verteilte. »Was soll der Scheiß?!«, rief er zu Andrea hinauf, die mit einer weiteren Ladung oben am Absatz stand.

»Du ziehst aus«, teilte sie ihm mit, das Gesicht voller verschmierter Wimperntusche. »Heute.«

»Hm-hm«, nickte Wolf. »Aber ... erst mal schlaf ich aus.«

Der zweite Schuh schmerzte noch stärker als der erste.

»Würdest du *bitte ... aufhören* ... mich mit Sachen zu bewerfen!«

»Raus!«

»Nein.«

Andrea verschwand kurz. Wolf wusste nicht, ob das gut

oder schlecht war. Sein Bauchgefühl sagte ihm, eher Letzteres …

Als sie wieder oben an der Treppe auftauchte, hatte sie seine Fender Telecaster in der Hand.

»Raus«, sagte sie erneut.

»Lass uns nichts überstürzen«, lächelte er zu ihr hoch.

»Raus!« Sie ließ die Gitarre über der Treppe schweben.

»Wag es nicht!«

Sie ließ los. Die blaue Flame-burst-Gitarre fiel krachend die Treppe hinunter.

»Was hast du denn für ein Problem?!«, brüllte er.

»Du bist mein Problem! Ich hab genug von dir! Ich hab genug von ihr! Ich hab die Nase voll von dieser ganzen Scheißsituation! Ich will, dass es vorbei ist!«

»Aber das ist auch mein Haus!«, schrie Wolf, der jetzt Sachen zurückwarf, aber auch ein bisschen ängstlich dreinschaute, als Andrea plötzlich die Treppe herunter auf ihn zustürmte.

»Raus!«, brüllte sie und stieß ihn zur Tür.

»Andrea …«

Sie zog die Haustür auf, trieb ihn hinaus in die milde Nacht, die vom Blaulicht eines Streifenwagens, der vor dem Haus stand, erleuchtet war.

»Und was wollt ihr hier?!«, blaffte Wolf die beiden Beamten an, die ihm durch das Tor entgegeneilten.

»Sir, Sie müssen sich beruhigen«, sagte einer. »Würden Sie sich bitte von der Frau entfernen?«

»Das ist mein Haus!«, fuhr er den Mann an, schüttelte seine Hand ab und ging wieder rein.

»Sir!« Der Beamte packte ihn an der Schulter.

Wolf wirbelte auf der Stelle herum, schlug ihm ins Gesicht und begriff unmittelbar darauf, dass dies ein Fehler gewesen war.

Andrea brach in Tränen aus und rannte wieder ins Haus. »Ich kann nicht mehr!«

»Andie!«, rief er ihr hinterher, als sie die Haustür zuknallte. Er beruhigte sich zu spät und wandte sich wieder an den Polizeibeamten mit der blutigen Lippe. »Tut mir leid ... ich nehme an, es gibt wohl nichts, was ich sagen könnte, um Sie zu überreden, mich nicht festzunehmen?«

»Gar nichts.«

»Na schön.«

Mittwoch, 3. Februar 2016
17:20 Uhr

Ein älteres Paar tanzte jetzt mit Wolf und Maggie zu dem Song. Baxter nahm ihre heiße Schokolade und ging zu Andrea, die gerade die überall im Garten aufgehängten Fotos betrachtete.

»Emily.«

»Andrea.«

»Das ist schön.«

»Ja ... ist es.«

Einen Augenblick standen sie schweigend nebeneinander, betrachteten ein Foto von Finlay und Wolf bei einem Trinkspiel auf der Party zu Finlays fünfundfünfzigsten Geburtstag, ungefähr eine Stunde, bevor alles so schrecklich aus dem Ruder gelaufen war.

»Weißt du, dass er es geschafft hat, sich noch an dem Abend verhaften zu lassen?«, seufzte Andrea.

»Hab davon gehört.«

»Weil er sich wie immer wie ein Idiot benommen hat«, sagte sie, lächelte und beobachtete ihn, während er Maggie gefährlich nah an dem gebrechlichen alten Paar vorbeiwirbelte. »Den

Schritt habe ich ihm beigebracht«, sagte sie stolz zu Baxter. »Wie geht es Rouche?«

»Keine Ahnung. Er hat einen halben Gefängnisausbruch und die Entführung des Knastarztes organisiert, die lassen mich nicht mehr zu ihm«, sagte sie besorgt.

»Bleib einfach bei deiner Geschichte«, beruhigte Andrea sie. »Die haben nichts gegen ihn in der Hand, und das wissen sie. Es steht dein Wort gegen ihres.«

Baxter nickte.

»Und Will?«

»Geht ins Gefängnis«, erwiderte Baxter nüchtern. »Aber in ein schönes. Und nicht für sehr lange. Anscheinend hält Vanita Wort.«

Für ihre Verhältnisse lief die Unterhaltung zwar ein bisschen gestelzt, aber insgesamt doch erstaunlich gut.

»Und …«, Andrea zögerte, fragte sich, ob sie nicht doch ein bisschen zu weit ging, »hast du schon was in der *anderen Sache* entschieden?«

Baxter sah sich um, wollte sichergehen, dass niemand mithörte.

»Thomas hat mir den Verlobungsring wiedergegeben.«

»Und?«

»Und was?«

»Hast du Ja gesagt?«

»Nein. Noch nicht. Aber das werde ich.«

»Wirklich?«

»Wirklich.«

Andrea strahlte und umarmte sie ungelenk. »Herzlichen Glückwunsch! Ich freue mich für dich. Und …«, sie sah zu Wolf rüber, der Maggie laut zum Lachen brachte, »… das ist eine vernünftige Entscheidung. Wann willst du es Thomas sagen?«

»Heute Abend. Ich muss vorher nur noch eine Sache erledigen.«

Samstag, 22. Mai 2010
1:42 Uhr

Wolf lag in der Zelle auf seiner Matratze und wünschte, er könnte sein Gehirn ausschalten, nur für eine Weile. Tausend verschiedene Gedanken rasten gleichzeitig durch seinen Kopf.

Nach den Geschehnissen stand er noch immer unter Schock, nach der Heftigkeit von Andreas Wut und ihrem tief empfundenen Unglück. Unausgesprochene Gefühle gärten viel zu lange. Sie hatten sich natürlich auch vorher bereits gestritten, aber nie so. Er hatte schon länger das Gefühl gehabt, es ihr überhaupt nicht mehr recht machen zu können, aber jetzt lag Endgültigkeit in der Luft, was ihn ebenso sehr erleichterte, wie es ihm das Herz brach.

Er war noch nicht einmal ganz sicher, in welcher Polizeistation er sich überhaupt befand, aber einer der Beamten hatte ihn erkannt, sodass er eine eigene Zelle bekam und man ihm anbot, jeden zu verständigen, den er verständigt wissen wollte.

Eine Tür schlug zu, dann näherten sich Schritte ohne Eile.

»Bist ein saublödes Arschloch«, begrüßte ihn eine heisere Stimme.

Finlay zog einen Stuhl heran und setzte sich auf die andere Seite des Gitters.

»Ich weiß, ich weiß«, erwiderte Wolf, setzte sich ebenfalls. »Was machst du denn hier?«

»Na ja, irgendein Blödmann hat sich so heftig mit seiner Frau gestritten, dass die Nachbarn die Polizei gerufen haben, und auf die ist er auch noch losgegangen. Dann hat er mich als Kontaktperson für den Notfall angegeben ... an meinem Geburtstag ... den er mir vorher schon versaut hatte.«

Wolf stand auf. »Erstens, ich hab nicht damit gerechnet, dass die dich heute Abend noch anrufen. Und zweitens, trotzdem danke, dass du gekommen bist. Und drittens, auf der Party musste ich was unternehmen. Hast du gesehen, wie der Typ Baxter angepackt hat?«

Finlay wirkte immer noch ein kleines bisschen betrunken und erschöpft. Er gähnte. »Ich habe einen sehr netten Mann gesehen, der seine Freundin sanft an der Hand hielt, weil er sie nicht gehen lassen wollte.«

»Du bist alt«, sagte Wolf. »Deine Augen funktionieren nicht mehr richtig.«

»Du hast bloß einen Vorwand gesucht, Will«, erklärte Finlay ihm gereizt. »Wenn es nicht das mit dem Arm gewesen wäre, wär's was anderes gewesen. Egal, wen Emily heute Abend mitgebracht hätte, er hätte Schläge kassiert.«

Wolf tat die Theorie seines Freundes ab.

»Hör mal«, fuhr Finlay fort, der keine Lust auf noch mehr Streit hatte, »ich habe beim Haftrichter ein paar Wogen geglättet, und es wird keine weiteren Konsequenzen geben, weil der Kollege, den du geschlagen hast, bereit ist, die Sache auf sich beruhen zu lassen ... darfst dich gerne bei mir bedanken.«

»Dann lass uns gehen.«

»Ach so, du bleibst über Nacht hier«, sagte Finlay. »Ist mein Vorschlag. Ich denke, du solltest erst mal deinen Rausch ausschlafen.«

Wolf ließ sich betrunken aufs Bett fallen.

»Ich kann sowieso nirgends hin. Ich glaube, Andrea und ich, wir sind Geschichte.«

»Du kannst das noch in Ordnung bringen.«

Wolf schüttelte den Kopf. »Und wenn ich gar nicht will?«

»Sie ist deine Frau!«

»Wir sind nicht wie du und Maggie! Ihr beiden seid für einander bestimmt. Vielleicht ist das bei Andrea und mir einfach … anders.«

Finlay rieb sich das müde Gesicht. »Emily und du, ihr wärt eine Katstrophe zusammen. Das denken alle. Du hast eine Frau, und du bist ihr schuldig, dass du's zumindest versuchst.«

»Was meinst du mit *alle*?«

»Wir *alle* sehen ständig dabei zu, wie ihr umeinander herumschleicht, den ganzen Tag, jeden Tag. Ihr macht nicht gerade einen Hehl draus. Und Andrea hat, wie wir alle, genug davon.«

»Okay, also wenn ich schon so ein beschissenes Exemplar von einem Menschen bin, wieso bist du dann immer noch hier?«

»Weißt du was? Das hab ich mich auch gerade gefragt«, sagte Finlay, stand auf und ging.

Mittwoch, 3. Februar 2016
17:23 Uhr

Baxter stellte ihre heiße Schokolade auf einem Zaunpfosten ab und ging rüber zu Maggie und Wolf. »Darf ich ihn dir mal kurz entführen?«, fragte sie.

»Tu dir keinen Zwang an!«, lachte Maggie. »Er ist mir heute Abend schon oft genug auf die Füße getreten.«

Baxter führte Wolf in den hinteren Teil des Gartens und hockte sich zwischen zwei flackernden Kerzen auf die Mauer.

»Ich muss dir was sagen …«, fing sie an, wechselte dann aber schnell das Thema, um noch ein bisschen mehr Zeit zu schinden. »Maggie scheint ganz glücklich zu sein … na ja, nicht direkt glücklich, aber …«

»Doch das ist sie. So glücklich sie jetzt sein kann.« Er vergewisserte sich, ob sie allein waren. »Sie hat gestern die Untersuchungsergebnisse vom Krankenhaus bekommen, und sie ist krebsfrei«, flüsterte er lächelnd. »Sie hat es niemandem gesagt, weil sie wollte, dass es heute Abend nur um Finlay geht.«

»Das sind tolle Nachrichten«, sagte Baxter ein kleines bisschen ausdruckslos.

»Was ist denn?«, fragte er und nahm einen Schluck Bier.

»Nichts. Ich … er ist nicht hier, um das mitzuerleben. Und in den Nachrichten werden diese ganzen Sachen über ihn verbreitet.«

Wolf nickte. »Aber darauf kommt es nicht an. Meinst du, Finlay würde sich einen Scheiß darum scheren, als was ihn die Leute bezeichnen? Maggie hat es nicht geschafft, gesund zu werden, weil sie Glück hatte oder weil das Schicksal oder Gott es gut mit ihr gemeint haben. Sie lebt wegen *ihm*, weil nur das *Allerbeste* jemals gut genug für sie war, weil er alles darangesetzt hat, um sie zu retten.«

Baxter lächelte traurig. »Du warst schon immer gut darin, dir die Dinge so zurechtzulegen, wie du sie haben willst.«

»Und du warst darin immer schlecht«, erwiderte er.

»Ich denke nur, manchmal muss man auch zugeben, wenn man einen Fehler gemacht hat … so wie ich an dem Abend in der Kapelle.« Wolf legte die Stirn in Falten, während Baxter tief Luft holte. »Thomas hat mich noch mal gefragt, ob ich ihn heiraten will.«

»Oh.«

»Und dieses Mal werde ich Ja sagen. Ich war kurz durcheinander wegen allem, was so los war, und der Antrag hat mir eine Riesenangst eingejagt und dass ich den blöden Brief gefunden habe, aber ich weiß jetzt, was ich will.«

»Welchen Brief?«, fragte Wolf, der in der Kälte bibberte, die Feuerschale auf der Terrasse war zu weit weg.

»Ist jetzt egal.«

»Bis vor Kurzem war's das aber noch nicht«, drängte er sie.

Baxter schnaubte. »Ich hab bei Finlays Sachen was gefunden, das er geschrieben hat ... einen Liebesbrief, oder eine Art Liebesbrief, aber nicht an Maggie. Das hat mir richtig zugesetzt, die Vorstellung, dass er solche Gefühle für eine andere Frau hatte, obwohl er doch Maggie hatte und ...« Sie hielt inne, als sie Wolfs schuldbewusste Miene sah. »Oh Gott! Du weißt, für wen er das geschrieben hat?«

»Nein, keine Ahnung.«

»Lügner!«

»Ich denke, manches bleibt besser in der Vergangenheit.«

Baxter wollte aber kein Nein akzeptieren und zog die zerknitterte Karte aus ihrer Tasche, faltete sie auseinander und las laut vor, was dort stand.

»Immer noch kein Name?«

Wolf antwortete nicht.

Sie zuckte mit den Schultern. »Vielleicht hilft *das* deiner Erinnerung ja auf die Sprünge ...«

Samstag, 22. Mai 2010
13:46 Uhr

»Finlay, warte!«, rief Wolf und eilte an die Gitterstäbe.

Er ließ ihn kurz zappeln, dann kehrte Finlay zurück.

»Es tut mir leid.«

»Gut«, erwiderte der Schotte, den Gefühlsausbrüche verlegen machten.

»Bevor du gekommen bist, hab ich nur dagelegen« – Wolf

ging in der kleinen Zelle auf und ab, fuhr sich mit den Fingern durchs Haar – »ich hab über alles nachgedacht, über das, was ich schon so lange sagen wollte, aber nicht sagen konnte … und dachte, dass jetzt vielleicht der *einzige* Zeitpunkt sein könnte, es zu sagen. Du hast recht: Baxter und ich, wir sind eine Katastrophe; aber Andrea und ich, wir sind auch eine Katastrophe. Die ganze Situation ist eine einzige Katastrophe, und irgendwas muss anders werden … würdest du ihr eine Nachricht von mir überbringen?«

»Andrea?«

»Baxter.«

Finlay verdrehte die Augen. »Hast du überhaupt zugehört, was ich dir gesagt habe?«

»Nur eine Nachricht«, lallte Wolf. »Und wenn sie's nicht interessiert, dann weiß ich ja Bescheid, oder? Dann kann ich so oder so weitermachen mit meinem Leben.«

Finlay stöhnte. »Warum ich?«

»Meinst du, dass sie nach heute Abend überhaupt noch mal mit mir redet?«

»Nein«, räumte er ein.

Er lieh sich den Kuli vom Besucherformular, zog eine zerknitterte Geburtstagskarte aus der Gesäßtasche und riss sie auseinander. Während Wolf weiter auf und ab ging, über Sätze nachdachte, die er sich in Gedanken immer wieder zurechtgelegt hatte, nahm Finlay erneut Platz und setzte den Stift an. »Also, wie lautet die Botschaft?«

Mittwoch, 3. Februar 2016
17:27 Uhr

*»Wieso kapierst du das denn nicht?»*

Baxter las die Worte im Licht der erlöschenden Kerzen und

merkte dabei, dass sie sich diese bereits unwiderruflich eingeprägt hatte.

»Baxter, ich …«

»*Ich liebe dich nicht nur. Ich bete dich rückhaltlos, unaufhörlich und hoffnungslos an. Du gehörst zu mir.*«

»Baxter, ich muss dir was sagen.«

»*Und keiner von diesen Scheißtypen, nichts von dem schrecklichen Mist, der zwischen uns passiert ist, nicht einmal diese Scheißgitterstäbe werden uns trennen …*«

»Baxter!«, fuhr Wolf sie an, schnappte ihr die Karte aus der Hand und warf sie weg.

Er zögerte, dann ging er langsam in die Hocke, sah ihr in die Augen und griff unsicher nach ihrer Hand.

Er holte tief Luft. »*… weil ich niemals zulassen werde, dass dich mir jemand wegnimmt.*»

Baxters böser Blick ging allmählich in eine Art verärgerte Irritation und anschließend in Schock und Verblüffung über.

»Er hat ihn dir nie gegeben?«, fragte Wolf.

Sprachlos schüttelte Baxter den Kopf.

Wolf wunderte sich nicht, nickte nur. »Finlay war immer schon ein Arschloch.«

# EPILOG

Donnerstag, 15. Dezember 2016
19:34 Uhr

»Was hat der Zeuge gesagt?«, fragte Baxter, das Telefon zwischen Kopf und Schulter geklemmt, während sie nach ihren Schlüsseln kramte. »Nein! Und die Spurensicherung? ... *Nein!*« Sie war von der Arbeit nach Hause geeilt. Kaum hatte sie die Schwelle überquert, rief sie die Treppe nach oben. »Ist sie noch wach?!«

»Gerade so!«

Sie warf ihre Tasche ins Zimmer, verfehlte den Weihnachtsbaum nur knapp, trat sich die Stiefel von den Füßen und rannte die Treppe hoch, zog sich die Bluse über den Kopf, um keine wertvollen Sekunden mit der Fummelei an ihren Knöpfen zu verschwenden. Dann hielt sie sich erneut das Handy ans Ohr.

»Wessen?! Sag nicht die Fingerabdrücke von dem Toten?! ... *Nein!* ... Was? Ja, die gibt's noch ... keine Ahnung ... Im Supermarkt? Ich kauf dir eins. Hör mal, ich bin jetzt zu Hause. Ich muss auflegen. Gut ... *Gut!* Ich muss Schluss machen ... ich leg jetzt auf. Tschüss!«

»Sie schläft ein!«, rief die Stimme, während sie aus ihrer Hose stolperte und unter die Dusche sprang.

»Dann schubs sie halt an, oder so!«, schrie Baxter, warf sich in ihren karierten Schlafanzug und eilte ins Schlafzimmer.

»Gerade noch rechtzeitig«, begrüßte Wolf sie, mit einer Gutenachtgeschichte in den Händen.

»Beweg deinen Arsch! Du hast sie den ganzen Tag gehabt!«, bellte sie, als sie die Plätze tauschten und er in die Wiege griff, in der Finlay Elliot Baxter bereits kurz vor dem Einschlafen war, ihre winzige Hand umklammerte den abgegriffenen Flügel von Frankie dem Pinguin.

»Welche Fingerabdrücke von welchem Toten?«, fragte Wolf aufgeregt flüsternd.

Baxter sah ihn stirnrunzelnd an. »*Vielleicht* sollten wir später darüber reden?«, schlug sie vor.

»War das Rouche?«

»Ja, so wie's klingt, haben Edmunds und er einen pikanten Fall erwischt, erzähl ich dir *später.*«

»Aber was denken sie? Ein vorgetäuschter Mord, oder hat jemand dem Toten die Finger abgeschnitten?«

»*Herrgott noch mal,* Wolf! Später!« Sanft hob sie ihre Tochter hoch, aber Baxters Lächeln verschwand, als sie Wolfs Tagwerk betrachtete. »Äh, Wolf?«, fing sie in dem Tonfall an, den sie sonst Wörtern wie »Arschloch« vorbehielt. »Was ist da mit der Tapete passiert?«

»Gut, oder?«, fragte er stolz. »Hab ich den ganzen Tag für gebraucht.«

Sie ging mit Baby Finlay zu einer Stelle an der Wand, wo ein Giraffenhintern auf den Kopf eines Krokodils traf. Mit gerunzelter Stirn drehte sie sich zu ihm um.

»Na ja, das soll ja gar nicht so perfekt zusammenpassen«, behauptete er.

»Wo hat der Elefant hier seinen Kopf gelassen?«

Er schaute sich im Zimmer um und musste zugeben, dass es ein bisschen schlimmer aussah als noch vorhin bei Tageslicht. »Da«, sagte er fröhlich, zeigte irgendwo über die Tür.

»Da ist …« Sie formte mit den Lippen das Wort »Scheiße«. »Das musst du noch mal machen.«

»Mach's doch selbst!«

»Das sieht aus wie der Albtraum eines Tierpräparators!«

»Was auch immer. Ich weiß gar nicht, was du an den Engeln vorher auszusetzen hattest.«

»Ich hab mit Engeln nichts am Hut! Wie oft noch?!«

Baby Finlay fing an zu weinen. Baxter wiegte sie sanft zurück in den Schlaf, dann legte sie sie in ihre Wiege.

»Ich mach das nicht noch mal, Schluss, Ende«, flüsterte Wolf und verschränkte trotzig die Arme.

»Das Zebra da drüben hat einen Schlangenkopf und Löwentatzen. Sieht fast aus, als sollte das so sein.«

Wolfs Arme lösten sich langsam, während er die anstößige Abscheulichkeit betrachtete.

»Erinnert dich das an was?«, fragte sie ihn.

Er seufzte schwer. »Dann mach ich's eben noch mal.«

»Danke. Bis wohin habt ihr gelesen?«, flüsterte sie und nahm das Buch mit den Geschichten.

»Spielt das eine Rolle?«, fragte er.

Sie warf ihm einen Blick zu.

»Er hat gerade das schwertschwingende Ungeheuer besiegt«, teilte er ihr mit und verließ den Raum. »Ich mach uns was zu essen.«

»Ente à l'Orange?«

»Dosenspaghetti auf Toast.«

»Ich hasse dich!«, rief sie ihm lächelnd nach.

»Ich dich noch viel mehr!«

Sie blätterte bis zu den letzten Seiten vor, kniff die Augen zusammen, um die Worte zu entziffern, während das Sternenhimmeleinschlaflicht bunte Formen an die Wände warf.

»›Das Tor splitterte und gab nach! … Die Männer des Königs waren drin! ›Lauf!‹, sagte die Prinzessin zu dem Ritter, als das Geklapper der Rüstungen durch den Turm hallte. ›Bitte, mir zuliebe. Lauf!‹ Der tapfere Ritter wollte nicht weg, aber er tat wie ihm die Prinzessin geheißen, kletterte aus dem höchsten Fenster des höchsten Turms, um eines Tages zu ihr zurückzukehren … Sie wartete und wartete und wartete noch länger, und eines Tages, viele, viele Monate später … tat er es dann.‹« Baxter blätterte zur letzten Seite um.

»›Und so lebten sie glücklich bis an ihr Lebensende.‹«